막내 황녀님

막내 황녀님

3

사하 장편소설

해피북스
투유

테부르 일속 문제를 해결하고, 에니샤는 곧장 아르커스로 놀아 갔다. 레시나는 제나가 저에게 황녀님에 관해 캐물었지만 하나도 대답하지 않았다며 자랑스레 말했다.

"입단속도 확실하게 해놨습니다! 이제 목이 잘려도 비밀을 지킬 겁니다."

아무래도 레시나는 히페리온 제국법에 연좌제가 있다는 사실을 잘 아는 모양이었다.

에니샤는 그녀에게 잘했다고 칭찬을 해주었다. 녹시타는 테무르 일족의 마지막 생존자를 처리했다는 말에 그냥 고개만 끄덕였다. 그리고 한참 가만히 있다가, 갑자기 말없이 에니샤를 끌어안았다.

"웃, 숨 막혀……!"

너무 세게 끌어안은 탓에 팔뚝을 두드렸다. 녹시타는 아주 살짝, 숨 막혀 죽지 않을 정도로만 힘을 풀어주었다. 오랫동안 그렇게 끌어안고 나서야 입을 열었다.

"난 대법사가 세상에서 제일 좋아요. 평생 같이 있을 거예요."

축 처진 눈매를 하고서 쳐다보는 그의 옆에서 벨루안이 삐딱하게 끼어들었다.

"대법사는 네 소유물이 아니야, 녹시타."

"싫어……. 내 거 할래."

녹시타는 보란 듯이 에니샤의 목덜미에 얼굴을 마구 문질러대며 말했다.

"대법사도 나 좋아하잖아요, 그쵸?"

애들 싸움도 아니고, 뭐 하는 짓인지 모를 일이었다. 가운데 끼인 에니샤는 둘이서 그만 싸울 때까지 녹시타의 품에 가만히 늘어져 있었다. 벨루안이 헛소리 말라며 신랄하게 몰아붙이자, 조금 시무룩해하던 녹시타가 중재안을 내밀었다.

"너한테는 나눠줄게."

그러자 어째서인지 벨루안과 녹시타는 곧장 합의를 이루어냈다. 둘이서 사이좋게 나눠 가지자고 작당하는 모습을 보며 에니샤는 그저 웃었다.

아르커스에 머무르는 동안, 에니샤는 원로마법사들과 함께 대회의를 열었다. 둥그스름한 반구의 지붕을 얹고, 결정이 조밀하고 흠 없는 103개의 대리석 기둥이 아래를 받친 대회의장은 아르커스에서 가장 화려한 건물 중 하나였다. 아르커스의 역사를 그린 천장화 아래, 거대한 직사각형 탁자에는 원로마법사 100명이 둘러앉았다. 대법사가 앉던 의자는 고스란히 남아 있었지만, 역시나 에니샤에게 높이가 맞지 않았다. 작은 에니샤를 위해 벨루안이 푸딩 사역마로 의자 높이를 맞춰주었다. 집무실 의자보다도 훨씬 커서, 몰랑한 사역마를 하나 더 소환해야 했다. 푸딩 사역마 두 마리를 쌓아 만든 방석에 앉는 순간이었다.

"꾸웃!"

위에 얹힌 사역마가 이상한 소리를 냈다. 에니샤는 엉덩이를 살짝 들어올리며 벨루안을 돌아보았다.

"……얘 소리 나는데?"

벨루안이 사역마를 노려보았다. 그러자 방금까지 꿈틀꿈틀하며 '뀨꿋'거리던 사역마가 쥐 죽은 듯이 조용해졌다. 얌전해진 사역마를 확인한 벨루안은 에니샤에게 다정히 말했다.

"무시하셔도 됩니다. 다음에는 조용한 녀석으로 꺼내겠습니다."

푸딩 사역마한테는 조금 미안하지만, 주인이 괜찮다니 어쩔 수 없었다. 에니샤는 고개를 끄덕이고 다시 자리에 앉았다. 에니샤가 착석한 이후, 일어서 있던 마법사가 모두 자리에 앉았다. 전원이 참석한 것을 확인한 다음, 에니샤는 회의의 시작을 알렸다.

"아르커스 대회의를 시작하겠다."

오른쪽에 앉은 녹시타가 깃펜으로 사각사각 회의 날짜를 기록하였다. 에니샤는 엄숙한 표정으로 입을 열었다.

"오늘 그대들을 소집하여 대회의를 연 이유는, 앞으로 아르커스가 나아갈 방향을 논의하기 위해서야."

하지만 말하기가 무섭게 여기저기서 얼굴을 씰룩거리는 것이 보였다. 입이 간지러워 보이는 원로마법사들을 지켜보다가, 에니샤는 결국 한숨을 내쉬며 말했다.

"……귀엽다고 말해도 괜찮아."

결국 30분 정도 시달린 후에야, 본격적으로 회의를 시작할 수 있었다.

에니샤는 큼큼 목을 가다듬은 후, 아바르티아에 관한 의제부터 꺼냈다.

"이미 알고 있겠지만, 악령 아바르티아가 스칸샤의 하크만으로 행세하고 있어. 단순한 악령에서 벗어나, 국제 정세가 얽힌 주요 인물이 된 것이지."

일곱 군주 중에서 여섯을 잡아먹고 유일한 군주가 된 아바르티아였다. 본디 가진 힘도 뛰어났으나, 지금은 대륙의 정치와도 얽혀 버렸다. 일단은 섣부르게 건드리지 않아야 한다는 공론이었다. 원로마법사 하나가 발언권을 얻어 질의하였다.

"현 의제에서 조금 벗어난 말이지만……. 혹 아바르티아가 대법사의 마력을 봉인한 것은 아닙니까?"

벨루안이 에니샤를 대신하여 답하였다.

"아바르티아가 풀려난 것은 대법사가 육체와 마력을 잃어버린 후입니다. 그는 결과일 뿐, 과정일 수는 없습니다."

"허면 역시…… 아르커스 내부에 대법사의 마력을 봉인한 배신자가 있는 것입니까."

마법사들이 일제히 술렁였다. 낮은 웅성거림에는 분노가 서려 있었다.

에니샤는 팔짱을 끼고서 미간을 살짝 찌푸렸다. 녹시타가 깃펜끝을 잘근잘근 씹으며 에니샤가 발언하기를 기다렸다. 에니샤는 차분하게 말문을 열었다.

"물론 어떠한 형태로든 아바르티아가 개입했을 가능성은 있어. 충분히 그럴 만한 힘을 가진 존재이고. 하지만 그것과는 별개로, 내가 하고 싶은 말은……."

잠시 말을 멈추고 대회의장에 앉은 이들을 하나하나 살폈다. 배신자는 당장 이 중에 있을지도 몰랐다. 하지만 누구 하나 잘라낼 수 없이, 전부 다정하고 소중한 사람들이었다. 에니샤는 느릿하게 말하였다.

"굳이…… 내부의 배신자를 색출하려 노력하진 않았으면 좋겠어."

"대법사!!"

에니샤의 말에 모두 일제히 반발하였다. 하지만 에니샤는 단호히 잘라내었다.

"아르커스의 분열을 원하지 않아."

침묵하는 마법사들 앞에서, 에니샤는 대법사로서 말을 이어갔다.

"대외적으로 대법사가 사망하였다고 공표한 상황이야. 아르커스를 향한 외부의 견제와 공격은 이전보다 더욱 거세지겠지."

지금 아르커스는 분명한 위기에 처해 있었다. 당장 대륙마법협회의 협회장, 제나가 취했던 태도만 봐도 답이 나왔다. 아르커스가 대륙의 마법에서 가지는 독점적 지위는 여전히 공고하다. 하지만 대법사를 잃고 히페리온에게 패배하며, 대륙은 이제 아르커스가 난공불락의 요새가 아니라는 사실을 알게 되었다. 어떤 식으로 공격이 들어올지 모른다. 에니샤가 히페리온의 황녀로서 최대한 힘을 보탠다 하여도, 당연히 대법사가 굳건하게 버텨주던 과거와는 비교도 할 수 없다.

"이럴 때일수록 하나가 되어야 해. 우리는 존재 여부조차 불투명한 배신자를 색출하는 데 낭비할 기운이 없다고. 만일 진실로 아르커스 내부에 배신자가 있다 하여도……."

에니샤가 눈매를 가느스름히 좁혔다. 좁아진 눈매 속에 담긴 눈동자가 일순 서늘한 빛을 품었다.

"……두 번 당하는 일은 없을 테니까."

똑같은 짓을 하려 한다면, 그때야말로 배신자를 색출하는 순간이 되리라.

에니샤의 호언에 원로마법사들은 더 이상 반대하지 않고 수긍하였다. 그 이후로도 국정과 관련하여 여러 이야기를 나누었다.

회의는 해가 지고 나서야 겨우 일단락되었다. 남은 자잘한 부분은 벨루안과 녹시타가 알아서 처리하기로 하고, 에니샤는 대회의의 끝을 알렸다. 딱딱한 국정 논의는 그만 던져놓고, 소소한 안부와 잡담을 주고받던 때였다.

"저기, 너희들 말인데."

에니샤의 말에 다들 이야기를 멈추고 쳐다보았다. 양 손바닥을 턱밑에 받쳐 불룩하게 올라온 볼을 하고서, 에니샤는 뚱하니 물었다.

"정말 새로운 대법사를 찾을 생각은 없는 거야?"

마치 그런 말을 꺼내리라 예상했다는 듯, 벨루안이 설핏 미소를 그리며 답했다.

"포기하십시오, 대법사. 어느 누가 대법사의 자리에 올라도 아르커스를 만족시키진 못할 터입니다. 우리는 결국 당신을 찾을 수밖에 없습니다."

"벨루안……."

그러지 말고 한 번만 더 생각해보자고 살살 꼬여내는데, 회의 내내 서기관 역할에만 충실하던 녹시타가 처음으로 입을 열었다.

"대법사가 죽으면 생각해볼게요."

"……."

"아, 근데 대법사 죽으면 나도 죽을 거니까……. 아마 벨루안이나 다른 사람이 생각해줄 거예요."

"……내가 잘못했어."

괜히 나섰다가 본전도 못 찾은 에니샤였다. 그 뒤로 달달 볶이던 에니샤는 결국 신임 대법사 이야기는 두 번 다시 꺼내지 않겠다고 약속했다.

❦

예정보다 하루 일찍 제국에 돌아왔다. 서둘러 떠난 이유는 카힐 때문이었다. 아르커스에서 머무르던 중, 카힐이 그만 마법사들 앞에서 힘을 써버린 것이다.

처음 아르커스에 왔을 때부터 고대 정령의 계약자에게 아주아주 관심이 많았던 마법사들이었다. 그래도 대법사의 호위기사라고 참고 또 참았는데, 코앞에서 정령의 힘을 펼치니 말 그대로 눈이 뒤집혔다.

카힐은 본의 아니게 아르커스의 마법사들과 성대한 추격전을 벌였다. 잠시 자리를 비운 사이에 벌어진 꼴을 본 에니샤는 카힐이 산 채로 해부당하기 전에 얼른 히페리온으로 귀환하였다.

"아빠, 오라버니들! 저 다녀왔어요!"

하루 일찍 온다는 말을 듣고 몇 시간 전부터 마중 나와 있던 로드고와 쌍둥이의 얼굴에는 꽃이 피어 있었다.

에니샤는 한참 동안 땅에 내려오질 못했다. 세 남자가 서로 저를 끌어안고 둥개둥개 난리를 부린 탓이었다. 헬라드가 만족스러운 숨을 토해내며 말했다.

"아르커스 놈들도 영 나쁘진 않은 것 같아."

하루 일찍 쭈글이를 되돌려준 걸 보니 아직 개선의 여지가 있다며, 헬라드는 몹시 너그러운 어조로 말했다.

에니샤는 로드고의 품에 안긴 채로 조잘조잘 말했다.

"조금 일찍 왔어요. 그간 별일은 없었어요?"

"네가 보고 싶은 것이 별일이었지."

로드고가 머리를 살살 쓰다듬어주며 답했다.

에니샤는 저도요, 하고 답하며 활짝 웃었다. 그때 로시엘이 여우 같은 눈웃음을 지으며 끼어들었다.

"폐하, 그것 말고도 별일이 있지 않았습니까."

로시엘은 무척 기분이 좋아 보였다. 물론 에니샤가 와서 그렇겠지만, 그것 말고도 뭔가가 있는 느낌이었다. 고개를 갸웃하고 있는데, 옆에서 헬라드가 말없이 쭈그러든 것이 보였다. 요새 틈만 나면 로시엘을 놀려대며 낄낄대던 헬라드였다. 그런데 아르커스에 다녀온 사이에 어찌 된 일인지, 전세가 완전히 역전되어 있었다.

"무슨 일이에요?"

에니샤의 질문에 로시엘이 재밌어서 어쩔 줄 모르는 얼굴로 답했다.

"헬라드가 약혼을 하게 되었거든."

그러니까 한마디로 정리하자면, 로시엘이 헬라드를 팔아버렸다. 아주 비싼 값에 말이다.

헬라드의 약혼 상대는 동부 엘하르크 왕국의 왕녀였다. 왕위를 놓고 치열하게 정쟁을 벌이던 그녀는 결국 오라비에게 패하였고, 쫓겨나듯 결혼 시장에 올랐다. 엘하르크에서는 하루빨리 그녀를 내쫓으려고 어마어마한 지참금을 내걸었다. 그때 헬라드의 신붓감을 물색하던 로시엘이 마수를 뻗쳤다.

역사가 오래된 엘하르크는 한때 제국에 버금갈 정도로 세력을 떨치기도 한 강대국이었다. 그런 왕국의 왕녀이니 신분도 알맞고, 왕위를 탐냈을 정도의 배짱이면 히페리온 황실에서도 잘 버텨낼 것이었다. 무엇보다 로시엘이 마음에 들어 한 것은 왕녀의 지참금이었다. 질 좋은 금강석을 생산하는 광산과 작은 섬, 곡창지대를 포함한 영토 일부, 심지어 왕녀 개인이 가진 재산도 상당했다.

"혼인 장사 한번 제대로 하셨지."

헬라드는 불퉁하게 중얼거렸으나, 영 기운이 없었다. 간식을 먹는 에니샤 옆에서 로시엘이 매우 즐겁게 말했다.

"어차피 약혼할 때도 되었잖아."

로시엘의 말이 옳았다. 헬라드는 황위를 이어받기로 한 만큼, 언젠간 결혼을 해야 했다. 성인식을 치렀고 나이도 스물인데 아직 약혼조차 하지 않았으니, 지금도 많이 늦었다. 하지만 헬라드는 최대한 미루고 싶어서 미적거리고 있었다. 다들 그러려니 하면서 내버려두었는데, 근래 헬라드가 로시엘한테 까불까불한 것이 문제였다. 녹시타한테 진 것을 가지고 계속 놀리더니, 결국 제대로 한 방 맞은 것이다.

그러게 왜 로시엘한테 까불어선……

에니샤는 측은한 마음으로 헬라드를 바라보았다. 헬라드가 으아아 하고 소리를 내더니 에니샤를 꽉 끌어안고선 애처럼 칭얼거렸다.

"몰라. 오라버니는 약혼해도 쭈글이가 1번이야."

그러고 보니 걱정해야 할 것은 헬라드뿐만이 아니었다. 제국까지 끌려와서 고생할 헬라드의 약혼자가 벌써부터 걱정되었다.

히페리온 황족들은 방계가 전무했다. 가뜩이나 둘째까지밖에 낳질 못해 손이 적은 황실인데, 황족들은 태생적으로 인간에 관심이 없었다. 역대 황족들 중에서 성욕이 강하여 염문을 뿌리고 다닌 이는 있었어도, 누군가를 열렬히 사랑했던 이는 없었다. 히페리온이 사랑하는 것은 오직 자기 자신뿐이었다. 그들에게 가정을 이루고 자식을 낳는 것은 황족으로서 치르는 의무적 행위일 뿐이었다. 황위를 잇는 후계자를 제하곤 죄다 제멋대로 살다가 독신으로 생을 마감한 덕분에, 오로지 직계만이 아슬아슬하게 이어져왔다. 우습게도 황족들이 몹시 튼튼해서 그런 구조로도 대가 끊어지지 않았지만 말이다.

그리고 당연하다면 당연하게도, 로드고와 쌍둥이 또한 결혼에 관심이 없었다. 로드고는 아예 황후궁을 에니샤에게 줘버렸고, 로시엘은 계승권에서 벗어나 있으니 결혼은 생각도 하질 않았다. 헬라드도 로시엘한테 잘못 걸리지만 않았다면, 버티고 버티다가 최후의 순간에 결혼했을 것이다. 어쨌든 헬라드가 약혼자에게 인간적인 관심조차 보이지 않으리란 것은 분명했다. 에니샤는 저라도 예비 황태자비에게 친절히 대해줘야겠다고 결심했다.

"오라버니를 동정해줘……."

헬라드가 축 늘어진 어조로 중얼거렸다. 그가 이 정도까지 기죽은 것은 처음이었다. 에니샤는 정말 우울해 보이는 헬라드를 열심히 토닥거려주었다.

쌍둥이가 오후 일정을 소화하기 위해 돌아간 후, 에니샤는 황녀궁의 주방을 찾아갔다.

"황녀님!!"

갑작스러운 황녀님의 방문에 깜짝 놀란 주방 사람들에게, 에니샤는 조금 머뭇거리며 말했다.

"음, 간단하게 케이크 같은 걸 만들어보고 싶은데……."

뜬금없이 케이크를 만들러 온 것은 헬라드를 위해서였다. 달달한 것을 좋아하는 그에게 직접 만든 케이크를 준다면 큰 위로가 되리라. 물론 빵을 반죽하고 굽는 것은 무리고, 그냥 빵 위에 크림을 바르고 장식하는 정도는 저도 쉽게 할 수 있을 것 같았다. 하지만 에니샤는 얼마 지나지 않아 그것이 근거 없는 자신감이었음을 깨달았다. 그림 숙제를 할 때부터 느꼈지만, 에니샤는 손재주가 없었다.

"……."

누가 한 대 때린 것 같은 케이크의 모양새에 옆에서 보조해주던 주방장이 땀을 뻘뻘 흘리며 칭찬해주었다.

"참으로 창의적이고 개성 있는 케이크입니다. 마, 맛도 좋아 보이고……?"

에니샤는 시무룩해졌다. 그래도 기왕 만든 것, 일단 황녀궁으로 들고 와봤다. 눈을 감고 먹는다면 괜찮을지도 몰랐다. 우선 응접실 탁자 위에 올려놓았는데, 콧노래를 흥얼거리며 들어오던 레시나가 히익 하고 기겁하였다.

그녀가 눈을 크게 뜨고서 물었다.

"황녀님, 이거 뭡니까? 개밥입니까?"

"……."

에니샤는 결국 케이크를 버리기로 결심했다.

❧❦❧

상심한 에니샤는 헬라드의 마음보다 우선 제 마음을 달래기로 하였다. 그리하여 이브로테 기사단을 끌고 찾아간 곳이 여덟 갈래 광장에 위치한 유명한 빵가게였다. 빵과 함께 간단한 차와 음료를 판매하는 이곳은 제도 귀족들에게 인기 절정인 가게였다.

에니샤는 외출할 때마다 종종 이곳을 찾곤 했다. 황궁 요리사들이 만드는 간식들도 맛있지만, 가끔씩 별식이 먹고 싶을 때가 있는 법이었다. 하지만 절대 시녀들에게 사 와달라고 부탁하거나, 포장해서 들고 갈 수는 없었다. 항상 직접 가서 먹고 돌아와야 했다. 혹시나 에니샤가 밖에서 무슨 음식을 사다 달라고 했다는 말이 퍼지는 순간, 무슨 일이 벌어질지 몰랐다.

과거 토끼인형 때문에 황녀궁이 토끼 농장으로 변할 뻔했던 대란은 지금 생각해도 끔찍했다. 아니면 제빵사가 납치될 수도 있었다. 에니샤는 가게 안쪽에서 부지런히 빵을 만들고 있는 제빵사를 흘긋 바라보았다. 푸근한 인상이었지만 심약해 보이는 것이, 황궁에 잘못 끌려와서 로드고를 만나기라도 한다면 그 자리에서 기절할 것 같았다. 갑자기 또 헬라드의 약혼자가 걱정되기 시작했다.

"에니샤 님, 전부 고르셨습니까?"

에니샤를 대신해 케이크를 주문한 카힐이 물어보았다.

고개를 끄덕이자, 그가 값을 치렀다. 에니샤는 볕이 잘 들어오는 테라스에 앉아서 카힐이 음료와 케이크를 받아서 돌아오길 기다렸다. 델 하르인은 바빠서 데리고 나오지 못했고, 레시나는 근처 구석진 곳에서 박하잎 궐련을 피우고 오기로 했다. 카힐이랑 둘이서 조금 먹다가 귀궁할 생각이었다.

케이크를 먹으면서 모양새를 잘 봐두었다가 다시 주방에 가서 재도전해볼까…….

에니샤가 잡생각을 하고 있는데, 매력적인 목소리가 들려왔다.

"쇼콜라 샹티 남아 있나요?"

조금 낮은 듯한 음성의 주인공은 풍성한 적갈색 머리카락을 가진 요염한 분위기의 아가씨였다. 시원시원한 이목구비와 입가에 올라앉은 점이 시선을 잡아끌었다. 그러나 독화처럼 아름다운 그녀는 텅 빈 케이크 진열장 앞에서 좌절하고 있었다.

때마침 돌아온 카힐이 케이크를 탁자 위에 내려놓았다. 그녀가 말한 쇼콜라 샹티는 여기 있었다. 에니샤가 마지막 남았던 하나를 사버린 것이다.

에니샤는 잠시 케이크를 내려다보며 고민했다. 카힐은 단것을 즐기지 않았고, 쇼콜라 샹티는 혼자 먹기에는 좀 커다랬다. 먹고 싶었던 것을 못 먹는 서러움을 익히 알고 있기에, 에니샤는 큰 결심을 하였다. 뽀작뽀작 걸어가선 진열장 앞에 쭈그려 앉은 그녀의 어깨를 톡톡 두드렸다.

"⋯⋯?"

뒤돌아본 그녀의 눈동자에 이채가 감돌았다. 에니샤는 카힐이 지키고 선 탁자 위의 케이크를 가리키며 말했다.

"쇼콜라 샹티, 조금 나눠줄까요?"

그녀는 조금 멍한 얼굴을 하였다가, 이내 탄식하였다.

"맙소사⋯⋯. 꼬마아가씨는 혹시 천사인가요?"

뛸 듯이 기뻐하는 모습에 괜히 마음이 뿌듯해졌다. 그녀는 에니샤와 함께 쇼콜라 샹티를 나눠 먹기로 하고, 대신 다른 케이크를 수북이 사서 합류하였다. 덕분에 케이크로 소연회를 벌이게 된 에니샤는 몹시 기분이 좋아졌다. 묵묵히 홍차만 가끔 홀짝이는 카힐을 옆에 두고, 그녀와 에니샤는 맛있는 케이크와 차를 즐기며 수다를 떨었다.

그윽한 중저음의 목소리를 가진 그녀는 말씨가 우아하고 행동에 교양이 넘쳤다. 이따금 제국어에 낯선 억양이 섞이는 것이, 외국에서 온 듯했다. 하지만 에니샤와 그녀는 서로의 신상에 관한 질문은 하지 않았다. 이름도, 신분도, 다른 그 어떤 것도 묻지 않고서 나누는 이야기였다. 그러나 어찌 그리 이야기가 끊이질 않고 이어지는지, 둘 다 신나서 눈이 반짝반짝했다. 한참 낄낄거리면서 떠들고 웃던 차였다.

문득 그녀가 웃다 말고 한숨을 내쉬었다. 무슨 일 있느냐고 물어보는 에니샤에게, 그녀가 눈매를 살짝 찌푸리며 말했다.

"곧 약혼을 하거든요."

"약혼?"

"그래요. 이제 좋은 시절 다 갔죠. 원해서 하는 것도 아니고……. 약혼자도……."

"약혼자가 별로예요?"

약혼자라는 말이 나오자마자 그녀는 갑자기 포크를 쥔 손을 움켜쥐었다.

"별로 정도가 아니에요."

그러더니 오만상을 지으며 약혼자 욕을 늘어놓기 시작했다.

그녀의 말을 들어보니 확실히 심각하긴 했다. 약혼자는 어릴 때부터 몸에서 피비린내가 마를 날이 없을 만큼 전장을 누빈 살육귀였다. 손속이 흉포하고 잔악하여 아군마저 혀를 내두를 정도라 했다. 성격도 들짐승 같은 다혈질인데, 오만하기는 어찌나 오만한지 겸손하지 못하고 전부 제 발밑으로 보았다. 거기에 막둥이 여동생이 하나 있는데, 우습게도 그 성정에 여동생만큼은 끔찍하게 귀히 여긴다는 것이었다.

"하여간 정말이지 최악의 약혼자예요! 그렇죠, 꼬마아가씨?"

에니샤는 조그만 포크를 입에 문 채로 고개를 끄덕여주었다. 한동안 케이크만 퍼 먹으며 그녀의 말을 경청하는데, 이야기를 들으면 들을수록 어딘가 자꾸 기묘한 느낌이 들었다.

"그나마 장점을 말하자면 신분이 좋고……. 아, 얼굴도 잘생겼다 하던데. 그거라도 없었으면 난 정말 야반도주했을 거예요."

에니샤는 드디어 무엇이 기묘한지 깨달았다. 어렸을 때부터 전쟁 나가고, 성격 오만하고 남 생각 안 하고, 그런데 신분은 좋고 얼굴이 잘생겼으며, 여동생을 아끼는 사람.

우리 집에 딱 저런 애 있는데……?

그 뒤로도 그녀는 한참 동안 약혼자 욕을 늘어놓았다. 인간 말종, 구제 불능, 폐기 처분이 시급한 쓰레기라는 결론을 내린 후에야 그녀는 겨우 진정하였다.

"휴우……. 미안해요. 지루했죠? 재미없는 얘기만 해서."

"아니에요. 재밌어요."

"어머나, 착하기도 하지."

"진짠데……. 더 얘기하셔도 돼요."

정말로 에니샤는 그녀의 이야기가 재밌었다. 헬라드 같은 사람이 대륙에 하나 더 존재할 줄이야. 둘이서 한번 만나게 해보고 싶었다.

아니다, 그러면 대륙 터지려나?

원래 동족끼리 혐오하는 법이니까, 만나는 순간 피 터지게 싸워 댈지도 몰랐다. 이어나가던 생각은 그녀가 제 앞에 케이크를 이것저것 밀어주는 바람에 끊겼다. 에니샤는 주면 주는 대로 얌전히 다 받아먹었다. 볼을 빵빵하게 해서 우물우물하는 에니샤를 바라보던 그녀가 황홀한 표정으로 중얼거렸다.

"어쩜 이리 사랑스러울까……."

저를 물고 빠는 사람들에겐 익숙했지만, 왠지 오늘따라 좀 더 부끄러웠다. 뺨을 살짝 붉히자, 그녀가 손가락을 꼼지락거렸다. 에니샤의 뺨을 만져보고 싶어서 어쩔 줄 모르는 모양새였다. 그녀는 혹여나 실수하는 일이 없도록 제 손을 꽉 맞잡아 쥐었다. 에니샤는 그녀에게 호의를 베풀어주었다.

"만져보셔도 돼요."

"어머, 정말요?"

내가 너무 티 나게 굴었냐고 민망해하면서도, 그녀는 기뻐하며 에니샤의 뺨을 손가락으로 살살 어루만졌다. 그러다 갑자기 또 한숨을 푹 내쉬더니, 아련한 눈빛을 하고서 말했다.

"내가 약혼하는 집안의 여동생도 딱 이만한 나이거든요. 꼬마아가씨만큼만, 아니 반만큼이라도 착했으면 좋겠어요."

"……."

나 그렇게 안 착한데…….

에니샤는 괜스레 멋쩍어져서 포크를 만지작만지작했다. 그녀는 에니샤의 그런 모습마저 귀엽다는 듯 바라보더니 살짝 웃으며 물었다.

"꼬마아가씨는 좋아하는 사람 없어요? 아직 어려서 결혼 같은 건 생각 안 해봤으려나."

결혼 생각보다는, 결혼 상대가 죽을지도 모른다는 걱정은 해봤다. 하지만 이렇게 대답할 수는 없으니, 에니샤는 잠시 뭐라 답할지 고민해보았다.

그녀가 한 손으로 턱을 괴고선 나른하게 말했다.

"착하고 말 잘 듣는 애가 최고예요. 아니면 아예 혼자 사는 것도 좋고. 굳이 결혼할 필요가 없다고 생각해요, 나는."

그때 옆에서 뭔가 떨어지는 소리가 들려왔다. 카힐이 티스푼을 떨어트리며 난 소리였다. 저 때문에 대화가 끊기자, 카힐은 재깍 사과했다.

"……죄송합니다."

그가 뭘 떨어트리거나 실수하는 것은 처음 보았다. 에니샤는 카힐에게 속닥속닥 물어보았다.

"혹시 불편해? 따로 앉아 있을래?"

하지만 카힐은 단호하게 대답했다.

"아닙니다. 꼭 여기 있고 싶습니다."

"……?"

결의가 넘치다 못해 비장하기까지 한 대답이었다. 에니샤가 뭐지, 하고 있는데 맞은편에 앉아 있는 그녀의 얼굴 위로 미소가 번졌다. 그녀는 눈매를 휘며 카힐을 쳐다보더니, 혼자 의미심장하게 웃었다. 에니샤는 잊고 있던 대답을 하였다.

"좋아하는 사람은 없고, 결혼은 으음……. 아직 잘 모르겠어요. 너무 먼 얘기 같아요."

"그래요?"

그녀의 눈웃음이 조금 더 짙어졌다. 달콤한 쇼콜라 샹티를 한 입 떠먹은 그녀가 입술에 묻은 크림을 핥으며 물었다.

"꼬마아가씨를 좋아하는 사람은 많을 것 같은데, 고백 안 받았어요? 여러 사람 만나보는 것도 중요해요."

그 모습이 요염해서 잠시 우와 하고 구경하던 에니샤는 저도 쇼콜라 샹티를 먹으려 포크를 들었다. 초콜릿 크림의 달고 쌉쌀한 맛을 음미하며, 고백받았던 기억을 떠올려보았다. 막내 황녀님이 된 뒤로는 고백을 받은 적이 없었다. 고백은 무슨, 다들 무서워서 감히 말도 못 붙여 친구도 별로 없는 처지였다.

하지만 대법사 시절에는 나름 인기가 좋았다. 아르커스에 모든 것을 바쳐야 하는 대법사만 아니었다면, 저어기 스칸샤에서 하듯이 하렘이라도 차렸을지 몰랐다. 그러나 결정적으로 에니샤가 연애에 관심이 없었다. 누구 하나에게 온전한 사랑을 부어주기엔, 에니샤를 원하는 사람이 너무 많았다.

그리고 에니샤가 이런 쪽에는 눈치가 좀 둔하기도 했다. 누군가 저를 좋아해서 잘해줘도 잘 몰랐다. 그럴 수밖에 없었다. 에니샤를 지극정성으로 대하는 사람이 너무 많기 때문이었다. 좀 웃긴 말이지만, 에니샤는 깔려 죽을 것 같은 사랑에 익숙해져 있었다. 대법사

때는 아르커스에게, 지금은 히페리온에게 어마어마한 사랑을 받는 처지였다. 때문에 적당히 호감을 표시하는 정도로는 애정을 눈치채기가 힘들었다. 대놓고 앞에서 좋아한다고 앞구르기 뒤구르기 하며 고백하지 않는 이상 모르는 것이다. 아니, 가만 생각해보면 지금도 좋아한다고 말하는 사람은 많았다. 당장 얼마 전에만 해도 녹시타가 대법사 좋다고 난리를 부렸지 않은가.

그러면…… 좋아한다고 고백하는 정도가 아니라, 청혼이라도 해야……?

그러다 갑자기 하크만이 청혼한 사실을 떠올린 에니샤는 기분이 나빠졌다. 얼른 케이크를 먹어서 떠오른 기억을 삼킨 후, 다시 고민에 빠졌다. 하지만 결론은 이러다 독신으로 살다 죽을 수도 있겠다는 것뿐이었다.

"모르겠어요. 고백은 많이 받았는데……."

에니샤는 말하다 말고 잠시 멈칫하였다. 카힐의 손에 들린 티스푼이 휘어진 것을 발견한 탓이었다.

저거 나가기 전에 다시 펴놓아야 할 텐데…….

오늘따라 카힐이 실수가 잦다고 생각하며, 다시 말을 이어갔다.

"절 좋아하는 사람이 너무 많아서, 누구 하나랑 만났다간 그 사람 인생이 고달파질 것 같아요."

예상치 못한 에니샤의 대답에 그녀가 커다랗게 웃음을 터뜨렸다. 탁자까지 두드려가며 눈물을 찔끔할 만큼 크게 웃은 그녀는 한참 만에야 웃음을 그쳤다.

"아아……. 나 꼬마아가씨가 너무 좋아요. 정말, 꼬마아가씨가 왜 그렇게 말했는지 완벽하게 이해했어요. 나 같아도 꼬마아가씨랑 연애하는 사람, 마구마구 괴롭혀버릴 것 같아."

손수건을 꺼내 눈물을 훔쳐낸 그녀가 너무 귀엽다며 혼잣말을 중얼거렸다.

에니샤와 그녀는 그 뒤로 이런저런 이야기를 나누었다. 그러다 그녀를 부르러 온 아랫사람 때문에 대화가 끊어졌다.

"이만 가봐야겠어요."

그녀가 아쉬움 가득한 눈으로 에니샤를 바라보았다.

"누군가랑 이렇게 마음 편히 이야기한 게 얼마 만인지……. 꼬마 아가씨를 만난 것만으로도 제국에 온 보람이 있네요."

하지만 그리 아쉬워하면서도, 끝끝내 이름이나 가문은 질문하지 않았다. 묻지 않는 이유는 그녀 또한 스스로를 밝힐 수 없기 때문이리라.

"다시 볼 수 있다면 너무 기쁠 것 같아요. 우리 인연이 닿는다면, 꼭 다시 만나도록 해요."

마지막 인사를 나눈 후, 그녀가 자리에서 일어났다. 에니샤는 그녀에게 손을 팔랑팔랑 흔들어주었다. 그녀는 에니샤를 한참 바라본 뒤에야 가게를 떠났다.

그때 가게 안으로 들어오려던 레시나가 그녀를 발견하였다. 레시나는 입을 떡 벌리더니, 슬금슬금 다시 되돌아나갔다. 그리고 그녀가 완전히 사라진 후에야 헐레벌떡 에니샤 앞으로 달려왔다.

"뭐, 뭡니까. 왜, 저기 저 사람이랑 무슨 이야기를……."

델 하르인이 봤다면 예절 교육 다시 하라고 했을 법한 태도였다.

에니샤는 레시나의 손에 포크를 쥐여주며 답했다.

"우연히 만나서 같이 차랑 케이크 먹으면서 이야기 좀 했어. 케이크 많이 남았는데, 먹을래?"

하지만 레시나는 케이크에 손도 대지 않은 채, 기겁하며 에니샤 옆에 바짝 붙어 앉았다. 그리고 벌벌 떨면서 귓속에 작게 속삭였다.

"저 여자, 엘하르크의 마녀라고요……!"

"엘하르크?"

"유디트 엘하르크, 모르십니까? 이번에 황태자 전하랑 약혼도 했잖아요."

마녀라 불리며 엘하르크 왕국을 쥐락펴락하던 그녀는 수단과 방법을 가리지 않고 왕위 쟁탈전을 벌이다, 결국 도가 지나친 행동을 저질러서 계승권을 박탈당했다. 패배한 그녀는 오라비에게 떠밀려 결혼 시장으로 쫓겨났고, 그런 그녀를 주운 것이 히페리온 황실이었다. 약혼이 성사한 기념으로 인사를 나누기 위해 제국을 찾았는데, 기막힌 우연으로 에니샤와 찻집에서 딱 마주친 것이었다.

……그럼 그녀가 말하던 인성 개차반은 역시 우리 집 애였구나!

깨달음을 얻은 에니샤는 왠지 모르게 안도감이 들었다. 대륙에 헬라드 같은 사람이 둘이나 존재하지 않아서 다행이었다. 그리고 유디트를 다시 볼 수 있다는 것도 좋았다. 그녀는 히페리온에 아주 잘 어울리는 훌륭한 황태자비가 될 것 같았다.

"반대파 귀족이 아끼던 애마의 목을 잘라서 침대에 넣어놓은 건 아직도 엄청 유명한 사건……."

레시나의 말을 한 귀로 듣고 한 귀로 흘리던 에니샤는 눈을 깜빡이며 말했다.

"하지만 무척 상냥했는데."

"상냥? 사아앙냐아아앙?"

레시나가 아이고 하면서 이마 짚고 쓰러지는 시늉을 하였다.

"저 여자가 죽인 사람을 줄 세우면, 아마 황성 한 바퀴는 너끈히 돌릴 겁니다."

"그건 헬라드 오라버니도 그렇잖아."

예상치 못한 대답이었던지, 레시나가 잠시 멈칫하였다.

"뭐, 그러니까 둘째 황자님께서 마녀를 황실로 데려오셨겠지 만……."

심각한 표정으로 중얼중얼하던 그녀는 이내 진지하게 말했다.

"제 생각엔 에니샤 님한테 뭔가 있는 것 같습니다."

"응?"

남은 케이크를 냠냠 먹어치우던 에니샤는 레시나를 바라보았다. 레시나가 엄청난 진리라도 발견해낸 것처럼 심각한 어조로 말했다.

"나쁜 사람만 골라서 자석처럼 끌어당기는 힘이요. 그렇지 않고 서야 이럴 수가 없습니다. 이번엔 어떻게 엘하르크의 마녀를 꼬십 니까……."

레시나가 판결을 내리는 판사처럼 땅땅 결론을 못 박았다. 레시나의 말에 카힐도 무척 공감하는 눈치였다.

"이건 진짭니다."

레시나가 갑자기 목소리를 잔뜩 낮추어선 진지하게 헛소리를 하였다.

"이 기회에 대륙 정벌을 욕심내보시는 건 어떠십니까? 조금만 노력하면 될 거 같은데."

지금껏 에니샤 님이 꼬여낸 악당들을 모아서 부대를 차리면, 대륙 일통은 누워서 과자 먹기라고 레시나가 몸을 들썩였다.

에니샤는 에휴, 하며 어깨만 한 번 으쓱이고 말았다.

⚜

유디트는 한숨을 내쉬며 손가락으로 머리카락을 빙글빙글 꼬았다. 결 좋은 머리카락이 탄력 있게 흔들렸다. 마차 창문을 열고 비스듬히 내다보자, 바깥의 호위기사가 조용히 마차와 거리를 벌렸다. 괜히 비위를 거스르지 않기 위해서였다. 유디트는 말없이 눈썹을 치켜올렸다. 엘하르크라면 모를까, 제아무리 유디트라도 히페리온에서 난동 부릴 생각은 없었다. 하지만 유디트가 벌인 일들을 생각하면 저리 겁먹는 것도 무리는 아니었다.

빛나는 왕관을 차지하기 위해 유디트는 모든 것을 바쳤다. 제 앞을 가로막는 상대를 기만하고 능멸했으며, 재기 불능에 이르도록 꺾어 눌렀다. 필요하다면 살인도 서슴없이 저질렀다. 아름다운 손은 피비린내가 가실 날이 없었고, 사람들은 그녀의 그림자에도 놀라 벌벌 떨었다. 유디트는 엘하르크의 마녀가 되었다.

그러나 치열한 정쟁은 처음부터 결론이 정해져 있었다. 엘하르크는 아직 여왕을 받아들일 준비가 되지 않았고, 오라비와 귀족들은 똘똘 뭉쳐 유디트를 몰아냈다. 힘들게 쌓아올린 탑이 무너지는 것은 허망할 만큼 순식간이었다.

유디트는 조용히 패배를 인정했다. 오라비는 승리를 거두고 나서도 치졸했다. 여전히 강대한 세력을 지닌 유디트를 죽일 수가 없으니, 겨우 해낸 생각이 결혼을 핑계로 외국에 내쫓는 것이었다. 다만 소국으로 쫓아내버리겠다는 오라비의 의도와 달리, 그 미끼를 덥석 물어 삼킨 것은 무려 히페리온이었다.

히페리온 제국의 황태자비…….

그것은 대륙에서 가장 영예로운 자리 중 하나였다. 뻣뻣하던 오라비는 되레 유디트의 눈치를 보며 설설 기어 다니기 시작했고, 측근들 또한 유디트에게 축하 인사를 건넸다. 하지만 정작 유디트는 기쁨을 느끼지 못했다. 누군가의 옆자리가 아닌, 가장 높은 곳에 오르길 원했다. 유디트는 왕이 되고 싶었다.

“……."

천천히 눈을 아래로 내리깔았다. 이루지 못한 꿈은 아무리 곱씹어도 씁쓸한 맛만 배어날 뿐이었다. 지나간 과거에 매달리지 말고, 이제는 새로운 목표를 찾아야 했다. 저를 믿고 따라준 사람들을 위해서라도 말이다.

유디트는 얼굴을 부드럽게 스치는 바람을 느끼며 눈을 감았다. 그래도 제국의 황태자비라면 유디트가 사랑해 마지않는 권력 정도는 얼마든지 마음대로 휘두를 수 있을 터였다. 히페리온 황궁에서 치열하게 살아가다 보면 허망함과 슬픔 또한 서서히 잊히리라.

“후……."

다시금 한숨을 내쉰 유디트는 고개를 작게 흔들어 생각을 털어냈다. 당장 눈앞에 직면한 일들부터 해결해야 했다. 오늘 황궁에 입궁하여 히페리온 황족들을 만날 예정이었다. 히페리온 황족은 결코 만만한 상대가 아니다. 유디트는 미리 알아 온 황족들에 관한 정보를 머릿속에 떠올려보았다. 황태자야 어차피 미친놈인 줄 알고 있으니 그러려니 하겠는데, 걱정되는 것은 막내 황녀였다. 히페리온의 세 번째 별, 막내 황녀는 엘하르크에서도 유명했다.

인간에게 마음을 주지 않기로 유명한 히페리온 황족이었다. 그런 황족들이 정신병에 걸린 게 아닌가 싶을 정도로 극진히 아끼는 황녀였다. 황녀 때문에 벌인 정벌전쟁만 두 번이었고, 가장 최근엔 마도왕국 아르커스와 전쟁을 벌이기도 했다.

유디트는 어린아이를 그리 좋아하지 않는 편이었다. 전적으로 오라비의 아들 때문이었는데, 버릇이 없다 못해 미친 수준이었다. 그놈이 소왕자로 지내며 제멋대로 구는 것을 지켜본 덕에 유디트는 아이를 싫어하게 됐다. 엘하르크의 왕손도 그러했는데, 하물며 어릴 때부터 오냐오냐 키운 제국의 막내 황녀는 얼마나 버릇이 없을까. 황실에서 권력을 틀어쥐기 위해서는 필히 막내 황녀에게 적응해야 할 텐데, 벌써 걱정스러웠다. 한참 어린 애한테 시달릴 생각을 하니 서서히 열이 받는 가운데, 문득 일전에 보았던 꼬마아가씨가 떠올랐다.

유디트는 저도 모르게 미소 지었다. 꼬마아가씨를 생각하니 갑자기 끓어오르던 머릿속이 차분해지면서, 동시에 마음이 간질간질해졌다.

그리 편하게 대화를 나눈 것이 얼마 만이었는지!

아기고양이처럼 커다란 눈을 뜨고서 제 말에 고개를 끄덕끄덕해주는 모습은 너무 사랑스러워 절로 웃음이 피어나곤 했다. 나이답지 않게 생각하는 면면도 어찌나 성숙하고 의젓한지, 이야기를 나누다 보면 되레 유디트가 위로받을 정도였다.

꼬마아가씨는 지금쯤 뭘 하고 있을까.

히페리온의 귀족 영애일 테니, 언젠간 다시 만날 수 있으리라 생각하여 그대로 이별했다. 하지만 그때 이후로 계속 생각이 나서 잠을 설칠 정도였다. 그냥 이름이라도 물어볼 것을, 하고 얼마나 후회했는지 몰랐다. 유디트는 다시 엘하르크로 돌아가기 전에 그 꼬마아가씨가 누군지 꼭 수소문해보리라고 다짐했다.

저가 엘하르크의 마녀라고 하면 무서워 도망갈지도 모르지만…….

왠지 꼬마아가씨라면 그러지 않을 것 같았다. 얼굴 가득 무해한 웃음을 지으며 저에게 괜찮다고 말해줄 것만 같았다.

"아……. 보고 싶다……."

유디트는 말을 뱉고 나서야 제가 혼잣말을 중얼거렸음을 깨달았다. 참 별짓을 다 한다고 생각하면서도, 다른 한편으로는 반드시 꼬마아가씨를 찾아야겠다고 재차 다짐하였다.

마차는 히페리온 황궁으로 들어섰다. 화려하지만 고압적인 분위기의 황궁을 찬찬히 살피며, 유디트는 곧장 황태자궁으로 향하였다. 황태자와 함께 정원에서 차를 마실 예정이었다. 먼 길 찾아온 손님에게 오찬조차 대접해주지 않는 것이 참으로 히페리온다웠다.

잘 꾸민 정원을 가로질러, 유디트는 히페리온의 황태자와 마주

앉았다. 황태자는 듣던 대로 훌륭한 외모를 가지고 있었다. 금색과 갈색이 섞인 고수머리와 그을린 피부, 날렵하게 균형 잡힌 체구까지 그야말로 완벽했다. 그러나 아름다운 미색은 눈에 제대로 들어오지도 않았다. 타고난 기세가 날카로운 탓이었다.

황태자와 유디트는 잠시 말없이 서로를 관찰했다. 침묵 속의 관찰 끝에 그가 무표정한 얼굴로 선제공격을 날렸다.

"엘하르크의 마녀를 직접 만나게 되어 영광이오."

이 새끼가 초장부터…….

유디트는 치솟는 열불을 감추고 있는 힘껏 미소 지었다.

"어찌 그리 말씀하십니까."

농염한 웃음과 함께 말 속에 칼을 묻었다.

"제가 여태 해왔던 소소한 일들과는 비교도 안 될 만큼 엄청난 공적을 쌓아오신 분이시지 않습니까. 전하의 명성은 변방의 엘하르크까지 자자하였지요."

내가 저지른 악행이라 해봤자, 네놈한테 대어보면 손톱만도 안 될 거다.

유디트가 눈매를 휘어 보이자, 황태자도 입매가 비뚤어졌다. 한쪽만 치켜 올라간 입꼬리가 사나운 인상과 어우러져 상종도 하기 싫은 분위기를 만들어냈다.

유디트와 황태자는 서로를 향해 방긋 웃었다. 그러나 화사하게 피어나는 미소와 달리, 주변은 싸하게 가라앉아만 갔다. 분명 미남 미녀 둘이서 고상하게 앉아 차를 마시고 있는데, 분위기는 시퍼런 진검 들고 칼춤이라도 추는 듯했다. 어느 한쪽도 밀리질 않으니, 맞

부딪칠 때마다 불꽃이 튀었다. 살벌한 대화를 몇 마디 더 주고받았을 때였다.

"……?"

갑자기 황태자가 정원 입구를 향해 홱 하고 고개를 돌렸다. 저 멀리서 조그만 꼬마가 총총 걸어오고 있었다. 저를 바라보는 황태자에게 꼬마는 한쪽 손을 팔랑팔랑 흔들어 인사했다. 그리고 꼬마의 인사를 보는 순간, 방금까지 거만하고 재수 없던 얼굴이 삽시간에 멍청해지면서 헤벌쭉한 웃음이 가득 퍼졌다. 황태자는 앞에 저를 두고도 자리에서 벌떡 일어나더니, 냉큼 꼬마아이에게 달려갔다.

"에니샤!!"

저 아이가 소문의 '막내 황녀님'이구나.

유디트는 눈매를 날카롭게 치켜올리며 멀찍이서 총총 걸어오는 황녀를 살폈다.

황태자는 곧장 황녀 앞까지 달려가선 달랑 안아 들었다. 해맑은 웃음소리가 들려왔다. 햇빛을 받아 눈부시게 빛나는 금발이 눈에 익었다. 그리고 꼬마아이가 가까워질수록, 드러나는 이목구비 또한 익숙했다. 유디트는 손으로 살짝 벌어진 입을 가렸다. 황태자의 품에 안긴 아이는 며칠 전 즐겁게 이야기를 나누었던 꼬마아가씨였다. 다만 그때와는 다르게, 꼬마아가씨의 눈동자는 영롱한 주홍색으로 반짝이고 있었다.

유디트와 시선이 마주치자, 꼬마아가씨는 눈을 동그랗게 떴다가 이내 활짝 웃었다. 그렇게 보고 싶었던 무해한 웃음이었다. ……유디트는 그만 가슴이 두근거리고 말았다.

유디트 엘하르크가 황궁에 입궁했다는 소식이 들려오자, 에니샤는 당장 헬라드의 궁으로 갈 채비를 시작했다. 헬라드한테 시달리고 있을 것이 분명했다. 가서 도와줘야 한다며 의욕적으로 나서는 에니샤를 보고 레시나는 한숨을 푹푹 내쉬었다.

"황녀님이 도와주지 않으셔도 그 여자는 알아서 잘하고 있을 겁니다."

"그런가?"

"예! 그 상냥하신 분이! 황태자 전하와 진검승부를 벌이고 계실 거란 말입니다!!"

레시나는 뭐가 그렇게 답답한지 으어억 하면서 제 가슴을 콱콱 두들겼다. 뒷목 잡고 쓰러지는 그녀 앞에서 에니샤는 챙이 넓은 모자를 착 쓰며 말했다.

"그래도 갈래. 보고 싶단 말이야."

결국 레시나는 황태자궁으로 향하는 에니샤를 말리지 못했다.

황태자궁에 들어서자, 시종이 뛰어나와 전하께 방문을 고하겠다고 하였으나 에니샤는 점잖게 거절하였다.

다 알리고 가면 무슨 재미인가.

원래 이런 방문은 깜짝 놀라게 해줘야 재밌는 법이었다.

둘이서 차를 마시고 있다는 정원에 들어서자, 기척에 예민한 헬라드는 에니샤의 등장을 곧바로 알아챘다. 재빠르게 달려와 저를 끌어안는 헬라드가 좋아서 에니샤는 웃음을 터뜨렸다.

"여기까지 무슨 일이야?"

"오라버니 보고 싶어서요."

"윽……."

그렇게 예고 없이 훅 치고 들어오면 심장에 좋지 않다고, 헬라드는 진심을 담아 말했다. 에니샤는 헬라드의 귀에 달라붙어서 속닥속닥했다.

"사실 오라버니의 약혼자가 궁금해서 왔어요."

"아아."

굉장히 소개해주고 싶지 않다는 표정을 하면서도, 헬라드는 에니샤를 안고서 유디트에게 향했다. 유디트는 조금 멍한 얼굴로 이쪽을 쳐다보고 있었다. 에니샤는 그녀가 유디트라는 사실을 이미 알고 있었지만, 아무것도 모른 척 활짝 웃었다. 그리고 헬라드의 품에서 폴짝 뛰어내려선, 유디트에게 도도도 달려갔다.

유디트는 얼떨결에 에니샤를 받아주었다. 에니샤는 유디트의 드레스에 답삭 매달려서 그녀를 올려다보며 말했다.

"언니가 오라버니의 약혼자였어요?"

유디트가 아직 당혹감에서 벗어나지 못한 동안, 두 사람을 지켜보던 헬라드가 한쪽 눈썹을 치켜올리며 에니샤를 불렀다.

"……에니샤?"

짧은 부름에는 이게 어떻게 된 일이냐는 질문이 담겨 있었다. 에니샤는 드레스 자락에 매달린 채로 웃으며 말했다.

"저번에 황궁 밖에서 만나서, 같이 케이크 나눠 먹었어요!"

헬라드가 더 자세히 물어보면 미리 준비했던 대답을 꺼낼 생각이었다. 하지만 헬라드는 이미 유디트와 에니샤가 어떻게 만났고, 무슨 대화를 나눴는지는 관심사 밖이었다. 그는 다른 부분에 심각하게 꽂혀버렸다.

"……케이크?"

잔뜩 낮아진 목소리가 심상찮았다. 놀라서 눈만 동글동글 뜬 에니샤에게 헬라드가 느릿하게 입을 열었다.

"저 여자와 단둘이서 케이크까지 먹었다니……."

설마 화났나?

에니샤는 걱정에 쭈글쭈글해진 표정으로 그를 바라보았다. 그리고 헬라드가 분통을 터뜨리며 외쳤다.

"오라버니랑은 황궁 밖에 나간 적도 없으면서!"

"……."

에니샤는 할 말을 잃어버렸다.

꒰ঌ❀໒꒱

어쩌다 보니 셋이서 차를 마시게 되었다. 정확히 말하자면 넋 나간 사람 하나, 잔뜩 삐진 사람 하나, 열심히 달래는 사람 하나씩이었다.

"나도 케이크 사줄 돈 있어. 케이크 가게, 아니 케이크로 만든 집도 사줄 수 있다고!"

케이크로 만든 집이 있나……?

무슨 요정나라도 아니고, 그런 게 있을 턱이 없었다. 말도 안 되는 헛소리를 하고 있지만, 에니샤는 열심히 헬라드를 달랬다.

"화 풀어요. 네에?"

"······됐어. 괜찮아."

잔뜩 불퉁한 것이 누가 봐도 괜찮지 않은 표정이었다. 에니샤는 어찌할 바를 모르고 발만 동동 구르다 말했다.

"알았어요. 다음에 같이 황궁 바깥으로 놀러 나가요. 오라버니랑 케이크 먹으러 갈게요."

"······똑같은 가게에서?"

"더 좋은 가게요!"

그제야 헬라드의 얼굴이 조금 풀어졌다. 한시름 놓은 에니샤는 가슴을 쓸어내리다 뒤늦게 유디트를 돌아보았다.

"······."

넋이 나간 채 찻잔만 들고 있는 그녀는 이 모든 상황이 믿기지 않는 표정이었다. 하긴, 눈앞에서 제국의 황태자가 어린 황녀와 유치하기 짝이 없는 공방을 벌이는 걸 보았으니 당연한 일이었다. 이 정도 일에 태연하려면, 황궁에서 최소 5년 이상 일한 시종시녀 정도는 되어야 했다. 히페리온 귀족들도 가끔 흠칫거리는 판국인데, 하물며 외국에서 건너온 유디트는 어떻겠는가. 뒤늦게 몰려오는 부끄러움에 얼굴이 화끈했다.

에니샤는 멋쩍게 웃으며 그녀를 챙겼다.

"차는 입맛에 맞으세요?"

그러나 유디트가 입을 열기도 전에, 헬라드가 심통 난 어조로 끼어들었다.

"오라버니도 차 마시고 있는데, 에니샤."

"아까 설탕이랑 우유 넣으시는 거 봤어요."

"……."

헬라드가 입을 꾹 다물고선 괜히 티스푼으로 찻잔을 거칠게 휘저었다. 달그락달그락 요란한 소리가 나는 앞에서, 에니샤는 속으로 깊은 한숨을 내쉬었다. 유디트가 히페리온 황족들을 뭐라고 생각할지 벌써 걱정이었다. 물론 황족으로서 위엄을 갖춘다거나, 기선 제압을 한다든가 할 생각은 전혀 없었다. 하지만 그래도 이건…… 해도 해도 너무한 팔불출이었다…….

다시 민망함에 얼굴이 홧홧해지던 에니샤는 남몰래 작게 고개를 내저었다. 피할 수 없으면 즐기랬다고, 어차피 유디트가 히페리온의 황태자비가 된다면 볼 꼴 못 볼 꼴 다 보여줄 수밖에 없었다. 긍정적으로 생각해보면 이렇게 미리미리 적응하는 게 훨씬 나을지도 몰랐다. 일단 헬라드부터 시작해서 순서대로 하나씩 팔불출 적응기를 가지는 것이다. 로드고는 꼭 맨 마지막 순서가 되었으면 좋겠다고 생각하며, 다시 유디트에게 말을 붙여보려던 때였다.

헬라드가 흘긋 옆을 보더니, 한쪽 눈썹을 스윽 치켜올렸다. 못마땅함이 역력한 시선이었다. 헬라드의 시선을 따라간 에니샤는 헉 하고 숨을 들이켰다. 로시엘이 나붓하게 걸어오고 있었다.

여름 바람에 살랑거리는 머리카락을 단정히 쓸어 넘기며, 그가 어여쁜 눈웃음과 함께 물었다.

"에니샤, 여기 있었니?"

"로시엘 오라버니!"

에니샤가 황태자궁에서 헬라드의 약혼자와 노닥거리고 있다는 소문을 듣고 찾아온 것이었다. 에니샤와 짤막히 인사를 나눈 로시엘은 매끄럽게 시선을 옮겨 유디트를 바라보았다. 유디트가 자리에서 일어나 무릎을 살짝 굽히며 인사했다.

"히페리온의 두 번째 별을 뵙습니다. 유디트 엘하르크입니다."

"로시엘 이멜레타 히페리온입니다."

유디트와 로시엘은 제법 정상인처럼 정중하게 인사를 주고받았다. 그러나 상대를 탐색하는 시선만큼은 날카롭기 짝이 없었다.

"황녀가 이곳에 있다 하여 찾아왔습니다. 다음에 정식으로 인사를 나누었으면 좋겠군요."

사무적인 어조로 대화를 마무리 지은 후, 로시엘은 의자에 앉아 있는 에니샤의 어깨를 부드럽게 감싸 안았다. 그리고 꿀 바른 목소리로 다정하게 말했다.

"우리는 비켜드리자, 에니샤. 두 분이서 오붓한 시간을 보내실 수 있도록 배려해야지."

한없이 정중한 말은 겉보기엔 황태자와 예비 황태자비를 위하는 듯했다. 하지만 그 속내가 무엇인지, 히페리온 황족들이라면 훤히 알고 있었다. 그럴듯한 핑계를 대가며 에니샤를 데려가려는 속셈이었다. 결코 참지 않는 헬라드가 대번에 달려들었다.

"비켜드리긴 뭘 비켜드려? 에니샤는 나랑 있고 싶다는데."

방해받은 로시엘이 짜증 난다는 얼굴로 헬라드를 흘겨보며 말했다.

"쓸데없는 소리 하지 마. 너 혼자 있는 거 아니잖아. 귀한 손님께도 폐가 될 터인데."

하지만 유디트가 곧장 반박하고 나섰다.

"저는 괜찮습니다."

옥신각신하던 헬라드와 로시엘이 일제히 유디트를 돌아보았다. 애는 뭐지, 하는 표정이었다. 무려 두 명의 히페리온이 쏘아 보내는 시선을 받으면서도, 유디트는 태연히 웃으며 말했다.

"일전에 한 번 뵈었던 인연도 있고 하니, 황녀님께서 함께해주시면 더욱 자리가 빛날 듯합니다."

"인연……?"

로시엘의 눈매가 대번에 가늘어졌다. 흉흉해져가는 분위기에 에니샤는 얼른 유디트를 편들어주었다.

"네! 저번에 밖에서 우연히 만났어요!"

그리고 후다닥 유디트한테 가까이 붙어선 소곤소곤 속삭였다.

"우리 둘이서 한 이야기는 비밀로 할게요."

그러면서 한쪽 눈을 찡긋해 보이자, 유디트가 부르르 몸을 떨더니 손가락을 마구 꼼지락거렸다. 또 뺨을 만져보고 싶은 모양이었다. 하지만 지금은 만지게 해줄 수가 없는지라, 대신 손을 꼭 잡아주었다.

에니샤는 유디트와 손을 잡고서 헬라드와 로시엘을 번갈아 바라보았다. 그리고 눈썹을 축 늘어뜨리며 간절히 물었다.

"저도 같이 있으면 안 될까요……?"

홀로 머나먼 외국까지 약혼자를 만나러 온 유디트였다. 그녀를 헬라드 앞에 혼자 내버려두기가 영 불안했다. 저를 빼곤 다른 이에게 무심하다 못해 잔인한 헬라드의 성정을 잘 알기에 더 그랬다.

유디트는 오랜만에 마음 편히 대화를 나누었던 상대였다. 여자끼리 즐거운 수다를 나눌 수 있게 해준 그녀가 에니샤는 퍽 마음에 들었다. 그러니 어느 정도 히페리온에 적응하기 전까지는 최대한 도와주고 싶었다.

에니샤의 속마음을 알아챘는지, 유디트는 아랫입술을 꼭 깨물었다. 감동한 기색을 감추지 못하는 얼굴이었다. 수줍게 눈짓을 주고받는 에니샤와 유디트는 조그맣게 미소를 지었다. 두 사람 사이에 분홍색 기류가 몽글몽글하게 피어났다.

"……."

그리고 그 모습을 바라보던 헬라드와 로시엘은 말없이 서로를 쳐다보았다. 쌍둥이들의 눈빛이 어느 때보다 서늘했다.

그날 밤, 본궁.

로드고와 쌍둥이는 황족회의를 열었다. 황녀궁에서 쿨쿨 자고 있을 에니샤는 꿈에도 모를, 비밀리에 개회된 황족회의였다. 에니샤 몰래 모인 세 남자는 심각한 얼굴을 하고서 원형탁자에 둘러앉았다.

로시엘이 진지한 표정으로 입을 열었다.

"아무리 생각해도 위기인 것 같습니다……."

그의 말에 로드고와 헬라드도 무겁게 고개를 끄덕였다. 헬라드가 적잖이 충격받은 어조로 중얼거렸다.

"쭈글이가 나보다 그 여자를 더 신경 썼어……. 둘이서 완전 좋아 죽던데……."

로드고는 여기서 유일하게 오늘 벌어진 사태를 목격하지 못한 사람이었다. 하지만 사태의 심각성은 쌍둥이들 못잖게 확실히 인지하고 있었다.

로시엘이 미리 준비해온 두툼한 종이 뭉치를 하나씩 배부했다. 가장 앞장에는 대문짝만 한 글씨가 유려히 적혀 있었다.

에니샤의 주변인들에 대한 실태 분석과 개선 방안: 최신 사례를 중심으로

로드고와 헬라드는 종이 뭉치를 읽기 시작했다. 그 어떤 서류를 볼 때보다도 집중하여 속독한 후, 두 남자는 종이 뭉치를 턱 내려놓았다. 로드고가 미간에 깊은 주름을 잡고서 입을 열었다.

"……하지만 이번 건은 조금 다른 느낌이지."

로시엘이 눈매를 가늘게 좁히며 답했다.

"그렇습니다."

에니샤는 그간 많은 사랑을 받아왔다. 천공의 마도왕국 아르커스부터 시작해서, 자그마한 막내 황녀한테 목매는 사람들은 헤아릴 수 없이 많았다. 그 수많은 경쟁자 속에서도, 히페리온 황족들은 여태껏 꿋꿋하게 에니샤의 옆을 차지해왔다. 심지어 아르커스의 좌우법사까지 물리쳐가면서 말이다. 그러나 유디트 엘하르크는 여태까지 맞섰던 경쟁자들과는 달랐다. 유디트는 여자였다. 여태 수많은 미친놈이 에니샤 곁에서 바글거렸지만, 성인 여자는 처음이었다.

그녀는 남자인 황족들이 해줄 수 없는 수많은 것을 할 수 있었다. 단순히 성별이 같다는 것 하나만으로도 엄청난 우선권을 얻어가는 것이다. 이번엔 잠시 인사를 하러 온 것이니 금세 떠났지만, 후에 정식으로 결혼하면 유디트는 완전히 황궁에 눌러앉을 터였다. 황족들로서는 위기감을 느끼지 않을 수 없는 상황이었다.

에니샤가 히페리온보다 다른 사람을 더 챙긴다니…….

로드고와 쌍둥이가 절대로 보고 싶지 않은 모습이었다.

"저희가 현 위치를 공고히 하면서도, 더 앞서나갈 수 있는 방안을 마련해야 합니다. 아무래도 가족이라는 이점을 최대한 활용하면서 관계를 돈독히 할 만한 것이 좋겠습니다."

로시엘이 차분히 말을 끝맺었으나, 돌아오는 대답은 없었다. 제 잘난 맛으로 사는 히페리온 황족이었다. 에니샤한테나 곰살궂게 굴지, 그 외에는 타인과 관계를 어찌해보겠다고 노력한 일이 전무했다. 당연히 '돈독한 관계' 같은 게 뭔지 알 턱이 없었다. 여태껏 직면해보지 못한 난해한 문제 앞에서, 세 남자는 일제히 고민에 빠졌다. 한참 동안 침묵하던 가운데, 헬라드가 번뜩 고개를 치켜들며 소리쳤다.

"얼마 전에 휘하의 기사 하나가 휴가를 받아 갔는데, 가족끼리 휴양지를 간다고 했어!"

"……!"

로드고와 로시엘은 동시에 눈을 부릅떴다. 로시엘이 다급히 외쳤다.

"이거 괜찮은 것 같습니다!"

세 남자는 빠르게 눈빛을 주고받았고, 말할 것도 없이 단숨에 만장일치를 이뤄내었다.

"좋아, 나쁘지 않군."

낮게 중얼거린 로드고가 탁자 위에 손을 턱 얹었다. 그리고 비장하게 선언하였다.

"가족 소풍이다."

۞

황녀궁 정원에는 하얀 덩굴장미를 얹어 그늘을 만든 원정이 있다. 달걀처럼 동글동글하게 만발한 덩굴장미 아래에는 나무그네를 매어놓았다. 로드고가 직접 지시하여 만들어놓은 것인데, 에니샤는 가끔 그네에 앉아 한가로이 오후 시간을 보내곤 했다. 수박을 갈아 얼음과 탄산수, 얇게 썬 레몬 몇 조각을 넣은 음료수를 마시며, 에니샤는 콧노래를 흥얼거렸다. 물기가 송골송골 맺힌 유리잔이 손바닥에 참참하게 젖어 들었다. 카힐이 살금살금 그네를 밀어주고, 레시나는 나무그늘 밑에 앉아서 그 모습을 구경하며 제 몫으로 받은 음료수를 홀짝거렸다. 평화롭고 나른한 분위기 속에서 얼마간 여름 바람을 만끽하던 에니샤는 다 마신 잔을 바닥에 내려놓았다. 그리고 그네 한쪽에 종이 뭉치를 쌓아놓고 하나씩 읽기 시작했다. 대륙마법협회에서 보내온 것이었다.

일전 모리아칸 왕국에서, 에니샤는 레시나와 델 하르인에게 협회를 탈탈 털라고 지시했다. 협회가 어떤 형태로든 스칸샤와 접촉

한 흔적이 있는지 알아보고, 그에 관한 자료를 찾아올 것. 또한 정령에 관한 자료가 있으면 함께 알아오라는 명령이었다.

레시나와 델 하르인은 협회장인 제나를 달달 볶아가며 열심히 정보를 털어왔다. 덕분에 제법 괜찮은 수준의 정보를 얻어낼 수 있었고, 전부 아르커스에 넘겼다.

아르커스와 히페리온이 충돌한 이후 스칸샤는 잠잠했다. 에니샤를 건드리지도, 히페리온과 분쟁을 일으키지도 않았다. 그러나 고요한 수면 밑에서는 끊임없는 움직임을 보이고 있었다.

현재 대륙 각국에 흩어진 협회 지부들은 서부 주술사들에게 도움을 주고 있었다. 그 대가로 협회는 스칸샤에게서 상당한 금전적 지원을 받는 모양이었다. 에니샤는 제나에게 스칸샤와 관계를 유지하면서 그들의 동향을 알려달라고 부탁했다. 지금 읽고 있는 종이 뭉치는 그에 관한 것이었다.

"주술사들이 대륙 곳곳에 흩어져서 뭘 하는 건지……."

에니샤는 혼잣말을 중얼거리며 종이를 팔랑팔랑 넘겼다. 주술사들이 머무르는 곳에 살인과 범죄가 증가했으나, 이 정도는 본래 주술사가 있다면 당연히 벌어지는 일들이었다. 아직 유의미한 동향은 파악할 수 없었다. 아르커스에서 주술사가 머무르는 곳으로 조사관을 파견했으니, 그들이 정보를 보내올 때까지 기다려봐야 할 것 같았다.

스칸샤에 관한 자료를 전부 꼼꼼히 읽은 후에는, 정령에 대한 자료도 읽어보았다. 그러나 협회에서 보유한 자료는 대부분 카힐에 관한 것뿐, 다른 정령이나 계약자에 대한 내용은 없었다. 그래도 몇 개는 조금 도움이 될 법도 해서, 카힐에게 건네주었다.

"카힐, 이거 읽어봐."

카힐은 얌전히 에니샤 근처에 앉아서 종이 뭉치를 읽기 시작했다. 그네에 앉아서 그를 내려다보던 에니샤는 쭈욱 기지개를 켠 다음, 남은 자료들을 읽어갔다.

정령은 파헤치면 파헤칠수록 미궁이었다. 천공섬에 머무르는 동안, 에니샤는 아르커스 장서관에서 정령과 관련한 서적을 읽고 벨루안에게 조언도 구해보았다. 벨루안은 에니샤가 카힐을 위해 정령을 공부하는 것을 굉장히 싫어했다. 하지만 질색하면서도 질문에는 성실하게 답해주었다.

— 북부의 정령이라면 그 힘이 과거에 존재했던 군주급 악령과 버금갈 것입니다. 용케 살아남았군요.

벨루안은 못내 아쉬워하는 어조로 잡아먹히지 않은 게 신기하다고 말했다. 그리고 성년식을 치르고 불안정한 육체가 안정된다면, 힘을 다루기가 훨씬 쉬워질 것이라고 설명해줬다. 카힐은 내년에 성년식을 치른다. 그간 카힐은 에니샤의 통제 아래에서 최대한 힘을 억눌러왔지만, 성년식 이후에는 훨씬 수월하게 제 힘을 다룰 수 있게 되리라.

성년식…….

에니샤는 잠시 자그마한 손으로 왼쪽 가슴 위를 눌러보았다. 일정하게 두근거리는 박동과 함께 여전히 심장을 옥죄는 마력봉인이 느껴졌다. 현재 아르커스에서는 마력봉인에 관한 연구를 진행 중이었다. 에니샤가 성년식을 치르는 날 마력봉인을 해제하는 것이

목표였다. 하지만 어디까지나 계획일 뿐이고, 마력봉인을 풀 수 있다는 확실한 보장은 없었다.

"……."

저도 모르게 손에 들고 있던 종이를 움켜쥐었다. 바스락 구겨지는 소리를 듣고서야 정신이 들었다. 에니샤는 가볍게 숨을 가다듬었다. 조급하게 생각하지 않으려 하지만, 마력봉인을 떠올릴 때마다 마음이 답답한 것은 어쩔 수 없었다. 끝까지 아르커스로 되돌아가지 않으려 했던 가장 큰 이유 중 하나가 마력이었다. 냉정하게 말해서 지금 에니샤가 가진 마력으로는 대법사는커녕, 아르커스의 문조차도 열 수 없었다. 마력을 되찾기 전까진, 아르커스의 대법사는 존재하지 않는 것과 같았다. 좌우법사가 제아무리 애써봤자, 다리 하나가 사라진 삼족오는 예전처럼 천공섬을 지탱할 수 없는 것이다. 아르커스가 대법사의 부재로 고통받지 않길 바랐기에, 새로운 대법사를 맞이하길 원했다. 하지만 아르커스는 끝까지 에니샤를 붙잡았다. 그들의 고집에 못 이겨서 대법사로 남기는 하였으나, 가끔씩 이게 정말 잘한 일이었을까 하는 생각이 들었다. 모든 것을 버리고 아르커스만을 위해야 하는 대법사가 히페리온의 막내 황녀라는 지위를, 에니샤라는 이름을 가지고 있으니 더욱 그러했다.

에니샤는 구겨진 종이를 곱게 펴면서 미간을 찌푸렸다. 어차피 지금은 답이 나오지 않는 문제였다. 아르커스와 히페리온, 어느 쪽도 에니샤를 양보하지 않을 터이니 말이다. 모든 마력을 되찾으면, 대법사로서 좀 더 활발히 활동할 수 있을 것이다. 그때 가서 대법사와 막내 황녀 사이의 균형을 맞출 방안을 고려해도 늦지 않으리라.

에니샤는 다른 쪽으로 생각을 돌렸다. 아무튼 내년에 카힐이 성년식을 치르면 성년선물이나 사주면 좋을 것 같았다. 뭘 사줄까 대강 떠올려보다가, 문득 딴생각이 들었다.

난 옛날에 성년식 때 뭐 했더라…….

대법사 시절을 되짚어보았지만, 까마득한 과거라서 기억이 잘 나질 않았다. 흘러간 기억을 헤집어보던 때였다.

"……?"

저만치서 로드고와 쌍둥이가 오는 것이 보였다. 그런데 다들 옷차림이 이상했다. 단체로 어디 잠행이라도 나가는지, 평소와 다르게 검소한 옷이었다. 뭔가 이상하다 싶어서 멀뚱멀뚱 쳐다보는데, 세 남자가 에니샤 앞에서 나란히 멈춰 섰다. 훤칠한 장신의 성인 남자 셋이 앞에 서 있으니, 자연스레 어둑하니 그림자가 졌다.

"아빠……? 오라버니들……?"

에니샤는 그네에 앉은 채로 그들을 올려다보았다. 로드고가 대뜸 에니샤를 덥석 집어 들었다. 무슨 인형 다루듯 가볍게 들어선, 제 팔뚝에 앉히며 말했다.

"소풍을 갈 생각이다, 에니샤."

"소풍이요? 갑자기……?"

깜짝 놀라는 에니샤에게 헬라드가 대신 끼어들어 답했다.

"그래. 어제 결정했어."

어제 결정하고 오늘 소풍 가는 추진력은 어디서 나온 것인지 알 수 없었다. 얼떨떨해하는 에니샤의 손을 부드럽게 잡아끌며 로시엘이 말했다.

"재밌을 거야. 제도를 떠나 휴양지에서 머리도 식힐 겸, 가족끼리 정을 쌓는 시간을 보내자."

아름다운 해안으로 유명한 르타뉴 지방에 좋은 별장을 하나 구해두었다며, 로시엘이 조곤조곤하게 에니샤를 꾀어내었다. 하지만 에니샤는 별로 가고 싶지 않았다. 유디트가 제국을 떠나기 전에 다시 한 번 만나고 싶었는데, 해안 지방까지 가버리면 요원한 일이 될 터였다. 그러나 그것이야말로 황족들이 바라는 바였다. 어어어, 하는 동안 에니샤는 이미 세 남자에게 달랑 안겨서 끌려가고 있었다.

납치당하듯 급작스레 끌려갔지만, 소풍 준비는 제법 철저했다. 로드고와 쌍둥이는 업무를 전부 미뤄놓고 억지로 3일의 휴가를 만들어냈다. 물론 그 과정에서 비서관들과 시종, 여러 귀족이 피눈물을 흘렸다. 하지만 에니샤의 사랑을 뺏길까 전전긍긍하는 황족들에게 그런 것이 눈에 들어올 리 없었다.

여러 사람을 야근지옥에 빠트려놓은 뒤, 로시엘은 잽싸게 소풍 장소를 수소문했다. 그리하여 선택한 곳이 르타뉴였다. 제국 동쪽 끝에 위치한 르타뉴는 제도와 한참 떨어진 변방이었다. 무슨 수로 거기까지 사흘 만에 다녀오나 했더니, 이동마법진까지 준비해놓았다. 델 하르인을 포함한 황궁마법사들 전원이 달라붙어 장거리 이동마법진을 만들었다. 날벼락 같은 소식에 꼭두새벽부터 피 토해가며 마법진을 그리고 마력을 주입한 끝에, 아슬아슬하게 소풍 계획을 맞출 수 있었다.

그러나 다수의 인원이, 그것도 초장거리를 마법진으로 이동하기란 결코 쉽지 않은 일이었다. 인원을 최소화하기 위해, 이번 소풍에는 호위 없이 황족 넷만 가기로 결정했다. 아마 타국의 왕족이 호위 없이 나돌아다닌다 하면 난리가 났을 것이다. 하지만 히페리온 황족의 소풍은 다른 의미로 난리가 났다. 황궁 사람들은 르타뉴의 안위를 심각하게 걱정하였다. 소풍을 위해 옷을 갈아입고 간단히 짐을 꾸리는 동안, 레시나가 몰래 귀띔해주었다.

"르타뉴가 지도에서 삭제될지 여부를 놓고 내기가 벌어졌거든요. 삭제된다는 쪽이 압도적이던데……. 물론 전 황녀님을 믿으니 삭제 안 된다는 쪽에 걸었습니다."

레시나는 황녀님의 조련 실력만 믿는다며 눈을 반짝거렸다. 모르긴 몰라도 한 재산 건 모양이었다.

어쨌든 로드고와 쌍둥이는 호위를 빼놓았으나, 언제나 그렇듯 에니샤는 예외였다. 에니샤한테는 기사단을 꽁꽁 둘러놓아야 하므로, 이브로테는 소풍에 동행하기로 했다. 다만 델 하르인은 제외되었는데, 이동마법진을 만드느라 탈진한 탓이었다.

불쌍한 델 하르인을 빼놓고, 다른 준비는 차곡차곡 진행되었다. 평범하고 깔끔한 옷으로 갈아입고, 외모는 레시나에게 부탁하여 눈동자 색만 바꾸었다. 제도도 아니고 제국 변두리 지방이니, 황족을 알아볼 사람들은 거의 없을 터였다. 굳이 힘들게 많은 부분을 바꿀 필요는 없는 것이다.

모든 준비를 끝마친 황족들은 소풍에 들떠 있기보단 어딘가 비장해 보였다. 정말 왜 이러는지 모를 일이었다. 에니샤는 여전히 어리둥절해하면서도, 로드고의 품에 안겨 이동마법진 위에 올라섰다. 하룻밤 사이에 10년은 더 늙은 듯한 델 하르인이 비쩍 여윈 얼굴을 하고서 말했다.

"조심히 다녀오십시오……."

에니샤는 그에게 동정 어린 눈길을 보내며 답해주었다.

"선물 사올게. 몸에 좋은 걸로."

인사를 끝으로, 델 하르인과 황궁마법사들이 일제히 마법진에 마력을 주입했다. 번쩍이는 마력을 보던 에니샤는 문득 생각했다.

그런데 이 조합으로 소풍이라니, 괜찮은 걸까……?

최대한 죽는 사람이 없도록 노력해야겠다고 생각하며, 에니샤는 마법진의 빛에 휘감겼다.

✦◦✦◦✦

르타뉴는 정말 아름다운 곳이었다.

탁 트인 해안선에 새하얀 모래사장, 맑아서 속이 다 비치는 바다, 하얀 포말을 일으키며 부서지는 파도와 푸른 하늘을 선회하는 갈매기. 시원하게 불어오는 바람이 가슴 안쪽까지 쓸어내리는 듯했다.

바다에 온 것은 몹시 오랜만이었다. 히페리온의 막내 황녀가 된 뒤로는 처음이니, 최소한 10년은 넘었다. 에니샤는 들뜬 마음을 참지 못하고 모래사장 위를 뛰어보았다. 모래 위에 작은 발자국이 폭폭 파였다. 기분 좋은 웃음이 절로 터져 나왔다.

보송보송한 금빛 머리카락을 날리며 모래사장을 달리던 에니샤가 뒤를 돌아보며 웃음을 터뜨렸다. 그리고 그 모습을 지켜보던 로드고와 쌍둥이는 조금 후회하였다. 로시엘이 탄식하듯 중얼거렸다.

"화가를 데려왔어야 했는데……."

단출한 평복을 입고 흰 모래사장 위를 도도도 뛰어가는 에니샤는 작은 새가 종종거리는 듯하였다. 그림으로 남길 수 없으니, 최대한 눈에 담아두어야 했다. 세 남자는 얼마간 숨도 안 쉬고 에니샤만 쳐다보았다. 그리고 황족들이 에니샤 감상 시간을 가지느라 정신없는 동안, 해변을 거닐던 사람들은 죄다 눈이 휘둥그레졌다. 하나로도 놀라울 외모의 소유자들이 넷이나 모여 있으니 당연한 일이었다. 번쩍거리는 광채에 시선이 집중되다 못해 강탈당했다. 특히 평소와 다르게 황족들의 기운이 많이 누그러져 있어서 더욱 그러했다.

에니샤를 구경하느라 잔뜩 풀어진 황족들은 이미 입이 귀에 걸려 있었다. 녹아내린 얼굴을 하고서 저를 바라보는 그들에게 에니샤는 파닥파닥 손을 흔들었다. 빨리 오라는 손짓에 세 남자는 자석에 끌려가듯 에니샤를 향해 다가갔다. 황족들의 소풍에 방해되지 않도록 멀찍이서 따라 걸어오던 레시나가 혀를 내두르며 중얼거렸다.

"어휴, 우리 황녀님 조련 실력 봐봐."

저 흉포한 히페리온들이 순한 양처럼 군다며, 레시나는 감탄에 감탄을 더하였다. 아무래도 저가 내기에서 이길 것 같다며 기분 좋아하는 그녀 옆에서 카힐은 무뚝뚝하게 듣기만 했다. 그러나 시선의 끝은 언제나 에니샤를 향했다. 카힐과 눈이 마주친 에니샤는 그에게도 살짝 웃으며 눈인사를 보냈다. 카힐은 그런 에니샤를 보며 조용히 미소 지었다.

로드고와 헬라드가 모래사장 위에 간단한 차양을 설치하는 동안, 에니샤와 로시엘은 바다에서 발을 담그고 찰박찰박 물장난을 쳤다. 물에 젖는 것을 싫어하는 로시엘이지만, 에니샤와 놀아주기 위해서라면 얼마든지 몸을 적셨다.

　"에니샤, 이리 와봐. 머리 묶어줄게."

　에니샤가 놀기 편하게 머리를 동그랗게 말아서 묶어주는 것도 잊지 않았다. 웬만한 시녀들보다도 예쁘게 머리를 말아서 묶어준 로시엘에게 에니샤는 감탄하였다. 둘이서 물장난을 치다가 해변으로 밀려온 조개와 작은 물고기 따위를 잡으며 놀았다.

　얼마간 그러고 있자니 헬라드가 슬렁슬렁 다가왔다. 벌써 다 했나 싶어서 돌아보니, 차양은 완벽하게 만들어져 있었다. 전쟁을 다니며 야전에 익숙한지라, 차양 같은 간이 시설을 설치하는 정도는 뚝딱 해내는 것이다.

　마침 물고기도 잡은 참이었다. 에니샤는 그에게 오목하니 모은 양손에 담겨 있는 작은 물고기를 척 내보였다.

　"물고기 주웠어요!"

　손 안에서 파닥파닥 움직이는 조그만 물고기를 자랑하는 것이 목적이었으나, 헬라드는 전혀 다른 쪽으로 알아들었다.

　"회 썰어줄까?"

　"네……?"

　먹을 구석도 없는 작은 물고기를 손에 담은 채 당황한 에니샤 앞에서, 헬라드가 의기양양하게 말했다.

　"옛날에 진주조개 캐러 갔을 때 배웠어."

아칼라 연방국 정벌에 나섰을 때를 말하는 것이었다. 해전이 길어지면 배에서 할 일이 없으니, 회 뜨는 법을 배웠다는 것이다.

"오라버니 칼 솜씨가 또 기가 막히지!"

헬라드의 검술이 뛰어난 것이야 익히 알고 있었지만, 그게 회 뜨는 데에도 적용될 줄은 몰랐다. 옆에 서 있던 로시엘이 그를 타박했다.

"나도 기가 막힌다, 헬라드. 어떻게 어린 동생이 주워온 물고기를 회 떠준다고 할 수 있어?"

"왜, 먹고 싶어서 그런 거 아니었어?"

"……."

에니샤는 조용히 물고기를 바다에 놓아주었다. 로시엘이 풀죽은 에니샤에게 껍질이 예쁜 조개를 주워주며 속닥였다.

"에니샤, 저런 말 하는 거 자꾸 받아주면 안 돼. 버릇이 나빠진다니까?"

다음부터는 헬라드가 헛소리하거든 명치를 세게 때리라고, 로시엘이 조언해주었다. 에니샤는 작은 조개껍데기를 손에 쥐고서 고개를 끄덕였다.

차양을 설치한 후에는 공놀이를 하기로 하였다. 어디서 뭘 주워들었는지, 해변에서는 공놀이를 해야 한다며 로시엘이 전부 준비해온 것이다. 오랜만에 놀러 나와서 기분이 좋은 에니샤는 공놀이도 재밌겠다고 찬성해주었다.

사람이 넷이니 자연스럽게 둘씩 편을 가르기로 했고, 당연히 죄다 에니샤랑 같은 편 하겠다고 난리가 났다. 그러나 이럴 때마다 황제의 권력을 알차게 남용하는 로드고였다. 그는 직위로 두 아들을 깔아뭉개며 에니샤와 같은 편을 하는 데 성공했다.

같은 편이 된 쌍둥이들은 오랜만에 의지를 불태우며 하나로 뭉쳤다. 둘이서 작당하고 공으로 로드고를 두들겨 패버리겠다며 포부를 다졌다. 하지만 막상 공놀이가 시작되니 쌍둥이는 꼼짝도 못 했다.

"으앙……!"

에니샤가 조그만 몸으로 열심히 공을 잡으려 이리저리 뛰어다니는 모습 때문이었다. 공으로 로드고를 패겠다는 포부는 어느새 사라지고, 다들 에니샤한테 맞춰서 살금살금 던져주기 바빴다. 몸치인 에니샤가 어쩌다 공을 톡 하고 받아치기라도 하면, 전부 칭찬하느라 정신이 없었다. 그러다 헬라드가 장난친다고 공을 조금 멀리 던졌다. 그거 받아보겠다고 열심히 뛰어가던 에니샤가 넘어질 뻔하자, 로드고가 잽싸게 붙잡았다.

"다친 곳은 없고?"

넘어지기도 전에 붙잡아놓고선, 어디 다친 곳은 없는지 꼼꼼히 훑어보는 로드고였다.

"괜찮아요. 근데 공은 못 잡았어요."

저 멀리 데굴데굴 굴러가는 공을 가리키자, 로드고가 피식 웃었다.

"저게 무어 중요하다고……."

잠시 에니샤를 내려놓고 성큼성큼 걸어간 로드고는 공을 집어 왔다. 그의 손이 유난히 커다란 탓인지 한 손에 공이 쏙 들어갔다.

로드고는 저가 집어온 공을 다시 에니샤에게 주었다. 물론 로드고에게나 한 손이었고, 에니샤는 양손으로 붙잡아야 했다.

품 가득히 공을 끌어안은 에니샤를 보고 로드고는 머리를 슥슥 쓰다듬어주었다. 둘이서 그러고 있는 동안, 로시엘은 헬라드를 말로 때리고 있었다. 같은 편이라는 것이 무색할 지경이었다.

헬라드는 한참 동안 반성의 시간을 가진 후에야 다시 공을 던질 수 있었다. 공 몇 번 던지고 나니 금세 피곤해졌다. 에니샤는 차양 아래에 누워서 살랑살랑 부는 바닷바람을 즐겼다. 오기 전에는 심드렁했는데, 막상 르타뉴에 오니 너무 좋았다. 이래서 사람들이 휴양지를 찾는구나 하는 생각이 들었다.

바닷가에서 열심히 뛰어논 후, 저녁으로는 해산물 요리를 먹기로 하였다. 르타뉴는 관광을 하러 오는 이들이 많은 만큼 식당도 다양했다. 로시엘이 미리 알아둔 식당은 크게 화려하진 않으나, 깔끔하고 단정했다. 안에 들어서니 맛있는 냄새가 확 풍겨왔다. 눈이 초롱초롱해진 에니샤를 보고 로시엘이 살풋 미소 지었다. 그가 에니샤의 머리를 쓰다듬으며 말했다.

"여기가 생선 요리를 잘한다고 해서 예약을 해뒀지."

로시엘의 설명에 에니샤는 얼른 주변 손님들을 살펴보았다. 탁자 위에 놓인 큼지막한 생선 요리가 보였다. 바삭하고 노릇노릇한 껍질 사이로 드러나는 흰 살이 보기만 해도 맛있어 보였다. 하루 종일 신나게 놀았던 에니샤였다. 맛있는 음식을 보니 더욱 배가 고파왔다.

배고픈 황족들이 커다란 탁자 하나에 자리를 잡고, 카힐과 레시나는 구석진 곳에 따로 자리를 잡았다. 로시엘은 무슨 음식이 있는지 보지도 않고, 그냥 전부 다 갖다 달라고 주문했다.

"하나씩 먹어보고 맛있는 거 있으면 더 시켜줄게."

속눈썹 촘촘한 눈매를 휘며 다정하게 말하는 그에게 에니샤는 조금 걱정스레 물었다.

"많이 남지 않을까요?"

"그럴 리가."

로시엘은 로드고와 헬라드를 눈짓하며 말했다.

"같이 식사할 때 보았잖니? 저 짐승들은 끝이 없어."

하긴, 히페리온 황족들이 대식가이긴 하였다. 우아하지만 신경질적이고 예민한 로시엘조차도 평균보다 많이 먹는 편인데, 로드고와 헬라드는 그야말로 어마무시하게 먹어 치웠다.

갑자기 마음이 편해진 에니샤는 저도 많이 먹어봐야겠다고 의욕을 불태웠다. 탁자 다리가 부러질 지경으로 음식을 시켜놓고 열심히 먹어치우던 때였다. 갑자기 옆자리가 소란스러워졌다. 로시엘이 발라준 생선살을 먹고 있던 에니샤는 옆을 힐긋 돌아보았다. 잘은 모르겠지만 서로 시비가 붙은 듯, 목청을 높이고 있었다. 한쪽은 건장한 사내들 여럿이고, 다른 쪽은 로브를 뒤집어쓴 여윈 체구의 사람 서넛뿐이었다. 우물우물 생선살을 씹으면서도 마음 한구석이 불안해졌다. 에니샤는 조심스레 로시엘을 살폈다. 역시나, 그는 미간을 살며시 찌푸리고 있었다. 로시엘이 포크와 나이프를 가지런히 내려놓으며 한숨을 뱉었다. 아름다운 미성이 나직하게 중얼거렸다.

"시끄럽네……."

헬라드가 흠칫 놀라며 손을 멈췄다. 입안 가득 채워 넣은 굴 요리를 꿀꺽 삼키곤, 황급히 로시엘을 말렸다.

"야, 조금만 참아. 에니샤 앞이잖아. 우리 소풍도 나왔고……."

그러나 애쓰는 헬라드와 달리, 옆자리의 소란은 더더욱 커져갈 뿐이었다. 처음에는 고성만 오갔으나, 이제는 서로 멱살이라도 잡을 기세였다. 그 광경에 다른 손님들까지 웅성거리니 조용하던 식당은 시장 바닥이 되어갔다.

로시엘의 유려한 미간에 깊은 골이 패었다. 점점 싸늘해지던 로시엘이 천천히 심호흡하더니 에니샤를 돌아보았다.

"에니샤가 오라버니 손 잡아주면 괜찮아질 것도 같은데……."

에니샤는 얼른 로시엘의 손을 잡아주었다. 한 손으로도 모자라서 양손으로 꼭 붙잡았다. 이쯤 되니 로시엘의 지랄 맞은 성질을 아는 로드고도 조금 심각해졌다.

"아무래도 나가는 것이 좋겠군."

로드고의 말에 다들 동의하고 자리에서 일어나기로 하는데, 시끌시끌하던 옆에서 버럭 고함 소리가 들려왔다. 그리고 정말 어찌 손쓸 새도 없이, 사건은 벌어졌다. 모두 로시엘에게 신경 쓰느라 정신이 없었던 때였다. 옆자리에서 싸우다 못해 서로 멱살을 붙잡았고, 누군가 음식이 가득 놓인 탁자를 거칠게 뒤엎었다. 음식 그릇이 제멋대로 하늘을 날았고……. 그중 하나가 정확히 에니샤에게 떨어졌다.

철퍽.

차갑게 식은 게살수프를 뒤집어쓴 에니샤는 너무 놀라서 아무
말도 못 하고 눈만 깜빡였다. 꼼짝없이 굳어버린 에니샤와 함께 황
족들도 잠시 굳어버렸다. 가장 먼저 움직인 것은 로시엘이었다. 로
시엘은 탁자 위에 놓인 나이프를 느릿하게 집어 들었다.

"버러지 같은 것들이……."

나긋하게 속삭이는 로시엘의 눈은 이미 맛이 가 있었다. 그러나
맛 간 사람은 로시엘뿐만이 아니었다. 로드고와 헬라드도 조용히
나이프를 집었다. 게살수프로 축축해진 에니샤는 생각했다.

큰일 났다…….

르타뉴가 지도에서 삭제될 첫 번째 위기였다.

구석에 앉아 있던 카힐과 레시나는 곧장 에니샤에게 뛰어왔다.
카힐이 손수건을 꺼내 에니샤의 얼굴을 닦아주었다. 그사이 황족
들이 뭘 하는지 확인한 레시나가 공포에 질린 얼굴로 에니샤를 불
렀다.

"흐어억, 에니샤 님……!"

카힐은 레시나를 따라 흘긋 쳐다보더니, 살며시 에니샤의 눈을
가리며 속삭였다.

"보지 않으시는 것이 좋겠습니다."

등 뒤에서 비명 소리와 타격 소리가 난무했다. 에니샤는 제 눈을
가린 카힐의 손을 조금 잡아 내리며 물었다.

"혹시 누구 죽진 않았지?"

"……아직은 안 죽었습니다."

하지만 곧 그렇게 될지도 모르겠다며, 카힐은 조용히 덧붙였다.

말하는 투가 꼭 그러길 바라는 듯했다. 아마 로드고와 쌍둥이가 나서지 않았다면, 저 아수라장에는 카힐이 끼어 있었으리라. 레시나가 옆에서 동동거리며 말했다.

"에니샤 님, 이러다 진짜 르타뉴 삭제됩니다……!"

슬슬 나서야 할 필요성을 느낀 에니샤는 자리에서 일어나 뒤를 돌아보았다. 그리고 으악 하며 질겁하였다. 식당은 그야말로 초토화였다. 조금 전까지 기세등등하게 목소리 높이며 싸우던 건장한 장정들은 나무토막처럼 바닥에 널브러져 있고, 몇몇은 팔다리가 이상한 방향으로 뒤틀려 있었다. 엉금엉금 기어서 도망가던 놈 하나가 헬라드와 눈이 마주치곤 히엑 이상한 소리를 내며 주저앉았다. 그는 주저앉은 그대로 굳어서 도망가지도 못하고 눈물 콧물만 줄줄 흘렸다. 헬라드가 키득거리며 손에 쥔 나이프를 가볍게 휘둘렀다. 해산물을 썰어 먹는 작은 나이프가 헬라드의 손에서 더없이 훌륭한 명검으로 재탄생하는 중이었다. 여기서 조금만 더 있으면 이곳은 식당이 아니라 공동묘지로 변할 터였다. 에니샤는 다급하게 소리쳤다.

"아빠, 오라버니들!"

에니샤의 외침에 세 남자는 일시에 몸을 멈추었다. 손에 들고 있던 나이프를 잽싸게 등 뒤로 감추곤, 언제 그랬냐는 듯 부드럽게 웃으며 에니샤를 돌아보았다. 로시엘이 나긋나긋하게 말했다.

"험한 꼴을 보여서 미안해, 에니샤. 하지만 너를 이렇게 만들어 놓았는데 어찌 참겠어?"

그러나 말씨만 그러할 뿐, 뺨을 타고 흘러내리는 핏물과 안광으로 번들거리는 눈 때문에 전혀 나긋해 보이지 않았다. 평소 같았으면 이런 상황에서 로시엘이 나머지 둘을 자제시켰을 터였다. 로시엘마저 맛이 간 이유는 역시 게살수프 때문이었다. 에니샤 앞이니 웬만하면 참고 넘겼을 텐데, 에니샤가 게살수프를 뒤집어쓴 순간 셋 다 이성이 끊어진 것이다. 그나마 아직 누구 죽이지는 않았지만, 그것만 빼놓곤 다 하고 있었다.

"……."

로드고가 말없이 카힐에게 눈짓하였다. 에니샤 데리고 잠시 나가 있으라는 신호였다. 이럴 때는 기가 막히게 말 잘 듣는 카힐이 에니샤를 살살 잡아끌었다. 정말 히페리온 황족들이 르타뉴 삭제하는 꼴을 보고 싶은 모양이었다.

에니샤는 카힐을 잠시 흘겨보았다가, 일단 가장 가까운 로드고부터 붙잡았다.

"그만하세요. 저 다친 곳도 없고, 수프만 조금 뒤집어썼어요."

로드고가 길게 숨을 뱉어냈다. 에니샤를 돌아본 그는 지그시 미간을 구겼다.

"그것이 문제이지."

꼬질꼬질해진 에니샤의 모습을 보니 다시금 열 받는 모양이었다. 로드고의 눈매가 사나워지는 것이 보였다. 에니샤는 그의 옷소매를 붙잡은 채, 눈썹을 축 늘어뜨리며 말했다.

"배고픈데……."

그러자 로드고는 거짓말처럼 곧장 누그러졌다. 그가 심각한 표정으로 에니샤를 내려다보았다.

"그 생각을 못 했군. 식사 중이었는데 제대로 먹지도 못했고……."

옆에서 먹살 잡고 나이프 들이대고 있던 헬라드도 헐레벌떡 달려왔다.

"쭈글이 배고파? 어떡하지?"

로시엘도 주변을 살피며 말했다.

"당장 멀쩡한 음식은 없어. 다른 식당으로 가야 할 것 같은데."

방금까지 살기등등하던 것은 까맣게 잊어버리고, 전부 에니샤가 배고픈 것에 몰두하는 중이었다. 아까부터 조마조마한 마음으로 지켜보던 레시나가 그 광경을 보고는 허허 헛웃음을 흘렸다.

일단 고비는 넘긴 것 같았다. 에니샤는 안도의 한숨을 삼키며, 구석에 찌그러진 로브 무리를 바라보았다. 장정들과 시비가 붙었던 그들은 죄다 식당 구석에 콕 박혀서 오들오들 떨고 있었다. 본의 아니게 도와준 꼴이 되었지만, 도움받은 사람은 전혀 감사해하는 표정이 아니었다. 하지만 괴물 보듯 쳐다보는 그들의 마음이 에니샤는 십분 이해되었다. 에니샤가 말리지 않았으면, 저 사람들 또한 바닥의 장정들 사이에 널브러졌을지도 모른다. 그래도 용기 있는 사람이 하나 있었다.

"도와주셔서 감사합니다."

로브를 쓴 이들 중 하나가 깊게 내리덮은 후드를 걷으며 감사 인사를 했다. 그런데 드러나는 얼굴이 어디서 많이 본 사람이었다. 안경을 쓴 유약한 외모, 마르고 선이 가는 체구, 손끝에 잉크가 묻어 있을 것 같은 생김새.

"……!"

누군지 깨달은 순간, 에니샤는 잽싸게 카힐의 등 뒤로 숨었다. 그는 모리아칸 왕국의 가면무도회에서 에니샤가 사기 쳤던 남자였다. 어떻게 여기서 딱 마주치는지, 일부러 하래도 못 할 것 같았다.

세상 진짜 좁다……. 이래서 착하게 살아야 하는데…….

에니샤가 뒤늦게 과거의 잘못을 반성하는 동안, 남자는 로드고에게 먼저 손을 내밀었다.

"마르시언입니다."

덜덜 떨리는 손이 안쓰러울 지경이었다. 로드고는 마르시언이 내민 손을 무표정하게 바라보다가, 그와 시선을 맞추었다. 마르시언은 어깨를 크게 떨었다가, 머쓱해진 손을 슬그머니 아래로 내렸다. 그리고 주절주절 쓸데없는 설명을 늘어놓았다.

그는 이곳 르타뉴의 영주가 자신의 먼 친척이며, 근래 좋지 않은 일이 있어서 요양차 찾아왔다고 말했다. 아마 로드고한테 맞지 않으려고 필사적으로 제 신분이 귀하다는 사실을 설파하는 것 같았다. 마르시언이 애쓰는 동안, 에니샤는 카힐 뒤에서 얼굴을 꽁꽁 숨기고 있었다. 카힐도 돌아가는 상황을 눈치챘는지 조용히 에니샤를 가려주었다. 하지만 마르시언은 기어코 숨어 있던 에니샤를 발견해버렸다.

"……!!!"

그의 눈이 휘둥그레졌다. 입까지 떡 벌리고서 쳐다보던 마르시언이 황급히 에니샤에게 다가왔다.

"저, 잠시만……! 혹시 자매가 없습니까? 아니면 사촌……."

그러나 그는 에니샤 앞까지 다다르지 못했다. 쌍둥이가 마르시언의 양어깨를 붙잡은 것이다. 거친 손길에 흠칫 놀란 마르시언이 양옆을 번갈아 보았다. 로시엘이 빙긋 웃으며 말했다.

"어린 동생이 놀라니 행동을 유의해주셨으면 좋겠습니다."

"그것이 아니라……!"

변명하려던 마르시언은 헉 하고 숨을 삼켰다. 헬라드가 어깨를 쥔 손에 지긋하게 힘을 준 탓이었다.

"수준 안 맞는 놈이 주제도 모르고 어딜……."

개망신 당하기 싫으면 꺼지라는 소리를 아주 곱게 돌려서 말하는 헬라드였다. 그러나 마르시언은 절박했다.

"아닙니다! 저는 절대 수상한 사람이 아닙니다. 들어주십시오."

그가 마른침을 꿀꺽 삼키더니, 비장한 얼굴로 자신의 신분을 밝혔다.

"제 이름은 마르시언 모리아칸. 동부 모리아칸 왕국의 왕태자입니다."

하지만 큰 결심 하고 내뱉은 것과 달리, 로드고와 쌍둥이는 여전히 무표정했다. 헬라드만 마음에 안 든다는 듯 눈매를 조금 찌푸렸을 뿐, 지켜보는 사람이 민망할 정도로 무반응이었다.

마르시언이 당황함을 감추지 못하고 눈을 깜빡였다. 그러나 당연한 일이었다. 이쪽은 히페리온 황족들이니 말이다. 하지만 에니샤는 깜짝 놀랐다.

모리아칸의 왕태자라니!

무도회장에서 꼬여냈던 귀하신 분이 왕태자인 것을 알았다면 절대로 건드리지 않았을 터였다. 아까부터 콩닥거리던 심장이 이제는 방망이질을 쳐대고 있었다.

그래도 나름 위로금으로 금화주머니까지 놔두고 왔으니 괜찮지 않을까……?

긍정적인 방향으로 생각해보려 애쓰는 에니샤 앞에서, 로드고는 귀찮음이 역력한 얼굴로 물었다.

"그래서?"

무례한 하대를 듣고도 마르시언은 물러나지 않았다. 그는 잠시 머뭇거리다가, 에니샤를 보고선 크게 용기를 냈다. 마르시언이 간절한 목소리로 청했다.

"제가 식사를 대접할 수 있게 해주시면 좋겠습니다. 보은할 수 있도록……."

르타뉴의 영주성에서 만찬을 대접하겠다며, 제발 부탁드린다고 애걸복걸하였다. 그러나 아무리 애원해봤자 씨알도 먹히지 않았다. 이미 가족 소풍을 방해받아 기분이 저조해진 황족들이었다. 여기서 마르시언의 팔을 부러뜨려놓지 않은 것만 해도 상당히 인내심을 발휘한 것이었다. 지은 죄 많은 에니샤도 딱히 마르시언이랑 붙어 있고 싶지 않았다. 그렇게 거절하는 방향으로 마무리되나 싶을 때였다.

"마르시언 님!"

식당에서 소동이 일어났다는 소식을 듣고 르타뉴의 영주가 직접 찾아왔다. 기사를 끌고 찾아온 영주는 난리 난 식당 내부를 보고 잠시 얼어붙었다. 하지만 곧 정신을 차리곤, 바닥에 쓰러져 있던 장정들을 체포하였다. 그리고 마르시언에게 연거푸 사과하였다.

"죄송합니다, 마르시언 님."

"아닙니다. 잠시 저녁 식사만 하고 올 생각에 편하게 나온 제 불찰입니다."

르타뉴의 영주는 건장한 체구에 짙게 그을린 갈색 피부를 가진, 바다 냄새가 물씬 나는 사내였다. 한쪽 눈에 검은 안대를 차고 있지만, 그것마저 장식으로 느껴질 만큼 시원하고 호쾌한 느낌의 미남이었다. 로드고와 키가 엇비슷하게 느껴질 정도이니, 확실히 장대한 체격이었다.

마르시언과 한동안 이야기를 주고받던 영주가 조심스레 물었다.

"그런데 이쪽은……?"

"저를 도와준 은인들입니다."

영주성에서 식사를 대접해드리고 싶다며 말하는 마르시언을 보고 로드고가 입매를 비틀었다. 줄 사람은 생각도 없는데 혼자서 설레발치는 모습이 우스운 탓이었다. 르타뉴의 영주는 로드고 앞으로 다가와 정중히 청하였다.

"은혜에 보답드릴 기회를 주셨으면 좋겠습니다."

너무 끈질기게 매달리지나 않았으면 좋겠다고, 에니샤는 강 건너 불 보듯 구경하였다. 빨리 처리하고 다시 늦은 저녁이나 먹으러 갔으면 좋겠다고 생각하는데, 문득 코끝에 희미한 단내가 스쳤다. 옅고 흐릿하지만 결코 모를 수 없는 냄새였다. 달콤한 향내의 근원을 추적하던 에니샤의 눈매가 가늘어졌다.

설마……?

에니샤는 가만히 영주를 바라보았다. 그리고 눈이 마주치는 순간, 르타뉴의 영주는 야릇한 웃음을 지어 보였다. 한쪽밖에 남지 않은 눈동자 위로 붉은 기운이 어룽거리다 사라졌다. 르타뉴의 영주 안에는 아바르티아가 들어 있었다.

"대법사 보고 싶어……."

끝이 처진 눈매가 오늘따라 유독 더 처져 보였다. 녹시타가 꾸물거리며 하는 말에 벨루안은 들은 척도 하지 않았다. 흘금흘금 살폈으나 벨루안이 아무런 반응도 해주질 않자, 녹시타는 하는 수 없이 다시 서류 작업을 시작했다. 그러나 몇 장 넘기지도 못하고 멍한 표정을 지었다. 애꿎은 깃펜만 잘근거리던 녹시타가 좋은 생각이 떠올랐다는 듯 고개를 반짝 치켜들었다.

"우리 히페리온 제국 위로 이사 갈까?"

그래서 대법사 보고 싶을 때마다 몰래몰래 후다닥 다녀오자며, 녹시타는 드물게 상기된 얼굴로 말했다. 아르커스 조사관들에게 연락하기 위해 삼족오를 만들고 있던 벨루안은 결국 마법을 멈춰 두고 녹시타를 돌아보았다.

"천공섬이 존재하는 의의가 뭔데."

"……."

녹시타는 얌전히 입을 다물었다. 천공섬이 대륙의 하늘을 떠도는 이유는 아르커스를 보호하기 위함이었다. 마법사는 귀한 인재이고, 그들이 만들어내는 물건은 보물과 같았다. 때문에 적들이 함부로 아르커스의 문을 열지 못하도록, 천공섬은 위치를 숨기고 모습을 감춘다. 하지만 말은 그렇게 해도, 벨루안 또한 천공섬을 고정하는 일을 이미 한 차례 생각해본 뒤였다. 벨루안이 짙은 보라색 머리카락을 쓸어 넘기곤, 한숨 쉬며 말했다.

"……그리고 천공섬의 마법을 바꾸려면 대법사가 있어야 하니까."

천공섬을 이루는 방대한 마법은 간단히 조종할 수 있는 것이 아니었다. 섬을 고정하는 수준이라면, 대법사가 주축이 되어 원로회와 좌우법사 전부가 마법을 전개해야 했다. 하지만 지금 대법사의 마력으로는 어림도 없는 일이었다. 그녀가 본래의 마력을 되찾을 때까진, 아르커스는 아무것도 할 수 없었다. 녹시타가 풀이 죽은 목소리로 중얼거렸다.

"그래도 1년에 3주는 너무하잖아."

그를 위로해주려 자리에서 일어난 벨루안은 녹시타가 서류 끄트머리에 '대법사아아아 보고 싶어어어어' 하고 낙서해놓은 것을 발견하였다.

"넌 우법사만 아니었으면 내가 진짜……."

이마에 핏줄이 올라온 벨루안의 무시무시한 눈을 슬쩍 피하며, 녹시타가 꿍얼거렸다.

"어쨌든 대법사가 너무 보고 싶으니까, 방법 좀 생각해줘. 안 그러면 나 파업할 거야……."

"너 자꾸 일 안 하면 대법사한테 혼난다."

"아냐……. 대법사는 그래도 나 좋아해."

"좋아하는 것과 혼내는 것은 별개의 문제이지."

"……."

녹시타는 울상을 지으며 다시 깃펜을 들었다. 벨루안은 그가 낙서해놓은 서류를 따로 빼놓으며 말했다.

"조만간 보러 갈 일이 생길 수도 있어. 조사관들이 서부 주술사들의 정보를 가져오면, 아바르티아에 대한 논의를 해야 하니까."

사실 굳이 만나서 이야기할 필요 없이 서신만 주고받아도 되는 일이었다. 하지만 벨루안은 그녀를 찾아갈 생각이었다. 그리워하는 마음은 저 또한 녹시타와 다를 바 없으니…….

악령은 인간과 계약을 통해 영혼을 뺏고, 육체를 차지할 수 있다. 악령과의 계약에서 조금이라도 방심한다면, 되레 몸을 빼앗기고 복종하게 된다. 하지만 악령의 유혹적인 속삭임을 이겨내는 것은 제아무리 능숙한 마법사라도 힘든 일이었다. 악령은 인간의 가장 내밀한 마음속을 들여다볼 수 있기 때문이었다. 본인조차 제대로 자각하지 못하던 욕망을 들쑤셔서, 끝끝내 바깥으로 끌어내는 것이 악령이었다. 적나라하게 발가벗겨진 제 욕망을 마주하는 일이 얼마나 비참한지, 그건 보통 인간으로선 견딜 수 없는 일이었다. 그쯤 되면 자연스레 악령 앞에 무릎 꿇게 되었다. 아마 르타뉴의 영주도 비슷했을 터였다.

그는 듣기 좋은 말로 꾀어내는 아바르티아를 거부하지 못하고 계약을 맺었으리라. 영주가 무엇을 얻었는지 모르겠다만, 참으로 어리석은 짓이었다. 허나 엎어진 일을 되돌릴 수는 없었다. 이미 아바르티아는 천연덕스럽게 르타뉴의 영주인 양 활개치고 있었다.

저놈이 일부러 모습을 드러낸 이상, 내버려둘 수 없는 노릇이었다. 에니샤가 무시하는 순간 무슨 짓을 할지 모르는 놈이었다. 일단은 따라가는 것이 좋을 듯했다. 에니샤는 로드고의 옷자락을 톡톡 잡아당기고선 말했다.

"영주성에 가보는 것도 나쁘지 않을 것 같아요. 배도 고프고······."

에니샤의 말에 마르시언은 크게 반색하였다. 영주는 재빠르게 하인을 부르며 말했다.

"곧장 만찬을 준비해놓으라 지시하겠습니다."

어차피 히페리온의 최고 의사결정권자는 에니샤였다. 에니샤가 영주성에 가고 싶다고 말한 순간부터 그렇게 되는 것이었다.

황족들은 르타뉴 영주성으로 향하게 되었다. 영주가 불러온 마차에 올라타기 전, 에니샤는 잠시 영주 속에 숨어 있을 아바르티아를 노려보았다.

저놈을 잡다가 뱀술을 담그든지 해야지, 진짜······.

마력을 되찾았을 때 할 일에 '아바르티아 뱀술 담그기'를 1번으로 올린 뒤, 에니샤는 영주성으로 향했다.

르타뉴의 영주성은 제도에 비할 바는 아니지만, 나름 번듯했다. 변경에 위치한 영지의 성치고는 꽤나 괜찮은 수준이었다. 가족 소풍을 방해받아 입이 오리처럼 튀어나왔던 쌍둥이들도 조금 흡족해할 정도였다.

에니샤는 안내를 받아 간단하게 몸을 씻고 옷을 갈아입었다. 그리고 곧장 식당으로 향했다. 식당으로 가려면 중정을 지나쳐야 했는데, 거기서 에니샤는 아주 흉한 것을 목격했다. 중정 한가운데는 정원의 반절을 너끈하게 잡아먹는 커다란 대리석 조각상이 놓여 있었다. 구불구불한 몸뚱이에 매끈한 비늘, 새빨간 홍옥을 박아 넣은 눈동자.

조각상의 정체는 파사였다. 코끼리를 잡아먹는다고 전해지는 거대한 구렁이인데, 저런 걸 조각해서 중정에 두다니 기분 나쁘기 짝이 없었다. 스칸샤의 상징이 뱀이라는 사실을 떠올리면 더더욱 그러했다. 다행히 중정만 그러하고, 영주성의 다른 곳은 멀쩡했다.

저녁 만찬은 만족스러웠다. 싱싱한 해산물 위주로 차린 음식들은 아까 식당보다 훨씬 질이 좋고 훌륭했다. 늦은 저녁 식사가 끝나고 나니 어느새 시간이 많이 지나 있었다. 어린 에니샤는 일찍 잠자리에 들기로 했다. 다만 황궁처럼 혼자 침실에서 잠들지는 않았다.

"낯선 곳이기도 하니, 혼자 자는 건 좋지 않아."

위험하다는 로시엘의 말에 에니샤는 고개를 끄덕였다. 이제 누구랑 자느냐를 놓고 또 한참 싸울 줄 알았는데, 의외로 단숨에 결정이 내려졌다. 쌍둥이와 한 방에서 자게 된 것이다. 미리 의논한 모양인지, 로드고는 순순하게 보내주었다. 그리고 로드고를 붙잡은 사람도 있었다.

"이 또한 인연이지 않습니까. 술이라도 한잔 올릴 수 있도록 해 주십시오."

르타뉴의 영주가 로드고에게 담소를 청한 것이다. 당연히 거절할 줄 알았건만, 의외롭게도 로드고는 영주의 요청을 받아들였다.

에니샤는 속으로 탄식했다. 일단 에니샤가 여기까지 와줬으니, 아바르티아는 쓸데없는 짓을 하지는 않을 것이다. 하지만 로드고에게 무슨 헛소리를 할지 알 수 없었다. 최대한 빨리 쌍둥이를 재워놓고, 아바르티아를 찾아가야 할 것 같았다.

그나저나 로드고는 왜 영주의 청을 받아준 것일까. 저럴 사람이 아닌데…….

에니샤는 고개를 갸웃하였으나, 더 지켜보지 못하고 저를 잡아끄는 쌍둥이들과 함께 침실로 향했다.

"와, 네놈이랑 한 침대에서 자게 되다니……. 살다 보니 이런 일도 다 있네."

"그건 내가 할 말인데, 헬라드. 넌 바닥에서 자는 게 어때?"

"싫어. 난 쭈글이 옆에 딱 붙어 있을 거야."

"너 요새 내가 아무 말도 않으니까 쭈글이라고 마음대로 부르네?"

"……그건 지금 이거랑 상관없잖아! 하여튼 난 에니샤 옆에서 잘 거라고."

헬라드와 로시엘은 서로 바닥에서 자라며 투덕거렸다. 둘이서 싸우는 동안, 옆방에서 잠옷으로 갈아입은 에니샤는 커다란 베개를 끌어안은 채 침대 위를 뒹굴었다. 헬라드나 로시엘 둘 다 키가 큰 편이라서 괜찮을까 싶었는데, 침대가 널찍한 것이 셋이서 붙어 자면 괜찮을 것 같았다.

침의로 갈아입고 온 헬라드는 데굴데굴 굴러다니는 에니샤를 보고 웃음을 터뜨렸다. 그가 에니샤를 베개째로 달랑 끌어안으며 말했다.

"귀여워 죽겠네, 진짜."

에니샤는 침대 넓이를 확인해본 것뿐이라고 점잖게 대답해주었다. 헬라드가 에니샤의 머리카락을 마구 흩뜨리는 동안, 로시엘은 침대 위를 반듯하게 정리하였다. 쌍둥이는 에니샤를 가운데 끼워 놓고 양옆에 누웠다. 그리고 이런저런 잡담을 시작했다. 대부분 이야기하다가 엉뚱한 곳으로 흘러가 둘이서 시답잖게 싸워대는 식이었다. 에니샤는 적당히 추임새만 맞춰주었다. 그러는 동안 쌍둥이는 서로 살금살금 눈짓을 주고받으며, 자연스럽게 원하는 화제를 꺼내 들었다.

"헬라드의 약혼자 말이야."

로시엘이 꺼낸 서두에 헬라드가 기다렸다는 듯이 받아쳤다.

"그 여자 마음에 안 들어."

역시 동족혐오였다. 여태 가만히 듣고 있던 에니샤는 헬라드 쪽으로 몸을 돌려 누우며 물었다.

"많이 싫어요……?"

아쉽지만, 약혼 당사자가 싫다면 파혼도 어쩔 수 없다고 생각하는 에니샤였다. 그러자 헬라드가 부드럽게 답했다.

"아냐."

그가 에니샤의 콧등을 살짝 두드리며 씩 웃었다.

"네가 마음에 들어 하잖아. 그러면 됐어."

헬라드는 유디트를 탐탁잖게 여기고 있으나, 에니샤가 그녀를 좋아한다는 이유 하나 때문에 약혼을 무르지 않은 것이다. 황족들의 우선순위가 무조건 막내 황녀라는 사실은 알고 있었지만, 이런 중대사까지도 저를 우선시할 줄은 몰랐다. 하긴, 예전에 제게 황제 하겠냐고 물어봤던 놈이다. 그걸 떠올리고 나니 왠지 황태자비 정도는 그럴 수도 있는 것처럼 느껴졌다. 로시엘이 에니샤의 등 뒤에 붙어서 키득거리며 말했다.

"누가 황태자비를 해도 별로 상관없을걸."

헬라드는 한숨을 푹 쉬더니, 에니샤의 머리를 살살 쓰다듬으며 긍정했다.

"맞아. 너도 알겠지만, 히페리온은 누구 좋아하고 그런 거 못해."

몇백 년간 이어져 온 황실의 역사가 증명하는 것이 히페리온의 이기심이었다. 신은 히페리온에게 괴물 같은 재능을 준 대신에 인간의 마음을 뺏어갔다. 세 번째 별인 에니샤가 정말 특별한 경우일 뿐이었다. 에니샤가 유디트를 걱정한 것도 그 때문이었다. 황족들을 사랑하지만, 그들의 본질이 얼마나 잔인한지 잘 알고 있기에……. 생각에 빠진 에니샤를 로시엘이 살며시 돌려 누였다. 어둠 속에서 희미한 빛을 머금은 눈동자가 에니샤를 응시하였다.

"우린 네가 원하는 대로 할 거야, 에니샤. 언제나 그랬듯이……."

속삭이는 말이 낮은 목소리를 타고 귓가로 흘러들었다.

"대신 조건이 있어."

헬라드가 에니샤의 어깨 위에 턱을 얹고서, 조금 심술 난 듯이 말했다.

"우리보다 그 여자를 더 좋아하면 안 돼. 알았지?"

하여간 질투심은 알아줘야 했다. 에니샤는 배시시 웃으며 고개를 끄덕였다. 원하는 답을 얻어낸 로시엘이 예쁘게 눈웃음치며 이마를 맞대왔다. 양옆에서 품에 꼭 가두어두고선, 쌍둥이들은 낮게 키득거리며 말했다.

"넌 내 동생이니까."

밤이 무르익고, 깊은 새벽이 내려앉았을 때였다. 에니샤는 반짝 눈을 떴다. 그리고 양옆의 쌍둥이를 살며시 살폈다. 둘 다 깊이 잠든 것 같았다. 하지만 여기서 더 바스락거리면 금세 깨어날 놈들이었다. 에니샤는 조심스럽게 미리 준비해뒀던 수면마법을 전개했다. 희미한 금빛이 흘러나와 헬라드와 로시엘에게 스며들었다. 하지만 에니샤는 곧 크게 당황했다.

"……"

마법이 그대로 파훼되어버린 탓이었다. 가볍게 담았던 마력을 몇 곱절로 늘리고 나서야 간신히 마법에 성공할 수 있었다.

에니샤는 침대에서 살그머니 빠져나왔다. 그리고 깊게 잠든 두 남자를 바라보며 절레절레 고개 저었다. 역시 히페리온이었다. 히페리온의 신체가 튼튼한 줄은 알고 있었지만, 마법저항력까지 강할 줄은 몰랐다.

이래서 사람들이 괴물 취급을 하는구나…….

어쩐지 에니샤가 무슨 희한한 짓을 해도 다들 '히페리온이니까!' 하면서 별로 놀라질 않더라니, 이런 이유구나 싶었다. 쌍둥이가 이 정도니, 로드고에게 마법을 걸려면 상당량의 마력이 필요할 것 같았다. 로드고를 상대로는 어느 정도여야 가능할까 호기심이 들었다. 하지만 마력도 없고, 그를 실험 대상으로 삼고 싶지도 않기에 궁금증은 다시 조용히 집어넣었다.

잠옷 차림으로 나갈 수는 없기에 간단히 겉옷을 하나 걸치고 호기롭게 창문을 열었다. 마법을 걸고 아래로 뛰어내리려던 순간이었다. 에니샤는 건너편 사람과 눈이 마주쳤다. 나무 위에 길게 기대듯 앉아 있던 남자는 말없이 에니샤를 쳐다보았다. 물끄러미 꽂혀드는 시선에 에니샤는 어색하게 웃으며 인사를 건넸다.

"좋은 밤이야, 카힐."

그가 보초를 서고 있을 줄은 몰랐다. 몰래 나가려다 딱 걸린 에니샤가 이러지도 저러지도 못하고 창문만 붙잡고 서 있자, 카힐이 천천히 몸을 바로 했다. 차가운 기운이 감돈다 싶더니, 에니샤의 몸이 눈바람에 휘감겨 허공으로 떠올랐다. 그리고 부드럽게 땅바닥으로 착지했다.

나무 위에서 가벼이 뛰어내린 카힐이 에니샤 앞에 섰다. 에니샤는 가만히 그를 올려다보았다. 달이 구름 사이로 고개를 내밀며, 어둑하던 사위가 한층 밝아졌다. 교교한 월색 아래 카힐은 유독 희고 아름다웠다. 오늘따라 그가 더욱 크고 어른스럽게 느껴졌다. 단정한 이목구비를 바라보는데, 카힐이 딱 잘라 말했다.

"위험합니다."

저를 내려다보는 눈이 단호한 것이, 영 놓아줄 것 같지가 않았다. 하지만 아바르티아랑 대화하는데 그를 달고 갈 수는 없었다. 어찌하면 잘 설득할 수 있을까 고민하던 때였다. 카힐이 살짝 시선을 옆으로 던졌다. 그 순간 부스럭거리는 인기척이 들려왔다. 고요한 밤의 정원을 헤치고 등장한 사람에 에니샤는 눈을 크게 떴다.

"……!"

마르시언이 멍청한 얼굴로 이쪽을 바라보고 있었다. 새벽에 다들 잠은 안 자고 뭐 하는 짓인지 모를 일이었다. 셋 중에서 가장 일찍 잠들어야 할 어린이인 에니샤는 속으로 쯧쯧 혀를 찼다. 어쨌든 전혀 의도하지도, 원하지도 않았던 삼자대면이 벌어지게 되었다.

에니샤는 호다닥 카힐 뒤에 숨었다. 마르시언의 시선이 달라붙었다. 마르시언은 에니샤와 카힐을 천천히 번갈아 살피다가, 느릿하게 혼잣말했다.

"그때 가면무도회에서 그 남자……."

무도회에서 카힐은 검은 반가면을 쓰고 있었다. 하지만 얼굴을 반 정도 가렸을 뿐이고, 이목구비는 어느 정도 드러났다. 거기다 분위기까지 워낙 특이하니 알아본 모양이었다. 카힐은 스윽 눈썹을 치켜올렸다가, 냉랭히 대꾸했다.

"무슨 소리인지 모르겠습니다. 야심한 시각이니 물러나주셨으면 좋겠습니다."

그러나 실마리를 잡은 마르시언이 순순히 물러날 리가 없었다.

그는 뼈가 도드라지도록 두 주먹을 움켜쥐고선, 유한 얼굴에 어울리지 않게 큰소리를 냈다.

"내게 진실을 알려주십시오. 그때 그 코르티잔이지 않습니까!"

마르시언이 에니샤를 향해 목소리를 높이는 순간, 카힐이 차갑게 말을 잘랐다.

"무례합니다."

서늘한 시선이 마르시언에게 뾰족한 얼음처럼 박혔다.

"이 어린 분께 코르티잔이라니……. 제정신입니까?"

카힐의 힐난에 마르시언은 입술을 깨물었다. 모든 코르티잔이 정부이고 창부이진 않지만, 대다수의 코르티잔은 웃음을 팔았다. 그들은 사랑과 멸시를 동시에 받는 존재였고, 고위 귀족들에겐 보기 좋은 장식품으로 여겨질 뿐이었다. 그런 만큼 귀족 영애를 코르티잔으로 칭하는 것은 굉장한 무례였다. 카힐이 잘 벼린 검과 같이 마르시언을 노려보았다. 그러나 마르시언은 아직 정신 못 차리고 있었다.

"마법……. 그래, 마법 같은 걸로 어려진 것 아닙니까!!"

그가 확신에 차서 소리쳤다. 어려진 게 아니라 원래대로 돌아간 것이었지만, 얼추 진실에 가까운 답이었다. 에니샤는 아무것도 모르는 척 카힐 뒤에 숨어서 울망울망한 표정을 지어 보였다. 왕태자한테는 미안하지만, 여기서 뭘 어쩌겠는가. 그냥 계속 잡아떼는 수밖에 없었다. 고개만 달랑 내밀고 있는 에니샤에게 마르시언이 성큼 다가섰다.

"저는 진심입니다. 그날 이후 상사병에 걸려 당신만을 생각했습니다. 이곳 르타뷰에 요양을 올 정도로 열렬한 마음이란 말입니다!"

그리 말하는 마르시언의 눈에는 안광마저 감돌고 있었다. 번들 거리는 눈동자는 무도회에서 만났던 때와 사뭇 달랐다. 마르시언 이 더 이상 접근하지 못하도록, 카힐은 팔로 에니샤의 앞을 가로막 았다.

"진심이든 아니든, 주인께서 싫다고 하지 않습니까."

카힐이 무섭기는 한지, 마르시언은 더 다가오진 못하고 그 자리 에서 분한 듯 외쳤다.

"모리아칸의 왕태자를 이렇게 대하다니!"

하다 하다 안 되니 신분을 내세워 카힐을 깔아뭉개려 하고 있었 다. 네놈이 뭔데 내 앞을 가로막느냐는 뜻이었지만, 실상 따지자면 카힐도 자드카르 왕자이니 꿀릴 것 없는 신분이었다. 카힐은 한쪽 입꼬리를 비뚤게 올리며 받아쳤다.

"왕태자가 아니라 일국의 왕이라 하여도, 내 주인을 모욕할 수는 없습니다."

"······!"

마르시언이 눈을 부릅떴다. 에니샤는 제발 이쯤에서 왕태자가 물러나주면 좋겠다고 생각했다. 안 그러면 카힐이 그의 혓바닥을 잘라버릴 것 같았다. 그것 말고도 마음이 초조했다. 아바르티아 때 문에 불안해 죽을 지경이었다. 에니샤가 저를 찾지 않는다면, 무슨 짓을 저지를지 모르는 놈이었다. 어찌해야 빠르게 해결할 수 있을 까 동동거리던 에니샤는 문득 지극히 히페리온다운 생각을 떠올렸 다. 조금 양심에 찔리지만, 한 방에 해결해버릴 수 있는 아주 좋은 생각이었다.

망설임은 짧았다. 에니샤는 티 나지 않게 조심조심 마력을 끌어올렸다. 마르시언을 향해 금빛 마력이 슬그머니 기어갔고…… 뒷덜미를 사정없이 타격했다.

공격마법을 직격타로 맞은 마르시언은 그 자리에서 찍 소리도 못 하고 기절했다. 카힐이 당황한 눈으로 에니샤를 쳐다보았다. 에니샤는 그를 물끄러미 바라보며 말했다.

"대법사의 일이야. 더 이상 머뭇거릴 시간이 없어."

그래도 쉽게 물러날 눈치가 아니어서, 하는 수 없이 한마디 더 덧붙였다.

"아빠한테 가는 거니까……."

카힐은 그제야 조금 누그러졌다. 에니샤는 그에게 가까이 다가갔다. 그리고 코앞에서 올려다보며 물었다.

"나 보내줄 거지?"

"……."

빤히 바라보며 묻는 황녀님을 카힐이 이겨낼 수 있을 리 없었다. 그는 깊게 한숨을 내쉬며 손으로 눈 위를 덮었다.

"왕태자는……. 제가 처리하겠습니다."

그러니 빨리 돌아오시라며, 카힐은 한 걸음 뒤로 물러났다.

"하지만 무슨 일이 생기시거든 제게 신호를 보내주셔야 합니다."

그것 하나만 약속해달라는 말에 고개를 끄덕였다. 그리고 에니샤는 다시 목적지를 향해 달려갔다.

르타뉴의 영주성은 기분 나쁜 곳이었다. 성 자체도 마음에 들지 않지만, 역시 가장 거슬리는 놈은 영주였다.

로드고는 천천히 술잔을 기울였다. 작은 불덩이를 삼킨 듯 화끈한 감각이 목을 타고 횟횟하게 내려갔다. 그윽한 향취는 좋으나 독주 중의 독주였다. 하지만 연거푸 몇 잔을 들이켰음에도 정신은 여전히 맑았다. 애초에 무얼 마시든 취하는 일이 드물었다. 특히 술 상대가 이런 놈이면, 더더욱.

"……."

로드고는 조용히 입매를 비틀었다. 모리아칸의 왕태자는 술을 즐기지 않아 빠지고, 그와 영주만이 대작하게 된 자리였다. 남자 둘이서 응접실에 마주 앉아 술잔을 기울이는 동안, 대화는 그리 많지 않았다. 전부 로드고가 무시하거나 대꾸하지 않은 탓이었다. 영주가 시가를 권했으나, 로드고는 거절했다. 예전에는 즐겨 피우기도 했지만, 에니샤가 태어난 이후로는 깨끗하게 끊어버렸다.

거절과 무시가 민망할 법한데도, 영주는 지치지도 않고 다시 말을 붙여왔다. 동정하듯 던져준 단답 몇 가지를 가지고 줄기차게 매달리는 꼴이 가엾을 지경이었다.

"변방에서 나고 자란 촌부인지라 제도에 가본 일이 없습니다. 하여 가끔씩 이렇게 제도에서 오신 객을 맞이하는 것이 커다란 낙입니다."

우스운 노릇이었다. 영주는 초면인 사내의 하대에도 불쾌한 기색이 없었다. 모리아칸 왕태자를 구해준 은인이라 그렇다고 하기엔, 귀족들의 자존심을 생각하면 말도 안 되는 일이었다. 이런 경우에는 보통 둘 중 하나였다. 제게 원하는 바가 있거나, 아니면 누구인지 알아보았거나. 하지만 르타뉴는 드넓은 제국 변두리의 작은 영지였고, 영주의 작위 또한 하찮았다. 그런 별 볼 일 없는 귀족이 외양까지 바꾼 황족을 알아보기는 힘든 일이었다. 직접 얼굴을 본 일이 없다면 말이다.

시선이 마주치자, 영주는 사람 좋은 웃음을 지어 보였다. 로드고는 그만 참지 못하고 비죽 웃었다. 다른 무엇보다, 이것이 가장 이상했다. 히페리온 황족을 상대로 저리 넉살 좋게 굴 수 있다니. 로드고는 지금 딱히 기운을 억누르지 않고, 고스란히 드러내는 중이었다. 그런 히페리온을 상대로 저만큼 태연하게 굴 수 있다는 것 자체가 엄청난 인재라는 증거였다. 주머니의 송곳처럼 드러날 수밖에 없는 재능을 여태껏 시골에서 썩혔다니, 말도 안 되는 소리였다. 진즉 중앙 정계로 진출하거나 전장에서 공적을 세웠어야 정상이다. 로드고의 생각을 아는지 모르는지, 영주는 줄곧 웃는 얼굴이었다. 그가 빈 잔에 술을 채워주며 말했다.

"가진 견문이 보잘것없는지라, 제도의 이야기를 들려주시면 참으로 기쁠 듯합니다."

영주의 말을 들으며 로드고는 의자에 느슨히 등을 기대었다. 여유로이 늘어진 채, 손안에 쥔 술잔을 천천히 흔들었다. 말간 유리잔 안에서 감도는 묵직한 적포도주는 핏빛과 같았다.

"보잘것없다니. 겸손이 지나친 것도 죄악이지."

잔을 내려놓았다. 유리잔이 매끄러운 탁자 위에 내려앉는 소리가 선명했다. 로드고는 르타뉴의 영주를 바라보았다. 선뜩한 눈동자가 상대를 머리부터 발끝까지 훑어 내렸으나, 영주는 시선을 피하지 않았다.

"그대는 촌부라는 호칭이 어울리지 않아."

비뚜름한 웃음을 그리며, 로드고는 그에게 질문했다.

"아니 그런가, 하크만?"

잠시간 정적이 내려앉았다. 옷깃 스치는 소리조차 천둥처럼 들릴 만큼 고요한 순간이었다. 르타뉴의 영주는 아주 느리게 미소 지었다. 빙긋 웃는 얼굴에서 매끄러운 대답이 흘러나왔다.

"농이 지나치십니다."

로드고는 낮게 웃었다. 치켜 올라간 눈매가 가느스름히 좁혀졌다. 감히 히페리온에서 이딴 짓거리를 벌이다니, 겁도 없는 놈이었다. 서부 주술사들이 음험한 재주를 부릴 줄 안다는 것은 익히 들어왔다. 무슨 주술을 부렸는지는 알 수 없으나, 로드고는 자신의 감을 확신했다. 그는 이런 문제에서 틀리는 법이 없었다.

"같잖은 협잡질은 집어치워라, 하크만."

르타뉴의 영주는 결국 크게 웃었다. 억눌러놓았던 것이 터지듯, 달달한 냄새가 퍼져 나왔다. 조금 전까지 마시던 독주의 향취를 잊을 정도로 강한 단내였다.

"과연…… 히페리온의 황제는 다르군요. 당해낼 수가 없습니다."

본색을 드러낸 하크만이 즐겁게 웃었다. 방금까지는 그나마 영주인 척 시늉이라도 하고 있었는데, 그것마저 집어치우고 나니 기세가 완연하게 달라졌다. 껍질은 다르나, 샐쭉하게 웃어 보이는 모습은 영락없는 하크만이었다. 로드고는 미간이 깊게 패도록 눈살을 찌푸리며 말했다.

"별 희한한 짓거리를 다 해대는군. 히페리온에서 뭘 하고 있는 거지?"

"죄송하지만 비밀입니다."

능글맞게 대꾸하는 소리에 반응하기도 전에, 하크만은 짐짓 안타까운 어조로 말했다.

"황녀님께서 폐하와 제가 대화를 나눈 것을 아시면 싫어하실 터라……. 저도 어쩔 수가 없습니다."

에니샤를 언급하는 순간 로드고의 입매가 굳어졌다. 동요할 것을 알고 일부러 긁는 말이었다. 허나 얕은 속내를 다 알면서도, 로드고는 흔들릴 수밖에 없었다. 그에게 에니샤는 그럴 수밖에 없는 존재였다.

굳은살 박인 길쭉한 손가락이 안락의자의 팔걸이 위를 몇 번 두드렸다. 얼마간 툭툭 두드리는 소리만이 이어졌다. 다소 성마른 손길로 팔걸이를 괴롭히던 로드고는 이내 무표정하던 얼굴을 풀고 스윽 웃었다. 굳게 다물렸던 입술이 느리게 열렸다.

"궁금한 것이 하나 있는데……."

"얼마든지 물어보십시오."

뻔뻔스레 웃고 있는 하크만에게, 로드고는 몹시 한가로운 어조로 질문하였다.

"지금 여기서 네놈을 죽이면, 어찌 되는 것이지?"

에니샤는 기다란 복도를 달렸다. 길쭉한 유리창에서 스며들어오는 달빛이 얼룩진 타일처럼 바닥을 비추었다. 스산한 복도 끝, 어둠 속에 서 있는 한 인영이 눈에 들어왔다.

서서히 걸음을 늦추었다. 느려진 발걸음은 상대와 어느 정도 거리를 두고 멈추었다. 달짝지근한 냄새가 온 사방에 진동하였다. 그득한 단내에 머리가 어지러울 지경이었다. 남자는 나긋하고 상냥한 목소리로 인사하였다.

"안녕, 에니샤."

은근하게 빛나는 붉은 눈동자를 바라보며, 에니샤는 그의 진명을 불렀다.

"아바르티아……."

자신을 불러주는 말에 아바르티아는 더없이 기쁘게 웃었다. 그가 달빛 사이로 걸어 나오며 능글맞게 말했다.

"먼저 말하자면, 우연이야. 나도 네가 찾아올 줄 전혀 몰랐으니까."

낯선 육체를 입었으나, 그 본질은 다르지 않았다. 교악한 뱀은 달뜬 눈을 하고서 입맛을 다셨다.

"미리 알았더라면 너를 위해 훌륭한 유흥을 준비했을 텐데, 아쉬워라……."

그가 헛소리하는 것이 하루 이틀 일이 아닌지라, 에니샤는 깨끗이 무시하고 묻고 싶은 말만 던졌다.

"무슨 이야기했어?"

"아아……. 네 아빠, 정말 재밌어. 역시 히페리온의 황제."

아바르티아는 키득키득 웃으며 말했다.

"나를 알아보던데? 하크만이라고."

"……!"

에니샤는 놀란 기색을 감추지 못했다. 로드고의 수준이 상당하다는 것은 알고 있었다. 하지만 그가 거기까지 꿰뚫어볼 줄은 몰랐다. 좌우법사조차 알아보지 못했는데…….

당황한 에니샤 앞에서 아바르티아는 제멋대로 말을 이어나갔다.

"심지어 나를 죽이려고까지 하기에, 그래봤자 불쌍한 영주만 죽는 거라고 설득하느라 어찌나 힘들었던지……."

너랑 이야기도 못 해보고 끝날 뻔했다고, 혼자 재밌어 죽겠다는 듯이 떠들어댔다. 하지만 에니샤에게서 아무런 대답이 돌아오지 않자, 아바르티아는 가만히 말을 멈추었다. 그는 에니샤의 얼굴을 살살이 살피다가, 고개를 옆으로 기울이며 물었다.

"그가 날 알아본 게 싫어? 황제의 기억을 지워줄까?"

원한다면 얼마든지 그렇게 해줄 수 있다고, 악령은 속살거렸다.

"네가 원하면 그것뿐이겠어? 무엇이든 다 들어줄 터인데."

스칸샤도, 히페리온도, 대륙의 그 무엇도 죄다 네 발아래에 놓아줄 것이라며 살살 꾀어냈다. 기회를 놓치지 않고 파고드는 그에게 에니샤는 단호히 경고했다.

"내 가족에게 손대지 마."

"순수한 호의야. 나도 장인어른에게 밉보이고 싶은 생각은 없다고.”

양손을 들어 보이는 그는 한없이 장난스러웠다. 하지만 로드고에게 먼저 대화를 청한 이는 아바르티아였다. 일부러 에니샤를 곤경에 빠트려놓고 모르는 척 빙글대는 것이었다. 에니샤는 어금니를 꽉 깨물었다가 천천히 말했다.

“너 정말…… 자꾸 피곤하게 굴래? 가만히 기다리고 있으면, 마력 되찾자마자 알아서 너한테 달려갈 텐데.”

아바르티아가 무슨 생각으로 이러는지 알 수 없었다. 단순히 저를 잡아먹으려 그런다고 하기엔, 그의 행동이 점점 이상해져가고 있었다.

“원하는 게 도대체 뭔데. 내 영혼을 갖고 싶은 것 아니었어? 왜 이렇게…….”

왜 이렇게 집적거리는 거야.

하지만 에니샤는 차마 끝까지 말하지 못했다. 왠지 무서운 소리를 듣게 될 것만 같았다. 뒷말을 입안으로 삼켰으나, 눈치 빠른 아바르티아가 모를 리 없었다. 빙긋 웃더니, 가만히 에니샤의 앞으로 다가왔다.

“에니샤.”

그가 다리를 굽히고 앉으며 다정하게 이름을 불러왔다. 눈높이가 나란해지면서 얼굴 사이의 거리가 가까워졌다. 에니샤는 뒤로 물러나지 않고 눈살만 찌푸렸다.

“항상 생각하는 것인데 말이지…….”

속삭이듯 말하는 그의 숨결에 단내가 섞였다. 새빨갛게 달아오른 눈을 하고서, 아바르티아가 말했다.

"너는 나를 봉인할 것이 아니라…… 수단과 방법을 가리지 않고
죽였어야 했어."

❦

악령의 일곱 군주는 모든 악한 것들의 왕이자, 원죄의 창시자였
다. 그러나 영원토록 군림할 것만 같았던 왕좌는 산산이 부서지고
말았으니. 아바르티아가 끝없는 탐욕을 부린 끝에 나머지 여섯 군
주를 잡아먹은 탓이었다.

그는 탐욕의 군주라는 이름에 걸맞게, 대륙까지 제 욕심을 뻗어
나갔다. 잿빛 지옥과 다르게 찬란한 색으로 반짝이는 대륙의 모습
은 아바르티아의 탐욕을 자극하기에 충분했다. 대륙은 핏빛으로
물들었다. 그러나 누구도 아바르티아를 막을 수 없었다. 악령의 존
재조차 제대로 인지하지 못하니 당연한 일이었다. 눈앞에서 벌어
지는 살육에도 우매한 인간들은 이유조차 알지 못했다.

아바르티아는 마음껏 날뛰었다. 거칠 것 없이 대륙을 헤집던 그
는 어느 날 '대법사'라는 존재를 알게 되었다. 자신을 아르커스의
조사관이라고 밝힌, 맛있어 보이는 마법사가 알려준 것이었다.

— 대법사께서 반드시 네놈을 죽일 것이다……!

악담을 퍼붓던 마법사의 육체와 영혼은 제법 맛이 좋았다. 이런
놈들을 잔뜩 거느린 마법사들의 왕이라니, 얼마나 맛있을까.

아바르티아는 두근거리는 마음으로 대법사를 기다렸고, 길어지

는 기다림에 지쳐 직접 그 주변을 헤집으며 유흥거리를 만들어놓기도 했다. 그리고 드디어 대법사를 만났을 때. 아바르티아는 그녀와 처음 마주친 순간을 잊을 수 없었다. 눈부신 황금의 마력, 황홀한 영혼의 냄새, 그리고 저를 바라보던 맑은 눈동자. 온몸을 휩쓰는 전율과 함께 배 속이 바짝 조여들었다. 타오르는 욕망에 저도 모르게 입술을 핥았다. 탐욕의 군주라 칭해졌으나, 이토록 무언가를 열망한 적은 없었다. 갖고 싶다는 생각이 어찌나 뜨거운지, 열기로 눈앞이 흐릿해질 정도였다. 어쩌면 그래서 패배한 것일지도 몰랐다. 아바르티아는 그녀를 죽이지 않고, 산 채로 붙잡길 원했으니까. 가진 실력이 비등하다면, 죽이기 위해 달려드는 손끝이 더 매서울 수밖에 없었다.

승리를 거둔 그녀는 마지막 남은 마력을 끌어 모아 아바르티아를 봉인했다. 그곳은 끝없이 어두운 암흑이었다. 모든 감각이 차단된 어둠 속에서, 아바르티아는 영속의 시간을 보냈다. 봉인 속은 시간의 흐름이 제멋대로였다. 하루가 1년으로, 한 달이 100년으로, 1년이 1,000년으로 변했다. 끝없이 늘어지는 시간에 갇혀 있으나 그 무엇도 할 수 없었다. 그가 할 수 있는 것은 무한한 사고뿐이었다.

제 아무리 악령이라도 버텨낼 수가 없는 환경이었다. 붕괴되어가는 정신을 막기 위해서라도 몇 가지 생각에 집중하였다. 처음에는 여럿이었던 생각은 점차 줄어들어서 하나로 변해갔다. 영겁의 세월 속에서 수도 없이 반복되는 회상. 아바르티아는 그녀만을 생각했다. 저를 이곳에 가둔 그녀가 증오스러웠다. 하지만 참을 수 없이 사랑스러웠다.

헤아릴 수 없는 시간이 흘렀다. 증오와 애정의 경계는 점차 흐릿해졌고, 악령의 광기는 집착이 되었다. 단 하나에 매달려, 아바르티아는 그 오랜 시간을 버텨냈다. 그리고 결국 봉인에서 풀려나는 데 성공했을 때. 그때 아바르티아가 느낀 감정은 이루 말로 설명할 수 없는 것이었다. 이렇게 그녀를 마주 보고만 있어도 어찌나 기쁜지…….

"에니샤, 에니샤, 에니샤……."

몇 번이나 그녀의 이름을 부르며, 아바르티아는 속삭였다.

"그곳에서 네 생각만 했어."

자그마한 그녀가 질린 표정을 지으며 뒤로 물러섰다. 하지만 그것조차 좋았다. 다채로운 표정을 짓는 얼굴도, 제 이름을 불러주는 도톰한 입술도, 예전과 꼭 같은 금빛의 마력도. 하나도 빠짐없이 전부 좋았다. 정말이지, 눈앞의 존재가 사랑스러워 견딜 수가 없었다. 그러니 아바르티아는 그녀를 위해 최고의 만찬을 준비할 생각이었다. 끝없는 절망을 안겨주고, 완전히 부수고 망가트려서…… 그리하여 저만 바라볼 수 있도록. 날개 꺾인 그녀를 제 품에 가두리라. 제 음험한 속내를 감추고서, 아바르티아는 에니샤에게 다정히 웃어 보였다.

"만일 누군가 나를 죽일 수 있다면……."

그리고 진심을 담아 말했다.

"그건 너뿐이야, 에니샤."

에니샤는 커다랗게 한숨을 내쉬더니, 싸늘한 눈빛을 하고서 쏘아붙였다.

"너 제대로 미쳤구나."

아바르티아는 희열을 감추지 못하고 속삭였다.

"맞아. 그러니까 날 죽이기 위해 노력해줘."

너도 나만 생각해줘. 내가 그러했듯이.

하지만 거기까지 말했다간 그녀는 훨훨 달아나버리리라. 정말 하고픈 말은 깊숙이 감춰놓고선, 아바르티아는 에니샤를 다정히 바라보았다. 맑고 선명한 눈동자가 저를 투명하게 담아내는 모습은 아무리 봐도 질리질 않았다. 저를 곧게 바라보며, 에니샤가 말했다.

"……소원대로 죽여줄 테니까 얌전히 기다려."

날카로운 말에 아바르티아는 그만 참지 못하고 환하게 웃었다. 그녀는 정말 사랑할 수밖에 없는 존재였다.

◆◇◆◇◆

에니샤가 잠들어 있던 침실. 분명히 깊게 잠에 빠져, 다음 날 아침까지 일어나지 말아야 할 쌍둥이들이 천천히 눈을 떴다. 헬라드가 기다랗게 하품하였다.

"으……. 잘 잤다……."

막 깨어나 조금 가라앉은 목소리로 중얼거리는 옆에서 로시엘 또한 부스스 일어났다. 그가 아직 살짝 잠에 취한 어조로 중얼거렸다.

"아……. 이거 잠 안 올 때 해달라고 해도 괜찮겠어……."

성격이 예민한 탓에 로시엘은 종종 불면에 시달렸다. 빛 한 줄기 들지 않도록 사방을 깜깜하게 하고, 어떠한 소음도 없도록 해야만

잠에 들었다. 하지만 로시엘의 기준으로 몹시 밝고 시끄러운 곳에서 잠을 청했음에도, 간만에 푹 잠들고 일어난 것이다.

가볍게 몸을 풀던 쌍둥이들은 텅 빈 자리를 바라보았다. 에니샤가 누워 있던 자리를 손으로 쓸며, 헬라드가 키득거렸다.

"진짜 귀엽지 않냐. 어찌나 열심히 뿔뿔거리던지……."

그의 말에 로시엘도 따라서 피식 웃었다. 에니샤는 몰랐지만, 쌍둥이들은 이미 에니샤가 처음 바스락거렸을 때부터 의식을 차린 상태였다. 에니샤가 살금살금 일어나 잠들었는지 살피고, 마법 걸어보겠다고 오물조물 애쓰는 것까지 죄다 구경하고 나서 얌전히 수면마법에 걸려준 것이었다. 에니샤가 꼼지락거리던 모양을 떠올린 로시엘은 반쯤 접힌 눈을 하고서 나른하게 웃었다.

"귀여워……."

로시엘의 중얼거림에 헬라드가 열렬하게 동의하였다.

"우리 쭈글이 다 컸어. 마법도 저렇게 잘하고. 아까 봤지? 장난 아니야."

수면마법으로 온 제국민 다 재울수도 있겠다며, 헬라드는 자부심 넘치는 목소리로 말했다. 대법사인 에니샤가 원래부터 마법에 능숙하단 사실은 전혀 고려하지 않는 발언이었다. 헛소리 중의 헛소리지만, 쌍둥이들에겐 지극히 논리적인 말이었다.

두 남자는 얼마간 에니샤의 대단함에 대해서 이야기를 주고받았다. 그러다 로시엘이 흘긋 창문 쪽을 곁눈질하며 말했다.

"에니샤는 언제쯤 돌아오려나."

"그러게. 에니샤 오기 전에는 자는 척해야겠다."

"으응……. 이 밤에 뭘 하는 건지 모르겠지만, 우리 지켜주겠다고 저러는 거 같은데……."

로시엘은 흐트러진 머리카락을 손으로 단정히 쓸어 넘겼다. 헬라드가 킬킬거리며 그의 말을 받았다.

"영주부터 재수 없는 느낌이잖아. 뭐 있는 것 같긴 해. 대법사로서 움직이려는 거 아닐까?"

가볍게 고개를 끄덕이던 로시엘이 나직이 한숨을 뱉었다.

"그래……. 모르는 척해줘야지."

에니샤가 말하지 못한다면, 분명 이유가 있으리라. 쌍둥이는 성질이 급하고 참지 못하는 편이었다. 하지만 에니샤에게는 달랐다. 바다처럼 한없이 너른 인내심을 가질 수 있었다. 이번에도 에니샤가 마음의 준비를 하고, 먼저 말해줄 때까지 기다릴 생각이었다. 물론 영주성에서 혼자 움직인다는 사실이 조금 불안하긴 했지만, 카힐도 있고 로드고도 있으니 일단은 에니샤가 원하는 대로 해주었다. 헬라드가 쭈욱 기지개를 켜며 물었다.

"폐하도 알지? 여기 이상한 거."

"당연히 폐하께서도 알고 계시지. 그러니 영주기 대작을 청할 때 받아들이신 거 아니겠어?"

"그렇겠네……."

고개를 끄덕이던 헬라드는 인상을 와그작 찌푸렸다.

"……짜증 난다. 왠지 폐하가 혼자 멋있는 역할 다 해드실 분위기라고."

그것 말고도 모리아칸의 왕태자 놈도 거슬려 죽겠다며, 헬라드가 투덜거렸다. 헬라드의 말에 로시엘은 픽 웃으며 대답해주었다.

"한번 기다려보자. 그 왕태자 놈이 정말 거슬리는 짓을 하는지."

다른 건 어쩔 수 없다 해도, 그놈 정도는 우리가 처리해도 되지 않겠어?

로시엘은 그리 말하며 예쁘게 웃었다.

✿❦✿

아바르티아는 끝끝내 아무것도 말해주지 않고 떠나갔다. 악령이 떠난 육체가 바닥으로 쓰러졌다. 에니샤는 간단하게 영주의 생존을 확인해보았다. 숨도 쉬고 심장도 뛰는 것이 멀쩡해 보였다. 의식을 차리면 본래 르타뉴의 영주로 되돌아올 것이다.

애초부터 그놈이 뭘 자세히 말해줄 것이라고 기대하진 않았다. 그래도 이렇게 사람 들쑤셔만 놓고 휙 가버리다니, 정말 아취미였다. 에니샤는 잠시 쓰러진 영주 앞에 가만히 서 있었다. 그리고 얼마 지나지 않아, 아바르티아가 떠난 빈자리에 새로이 찾아온 사람을 맞이하였다.

"……."

로드고는 조용히 에니샤를 바라보았다. 달빛과 어둠에 어둑하니 그림자진 이목구비가 보였다. 히페리온의 상징인 주홍색을 마법으로 감추었음에도, 그의 눈동자는 여전히 뚜렷했다. 로드고는 아무 말도 하지 않고 팔을 벌렸다. 마치 처음부터 그러기로 정해놓았던 것처럼, 에니샤는 그에게 달려갔다. 널찍한 품이 에니샤를 받아주었다.

로드고 특유의 뜨끈한 열기가 느껴지는 순간, 에니샤는 저가 차갑게 식어 있었음을 깨달았다. 꽉 안아주는 손길에 설명할 수 없는 안정감이 온몸을 휩쓸어서, 크게 숨을 토해냈다. 조그맣게 목소리를 꺼내어 그를 불렀다.

"아빠……."

에니샤를 번쩍 안아 든 로드고는 바닥에 널브러진 영주를 그대로 내버려두고 걸음을 옮겼다. 그가 향한 곳은 제 침실이었다. 로드고는 에니샤를 바닥에 내려놓고 잠시 미간을 찌푸리더니, 겉옷을 벗겨주었다. 안에 잠옷을 입은 것을 확인하곤 에니샤를 침대에 쏙 집어넣었다. 눈 깜빡할 사이에 에니샤는 이불로 돌돌 말렸다. 에니샤를 작은 이불 뭉치로 만들어놓은 후에, 로드고는 간단하게 옷을 갈아입었다.

"……."

에니샤는 이불에 꽁꽁 감싸인 채 조심조심 그의 눈치를 살폈다. 저를 바라보지 않을 때의 로드고는 얼굴에 표정이 없어서, 무슨 생각을 하는지 알기 어려웠다. 속내를 짐작해보려 해도 읽을 수가 없으니 자꾸 불안했다. 아바르티아가 어디까지 이야기했는지 알지 못하니 더욱 그러했다. 겉으로 내색하진 않지만, 어쩌면 단단히 화가 났을지도 몰랐다. 에니샤는 온갖 생각을 다 하며 끙끙 앓았다.

침의로 갈아입은 로드고가 성큼성큼 걸어와선 옆자리에 앉았다. 그는 에니샤를 제 무릎에 앉혀놓고 눈매를 가늘게 좁히더니, 짐짓 엄한 목소리로 말했다.

"너는 대법사이기 전에 히페리온의 황녀라고 말했을 텐데."

잔뜩 기죽은 얼굴로 그를 쳐다보았다. 하지만 로드고는 화를 내거나 목소리를 높이지 않았다. 다만 눈썹을 스윽 치켜올린 후에, 에니샤의 코끝을 가볍게 꼬집었다. 그러곤 혼잣말처럼 나직하게 중얼거렸다.

"좀 더 의지해줬으면 좋겠는데…….".

심장이 꾹 조여들었다. 그 말을 듣는 순간, 에니샤는 자신이 무엇을 그리 두려워하여 감추었는지 깨달았다. 스칸샤와 전쟁이 벌어져서 히페리온이 다칠까 봐 두려웠다. 언제나 그렇듯이, 히페리온은 승리할 것이다. 하지만 히페리온이 꺾어낼 수 있는 것은 스칸샤의 하크만이지, 아바르티아가 아니었다. 대법사였던 에니샤조차 사흘을 고전했다. 전력을 쏟아부어 전투를 벌였으나, 그러고도 소멸시키지 못하고 봉인한 것이 고작이었다. 로드고는 분명 뛰어난 실력을 가지고 있지만, 아바르티아는 그 수준을 넘어선 존재였다. 지금 대륙에서 아바르티아를 이길 수 있는 자는 아무도 없었다. 그리고 아바르티아는 에니샤의 소중한 사람들을 괴롭히지 못해 안달난 놈이었다.

"내게 할 말이 있지?"

로드고의 질문에 에니샤는 느릿하게 눈을 깜빡였다. 뭉글뭉글한 무언가가 안에서 퍼져나갔다. 두려움은 여전했다. 하지만 그와 동시에 이상하리만큼 마음이 편해져갔다. 과거에는 모든 것을 자신이 책임져야 한다고 생각했고, 그걸 당연하게 여겼다.

아르커스의 대법사니까, 마법사들의 왕이니까.

그러니 이번에도 로드고와 쌍둥이에겐 말하지 않고, 혼자서 전부 끌어안고 처리하려 했다.

"……지금 말하기 힘들면 하지 않아도 괜찮다."

목소리는 다정했다. 머리를 쓰다듬어주는 손길은 따뜻했고, 바라보는 눈길에는 보드라운 신뢰가 차 있었다. 곧은 눈빛은 네가 어떤 말을 해도 받아줄 것이라고, 그러니 제게 기대어 달라고 속삭였다. 에니샤는 저도 모르게 고개를 내저었다.

"아니, 아니에요……. 말하고 싶어요."

말은 내뱉고 나서야 귀에 들어왔다. 저질러버렸다는 생각에 심장이 두근두근 제멋대로 뛰었다. 에니샤는 이불 속에서 꾸물꾸물 손을 꺼내어 그의 옷자락을 붙잡았다. 가만히 기다려주는 로드고에게, 하지 못했던 이야기를 꺼내기 시작했다.

"예전에 악령을 봉인한 적이 있어요. 본디 일곱의 군주였는데, 나머지 여섯을 잡아먹고 유일한 군주가 된 악령이에요……."

그렇게 꽁꽁 감췄던 것이 무색할 만큼, 한번 꺼낸 이야기는 터진 둑처럼 콸콸 흘러나왔다. 하나도 숨기지 않고 모든 것을 털어놓아 갔다. 말을 하면 할수록, 에니샤는 제 가슴속 어딘가가 홀가분해지는 것을 느꼈다. 그리고 이야기는 가장 마지막 부분에 다다랐다.

"……아바르티아는 나를 원하고 있어요."

로드고의 눈빛이 순간 번뜩이는 것이 보였다. 에니샤는 그의 옷자락을 쥔 손에 더욱 힘을 주었다. 일순 서늘해졌던 로드고의 기운이 다시금 가라앉았다.

"하지만 지금 스칸샤를 건드려선 안 돼요. 아바르티아가 본연의 힘을 끌어내는 순간……."

모두 죽을 거예요.

가장 깊숙이 박혀 있던 말이었다. 묵직하던 그것이 속에서 빠져나가는 감각은 이루 말할 수 없이 기묘했다. 에니샤는 짧게 몸을 떨었다. 그러나 저를 쓸어주는 커다란 손에 다시금 안정을 되찾았다. 천천히 숨을 들이마셨다가 내뱉으며 호흡을 골랐다.

"그러니까 기다려주세요. 제가 마력을 전부 되찾을 때까지……. 아마도 성년식을 치르는 날에는 원래 마력을 찾을 수 있을 것 같아요."

자신이 봉인했던 존재였다. 원래 자리로 되돌려 보내는 것 또한 에니샤가 할 일이고……. 에니샤밖에 할 수 없는 일이기도 했다. 누군가 도와주고 힘을 보태주더라도, 결국 최후의 순간은 자신이 매듭지어야 하리라. 단단한 결의가 마음속에서 뭉쳐들었다. 속에 숨어 있을 때는 그리도 무섭더니, 막상 정면으로 마주한 두려움은 생각보다 보잘 것 없었다.

할 수 있다. 아니, 해낼 것이다.

에니샤는 로드고와 가만히 눈을 맞추었다.

"이건 아르커스의 대법사가 아닌, 히페리온의 황녀로서 드리는 말이에요."

서로를 눈동자 속에 가득 담은 채, 에니샤는 결연히 말했다.

"내가 히페리온을 지킬 수 있게 해주세요."

르타뮤의 영주는 아무것도 기억하지 못했다. 심지어 자신이 아바르티아와 계약을 맺었다는 기억조차 없었다. 영주는 낯선 손님들을 보고 크게 당황했다. 마르시언 왕태자야 친척이니 자연스레 넘어갔지만, 에니샤 일행은 아니었다. 곤란해질 뻔한 상황에서 레시나가 큰 역할을 해주었다.

레시나는 영주에게 황금협회패를 보여주며, 대륙마법협회에서 파견된 마법사라고 거짓말했다. 여기저기서 사기 치던 그녀의 화려한 언변은 영주의 정신을 쏙 빼놓았다. 차 한잔 마실 시간이 지나고 나니, 영주와 레시나는 영혼의 단짝이 되어 있었다.

"……그런고로 협회에서 이상함을 느끼고 저희들을 딱! 파견한 겁니다. 영주님께서 직접 겪어보셨으니 아시겠지만, 지금 굉장히 엄청난 일이 벌어지고 있거든요."

물론 '굉장히 엄청난 일'이 뭔지는 레시나도 잘 몰랐다. 때문에 대충 얼버무려가며 영주를 살살 굴렸다.

레시나가 열심히 헛바닥을 휘두르는 동안, 에니샤는 뒤쪽에 앉아서 시원한 음료수를 마시며 구경했다. 으깬 생강과 레몬을 졸여 만든 코디얼에 차가운 물과 얼음을 넣어 만든 주스였다. 생강 맛이 약간 강하긴 하지만, 크게 거슬리진 않았다. 시원한 느낌이 좋아 얼음을 하나 입에 넣으니 볼이 동그스름하게 솟아났다. 입안에서 얼음으로 잘각잘각 장난치는 사이 레시나가 탐문을 끝냈다.

알아본 바, 영주의 기억은 작년 봄에 멈춰 있었다. 대충 날짜를 짚어보니 에니샤의 아홉 살 생일 즈음이었다. 그리고 에니샤가 처음부터 기분 나쁘게 생각했던 중정의 파사 조각상은 영주가 기억을 잃었다는 시점부터 만들기 시작한 것이었다. 일련의 사실들에는 분명한 연관성이 있었다. 아바르티아가 대체 무슨 생각으로 이러는지 알 수 없었다. 처음 그가 제 앞에 모습을 드러냈을 때부터 이상하긴 했다. 모르는 척했다간 어떤 미친 짓을 저지를지 모르니, 일단 원하는 대로 영주성까지 따라와주긴 했지만……. 그는 자신의 계획을 알려주고 싶었던 것일까. 아니면 그냥 오랜만에 만난 에니샤와 이야기를 나누고 싶었던 것일까. 어느 쪽이든, 알게 된 진실을 넘어갈 수는 없었다.

에니샤는 영주의 동의를 얻어 파사 조각상을 부수기로 했다. 중정 한가운데 똬리를 틀고 앉은 거대한 뱀 조각상이지만, 부수는 일은 간단했다. 인부를 부를 필요도 없었다.

"부탁해요, 오라버니!"

"걱정하지 마. 확실하게 해줄 테니깐."

헬라드에게 단단한 몽둥이 하나만 쥐여주면 끝이었다. 황녀궁 철거 경력자인 헬라드는 능숙하게 조각상을 부숴나갔다. 속이 텅 비어 있는 탓에, 대리석 조각상은 얼마 지나지도 않아서 금세 산산조각 났다. 로시엘은 부수는 소리가 시끄럽다며 에니샤를 품에 안고 멀리 가버렸다. 그리고 헬라드가 조각 파편까지 말끔하게 걷어내고 나서야 다시 돌아왔다.

가까이 가보기 위해, 에니샤는 로시엘의 품에서 폴짝 뛰어내리려 했다. 하지만 그가 놓아주질 않았다. 로시엘은 에니샤를 꽉 끌어안고서 속삭였다.

"보지 않는 것이 좋겠어."

하지만 이미 전부 봐버린 뒤였다. 조각상 속에서 나타난 것은 새까만 석재로 만들어진 제단이었다. 핏물을 잔뜩 머금어 검붉은 빛을 띤 제단의 중심에는 황금으로 만든 단도가 박혀 있었다. 손잡이만을 남겨두고 깊숙이 박힌 모양새가 섬뜩했다. 핏물에 얼룩덜룩한 제단과 달리, 단도는 요사스러울 정도로 깨끗했다.

"와, 나 이런 거 처음 봐."

헬라드가 신기해하며 단도에 손을 뻗었다.

"오라버니, 손대지 마세요."

에니샤는 얼른 그를 만류했다. 주술사가 저주를 만드는 제단이었다. 저런 흉한 것을 만져봤자 좋을 리가 없었다. 괜히 사특한 기운이 옮겨 붙을 수도 있으니, 최대한 멀리하는 것이 답이었다.

에니샤는 제단을 바라보며 생각에 잠겼다. 저주는 오랜 시간 공을 들이고, 질 좋은 제물을 많이 바칠수록 강력해진다. 대충 작년부터 시작되었다고 치면, 꽤나 정성 들인 저주였다. 하지만 왜 하필 르타뉴에서, 그것도 아바르티아가 직접 영주를 잡아먹어가면서 저주를 만들었는지……. 르타뉴는 히페리온 제국에서도 한참 변두리고, 시골 휴양지에 불과한 지방이었다. 영지 하나를 저주로 날린다고 하여도 제국에 큰 타격을 줄 수 없는 위치였다.

어쨌든 일단 제단부터 빨리 파괴해야 했다. 저주를 만드는 제단은 주변의 좋은 기운을 빨아들이고 나쁜 기운을 뱉어낸다. 살인과 범죄를 불러일으키는 원흉이니 오래 내버려 둬봤자 좋을 것이 하나도 없었다.

에니샤는 제단의 모양새를 눈에 잘 담아둔 후, 로시엘에게 내려달라고 재차 부탁했다. 그가 정말 싫은 표정을 하면서도 에니샤를 놓아주었다. 헬라드부터 제단에서 멀리 떼어놓은 다음, 손에 마력을 감싼 채 제단을 만져보았다. 확실히 아바르티아가 손을 댄 제단이라 그런지, 느껴지는 힘이 묵직했다. 에니샤는 얼굴을 찌푸렸다가, 구석에 서 있던 카힐과 레시나를 돌아보았다.

보자……. 레시나로는 안 되겠고…….

"카힐."

따로 명령하지 않았으나, 카힐은 에니샤가 원하는 바를 곧장 알아챘다.

얼음과 눈이 섞인 바람이 불어나와 제단을 감쌌다. 제단 위로 서리가 어리더니, 원형을 알아볼 수 없을 만큼 새하얗게 변했다. 제단은 점차 두텁게 얼어붙어가다가, 어느 순간 산산이 부서졌다. 부서진 제단에서 찢어지는 비명 소리와 함께 검은 빛이 흘러나왔다. 빛은 일순 사방을 까맣게 물들였으나, 곧 한낮의 태양 아래 깨끗이 사라졌다. 로시엘은 냉큼 에니샤를 뒤로 끌어당겨 다시 제 품에 안고서 물었다.

"이제 끝난 거니, 에니샤?"

에니샤는 그에게 얼굴을 기대며 중얼거렸다.

"일단은요……."

하지만 에니샤는 알고 있었다. 이것은 끝이 아니라 시작이라는 것을.

제단을 마무리한 뒤, 쌍둥이와 에니샤는 마음의 평화를 위해 다과 시간을 가지기로 했다. 레시나한테 홀딱 넘어간 영주는 마법협회에서 온 귀한 손님들에게 대접을 아끼지 않았다. 그는 개인 정원에서 차를 마실 수 있도록 자리를 마련해주었다.

고지대에 위치한 영주성의 후원에서는 바다가 보였다. 탁 트인 바다 풍경을 바라보며 맛있는 차와 간식을 즐기는 것은 무척 기분 좋은 일이었다. 살구를 가득 올려 오븐에서 구워낸 후, 겉에 살구잼을 발라 윤기가 자르르한 파이가 있다면 더더욱 말이다.

파이 위에 올라간 살구가 새콤달콤하니 그렇게 맛있을 수가 없었다. 에니샤는 포크로 살구파이를 크게 푹 떠내어선 한입에 털어 넣었다. 열심히 왐냠냠 먹어치우는 동안, 쌍둥이들은 한가로이 이야기를 나누었다. 살구파이에 빠져 있는 사이 뭐가 어떻게 된 건지, 정신 차려보니 엄청난 주제를 말하고 있었다. 로시엘이 담담한 어조로 말했다.

"에니샤도 언젠간 결혼해야지."

그의 말에 에니샤는 손에 들고 있던 포크를 떨어트릴 뻔했다. 포크에 꽂혀 있는 살구부터 얼른 입에 쏙 집어넣은 후, 에니샤는 쌍둥이를 번갈아 쳐다보았다. 둘은 매우 심각한 표정을 하고 있었다.

"대신 상대는 완벽해야겠지?"

로시엘이 우아하게 찻잔을 들어올리며 하는 말에, 헬라드가 각설탕을 하나 더 집어넣으며 답했다.

"당연히! 그렇지 않으면……."

무심결에 말하려던 헬라드가 뒤늦게 말끝을 삼키곤, 에니샤의 눈치를 흘금 살폈다. 뒷말이 뭐였을지 대충 짐작이 가긴 했다. 그렇지 않으면 죽여버린다, 뭐 이런 거겠지. 에니샤가 오물오물 살구만 열심히 씹고 있자, 헬라드는 안심한 표정을 하고서 다시 말을 이어갔다.

"여하튼 완벽한 상대여야 하는데."

그가 흐으음 하며 고심하더니, 말도 안 되는 조건을 말했다.

"일단 작위는…… 황제 정도?"

대륙을 통틀어서 황제는 히페리온뿐이었다. 첫 번째부터 실현 불가능한 조건을 걸어놓은 후, 쌍둥이는 진지하게 이거저거 하면서 대화를 나눴다. 외모는 히페리온 황족 정도 되어야 하고, 에니샤보다 재물이 많아야 되고, 아르커스 좌우법사를 때려눕힐 수 있는 실력을 갖춰야 하고, 등등. 끝없이 이어지는 조건들을 들어보던 에니샤는 속으로 한숨을 삼켰다.

그냥 결혼하지 말라고 해라, 이놈들아…….

이번 생도 독신으로 보내게 될 것 같다는 강렬한 예감이 들었다.

에니샤는 연하게 우린 홍차를 마시며 다른 생각에 빠졌다. 아바르티아는 대충 일단락되었고, 이제 왕태자만 남았다. 아무래도 레시나에게 말해서 다시 신체 나이를 늘린 다음, 어떻게든 해결을 봐야 할 것 같았다. 영주와 대화 중인 레시나가 돌아오는 대로 부탁해야겠다고 생각하던 때였다. 에니샤의 남편감을 두고 토론을 벌이던 쌍둥이가 일시에 입을 다물었다. 둘은 동시에 어딘가를 바라보았다. 호위를 서고 있던 카힐 또한 쌍둥이와 같은 곳을 보았다.

"……."

모리아칸의 왕태자, 마르시언이 후원을 가로질러 오고 있었다. 이쪽으로 빠르게 걸어오는 마르시언을 보며, 에니샤는 잠시 눈을 깜빡였다. 어젯밤 그를 정원에 때려눕히고 도망가긴 했지만, 순식간에 전개한 마법이었다. 마르시언은 자신이 뭐 때문에 기절했는지도 모를 터였다. 심지어 카힐이 그를 침실까지 곱게 옮겨줬다고 들었다. 그 일을 따지러 온 것은 아니라면, 못다 한 이야기를 하려고 찾아온 것일까? 하지만 그런 것치곤 눈빛이 심상찮았다. 에니샤 앞에 멈춰 선 마르시언이 끓어오르는 눈을 하고서 대뜸 말했다.

"정녕 이럴 겁니까? 내 마음을 그리 훔쳐 가놓고……!"

"……?"

누가 보면 사귀기라도 한 것 같은 발언이었다. 에니샤가 당황하는 동안, 마르시언은 다시 입을 열었다. 그리고 이어진 말에 정원의 분위기는 갑자기 싸해졌다.

"끝까지 그렇게 나온다면 저도 어쩔 수 없습니다. 강제적인 방법을 쓰는 수밖에요."

"……??"

에니샤는 멍하니 마르시언을 바라보았다. 헬라드가 어이없음과 황당함이 뒤섞인 오묘한 표정으로 중얼거렸다.

"……얘 왜 이래?"

그리고 카힐은 기회를 놓치지 않고 재빨리 일러바쳤다.

"에니샤 님을 코르티잔과 착각하여 그러는 것입니다."

"코르티잔?"

쌍둥이의 눈이 대번에 사나워졌다. 로시엘은 작게 헛웃음을 내뱉고선, 우아하게 턱끝을 치켜올리며 마르시언을 비난했다.

"올 봄에 열 살 생일이 지난 아이입니다. 그런 아이에게 코르티잔이라니, 비약이 심하십니다."

무례를 지적하는 말에도 마르시언은 개의치 않았다.

"감히 모리아칸의 왕태자를 모독하였으니, 왕족 모독죄로 체포할 것입니다. 끌려가기 싫으면 순순히 따르십시오."

전투마법으로 뒷덜미 내려친 것 말고 뭘 모독했는지 생각해보며, 에니샤는 마르시언의 어깨 너머를 내다보았다. 그리고 솜털이 쭈뼛해졌다. 무장한 기사들이 후원 입구에 도열해 있었다. 쌍둥이는 여상한 표정으로 기사들이 늘어선 광경을 보다가, 에니샤를 돌아보았다.

"저놈이 너한테 집적거렸어? 어디 다친 곳 없고?"

헬라드의 질문에 에니샤는 고개를 내저었다. 그러자 헬라드는 조금 가라앉은 목소리로 다시 질문했다.

"……네게 손을 댄 곳은?"

"카힐이 전부 막아주었어요."

"아아, 그런 것치곤 저놈 손가락이 멀쩡한데?"

카힐이 옆에서 죄송합니다, 하고 곧장 사과했다. 가만히 듣고 있던 로시엘이 피식피식 웃다가 한 손으로 느슨하게 턱을 괴었다. 왕족을 대하는 예의라곤 조금도 없는 모습이었다.

"더 이상 모리아칸 왕족을 모독하지 마십시오!"

마르시언이 제법 위엄 있는 목소리로 화를 냈다. 그는 여태껏 코르티잔의 가족이라 당신들의 무례를 참아준 것이며, 더 이상은 봐주지 않겠다는 설명을 덧붙이는 것도 잊지 않았다.

"왕족 모독이라……."

느긋하게 마르시언의 말을 따라한 로시엘이 생긋 웃었다.

"그러하다면, 이쪽에서도 죄를 물어야겠군요."

로시엘은 화사하게 눈웃음치며 말했다.

"히페리온 황족을 모독한 죄 말입니다."

아무리 마르시언이 미쳐 있다지만, 두려움을 모르진 않았다. 지금 이 순간 로시엘은 미친 자도 번뜩 정신 차리게 할 수준이었다. 형형하게 불어오는 기세에 마르시언은 뒤로 물러나다 못해 엉덩방아를 찧었다. 그는 잔디밭에 주저앉고 나서야 더듬더듬 입을 열었다.

"히, 히페리온 황족이라니……."

마르시언은 황족을 사칭하는 죄가 얼마나 무서운지 아느냐며 대꾸했으나, 목소리에는 힘이 없었다. 때마침 영주와 이야기를 끝내고 룰루랄라 걸어오던 레시나는 기사들이 모여 있는 것을 보고 기겁했다.

로시엘이 그녀에게 한가로이 손짓했다. 레시나는 잔뜩 쪼그라든 표정으로 후다닥 달려왔다.

"부르셨습니까!"

군기 바짝 들어간 레시나의 대답에 로시엘은 살풋 웃었다가, 마법을 해제하라 명령했다. 레시나는 조심스럽게 황족들에게 걸어놓은 마법을 풀었다. 붉은 마력이 감돌자, 맑은 갈색 눈동자는 서서히 주홍색으로 변해갔다. 선명하게 드러나는 에니샤의 주홍빛 눈동자를 본 마르시언은 입을 다물지 못했다. 헬라드가 들고 있던 티스푼을 탁자 위로 툭 내던지며 말했다.

"아, 소풍 망했네."

역시 우리한테 조용한 가족 소풍은 무리였다고 낄낄거리는 헬라드 옆에서, 로시엘이 싱글싱글 웃으며 마르시언을 불렀다.

"아무리 모리아칸의 왕태자라 하여도, 히페리온에서는 외국인일 뿐입니다."

원래대로 돌아온 하늘색 눈동자를 빛내며, 로시엘은 느긋하게 말을 이어갔다.

"제국민을 당신 마음대로 다룰 수는 없다는 말입니다. 코르티잔에게 모욕받았다면 절차를 밟아 정당한 방법으로 항의해야지, 멋대로 끌고 가려 하다니요."

논리 정연한 이야기에 마르시언은 입술만 벙긋거렸다. 그는 한꺼번에 밀어닥친 상황들을 받아들이는 것만으로도 버거워 보였다. 헬라드가 마르시언을 내려다보며 말했다.

"하물며 히페리온의 황녀를 코르티잔이라 모욕하다니……. 모리아칸 왕태자는 목숨을 여벌로 들고 다니는 모양이로군."

쯧쯧 혀를 차는 헬라드에게 마르시언은 변명조차 하지 못했다. 제가 무슨 짓을 저질렀는지, 완전히 깨달은 것이다. 흥분으로 벌게져 있던 얼굴이 하얗게 질려가기 시작했다. 로시엘이 차갑게 웃으며 질문했다.

"죗값을 치를 준비는 됐습니까, 왕태자?"

✧❀✧

쌍둥이는 마르시언 왕태자를 제도까지 끌고 온 뒤, 지하감옥에 가둬놓았다. 왕태자를 가둬놓은 헬라드는 안 먹어도 배부른 사람 같은 표정을 하고서 말했다.

"감방에서 좀 굴려가며 반성시켜놓고……. 뭐, 왕태자니까 모리 아칸에서 알아서 보석금 두둑하게 가져오겠지."

가족 소풍을 방해했는데 사형 안 시키고 구금으로 끝났으니 아주 너그럽다며, 쌍둥이는 자신들의 자비로움에 감탄했다. 모리아칸에서 들었다면 뒷목 잡고 쓰러졌을 이야기였다.

르타뉴의 영주는 파면되었다. 외국인이 자국민을 핍박하는 데 일조했다는 죄목이었다. 마르시언과 엮여서 가족 소풍을 방해한 괘씸죄가 추가된 것이지만, 어차피 악령과 계약한 자를 영주의 자리에 내버려둘 수도 없었다.

소풍 떠났던 히페리온들이 사건사고를 수북이 가지고 돌아왔으나, 황궁 사람들은 르타뉴가 삭제되지 않았다는 것만으로도 크게 기뻐했다. 그리고 황족들은 에니샤를 주축으로 하여 회의를 열었다. 황족뿐만 아니라, 이브로테 기사단도 참가시킨 회의였다. 에니샤는 방석을 높게 쌓은 의자에 앉아 악령에 대한 이야기를 자세히 해주었다.

"……하여, 히페리온과 아르커스가 연합하여 움직인다면 훨씬 수월할 것 같아요."

아르커스의 조사관들이 대륙 곳곳으로 흩어져 주술사들을 추적하고 있으나, 인력의 한계가 있었다. 황실에서 공문을 내려 제국 내부만 수색해줘도 일거리가 훨씬 덜어질 것이다. 그리고 제단은 발견되는 즉시 아르커스의 마법사들을 파견하여 제거하면 되리라. 혼선을 방지하기 위해, 대륙에는 자세한 내막을 공표하지 않고 히페리온 황실과 아르커스만이 합작하여 일을 처리하기로 하였다.

"그런데 에니샤."

로시엘이 살짝 눈매를 찌푸리며 물었다.

"여태껏 아르커스의 대법사는 계속 이런 일들을 해온 거야?"

악령을 봉인했다는 것도 그렇고, 에니샤가 해준 이야기들 대부분은 대륙에 알려지지 않았다. 제국의 황자로서 방대한 양의 정보를 다루는 로시엘조차도 처음 듣는 이야기인 것이다. 에니샤는 고개를 끄덕이며 조금 시무룩하게 답했다.

"아무래도 마법과 주술에 관한 일은 사람들의 이해를 얻기가 어려우니까요. 당장 닥치지 않은 일을 예방하려는 선구자들도 드물고……."

처음 대법사 자리에 올랐을 때는 이것저것 의욕적으로 나서서 협조를 구하기도 했다. 그러나 얼마 지나지 않아, 에니샤는 그냥 혼자서 해결하는 것이 가장 편하다는 사실을 깨달았다. 공익을 위한 일인데도 대가를 요구하거나, 도움을 준다는 명목으로 일을 더 꼬아버리고 큰소리치거나, 무언가 조금이라도 잘못되면 모든 책임을 뒤집어씌우려 하거나……. 몇 번 좌절을 겪고 난 후, 대법사는 대륙의 뒤편에서 조용히 활동하게 되었다.

"하지만 지금은 아빠랑 오라버니들이 있으니까 괜찮아요!"

에니샤는 주먹을 꼭 쥐어 보이며 기운차게 말했다. 그런데 어째서인지 황족들의 표정은 미묘했다. 뭔가 실수했나 싶어서 이브로테 기사단이 앉아 있는 쪽을 흘긋 돌아보자, 그들도 죄다 황족들과 비슷한 표정이었다. 왜 다들 안쓰러운 듯이 저를 바라보는지 알 수 없었다. 눈만 깜빡거리고 있자니, 헬라드가 갑자기 한숨을 푹 내쉬며 중얼거렸다.

"내가 미친다, 진짜……."

적나라한 표현이었으나, 로시엘은 그에게 무어라 하지 않았다. 헬라드는 으이구, 하면서 말했다.

"어쨌든 그건 그렇고……. 앞으로는 그놈한테 휘둘리지 말고 솔직하게 말해. 네가 우리를 지키고 싶어 하듯, 우리도 똑같아. 에니샤 너를 지키고 싶다고."

투덜거리는 헬라드의 뒤를 이어, 로시엘이 나긋하게 받아 말했다.

"대륙에서 히페리온 황족을 지켜주려고 애쓰는 사람은 너뿐일 거야, 에니샤."

"그래요……?"

에니샤는 눈매를 늘어뜨리며 이제부터는 꼭 아빠랑 오라버니들과 이야기하겠다고 약속했다. 손가락까지 걸어가며 단단히 약속한 후에 회의는 끝이 났다.

그리고 며칠 뒤. 에니샤는 유디트를 만났다. 본래 진즉 엘하르크로 귀국했어야 하는 유디트였다. 하지만 마지막으로 에니샤를 보고 싶은 마음에, 그녀는 일부러 귀국일까지 늦춰가며 제도에서 기다렸다.

에니샤가 유디트와 만나기로 약속했다는 소식을 듣고 쌍둥이는 몹시 불만스러워했다. 당연히 가족 소풍을 다녀온 사이 귀국해버렸을 줄 알았던 것이다. 에니샤는 쌍둥이를 한참 달래놓은 후에야 외출할 수 있었다.

"어서 와요, 꼬마아가씨!"

유디트가 환하게 웃으며 에니샤를 맞이하였다. 처음 만났던 케이크 가게에서, 그때 그 자리에 앉아 재잘재잘 이야기를 나누었다. 서로가 누구인지 알게 되었지만, 대하는 태도는 조금도 변하지 않았다. 에니샤와 유디트는 맛있는 케이크를 먹으며 즐겁게 대화했다. 르타뉴에서 가져온 조그마한 산호 장식을 선물로 주자, 유디트는 크게 감동하였다. 에니샤는 그녀에게 소풍 다녀온 이야기도 해주었다. 하지만 유디트는 이야기를 들으면서도 쉽게 믿질 못했다. 로시엘이랑 바닷가에서 놀았다는 대목에서는 기어코 반문하고야 말았다.

"아니……. 그분께서 같이 조개껍질을 줍고 물고기를 잡아줬다고요……?"

헬라드가 물고기로 회를 떠주려고 했다는 것과 로드고까지 넷이서 공놀이한 것도 말해줬지만, 유디트는 도통 믿지를 못했다. 심지어 그녀는 조심스럽게 물어보기까지 했다.

"우리 지금 같은 사람에 대해 이야기하고 있는 거 맞죠?"

"……."

에니샤는 결국 소풍 이야기는 포기하고, 대신 다른 화제를 꺼냈다.

"사랑이란 게 무척 복잡한 것 같아요."

흥미로운 주제의 등장에 유디트가 눈을 반짝였다. 에니샤는 나름 심각한 얼굴로 그녀에게 질문했다.

"잠깐 만나서 대화한 사람과도 사랑에 빠질 수 있는 걸까요? 막 엄청나게 집착하고, 상사병에도 걸릴 만큼?"

"흐음……."

유디트가 손가락으로 가볍게 턱밑을 문질렀다.

"사랑이야 불꽃이니 어디든 붙을 수 있지만……. 그것이 얼마나 오래가느냐는 다른 문제예요. 첫눈에 반했다는 그 순간을 사랑했을 뿐일 수도 있고요."

그녀는 그윽한 목소리로 말을 이어갔다.

"불같이 타오른 후가 어떻게 될지는 아무도 모르는 일이에요."

"그렇구나……."

역시 사랑은 어렵다. 케이크를 우물우물하는 에니샤에게, 유디트가 낮게 웃으며 물었다.

"누가 꼬마아가씨를 좋아한대요?"

"아, 아뇨! 제 친구 얘긴데……."

에니샤가 땀까지 삐질삐질 흘려가며 모른 척하자, 유디트는 다 안다는 표정을 하고서도 넘어가주었다.

"뭐어……. 어쨌든 그렇게 몰아치는 건 좋지 않아요. 특히 자기 감정에 빠져서 상대방을 막무가내로 밀어붙이는 부류가 있는데,

온갖 달콤한 소리는 다 해놓고 막상 연애를 시작하면 자신이 상상했던 모습이 아니라며 식는 경우도 있다니까요?"

그 뒤로 유디트는 열심히 연애 강의를 해줬고, 에니샤는 고개를 끄덕끄덕해가며 부지런히 귀담아 들었다.

즐거운 시간은 순식간에 흘러갔다. 유디트가 아쉬운 얼굴로 먼저 자리에서 일어났다. 엘하르크로 돌아간 뒤에도 서신을 주고받기로 약속한 후, 그녀는 가게를 떠났다. 그리고 유디트가 완전히 떠난 뒤, 에니샤는 발딱 자리에서 일어났다. 자박자박 걸음을 옮겨서 아까부터 손님 두 명이 죽치고 앉아 있는 탁자로 향했다. 모자를 푹 눌러쓰고 목깃 높은 옷으로 얼굴을 가렸으나, 길쭉한 체구와 특유의 분위기는 하얀 종이의 검은 점처럼 도드라져 모를 수가 없었다. 후다닥 고개를 숙이며 딴청 부리는 모습에, 에니샤는 에휴 하며 입을 열었다.

"오라버니들……."

헬라드와 로시엘이 슬쩍 에니샤를 돌아보더니, 모자를 젖히고 인사했다.

"안녕, 쭈글아."

"이런 곳에서 다 만나네, 에니샤."

에니샤가 무어라 말하기도 전에, 쌍둥이는 태연한 얼굴로 변명했다.

"우린 케이크 먹으러 왔을 뿐이야!"

"네가 함께 먹어주질 않으니, 우리끼리라도 온 것이지."

그러다 우연히, 아주 우연히 같은 케이크 가게에 들어온 것이라며 딱 잡아뗐다. 실제로 탁자 위에는 케이크가 수북했다. 물론 전부 헬라드 앞에만 놓여 있고, 로시엘은 차만 마시고 있었다.

소풍 다녀온 뒤라 둘 다 할 일이 산더미일 텐데, 여기까지 쫓아오다니…….

그들의 모습에 기가 막히면서도, 다른 한편으로는 웃음이 나왔다. 에니샤는 결국 못 이긴 척 쌍둥이들 옆에 앉았다.

"그럼 지금이라도 같이 먹어요!"

포크를 집어 들자 헬라드와 로시엘의 얼굴이 환해졌다. 쌍둥이는 에니샤를 가운데에 끼워놓고 신나게 케이크 가게를 털었고, 이후 밤늦게까지 제도 곳곳을 쏘다니며 놀다가 귀궁하였다.

❦

북부의 흐린 날씨 탓인지, 자드카르 왕궁은 음울한 분위기가 강했다. 회색빛으로 감싸인 눈과 얼음의 나라에서는 모든 것이 칙칙하게 가라앉았다.

"……!"

날카로운 파열음이 울려 퍼졌다. 오랫동안 고대하던 서신을 받은 카르티나가 분노를 참지 못하고 물건을 집어던지는 소리였다.

……그대에게 받은 도움에 대해서는 이미 합당한 대가를 치렀습니다. 제게 위험한 초대장은 보내지 않으셨으면 좋겠군요.

— 유디트 엘하르크

카르티나는 서신을 구기며 악에 받친 목소리로 욕설을 내뱉었다.

"망할 계집년……!"

유디트 엘하르크가 히페리온의 황태자와 약혼을 맺었다는 소식을 듣자마자, 그녀에게 서신을 보냈다. 카르티나는 과거 유디트가 엘하르크에서 왕위를 놓고 정쟁을 벌일 때 주술적인 도움을 주었다. 품은 야망이 원대하고, 원하는 것을 얻기 위해 살생도 서슴없이 저지르는 유디트는 카르티나와 꼭 닮아 있었다. 카르티나는 그녀와 자신이 마음을 터놓은 친구가 되었다고 여겼고, 히페리온에게 복수하는 일에 도움을 받을 수 있으리라 생각했다. 하지만 그것은 어디까지나 카르티나의 착각이었다. 유디트는 저를 사무적으로 대할 뿐이었다. 은근하게 돌려 꾀어내는 말을 적어 보냈으나, 서신에 돌아온 답장은 직설적이고 차가웠다.

"아아……."

카르티나는 허물어지듯 바닥에 주저앉았다. 히페리온에서 돌아온 악시온은 한쪽 팔이 사라져 있었다. 그러나 불구가 된 것은 몸뿐만이 아니었다. 대체 무슨 일을 겪었는지, 악시온은 발작과 환청, 헛통증을 겪었다. 한쪽만 남은 팔을 붙잡고 울부짖는 악시온을 볼 때마다 가슴이 미어졌다. 고통스러워하는 아이가 다다른 최후의 길목은 아편이었다. 통증을 잠재우기 위해 마약에까지 손을 댄 것이다. 아직 성년도 되지 못한, 겨우 열다섯 살의 아이가 겪기에는 너무나 독하고 괴로운 일이었다. 악시온이 공왕의 자리를 이어받고, 자신은 겨울 나라의 여왕으로 군림하는 미래가 바로 눈앞이었건만……. 히페리온이 모든 것을 망쳤다.

카르티나의 눈에 번들거리는 독기가 들어찼다. 결코 이렇게 끝낼 수는 없었다. 카르티나는 천천히 중얼거렸다.

"……그분께 도움을 청해야겠어."

◈◈◈◈

해가 바뀌고 새로운 봄이 찾아왔다.

에니샤의 열한 살 생일을 앞두고, 황실에서는 이번 생일을 기념하여 무술대회를 주최하기로 하였다. 대회는 기사 개인의 기량을 겨루는 마상시합, 기사단들이 실제 전쟁과 흡사하게 전투를 벌이는 모의전으로 나뉘었다. 듣기론 제국에서 무술대회가 있을 때마다, 황족들의 직속기사단이 우승을 놓고 다툰다 하였다. 특히 모의전은 지휘관까지 전부 참여하는지라, 황족들이 직접 기사단을 이끌고 대회에 참가했다. 로드고와 헬라드, 로시엘이 전략을 짜고 전투하는 모습을 볼 수 있는 것이다.

에니샤의 이브로테 기사단은 마법기사단이고, 숫자도 셋에 불과하니 모의전에는 참가하지 못했다. 다만 마상시합에는 카힐이 정령의 힘을 사용하지 않는 조건으로 출전을 결정하였다. 마상시합은 황족들이 참가하지 않는지라, 에니샤는 내심 카힐의 우승을 기대하고 있었다.

무술대회를 앞두고, 제도의 영애들은 자신의 마음을 뺏어간 기사에게 손수건을 주기 위해 열을 올렸다. 일리오사 후작가에 놀러가보니, 바넷도 일전에 관심 있다고 말했던 백작가의 영식에게 손수건을 주려고 자수에 매진하는 중이었다.

에니샤야 손수건을 줄 사람이 뻔했다. 일단 로드고와 쌍둥이들에게 하나씩 주고, 카힐에게도 줄 생각이었다. 하지만 멋들어진 자수는 없었다. 괜히 자수 놓는다고 설치다가 손수건을 망가뜨리느니, 그냥 주는 게 낫다는 것을 알고 있었다.

그리고 열한 살 생일을 한 달 남겨둔 어느 날. 에니샤는 감기에 걸렸다. 처음에는 뭔지도 모르고, 그냥 몸이 조금 으슬으슬하다는 생각만 했는데…….

"푸엣취!"

그만 쌍둥이들이 보는 앞에서 거하게 재채기를 해버린 것이다. 함께 점심 식사를 하던 헬라드와 로시엘은 일제히 손을 멈추었다. 둘 다 휘둥그레진 눈으로 에니샤를 바라보았다. 에니샤는 그들에게 아무것도 아니라고 말하려 했다.

"오라버니들, 저 괜찮……. 흐엥취!"

하지만 또 재채기를 해버렸고, 쌍둥이는 자리를 박차고 일어났다. 헬라드가 냉큼 에니샤를 안아 들고, 로시엘이 다급하게 시종을 불러다 의사를 데려오라 명했다.

잠깐 눈을 감았다 뜨니, 에니샤는 어느새 침대였다. 두꺼운 이불에 폭 파묻힌 채 옆에서 전전긍긍하는 쌍둥이를 달래고 있자니, 여러 사람이 우르르 들이닥쳤다. 황녀님이 아프다는 소식에 황궁에 있는 의사들이 죄다 눈썹을 휘날리며 날아온 것이었다. 그중에서 가장 경험이 풍부하고 실력이 좋은 의사가 대표로 나서서 에니샤를 진찰했다. 상세한 문진 후, 열을 재고 맥박까지 짚어본 뒤 의사가 떨리는 목소리로 말했다.

"아무래도…… 감기에 걸리신 것 같습니다."

에니샤는 속으로 아이고, 하고 탄식했다. 근래 밤늦게까지 잠 안 자고 마법 연구에 매진했더니 이리된 모양이었다. 무리한다는 생각은 있었다. 하지만 아바르티아를 생각할 때마다 마음이 조급했다. 조금만 더, 조금만 더, 하고 욕심을 내다가 탈이 난 것이었다. 감기니까 며칠 푹 쉬면 낫겠다고 에니샤는 가볍게 생각했다. 하지만 별것 아니라고 생각하는 이는 에니샤뿐이었다.

"감기……?"

헬라드와 로시엘이 적잖이 당황한 표정으로 서로를 쳐다보았다. 크게 당황한 것은 황궁 의사들도 마찬가지였다. 그럴 수밖에 없는 것이, 본디 히페리온 황족과 질병은 아주아주 먼 이야기였다. 팔다리가 부러지거나 검에 쑤셔 박히는 일은 있어도, 질병에 시달리는 일은 거의 없었다. 온 제국에 전염병이 횡행해도, 심지어 전염병 환자 속에서 뒹굴어도 멀쩡한 사람들이 히페리온 황족이었다. 그런데 '감기'라니……. 이런 소소한 병에 걸린 황족은 히페리온 제국이 건국된 이래 처음이라는 의사의 설명을 듣고 나자, 에니샤는 몹시 부끄러워졌다. 혼자만 엄청나게 연약한 기분이었다.

어쨌든 그날부터 에니샤는 감기로 앓아누웠다. 그리고 황궁은 장례식장이 되었다. 무릇 히페리온 귀족이라면 가슴에 유서 한 장씩은 품고 있기 마련이었다. 하지만 막내 황녀님이 감기로 앓아누운 이후, 다들 유서가 두 장씩으로 늘어났다.

황족들은 에니샤가 죽을병에 걸린 것처럼 굴었다. 정무회의에서 쌍둥이가 침울한 표정으로 이야기를 주고받았다.

"기침을 하더라니까⋯⋯. 그 쬐그마한 애가 쭈글쭈글해져가지
곤⋯⋯."

"열은 또 얼마나 펄펄 끓던지⋯⋯. 며칠 내내 침대 신세고⋯⋯."

안건 하나 처리할 때마다 한숨 푹푹 쉬어가며 막내 황녀가 얼마
나 아픈지 줄줄 읊어댔다. 똑같은 안건이라도 에니샤의 상태가 안
좋은 날에는 온갖 허점을 끄집어내가며 신랄하게 비난했고, 상태
가 좋은 날에는 적당히 한심하단 눈을 하며 넘어가주었다. 에니샤
가 열이 최고로 많이 올라간 날이 있었는데, 그날은 회의도 없었다.

황족들은 황녀궁의 문턱이 닳아 없어지도록 드나들며 번갈아 에
니샤 곁을 지켰다. 그러다가 꼭 필요한 일정을 소화하기 위해 나왔
을 때는 누가 건드리면 바로 칼로 찔러버릴 것 같은 얼굴을 해 보
였다. 가뜩이나 흉흉한 황족들이 대놓고 살벌하게 굴어대니, 그날
황궁에서는 기절하는 사람들이 속출했다. 이쯤 되니 다들 살기 위
해서라도 황녀님의 쾌유에 매달렸다. 제국 최고의 명의들과 몸에
좋다는 귀한 약재가 황녀궁으로 쏟아졌다. 불치병이라도 치료해낼
기세였다. 그러나 에니샤에게 필요한 것은 휴식뿐이었다.

에니샤는 며칠을 끙끙 앓았다. 감기가 독해서 생각보다 쉽게 떨
어지질 않았다. 해야 할 일이 산더미인데 따라주지 않는 몸이 야속
했지만, 푹 쉬는 것 말고는 답이 없었다.

그날도 약을 먹고 곤하게 잠들었다. 어느 순간 에니샤는 부스스
눈을 떴다.

"⋯⋯?"

온통 축축하다 싶더니, 이마에 물이 흥건한 물수건이 얹혀 있었다. 얼굴을 물 범벅으로 만들어놓은 솜씨가 아무래도 헬라드의 짓인 것 같았다. 그가 서투르게 수건을 적셔다 얹어놓는 모습이 눈앞에 선했다. 피식피식 웃으며 이불에 대충 얼굴을 닦아내다가, 다시 잠에 빠져들었다.

두 번째로 깨어난 것은 잘그락잘그락하는 소리 때문이었다. 물이 주르륵 떨어지는 소리가 이어지더니, 이마 위에 시원한 것이 얹혔다. 뒤이어 차가운 무언가가 열 오른 얼굴 위를 살살 닦으며 식혀주었다. 열기로 어질어질하던 몸에 닿는 서늘한 느낌이 너무 좋았다. 에니샤는 저도 모르게 작게 웃으며 눈을 떴다. 그리고 침대 옆에 앉아 있는 사람을 발견했다. 물을 받은 대야에 얼음 조각을 가득 만들어놓고, 차가운 물수건으로 에니샤의 얼굴을 살금살금 닦아주는 그는 카힐이었다.

에니샤와 눈이 마주친 카힐은 손을 멈칫하였다. 두 사람은 얼마간 서로를 쳐다보기만 했다. 에니샤는 조그맣게 중얼거렸다.

"너…… 불손해……."

황녀의 침실에 멋대로 드나들다니, 불손해도 이렇게 불손할 수가 없었다.

이러다 시녀한테 들키기라도 하면 어쩌려고 그러는지…….

에니샤가 미간을 좁혀 보이자, 카힐은 살며시 눈을 아래로 내리깔며 말했다.

"죄송합니다. 저는 그냥, 걱정이 되어서……."

중얼거리던 카힐의 시선이 침대 머리맡으로 향했다. 베개 뒤에

삐죽 튀어나온 토끼인형의 귀 끝이 보였다. 에니샤는 손을 뻗어 토끼를 베개 뒤로 쑥 밀어 넣으며 말했다.

"나 괜찮아. 그냥 감기인데……."

다들 죽을병 걸린 사람 취급을 한다며, 에니샤는 조금 투덜거렸다. 그러다 기침을 콜록콜록 하자, 카힐은 얼른 물을 따라서 건네주었다. 미지근한 물을 몇 모금 마시고 나니 시원한 것이 간절해졌다. 에니샤는 침대에 폭 누워서 이불을 붙잡고서 그를 올려다보았다.

"……그거나 더 해봐."

시원한 거…….

에니샤의 중얼거림에 카힐은 옅게 웃었다. 그가 이마에 붙어 있던 물수건을 갈아주던 때였다. 이것만 하고 가라고 해야지, 하고 생각하는데 갑자기 문이 벌컥 열렸다. 기척도 없이 등장한 사람들은 쌍둥이였다. 자고 있는 에니샤가 깰까 봐 조심조심 들어온 것이다.

쌍둥이는 눈앞에 펼쳐진 광경에 그대로 굳어버렸다. 그리고 에니샤와 카힐 또한 석상이 되었다.

"……."

침실에 한동안 정적이 내려앉았다. 쌍둥이의 눈매가 가늘어졌다. 카힐을 물끄러미 쳐다보며, 헬라드가 느리게 입을 열었다.

"너…… 여기서 뭐 하냐?"

✦

야심한 밤, 로드고와 쌍둥이가 원형탁자에 둘러앉았다. 세 남자는 잠시 아무 말도 하지 않고 서로를 쳐다보았다. 그러다 헬라드가 툭 말했다.

"우리 좀 자주 모이는 것 같지 않아?"

"요즘 들어서 그러네."

로시엘의 대답을 끝으로, 다시 침묵이었다. 다시 침묵을 깬 것은 헬라드였다.

"갈수록 난이도가 어려워지는 느낌인데……."

그의 중얼거림에 로드고와 로시엘은 일제히 입매를 비틀었다. 황녀궁 침실에서 카힐 자드카르가 에니샤와 단둘이 있는 것이 발각되었다. 카힐이 수상한 짓을 하지는 않았다. 그냥 에니샤 옆에서 병간호해준 것밖에 없었지만, 장소가 문제였다.

황녀의 침실에 외간 남자가 멋대로 드나들다니…….

즉석에서 썰려나가도 할 말이 없는 짓이었다. 그나마 카힐이 그 자리에서 두 동강 나지 않은 것은 에니샤의 기사이기 때문이었다. 에니샤는 쌍둥이에게 다급히 카힐을 변호해주었다.

— 제가 불렀어요! 얼음 때문에……!

혹시나 카힐이 어떻게 될까 봐 열심히 결백함을 주장했다. 하지만 에니샤가 몰랐던 것이 하나 있다면, 그렇게 열심히 변호하는 행동 때문에 쌍둥이가 더 열 받았다는 점이다.

"눈앞에 버젓이 우리가 있는데! 아는 척도 안 하고 그놈 변명해주기 바빠서는!"

아픈 에니샤가 힘겹게 카힐을 감싸주고 있으니, 쌍둥이는 속이 뒤집히다 못해 발작할 지경이었다. 하지만 에니샤 앞에서 화를 낼 수도 없는 노릇인지라, 일단 그냥 물러났다. 그리고 곧장 에니샤 빼고 황족회의, 아니 팔불출회의를 소집해 이러고 있는 것이다. 탁자까지 내려쳐가면서 분노하던 헬라드가 나직이 중얼거렸다.

"그때 그냥 죽일걸……."

가만히 듣고 있던 로시엘이 물었다.

"그때?"

"왜, 옛날에 에니샤 납치당했을 때 있잖아."

폐하가 목숨 한 번 살려준다고 약속했다고, 헬라드는 열심히 로드고를 비난했다. 로시엘이 웬일로 분통 터뜨리는 헬라드를 만류했다.

"그런 거 신경 쓰지 마."

"……너 왜 그러냐. 뭐 잘못 먹었어?"

황당한 눈으로 쳐다보는 헬라드에게, 로시엘은 가볍게 어깨를 으쓱하며 말했다.

"그건 폐하께서 하신 약속이고……. 우린 아무 말도 안 했잖아?"

"오……!"

헬라드가 깨달은 눈빛으로 감탄사를 터뜨렸다. 그럼 지금이라도 늦지 않았으니 죽여버리자며 들썩거리는 헬라드 옆에서, 여태껏 조용히 생각에 잠겨 있던 로드고가 처음으로 입을 열었다.

"카힐 자드카르가 올해 성년식을 치르지 않던가?"

"그렇습니다. 올 겨울이 성년이라 합니다."

로드고는 의자 등받이에 몸을 기대며 흘리듯 말했다.

"슬슬 움직일 때도 되었지……."

"예, 폐하. 하여 지금이 다음 단계로 넘어갈 적시가 아닌가 싶습니다."

카힐을 자드카르 공왕으로 만들겠다고 결론 내린 이후, 여태 황실은 여러 가지 물밑 작업을 다져왔다. 이제 기반은 어느 정도 갖췄고, 카힐 또한 허물을 벗은 나비처럼 눈부시게 성장했다. 하지만 히페리온이 정벌전쟁이라도 벌여서 카힐을 공왕 자리에 앉혀줄 것이 아닌 이상, 그 스스로 쟁취해낸 성과가 있어야 했다. 단순히 정령의 계약자라는 간판 말고도 다른 무언가가 필요한 것이다. 그러기 위해선 카힐 자드카르를 더 넓은 곳으로 내보내 자신만의 세력을 구축하고, 힘을 키우도록 만들어야 했다.

"……그리고 겸사겸사 에니샤 곁에서 떨어지도록 말입니다."

설명을 죽 이어가던 로시엘의 첨언에 나머지 두 남자도 일제히 고개를 끄덕였다. 사실 앞에 늘어놓은 것은 핑계일 뿐이고, 마지막이 가장 중요했다. 얌전한 놈이라 에니샤 옆에 붙여놨더니, 어느새 슬슬 기어 올라와선 에니샤를 노리고 있었다. 어딜 감히 껄떡거리는지, 어림도 없었다. 이 정도면 너그럽다 못해 천사 같은 처우라며, 황족들은 사악하게 웃었다. 로시엘이 몹시 뿌듯한 얼굴을 하고서 회의를 끝맺었다.

"그럼 카힐 자드카르를 위한 두 번째 계획을 시작하겠습니다."

◆◆◆

며칠을 골골거린 후, 에니샤는 씻은 듯이 나았다. 에니샤의 감기

가 낫자마자 황궁 사람들은 전부 눈물을 줄줄 흘리며 기뻐했다. 그
간 로드고와 쌍둥이에게 시달리던 귀족들 또한 어찌나 좋아했는
지, '막내 황녀님 감기 나은 날'이라고 국경일을 만들자 해도 흔쾌
히 찬성할 분위기였다. 그리고 자신이 앓아누운 동안 황궁에서 무
슨 일이 벌어졌는지 알게 된 에니샤는 앞으로 절대 아프지 않겠다
고 결심했다.

황궁은 본격적으로 에니샤 생일 기념 연회와 무술대회 준비에
돌입했다. 연회도 그렇지만, 무술대회 소식에 제국 전체가 난리였
다. 내로라하는 기사들이 전부 제도에 모여들었다. 귀족들은 자신
이 후원하는 기사의 승리를 위해서 아낌없이 장비를 구입했고, 혹
은 직접 대회에 참가하기도 했다.

황실이 주최하는 무술대회는 귀족과 평민들까지 전부 관전할 수
있었다. 만인 앞에서 실력을 입증하고, 단박에 유명세와 인기를 얻
기에 이만큼 좋은 기회가 없는 것이다. 우승자에게 주어지는 포상
도 상당했다. 모의전에서 우승한 기사단에게는 금으로 만든 월계
관과 금화 한 수레를 하사하고, 한 달간 제도와 황궁 곳곳에 해당
기사단의 깃발을 걸었다. 마상시합에서 우승한 이에게는 마찬가지
로 월계관과 금화 한 자루를 내리고, 황제의 권한으로 소원을 하나
들어주었다. 물론 말이 소원일 뿐, 절대적이지는 않다. 비상식적인
소원을 빌었다가는 그 자리에서 목이 달아나니 다들 알아서 적정
수준을 지키곤 했다. 하지만 황제에게 직접 청탁을 할 수 있다는
것 자체가 큰 영광이고 영예였다. 마상시합의 우승자가 작위를 청
하여 벼락출세하는 경우도 왕왕 있었다. 때문에 우승자가 무슨 소

원을 비는지 지켜보는 것도 대회의 백미였다.

무술대회는 성년식을 치른 제국민이 자격요건이나, 대회가 열리는 해에 성년이 되는 사람에게도 자격을 주었다. 덕분에 올해 겨울 성년식을 치를 카힐도 마상시합에 참가하기로 했다. 에니샤는 무술대회에 대한 이야기를 하기 위해 이브로테 기사단을 소집했다. 말이 소집이고, 검사겸사 금빛숲에 놀러 가려고 모인 것이었다.

금빛나무 밑에 돗자리를 깔아놓고, 카힐이 양손에 들고 온 도시락을 꺼냈다. 8단으로 쌓아올린 큼직한 도시락 두 개는 황녀궁 주방에서 만든 특제 도시락이었다. 한 칸씩 펼쳐놓으니 돗자리가 가득 차버렸다. 돗자리를 하나 더 펼쳐놓고, 다 같이 사이좋게 도시락을 나눠 먹었다.

에니샤는 돼지고기를 부드럽게 다져서 양념한 후, 한 입 크기로 만든 완자를 마구마구 먹어치웠다. 완자를 먹는 틈틈이 연기 향이 근사한 훈제 소시지와 겉은 바삭하고 속은 촉촉하게 구운 새우도 먹어줬다. 혼자서 도시락 세 칸을 작살낸 다음, 네 번째 칸을 집으며 다들 잘 먹고 있는지 살펴보았다.

입이 짧은 편인 델 하르인도 오늘따라 왕성하게 먹어치우고 있었다. 에니샤는 그 모습을 보며 흐뭇하게 웃었다. 소풍을 떠나기 전에 델 하르인은 거의 시체 상태였다. 하지만 에니샤가 르타뉴에서 사온 수상한 바닷장어환을 먹은 뒤, 델 하르인은 크게 기력을 회복했다. 그냥 좋아 보여서 샀는데, 그게 뭔가 엄청난 것인 모양이었다. 황궁 내에서 바닷장어환 공동구매 열풍이 불었을 정도였다.

델 하르인은 그러하고, 레시나야 뭐, 말할 필요도 없이 팔팔했다.

그녀는 기운을 조금 빼놔야 하지 않을까 싶을 정도로 탱글탱글한 사람이기 때문에, 염려할 일도 없었다. 가장 걱정되는 것은 카힐이었다.

"……."

에니샤는 가만히 카힐을 바라보았다. 그는 얌전히 제 몫의 도시락을 먹어치우고 있었다. 소리 없이 먹고 있지만 옆에 깨끗하게 쌓아놓은 빈 그릇을 보아, 카힐도 만만찮은 대식가인 듯했다.

먹는 것은 잘 먹고 있는데…….

에니샤는 조금 걱정스러운 얼굴로 그를 쳐다보았다. 얼마 전 카힐은 로드고와 쌍둥이에게 불려갔다. 황녀궁 침실에서 딱 걸렸을 때 별다른 질책 없이 끝난다 했더니, 에니샤가 모르는 사이에 끌려갔다 온 것이다. 다행히 어디 다친 곳 없이 무사히 살아 돌아오긴했다. 그런데 그 뒤로 묘하게 낯빛이 어두워지고, 가뜩이나 없던 말수가 더 줄어들었다. 생각이 많아진 듯한 눈치였다. 무슨 이야기를 나누었는지 물어봐도 조개처럼 입을 꼭 다물고 말해주질 않으니, 답답한 노릇이었다. 유리병에 담아온 산딸기 주스를 마시며 카힐을 관찰하고 있을 때였다.

"황녀님, 황녀님."

볼이 미어터져라 우물거리던 것을 꿀꺽 삼킨 레시나가 손을 번쩍 들고서 물었다.

"저희 모의전 준비는 어떻게 할까요?"

"모의전? 우리 모의전은 불참이야. 카힐만 마상시합에 참가하고."

"아니, 모의전 불참입니까? 당연히 참가하는 줄 알았는데……."

에니샤는 크게 아쉬워하는 레시나를 다독였다.

"이브로테는 단원이 셋뿐이잖아. 그리고 아빠랑 오라버니들도 참가한다고."

황족들이 참가하는 시점에서 이미 우승은 셋 중 하나로 결정이 었다. 에니샤는 아마도 로드고가 승리하지 않을까 생각 중이었다. 실제로 역대 무술대회 모의전의 우승은 항상 로드고가 이끄는 쿠 테른이 차지해왔다. 이번에야말로 로드고를 꺾어보겠다고 쌍둥이 가 벼르고 있지만, 연륜을 무시할 수 없는 법이었다. 하지만 레시나 는 자신만만하게 말했다.

"그게 뭐가 중요합니까? 저희는 필승 전략이 있는데."

참가만 하면 모의전 우승은 맡아놨다며, 레시나가 호언하였다. 헛소리일 줄 알면서도 귀가 솔깃해서 들어보고 싶어졌다. 델 하르 인이나 카힐도 은근히 그녀가 뭐라 할지 궁금한 모양이었다. 귀를 기울이는 사람들 앞에서, 레시나는 당당하게 소리쳤다.

"우리는 황녀님만 앞에 앉혀놓으면 무조건 이깁니다!"

"……."

"누가 감히 공격을 하겠습니까. 황녀님 피해서 다들 꽁지 빠지게 도망갈걸요? 안 그렇습니까?"

심지어 누군가 공격을 하면 황족들께서 뛰쳐나와 그놈을 두들겨 패줄 거라며, 레시나는 낄낄댔다.

그럼 그렇지, 역시나 헛소리였다. 에니샤는 한심하다는 눈으로 그녀를 바라보았지만, 어째서인지 다른 사람들은 굉장히 혹하는 눈치였다. 심지어 델 하르인까지 동의하는 게 아닌가.

"나쁘지 않은 전략인 것도 같습니다."

아무래도 레시나랑 같이 놀더니 둘이 비슷해진 것 같았다. 저라도 기사단의 주인으로서 중심을 잘 잡아야겠다며, 에니샤는 새삼 다짐하였다.

✖〇✿〇✖

에니샤의 열한 살 생일을 기념하는 무술대회가 시작되었다. 무술대회의 본선은 총 이틀에 걸쳐서 치러졌다. 예선을 거쳐서 올라온 기사들의 마상시합이 첫째 날, 기사단들의 모의전이 둘째 날이었다. 로드고와 쌍둥이는 에니샤에게 생일선물로 월계관을 주겠다고 약속했다. 우승자에게 주는 황금월계관은 하나인데, 셋 다 제가 주겠다고 약속한 것이다. 과연 누가 승자가 될지 에니샤도 궁금했다.

사실 에니샤가 제일 기대하는 것은 마상시합이었다. 에니샤는 내심 카힐이 우승하길 바라는 중이었다. 카힐이 우승하면 이브로테 기사단을 이끄는 저에게 큰 자랑거리가 되지만, 그것 때문은 아니었다. 그가 좀 더 인정받기를 바랐다. 히페리온의 막내 황녀가 거둬들인 기사가 아닌, 카힐 자드카르로 이름을 날리길 바랐다. 카힐은 충분히 그럴 만한 재능과 능력을 가지고 있었다. 에니샤는 마상시합이 카힐에게 날개를 달아줄 기회가 되리라고 생각했다.

무술대회 경기장은 제도 외곽의 너른 평지에 지어졌다. 에니샤는 이브로테와 함께 마차를 타고 경기장으로 향했다.

"이야, 황녀님! 저것 보십시오."

레시나가 잔뜩 들떠서 손짓했다.

창문을 살짝 열어본 에니샤는 눈을 크게 떴다. 임시로 세운 경기장이라 기대를 하지 않았는데, 역시 제국이었다. 중앙에 마련된 경기장과 관중들을 위한 단상과 차양, 기사들이 대기하는 막사까지 완벽했다. 곳곳에 내걸린 색색의 깃발이 바람을 따라 화려하게 펄럭였다. 어디선가 들려오는 북소리가 흥취를 고조시키고, 구경 나온 이들의 들뜬 재잘거림과 참가자들의 열기가 사방을 뜨겁게 달구었다.

잘 차려입은 신사숙녀들 사이를 헤치고, 에니샤는 이브로테가 배정받은 막사로 향했다. 막사에서는 카힐이 종자들에게 도움을 받아 시합을 준비하고 있었다.

"황녀님."

카힐이 곧장 자리에서 일어났다. 시합을 앞둔 선수의 몸 상태만큼 중요한 것은 없었다. 에니샤는 그에게 앉아 있으라 말한 뒤, 종자들을 내보냈다. 그리고 잠시간 이브로테 기사단끼리 시간을 가졌다. 레시나는 카힐에게 착 달라붙어서 열심히 어깨와 팔뚝을 주물렀다.

"힘내십쇼, 부단장님! 우리 부단장님만 믿습니다!!"

심지어 응원용 현수막까지 제작해왔다며, 둘둘 말아온 것을 가방에서 꺼내 보이기도 했다. 하지만 그녀의 응원을 진심으로 받아들이는 사람은 아무도 없었다. 내기도박에 빠지지 않는 레시나가 이번엔 카힐의 우승에 거금을 걸어놓았기 때문이었다. 일전에 르타뉴 삭제 내기로 크게 재미 본 그녀는 이번에도 일확천금을 노리고 있었다. 델 하르인은 사행성 놀이에 푹 빠진 모습이 기사단의 품위를 떨어트린다고 질색했다. 하지만 에니샤는 그냥 내버려두라고 했다. 하지 말라고 안 할 사람도 아니고, 그럴 바에야 눈에 보이는 곳에서 하도록 놔두는 편이 나았다. 적당히 놓아주다 너무 위험하다 싶을 때만 쪼아주면, 레시나도 큰 거부감 없이 따르리라. 레시나와 델 하르인이 카힐과 대화를 나눈 후, 에니샤도 그에게 말을 걸었다.

"우승하면 무슨 소원을 청할지 생각해뒀어?"

"⋯⋯."

카힐은 에니샤를 물끄러미 바라보았다. 하지만 눈동자에 에니샤를 담아놓기만 하고서, 돌아오는 대답은 없었다.

아직 생각을 안 해본 것일까.

에니샤는 카힐이 원한다면 함께 소원을 고민해줄 의향이 넘쳤다. 혼자서 뭐가 좋을까 이것저것 생각해보는데, 그가 조금 갈라진 목소리로 답했다.

"⋯⋯이미 정해져 있습니다."

에니샤는 눈을 동그랗게 떴다. 그러나 카힐은 자신의 소원이 무엇인지 끝끝내 말해주지 않았다.

◈◈◈◈◈

"정말 이상하단 말이지⋯⋯."

에니샤가 나직이 중얼거리자, 옆에 앉아 있던 레시나가 휙 돌아보았다.

"왜 그러십니까, 황녀님?"

"요즘 카힐이 조금 이상한 것 같아서."

"어휴, 그놈이 말수 없는 거야 하루 이틀 일도 아니고. 너무 심려치 마십시오!"

"그런가……."

에니샤는 고개를 천천히 끄덕이며 경기장으로 시선을 옮겼다. 경기장은 구경나온 귀족들과 제국민들로 북적북적했다. 에니샤의 자리는 황족들을 위해 별도로 마련한 곳으로, 경기장에서 가장 상석이었다. 하지만 에니샤와 레시나 둘만 앉아 있었다. 다른 황족들은 내일 모의전 준비로 바쁜지라, 결승전 때만 얼굴을 내비칠 예정이었다.

에니샤는 카힐을 응원하려고 일찍부터 경기장에 왔다. 레시나와 함께 경기를 관람하는 것은 재밌었다. 정보에 빠삭한 그녀가 새 참가자가 나올 때마다 온갖 이야기를 다 해주는 덕분이었다. 레시나의 해설도 재밌지만, 시합 자체도 흥미진진했다. 가운데 기다랗게 선을 그어 분리해놓은 뒤, 양쪽에서 말을 탄 기사들이 서로를 향해 전력 질주했다. 에니샤의 키보다도 훨씬 큰 거대한 나무창이 격돌하는 순간은 몇 번을 보아도 깜짝깜짝 놀랐다. 상대의 투구, 몸통, 방패와 같은 부분을 정확히 타격해서 자신의 창을 부러뜨리면 점수를 얻는데, 그 과정에서 낙마하는 경우도 종종 일어났다. 안전을 위해 나무창과 방패만 허용하고 두꺼운 갑옷을 착용하지만, 무척 위험한 경기였다. 세 번 창으로 격돌하고도 승부가 나지 않으면 말에서 내려 검으로 승부를 보기도 했다. 구경하는 동안 검을 뽑아든 경기가 조금 있었다. 어쩌면 카힐 또한 검을 쓰게 될지도 몰랐다.

카힐의 순서를 기다리며 한창 구경하던 때였다. 갑자기 경기장이 환호 소리로 떠나갈 듯 시끄러워졌다. 무슨 일인가 싶어서 내다보니, 투구를 옆에 낀 미남자가 새하얀 말을 타고 경기장을 한 바퀴 돌며 관중들에게 인사하고 있었다. 시합이 시작되기 전에 으레 하는 인사인데도, 환호가 열렬했다.

은빛 갑주와 백마가 근사하게 잘 어울리는 남자였다. 햇빛에 부서질 듯 환한 백금발과 맑은 녹색 눈동자가 눈부셨다. 레시나가 남자를 삿대질하며 소리쳤다.

"오오, 예르넨 하일레제입니다!"

묻기도 전에 레시나는 예르넨 하일레제가 어떤 놈인지 줄줄 알려주었다. 하일레제 노공작의 손주인 그는 소공자라는 애칭으로 불리며 큰 사랑을 받고 있었다. 고위 귀족의 혈통이나 오만하지 않고, 신사적이며 바른 품행이 유명해 제국 귀족들에게 사윗감 1순위로 손꼽히는 자였다. 약자를 지키고 정의를 수호하기 위해 기사도를 걷게 되었다는 서사도 완벽한 남자라는 이야기까지 마치고 나니, 에니샤는 레시나가 숨은 쉬어가면서 말하는지 궁금해졌다.

"아참, 카힐이랑 나이가 같습니다. 하지만 카힐이 아무것도 없이 밑바닥부터 올라온 흙포크라면, 저쪽은 태어날 때부터 다 가지고 태어난 황금포크라는 차이가 있죠."

별걸 다 말해준다 싶었다. 레시나의 말에 고개를 끄덕이는데, 환호하는 군중들에게 밝게 웃으며 인사해주던 예르넨이 이쪽을 바라보았다. 그와 눈이 마주쳤다. 에니샤의 자리는 경기장이 가장 잘 보이는 상석이니, 기사들과 시선이 마주치는 일은 흔했다. 그럴 때마다 기사들은 간단히 목례하여 예를 표했다. 하지만 예르넨은 달랐다. 그는 말을 몰아 에니샤에게 다가왔다. 여태껏 이토록 용감무쌍하게 막내 황녀님에게 다가온 사람이 없었기에, 에니샤도 레시나도 눈이 휘둥그레졌다. 그가 정중하게 인사를 건넸다.

"히페리온의 세 번째 별을 뵙습니다. 예르넨 하일레제입니다."

에니샤는 놀란 나머지 한 박자 늦게 답했다.

"……아, 예르넨 경. 건투를 빌어요."

에니샤의 말에 예르넨은 부드럽게 미소 지었다. 주변까지 환해지는 것이 무척 화려한 외모였다. 예르넨이 손을 내밀었다. 에니샤는 조금 찜찜한 마음으로 그에게 손을 내줬고, 손등에 키스를 받았다. 은근히 기대에 찬 시선들이 우르르 쏟아졌다. 에니샤가 손수건을 건네주지 않을까 하는 시선들이었다. 하지만 미안하게도 에니샤의 손수건은 하나뿐이었고, 그건 카힐을 위한 것이었다. 예르넨도 손수건까지 기대하지는 않았는지 인사만 나누고 예의바르게 물러났다.

그가 투구를 쓰고 시합을 준비했다. 그리고 마지막으로 에니샤를 한번 보았다가, 면갑을 내려 얼굴을 가렸다. 레시나가 옆에서 기겁을 했다.

"와, 예르넨 하일레제마저……!"

그녀는 하일레제 소공자가 나쁜 놈이었다며 탄식했다. 악당이 아니고서야 황녀님께 호감을 표시할 리가 없다는 굳은 믿음을 가진 발언이었다. 멀쩡한 사람 악당 만들지 말라고 점잖게 타이른 후, 에니샤는 경기를 지켜보았다. 정의의 기사님은 실력이 상당했다. 창을 다루는 솜씨가 능숙하고, 승마도 훌륭했다. 오늘 참가자들 중에서 가장 월등한 실력이었다. 아무래도 카힐의 주요 경쟁자가 될 것 같았다.

안 되는데……. 카힐이 우승해야 되는데…….

에니샤는 조금 불안해졌다. 그리고 드디어 카힐의 순서가 왔다. 카힐의 첫 번째 경기였다. 시작 전에 관중들에게 인사를 하기 위해 투구를 벗은 채 경기장을 한 바퀴 돌았다. 윤기가 매끈한 검은 말을 타고, 흑철로 만든 갑주를 입은 카힐은 에니샤가 보기에도 멋졌다. 정령의 힘을 쓰지 않으니 남청색 머리카락과 눈동자를 하고 있었는데, 그게 또 검은색과 잘 어우러졌다. 말이랑 갑주를 참 잘 골랐다며, 에니샤는 흐뭇한 마음으로 카힐을 바라보았다.

카힐이 말을 몰아 에니샤 앞으로 다가왔다. 관중들에게 인사할 때는 무표정하던 얼굴이 에니샤를 향하자 살며시 풀어졌다. 에니샤는 미리 준비해놓았던 손수건을 그에게 건넸다.

"카힐, 이거 받아."

하얗고 깨끗한 손수건은 네모반듯하게 접혀 있었다. 조금 놀란 모양인지, 카힐은 곧장 받아 들지 못했다. 얼마간 쳐다보기만 하다가, 에니샤가 손수건을 까딱까딱하자 그제야 받아 들었다.

"……."

카힐은 가만히 손수건을 움켜쥐었다가, 소중히 챙겨 넣었다. 에니샤는 그에게 손을 건네며 장난스럽게 말했다.

"카힐 경, 건투를 빌어. 다치지 말고."

카힐의 손이 에니샤의 손을 감싸 쥐었다. 희고 작은 손등 위에 경애의 키스가 올라앉았다. 스치는 입술은 정중했지만, 열기를 품어 뜨거웠다. 짙은 남청색 눈동자가 오늘따라 유독 어둡게 느껴졌다. 짤막한 키스를 끝내고 지를 바라보는 그에게, 에니샤는 살며시 미소 지었다.

"승리를 가져다줘, 나의 기사."

카힐은 천천히 눈을 깜빡이다, 느릿하게 답했다.

"……황녀님께서 원하시는 대로 될 것입니다."

⟡

카힐의 첫 번째 경기가 시작되었다. 선수들이 마지막으로 장비를 정비하는 동안, 레시나는 주섬주섬 현수막을 꺼내서 펼쳐 들었다. 델 하르인이 봤다면 황녀님 앞에서 품위 떨어지는 짓이라 한마디 했겠지만, 애석하게도 그는 여기 없었다. 에니샤는 과연 레시나가 뭐라고 적어왔나 현수막을 들여다보았다.

이브로테의 자랑 카힐 자드카르! 우승 가자!!

……왠지 카힐 본인보다도 더 열렬하게 우승을 원하는 것 같았다. 이번엔 대체 얼마나 돈을 걸었을까 궁금했다. 에니샤는 잠시 철

없는 애 보듯 레시나를 흘겨보았다가, 다시 카힐에게 시선을 돌렸다. 카힐은 한 손에 말고삐를 그러쥐고, 다른 손에는 마상창을 들고 있었다. 길쭉한 나무창의 무게가 상당할 텐데, 카힐은 가느다란 나뭇가지를 든 것처럼 움직임이 자유로웠다. 선이 고운 겉모습과 달리 근육질의 기사들에게도 밀리지 않는 근력이었다. 마상창을 가지런히 늘어뜨린 모습이 그림처럼 단정했다.

검은 말 위에 앉은 카힐이 무심하게 시선을 흘릴 때마다, 얼굴 붉히는 영애들이 여럿이었다. 심지어 카힐에게 손수건을 주고 싶어 대놓고 손짓하며 그의 이름을 부르는 적극적인 영애도 있었다. 하지만 카힐은 그녀들이 보이지 않는 것처럼 무뚝뚝하게 행동했다.

점검을 마친 카힐이 뒤로 젖혀놓았던 투구의 면갑에 손을 얹었다. 면갑을 내리기 전에, 그는 마지막으로 에니샤를 바라보았다. 에니샤는 카힐에게 살랑살랑 손을 흔들어주었다.

"……"

카힐은 희미하게 눈매를 휘고서 면갑을 끌어내렸다. 철컥 쇳소리와 함께 카힐의 얼굴이 검은 투구 속으로 완전히 가려졌다.

경기장의 양 끝에 카힐과 상대 선수가 자리했다. 에니샤는 긴장감에 두 손을 꼭 주먹 쥐었다.

깃발이 세차게 펄럭이며 경기가 시작됐다. 말발굽 소리가 요란하게 대지를 울렸다. 무서울 정도로 빠르게 상대를 향해 질주하다가, 창이 격돌했다. 카힐의 창이 새처럼 날아가선 상대의 투구를 정확히 격타하였다. 나무창이 시원하게 부서지는 굉음에 관중들이 환호했다. 그러나 상대 기사는 시야로 날아든 창에 당황한 나머지 크게 헛손질을 하였다. 그의 창은 부러지지 못하고 멀쩡했다.

심판이 점수를 채점했다. 카힐이 타격한 투구는 가장 점수가 높은 부위였다. 거기다 타격이 정확하면서도 섬세했기에, 카힐은 점수를 크게 얻어갔다. 나머지 두 번의 격돌에서도 카힐은 몸통과 투구를 연달아 맞췄고, 결국 상대와 큰 격차를 두고 승리를 거뒀다.

순조롭게 첫 번째 승리를 거머쥔 카힐이 투구를 벗고 관중들에게 정중히 인사했다. 당연하다는 듯, 시선의 끝은 에니샤를 향했다. 눈이 마주치는 순간 가슴 깊숙한 곳에서부터 뿌듯함이 차올랐다. 에니샤는 만세를 외치고 싶은 걸 꾹 참고서, 대신 열렬하게 박수만 쳤다.

이후로도 시합은 쾌속하게 진행되었다. 경기가 진행될수록 부상자나 기권자가 속출했지만, 다행히 카힐은 조금도 다치지 않았다. 승부도 어찌나 깔끔하게 매듭짓는지, 세 번 격돌하기 전에 승리를 거머쥐는 경우도 왕왕 있었다. 검까지 쓰는 경우는 단 한 번도 없었다.

카힐은 에니샤가 경쟁자로 걱정했던 예르넨 하일레제와는 단 한 번도 맞붙지 않았다. 대진표를 짜는 이들이 일부러 카힐과 예르넨이 만나지 않도록 배치한 것 같았다. 둘 다 대회의 인기몰이를 하는 데 중요한 인물들이니 그런 듯했다. 실제로 그 어느 경기보다 카힐과 예르넨이 등장할 때 환호성이 컸다.

에니샤는 카힐이 이길 때마다 레시나와 함께 기뻐했다. 준결승을 치를 즈음이 되자, 로드고와 쌍둥이가 경기장을 찾았다. 황족들의 등장에 모두가 잠시 경기와 관람을 멈추고 예를 갖추었다. 로드고는 귀찮은 듯 대충 인사말을 던진 후, 곧장 에니샤에게 다가왔다. 제국에서 가장 무서운 사람들의 등장에 레시나는 후다닥 현수막을 접고 단상 아래로 도망갔다. 황족들이 온 이상 호위도 필요 없으니, 에니샤는 순순히 그녀를 보내주었다.

성큼성큼 걸어온 로드고가 대뜸 에니샤를 안아 들었다.

"에니샤."

"아빠!"

에니샤는 그를 마주 안았다. 굳어 있던 로드고의 눈매가 에니샤를 보자마자 보들보들하게 풀렸다. 그가 이마와 뺨에 쪽쪽 소리 나게 뽀뽀해댔다. 항상 있는 일인데도 에니샤는 조금 부끄러워졌다. 오늘 경기장에 모인 관중들이 죄다 눈을 휘둥그레 뜨고서 이쪽을 쳐다보는 게 느껴진 탓이었다. 다들 이제 익숙하리라고 생각했는데, 아무래도 아닌 모양이었다.

로드고는 에니샤를 끌어안은 채로 자리에 앉았다. 에니샤 또한 익숙하게 그의 무릎 위에 앉았다. 열한 살인 에니샤는 체구가 제법 커졌지만 여전히 달랑달랑 안겨 다녔다. 로드고와 쌍둥이가 원체 훤칠한 탓에, 에니샤가 커진 것은 티도 나질 않았다. 아마 열다섯쯤은 되어야 발로 걸어 다닐 수 있을 것 같았다.

내 딸 보고 싶어서 힘들었다며, 로드고는 에니샤를 안은 채 투덜거렸다. 아무래도 무술대회 때문에 또 업무가 잔뜩 늘어난 모양이었다. 내일 모의전까지 준비해야 하니, 로드고와 쌍둥이는 다들 정신없이 바빴을 터였다.

에니샤가 로드고와 재잘재잘 대화를 나누는 동안, 쌍둥이도 양

옆자리에 착석했다. 로시엘이 경기장을 내려다보며 느릿하게 물었다.

"아아, 이제 결승인가······. 누가 진출하였지?"

"뻔해. 무조건 예르넨 하일레제와 카힐 자드카르일걸?"

그리고 결승전 진출자를 확인한 헬라드는 역시, 하고 짧게 중얼거렸다.

쌍둥이들의 대화를 듣고 있던 에니샤는 눈을 깜빡였다. 그들의 말처럼 결승전은 예르넨과 카힐이 진출했다. 카힐이야 헬라드가 실력을 익히 알고 있으니 그렇다 쳐도, 예르넨 하일레제가 결승전에 진출하는 것까지 예상할 줄은 몰랐다. 하일레제 소공자는 에니샤의 생각보다 유명한 사람인 모양이었다. 하긴, 에니샤는 사교계가 돌아가는 사정에는 까막눈이었다. 아마 오늘 경기장에 나오지 않았다면, 예르넨 하일레제가 소공자인지 소공녀인지도 몰랐을 것이다.

카힐과 예르넨이 경기장에 등장했다. 양끝에서 등장한 선수들은 생김새가 극과 극이었다. 백마에 은빛 갑주를 입은 예르넨이 화사한 빛과 같다면, 흑마에 검은 갑주를 입은 카힐은 새까만 그림자였다. 서로 대비되는 두 사람은 그 자체만으로도 눈요기가 되었다.

카힐과 예르넨은 서로에게 간단히 인사한 다음 투구를 착용하였다. 면갑을 내린 후, 마상창을 가지런히 그러쥐었다. 심판의 깃발 신호와 함께 상대를 향해 돌진하기 시작했다. 요란한 격파음과 함께 두 자루의 창이 동시에 부러졌다. 예르넨은 카힐의 투구를, 카힐은 예르넨의 흉갑을 강타했다. 둘 다 흠잡을 곳 없이 깔끔한 격타였다. 그야말로 결승전다운 승부에 관중들은 환호성을 내질렀다. 첫 번째에선 카힐의 점수가 조금 낮았다. 에니샤는 초조함에 드레스 자락을 쥐어뜯었다. 면갑을 젖히고 점수를 확인한 카힐의 눈매가 살짝 가느스름해졌다.

두 번째, 세 번째 격돌이 이어졌다. 카힐과 예르넨은 서로 주고받듯이 점수를 얻어갔다. 단 한 번도 창이 부러지지 않는 경우가 없었고, 상대가 앞서 점수를 내면 곧장 따라잡았다. 결국 세 번의 격돌에도 승부가 나지 않았다.

심판은 말에서 내려 검을 들라고 지시하였다. 에니샤는 남들 몰래 주먹을 꼭 움켜쥐었다. 카힐의 승리를 예감한 탓이었다. 마상시합에서 비등비등하게 점수가 난 것은, 예르넨이 카힐보다 말을 다루는 솜씨가 뛰어나기 때문이었다. 하지만 말에서 내려 검으로 승부를 펼치면 이야기가 달랐다. 에니샤는 카힐이 무조건 승리하리라고 믿어 의심치 않았다.

두 선수가 말에서 내리고 장비를 교체하는 동안, 가운데가 막혀 있던 경기장이 순식간에 정돈되어 너른 공간을 만들었다. 말에서 내린 카힐과 예르넨은 가벼운 갑주를 입고 날이 서지 않은 철검을 들었다. 카힐이 가볍게 검을 휘둘러보는데, 예르넨이 그에게 다가가 무어라 말을 걸었다. 아마 좋은 승부를 내보자든가, 대충 그런 이야기인 듯했다. 하지만 웃으며 말을 붙이는 예르넨과 달리, 카힐은 사교성이 없었다. 카힐은 보는 사람이 조금 무안할 정도로 짤막히 대꾸하고 입을 닫아버렸다. 예르넨은 조금 당황한 듯했지만 이내 조용히 물러났다. 그 모습에 구경하고 있던 헬라드가 낄낄거렸다.

"마찬가지로 세 번의 경기로 승패를 가리겠습니다."

심판이 간단하게 규칙을 설명한 후, 깃발을 세차게 휘둘렀다. 대지가 들썩거리는 함성과 함께 검과 검이 부닥쳤다. 헬라드는 첫 합을 보자마자 승리를 예측했다.

"카힐이 이기겠네."

"네가 가르친 제자인데, 그 정도는 하겠지."

우승쯤은 당연하다는 듯한 로시엘의 말에 헬라드가 어깨를 으쓱해 보였다. 그리고 헬라드의 말대로, 경기는 카힐이 압도적인 우세를 점하며 이끌어나갔다. 예르넨은 검을 뽑아 든 것이 무색할 정도로 방어하기에 바빴다. 그에 비해 카힐은 몰아치듯 공격을 쏟아냈고, 종내는 예르넨이 흙바닥에서 추하게 구르도록 만들었다. 세 번의 경기에서 카힐은 단 하나도 놓치지 않고 모든 승리를 가져갔다. 카힐의 우승이었다.

"와아아아아!!"

놀랍도록 강한 힘을 보여준 우승자에게 관중들은 환호를 아끼지 않았다. 무술대회의 우승은 기사로서 가질 수 있는 최고의 영예 중 하나였다. 가슴 벅차고 들뜰 법한데도 카힐은 무심한 얼굴이었다. 선수들은 관중에게 인사하고, 승부를 펼쳤던 상대와 악수를 주고받았다. 예르넨은 끝까지 신사적인 태도를 잃지 않고 카힐의 우승을 축하해주었다.

경기장의 환호가 한 차례 식어 내린 뒤, 로드고는 에니샤와 함께 단상 아래로 내려갔다. 시종이 붉은 천 위에 황금월계관을 받쳐 들고 빠르게 걸어왔다. 오늘은 수상만 하고, 우승자의 소원은 내일 모의전이 끝난 후 열리는 연회에서 말하게 될 예정이었다.

"카힐 자드카르."

로드고의 호명에 카힐은 정중히 고개를 숙였다. 로드고는 제 앞에 한쪽 무릎을 꿇은 카힐을 보며 비뚜름하게 웃었다.

"놀라운 무위를 보여준 그대의 실력을 크게 치하하는 바……."

어딘가 의미심장한 미소를 지으며, 로드고는 말을 끝맺었다.

"앞으로 더욱 큰 성장을 기대하겠다."

로드고 옆에 서 있던 에니샤는 시종에게서 황금월계관을 받아들었다. 생일 기념 무술대회인 만큼, 우승자에게 월계관을 씌워주는 것은 에니샤의 역할이었다. 로드고가 한 발짝 뒤로 물러나고, 에니샤는 카힐 앞에 자리했다. 고개를 숙이고 있어 그가 어떤 얼굴을 하고 있는지 알 수 없었다. 괜히 가슴이 간질간질한 것을 참고서, 에니샤는 작게 발돋움해 카힐의 머리에 월계관을 씌워주었다. 짙은 남청색 머리카락 위에 황금월계관은 근사할 정도로 딱 맞았다. 월계관을 쓴 카힐이 천천히 자리에서 일어났다. 보통 여기서 우승자가 관중들을 향해 인사하는 것이 관례였다. 하지만 카힐은 그러지 않았다. 그는 머리에 쓰고 있던 월계관을 벗어서 손에 들었다.

카힐의 돌발행동에 순간 사방이 조용해졌다. 그러나 카힐은 저를 지켜보는 수많은 눈빛에도 아랑곳하지 않았고……. 망설임 없이 에니샤의 머리 위에 황금월계관을 씌워주었다.

"제 모든 영광은……."

눈을 동그랗게 뜬 에니샤에게 카힐은 옅게 웃으며 말했다.

"오로지 황녀님을 위한 것입니다."

숨죽이고 있던 관중들 사이에서 환호성이 터졌다. 경기장의 모든 사람이 발을 구르고 소리 질렀다. 그들이 내지르는 환호가 어찌나 큰지 귀가 먹먹할 지경이었다. 에니샤는 황금월계관을 쓴 채, 카힐에게 활짝 웃어 보였다.

✦◈✦

마상시합 후, 에니샤는 쌍둥이와 함께 저녁을 먹었다. 저녁 식사 자리에서 헬라드는 크게 화를 냈다. 카힐이 에니샤에게 황금월계관을 바친 것 때문이었다.

"저놈이 내가 하려는 걸 뺏어갔어……!"

열 받은 헬라드에게 자초지종을 들어보니, 내일 모의전에서 우승하면 에니샤의 머리 위에 황금월계관을 씌워주며 뭔가 멋있게 하려고 한 모양이었다. 그런데 카힐이 먼저 해버리는 바람에 저가 따라하는 것처럼 되어버렸다는 것이다.

"그러니까 내일 월계관을 씌워줘도 따라한 게 아니라 원래 하려고 한 거야. 알겠지?"

헬라드는 몇 번이나 당부했고, 에니샤는 얼떨결에 고개를 끄덕였다. 옆에서 가만히 지켜보던 로시엘이 한마디 했다.

"너 말인데……. 네가 질 수도 있다곤 조금도 생각하지 않는구나?"

"당연히!"

헬라드가 실실 웃으며 말했다.

"이번엔 내가 무조건 우승이야. 너랑 폐하는 손가락이나 빨도록!"

황태자의 입에서 나온 것치곤 상당히 경박한 발언이었다. 헬라드는 결국 로시엘한테 한 대 얻어맞은 뒤에야 반성했다. 로시엘이 나이프로 스테이크를 작게 썰며 말했다.

"어쨌든 하일레제 소공자는 안타깝게 됐네. 노공작의 기대가 상당했는데 말이지."

애지중지하는 손주가 황금월계관을 쓰게 되리라고 믿어 의심치 않더라며, 로시엘은 살짝 입매를 비틀었다. 그러면서 한 입 크기로 조그맣게 썰어낸 스테이크를 옆에 앉은 에니샤의 입가로 가져갔다. 에니샤는 냠 하고 받아먹었다. 헬라드가 맞은편에서 헛웃음을 터뜨리며 말했다.

"안타깝긴 무슨……. 표정 관리나 하고 그런 이야기하시지? 말 타고 달려가면서 봐도 네가 웃는 게 보이겠다."

로시엘이 말없이 눈썹을 치켜올렸다가, 에니샤를 돌아보았다. 그가 에니샤의 입에 작은 스테이크 조각을 하나 더 넣어주더니, 묻지도 않았는데 변명하였다.

"오라버니는 예르넨 경을 별로 좋아하지 않는단다, 에니샤."

"왜 그런 줄 알아? 쟤는 착한 애를 싫어해."

본인 성격이 비뚤어서 그렇다며, 헬라드가 마구 웃었다. 헛소리 말라며 쏘아붙일 줄 알았는데, 웬일로 로시엘은 고분고분하게 인정했다.

"그것도 약간은 그렇지만……."

'약간'이라는 단어가 몹시 순화한 표현이라는 것은, 지나가던 병아리도 알아챌 터였다. 로시엘은 아스파라거스를 잘라서 에니샤에게 먹이며 말했다.

"정무회의 때마다 하일레제 공작과 조금 마찰이 있는 편이라서 그래."

그는 듣기 좋은 목소리로 조곤조곤하게 자신이 왜 하일레제 공작을 싫어하는지 설명해주었다. 대다수 귀족은 히페리온 황족들이 무서워 벌벌 기었지만, 하일레제 공작은 예외였다. 공작은 늙은이라 죽을 날이 얼마 안 남았다는 핑계를 대가며 황족들의 신경을 살살 긁었다. 히페리온 황족 앞에서도 제 목소리를 낼 수 있는 몇 안 되는 귀족 중 하나인 것이다. 자연스럽게 노공작은 제국의 귀족들이 뭉치는 구심점이자 수장 노릇을 하고 있었다. 정무를 도맡는 로시엘에겐 거슬릴 수밖에 없는 존재였다. 하지만 하일레제가 개국 공신 가문이기도 하고, 귀족들도 적당히 숨통을 틔워줘야 하니 그냥 내버려두는 중이었다.

"너무 몰아붙이기만 하면 쥐도 고양이를 깨무는 법이지."

로시엘은 그렇게 말하면서, 혹시 네게 해를 끼친다면 아무리 하일레제 공작가라도 얼마든지 날려버릴 수 있다고 첨언하는 것 또한 잊지 않았다.

"어쨌든 나의 호불호와 상관없이, 하일레제 소공자는 훌륭한 인재야. 올해 성년식을 치르고 나면 정계에 진출할 모양인데⋯⋯. 제국을 위해 물심양면 일해주길 기대하고 있어."

"물심양면이 아니라 노예처럼 아냐?"

헬라드가 다시금 말꼬리를 잡고 놀렸다. 하지만 로시엘의 얼굴에 냉소가 번지자 얼른 입을 다물었다. 혼인 장사로 크게 당해놓고도 아직 저러니, 헬라드도 참 대단하다 싶었다. 로시엘은 에니샤의 입가에 뭐가 묻진 않았나 꼼꼼하게 확인하며 말했다.

"내일 모의전에서 오라버니가 저놈을 조용하게 만들어 올게. 기대해도 좋아, 에니샤."

헬라드도 지지 않고 받아쳤다.

"오라버니가 주는 월계관 받을 준비 하고 있어!"

그리고 쌍둥이는 서로를 노려보며 으르렁대기 시작했다. 그 사이에 끼인 에니샤는 과연 누가 저에게 황금월계관을 주게 될지 궁금해하며, 아스파라거스를 참참 씹었다.

﷯

여덟 개의 기사단이 모의전 본선에 진출했다. 본선 진출자 명단에는 당연히 헬라드의 아할든과 로시엘의 이엘타가 포함되어 있었다. 지난 대회 우승자였던 로드고와 쿠테른 기사단은 본선에 참여하지 않는다. 쿠테른은 결승전에서 승리한 기사단과 우승을 놓고 마지막 승패를 가릴 것이다.

에니샤는 모의전에 참여하지 않는데도 무척 바빴다. 경기 시작전에 로드고와 쌍둥이의 막사를 고루 방문하여 응원해야 했기 때문이다. 가장 먼저 로드고의 막사를 방문했는데, 그가 심술을 부린다고 놓아주질 않아서 하마터면 응원도 못 하고 경기까지 보지 못

할 뻔했다. 급하게 헬라드와 로시엘의 막사를 들르고 나니, 아슬아슬한 시간에 경기장으로 입장했다. 오늘의 호위는 카힐이었다. 델하르인은 바쁜 수석마법사인지라 이틀 연속으로 자리 비우기가 힘들어 빠졌고, 어제 도박에서 대박친 레시나는 너무 기뻐서 미친 듯이 퍼마시다가 술병이 났다. 에니샤는 네 발로 돌아다니는 레시나한테 감봉 처분을 내려놓고, 카힐만 데리고 경기장을 찾았다. 어차피 카힐 혼자만 있어도 호위는 충분했다.

카힐과 함께 경기장에 들어서자 시선이 우르르 모여들었다. 그가 어제 월계관을 씌워준 것 때문에, 기사도와 낭만을 좋아하는 호사가들이 온갖 이야기를 만들어내고 있다고 레시나가 말해줬다. 별소리를 다 한다 싶으면서도, 원래 무술대회에서는 기사들의 무위 말고도 아가씨들과의 몽글몽글한 분위기도 중요하게 여겨지기 때문에 그러려니 했다.

단상에 자리한 에니샤는 경기장을 한 바퀴 둘러보았다. 어제는 카힐의 경기 때문에 긴장되어서 주변을 살피지 못했는데, 오늘은 여유가 생겼다. 그러다 보니 자연스럽게 보지 못했던 것들이 보였다. 모의전 경기장이건만 기사단을 응원하는 현수막은 없고, '막내 황녀님, 사랑해요!' 같은 현수막을 든 사람들만 잔뜩 있었다, 그들은 에니샤와 눈이 마주치자 괴성을 지르며 현수막을 마구마구 흔들었다. 에니샤는 이제 별로 놀라지도 않고 침착하게 손을 흔들어주었다.

첫 번째 경기는 헬라드의 아할든 기사단이었다. 상대는 하일레제 공작가의 기사단으로, 예르넨 하일레제가 지휘관으로 참전하였다. 지휘관치고는 나이가 조금 어린 감이 있지만, 그의 배경을 생각하면 감안할 만한 사항이었다. 다른 노련한 기사가 예르넨의 부족함을 메워줄 터였다.

하일레제의 기사단이 먼저 경기장에 들어섰다. 언뜻 보기에도 훈련이 잘된 정예 기사단이었다. 예르넨 하일레제는 경험이 부족하지만 훌륭한 지휘관이었다. 기사들은 모두 그의 말을 재깍재깍 따랐고, 충성스러웠다. 예르넨 하일레제가 어제와 다를 바 없이 환한 얼굴을 하고서 관중들에게 인사했다. 그리고 에니샤가 있는 단상으로 다가왔다.

"히페리온의 세 번째 별을 뵙습니다."

어제 마상시합에 이어서 두 번째 만남이었다. 하지만 오늘은 카힐도 함께 있었다. 어제 카힐이 에니샤에게 월계관을 씌워주는 것을 봤으면서도, 예르넨은 전혀 개의치 않는 모양이었다.

"오늘도 저를 응원해주시겠습니까?"

정중한 부탁에 짤막히 건투를 빈다고 답하자, 예르넨은 웃으며 말했다.

"황태자 전하께서 워낙 뛰어나시니, 너무 추한 모습이나 보이지 않길 바랄 뿐입니다."

스스로를 낮추며 겸손하게 말하는 모습은 누구나 호감을 가질 만한 것이었다. 에니샤는 예르넨 하일레제가 왜 사랑받는지 알 것 같았다. 그는 정말 선한 사람이었다. 에니샤의 응원을 받은 예르넨은 뒤이어 카힐에게도 인사를 건넸다. 에니샤는 흘금 카힐을 돌아보았다. 카힐은 표정 변화 없이 짧게 답인사만 하였다.

예르넨 하일레제가 돌아간 뒤, 헬라드가 경기장에 들어섰다. 황족의 등장에 경기장 안이 크게 들썩였다. 잘 그을린 갈색 피부와 금빛 갑주가 딱 맞게 어울렸다. 갑주를 입은 헬라드는 오랜만이었다. 낯설면서도 익숙한 것은, 그에게 갑주가 한없이 잘 어울리는 탓이리라.

헬라드가 단상 위의 에니샤에게 슬렁슬렁 다가왔다. 에니샤는 자리에서 발딱 일어났다.

"진짜 멋있어요……!"

눈을 반짝반짝하며 진심 가득한 말을 건네자, 헬라드가 씩 웃어 보였다. 에니샤는 소중히 챙겨왔던 손수건을 그에게 건넸다.

"다치지 말구요. 알겠죠, 오라버니?"

손수건을 받아 든 헬라드가 으으, 하면서 손을 움찔거렸다. 당장이라도 끌어안고 싶은데, 단단한 갑주에 금속 건틀릿까지 착용하고 있어서 에니샤가 다칠까 봐 겨우 참는 것이었다. 잃어버릴세라 얼른 품속에 손수건을 집어넣은 헬라드가 말했다.

"걱정하지 마. 상대방이나 죽지 않게 기도해줘. 그리고 이건 비밀인데……."

주홍색 눈동자 위로 살기가 번뜩였다.

"오라버니도 착한 사람 별로 안 좋아해."

헬라드는 훌쩍 경기장으로 가버렸다.

"……."

에니샤는 하일레제 소공자가 조금 걱정되기 시작했다. 그리고 헬라드는 자신이 착한 사람을 얼마나 싫어하는지, 경기로 몸소 보여주었다.

애초에 실전으로 다져진 아할든 기사단과 공작가의 기사단은 비할 바가 아니었다. 하지만 그걸 감안하고도, 아할든은 너무하다 싶은 수준으로 인정사정없이 몰아쳤다. 그야말로 압도적인 실력 차에 하일레제 공작가의 기사단은 넋을 뺐다. 경기를 구경하던 하일레제 노공작이 뒷목 잡고 실려 갔다는 말이 들려왔을 정도였다. 에니샤는 그래도 죽지는 않아서 다행이라고 생각하며, 승리를 거둔 헬라드를 축하해줬다.

뒤이어 로시엘의 경기가 있었다. 마찬가지로 에니샤의 손수건을 받은 로시엘은 몹시 행복해했다. 자수 하나 없이 밋밋한 것인데도 좋아서 입이 귀에 걸렸다. 경기는 말할 것도 없이 로시엘과 이엘타 기사단의 승리였다. 이후 몇 번의 경기가 이어진 다음……. 드디어 헬라드와 로시엘이 결승전에서 맞붙게 되었다.

건강한 갈색 수말을 타고 금빛 갑주를 입은 헬라드, 그리고 희고 순한 암말과 은빛 갑주를 입은 로시엘이 경기장에 나란히 자리했다. 그들의 뒤로 각기 열셋의 기사가 질서 정연하게 도열했다.

황족들의 결전에 경기장은 그 어느 때보다도 뜨거워졌다. 헬라드가 검집에서 날 없는 철검을 뽑아냈다. 그러나 날이 없다 하여도 헬라드에겐 진검과 다를 바 없다는 것은 누구나 알고 있었다. 헬라드가 짐짓 위엄 있는 목소리로 입을 열었다.

"아우에게 검을 겨누게 되다니, 참으로 슬프군. 내 금방 끝내줄 테니 너무 상심하지 말도록."

빙글빙글 웃으며 선포하는 헬라드의 말에 로시엘이 헛웃음을 터뜨렸다.

"하……."

연하늘색 눈동자가 파랗게 달아올랐다. 로시엘은 방긋 웃으며 답했다.

"오늘 제가 인생의 쓴맛을 보여드리겠습니다, 형님."

과거 무술대회에서 모의전은 백병전으로 치렀다. 말이 백병전이지, 개싸움이나 다를 바 없는 난전이었다. 부상자도 여럿 나오고, 사망자도 심심찮게 등장했다. 결국 안전을 이유로 경기 방식을 변경했는데, 바로 '문장 쟁탈'이었다. 지휘관은 오른쪽 팔뚝에 기사단의 문장이 그려진 천을 묶고 있었다. 문장은 가벼운 접착제로 붙여놓아 세차게 잡아당기지 않는 이상 떨어지지 않았다. 이것을 먼저 쟁탈해내는 쪽이 승리하는 것이다. 지휘관을 잡아야 문장을 뺏을 수 있으니, 꽤나 치열한 모략과 전투가 난무했다. 저번 무술대회에서는 헬라드가 로시엘을 꺾고 올라갔다고 들었다. 대열을 가다듬는 두 기사단을 내려다보며, 에니샤는 옆의 카힐에게 질문했다.

"넌 누가 이길 것 같아?"

카힐은 망설임 없이 즉각 답했다.

"둘째 황자님께서 이기실 것 같습니다."

"왜?"

"상대를 죽이는 것이 아니기 때문입니다. 그렇다면 황태자 전하

153

께서 승리하셨을 것입니다."

에니샤는 눈을 깜빡였다. 아까 응원차 로드고의 막사를 찾아갔을 때, 똑같은 화제가 나왔다. 그리고 로드고는 카힐과 조금도 다르지 않게 이야기했다.

— 죽이는 것이 아니니 로시엘이 이기겠지.

하지만 저번 무술대회 모의전도 백병전이 아니라 문장 쟁탈이었다. 그때 로시엘이 패하지 않았느냐고 묻자, 로드고는 입매를 비틀며 답했다.

— 로시엘은 제 머리를 과신하는 경향이 있으니까. 하지만 두 번 실수하는 일은 없을 거다.

지난번 헬라드에게 패한 것을 바탕으로 철저하게 준비했을 테니, 분명 로시엘이 승리하리라는 뜻이었다. 하긴, 에니샤가 생각해도 그럴 것 같았다. 헬라드가 자잘하게 놀리고 괴롭힌다면, 로시엘은 항상 크게 한 방 날리곤 했다. 그런 로시엘이 작정하고 칼을 갈았으니, 모르긴 몰라도 헬라드가 호되게 당할 느낌이었다.

다치는 일이나 없었으면 좋겠는데…….

에니샤가 걱정하는 사이, 심판이 깃발을 휘둘렀다. 금빛과 은빛의 기사단이 서로를 향해 달려들고, 한데 뒤엉켰다. 검과 검이 부닥치는 쇳소리와 함께 관중들의 함성이 하늘을 뚫을 듯 높이 치솟았다.

헬라드가 곧장 로시엘을 향해 직진하는 것이 보였다. 작전이고 나발이고, 그냥 가서 때려잡을 모양이었다. 헬라드의 무모한 돌파에도 기사단들은 누구 하나 동요하지 않았다. 다들 그럴 줄 알았다는 듯, 매끄럽게 움직일 뿐이었다. 로시엘의 지휘 아래 이엘타 기사단이 진열을 갖출 때였다.

"……!"

무언가를 느낀 에니샤가 뒤를 돌아보았다. 열한 살 생일을 맞이하며, 에니샤는 또 한 번 마력을 회복하였다. 그러면서 예전보다 마력이나 기적에 민감하게 반응할 수 있게 되었다. 언뜻 스치듯 지나갔지만 분명 마력의 움직임이었다. 모의전에는 기사들만 참전했으니, 마법을 쓸 일은 없다. 확실히 수상한 일이었다. 옆을 보니 카힐도 마찬가지로 같은 곳을 쳐다보는 중이었다. 그가 가만히 고개를 기울여 속삭였다.

"제가 다녀와 보겠습니다."

"같이 가자."

"하지만 경기를 보셔야 하지 않습니까."

"얼른 다녀오면 되지. 경기가 금방 끝나는 것도 아니고……."

모의전은 시간에 제한을 두지 않기에 끝없이 길어지기도 했다. 여태까지는 헬라드와 로시엘이 빠르게 경기를 끝냈지만, 지금은 둘이서 맞붙고 있으니 얼마나 길어질지 모르는 일이었다. 잠깐 자리 비울 시간 정도는 충분하리라.

"그리고 마력이 두 갈래로 흩어지는 것 같아. 일단은 함께 가보는 게 좋겠어."

에니샤는 시종에게 잠시 자리를 비우겠다고 일러둔 뒤, 카힐과 함께 조용히 경기장을 빠져나갔다.

최초로 마력이 느껴진 곳은 경기장 뒤편, 귀족들의 기사단이 대기하는 막사가 모인 곳이었다. 전부 헬라드와 로시엘의 경기를 구경하러 간지라, 돌아다니는 잡부 몇몇을 제외하면 한산했다. 급한 대로 커다란 로브를 뒤집어쓴 에니샤를 끌어안은 채, 카힐은 주변을 확인했다.

"확실히 두 방향으로 나뉘었습니다."

하나는 기사단 막사들 사이로 향했고, 다른 하나는 막사 뒤편의 숲이었다. 움직임으로 봐서는 무술대회를 찾은 귀족을 살해하러 온 암살자인 것 같았다. 모든 관심이 대회에 쏠려 있는 탓에 경비가 느슨하고, 모의전을 치른 기사들은 기진맥진해서 늘어져 있었다. 적당한 위험부담만 짊어진다면 삼엄한 경비의 저택을 뚫는 것보다 암살에 훨씬 좋은 환경이었다. 누가 죽는다 하여도 모의전이 끝날 때까지는 발견조차 되지 않을 테니, 도망칠 시간을 벌기에도 좋았다.

카힐이 나직하게 말했다.

"경비대를 불러오겠습니다."

"아니, 그러면 늦어."

아무리 빠르게 불러도 암살자를 상대할 만큼 많은 병사를 차출해 보내려면 시간이 걸릴 수밖에 없고, 경기장에도 소란이 일어날 터였다. 헬라드와 로시엘이 열심히 준비한 모의전을 방해하고 싶지 않았다. 에니샤는 카힐의 품에서 폴짝 뛰어내리며 말했다.

"우리 둘이서 충분히 해결할 수 있는 수준이야."

카힐의 눈썹이 꿈틀거렸다. 그가 무슨 말을 할지, 에니샤는 이미 알고 있었다.

"알아, 위험한 거."

"황녀님……."

"하지만 내가 마력이 없지, 마법이 없는 건 아니잖아?"

상대는 아바르티아나 좌우법사가 아니다. 암살자쯤은 지금의 에니샤도 얼마든지 제압할 수 있다. 에니샤는 생긋 웃으며 말했다.

"정 걱정되거든, 빠르게 처치하고 내 쪽으로 달려와."

"……."

카힐의 눈매가 가늘어졌다. 그의 머리카락과 눈동자가 순식간에 옅어졌다. 눈바람이 확 불어나와 잠깐 눈을 감는 사이, 카힐은 씻은 듯이 사라졌다. 막사 쪽의 암살자에게 향한 것이다. 그러고 보니 죽이지 말라고 하는 걸 깜빡했다. 에니샤는 조금 후회하였다.

괜찮겠지……?

어쨌든 카힐이 움직이기 시작했으니, 이쪽도 빠르게 움직여야 했다. 우물쭈물했다간 카힐이 혼자 이쪽저쪽 다 때려잡을 기세였다. 에니샤는 간단하게 가속마법을 건 뒤, 막사 뒤편의 숲으로 달려갔다. 제법 깊숙한 곳까지 들어가고 나서야 목적지에 다다를 수 있었다. 마법으로 기척을 지운 에니샤는 나무 위에 사뿐히 올라앉았다.

한 무리의 암살자들이 누군가를 둘러싸고 있었다. 무술대회를 구경 온 것처럼 평범한 옷차림새를 한 암살자들은 얼굴조차 가리지 않고 있었다. 얼굴을 훤히 내놓은 뜻은 분명했다. 상대를 죽이거나, 자신들이 죽거나. 살아 나갈 생각을 않고 달려들었으니 아주 독한 놈들이었다.

암살자들의 숫자를 헤아리고 전력을 파악하던 에니샤는 잠시 눈매를 찌푸렸다. 마법사가 하나 섞여 있었다. 마력의 움직임을 느꼈을 때부터 눈치챘지만, 매우 적은 마력을 지닌 마법사였다. 저 수준이면 아주 간단하고 일시적인 근력 강화 정도만 가능할 터였다. 하지만 아무리 저급의 마법사라도 귀한 인재였다. 암살 같은 임무에 보조마법사를 고용하려면 엄청난 금액을 들였을 것이다. 그렇게까지 해서 죽이려는 것이면 꽤나 거물인 모양이었다.

누가 포위되었나 확인해보는데, 익숙한 얼굴들이 보였다. 하일레제 노공작과 예르넨 하일레제였다.

❀

하일레제 공작가는 개국공신 가문으로서, 제국 내에서 방계황족에 버금가는 예우를 받을 만큼 막강한 위세를 자랑했다. 그 막 나간다는 히페리온 황족들조차 하인레제에겐 한 수 접어줄 정도였다. 그리고 그런 하일레제가 사랑해 마지않는 소공자, 예르넨 하일레제. 그는 정의, 희망, 용기와 같은 세상의 온갖 선함을 모아다 만든 듯한 남자였다. 훌륭한 배경, 화려한 외모, 뛰어난 검술, 올바른 성정까지. 무엇 하나 빠지지 않고 완벽한 소공자는 하일레제 공작의 큰 자랑거리였다.

노공작은 손자가 무술대회의 마상시합에서 승리하리라 믿어 의심치 않았다. 하지만 난데없이 튀어나온 자드카르 놈이 노공작의 기대를 산산조각 냈다. 그리고 오늘, 아할든 기사단이 마지막 남은 자존심까지 바삭바삭 뭉개버렸다.

"너무 상심하지 마십시오. 제가 부족한 탓입니다."

"네가 무엇이 부족하다고!"

예르넨은 잔뜩 실망한 하일레제 공작을 달래며 웃었다. 벌컥 화를 내려던 하일레제 공작은 손자의 웃는 얼굴에 한숨만 푹 내쉬고는 입을 닫았다. 모의전에서 패배한 뒤, 예르넨은 기사단과 함께 막사에 돌아와 뒷정리를 하였다. 다들 황족들의 경기를 구경하러 갔으나, 하일레제 기사단은 막사에 남았다. 그리고 예르넨은 저를 위로하러 찾아온 노공작과 뒤편의 숲을 산책하며, 거꾸로 그를 위로해주는 중이었다.

"히페리온 황족들이야 인간의 범주에서 벗어났으니 그렇다손 하지만, 마상시합은 아무리 생각해도 아쉽구나. 질 싸움이 아니었는데……."

그러나 예르넨은 알고 있었다. 자신의 실력이 카힐 자드카르보다 한 발짝 모자랐다. 무엇 하나 흠 잡을 곳 없는 검술이었다. 아할든 기사단의 종자로 지내다가 막내 황녀의 기사가 되었다더니, 확실히 대단한 실력자였다.

황녀님을 떠올린 예르넨은 살짝 미소 지었다. 볼 때마다 생각하지만, 무척 어여쁜 분이었다. 어린 아가씨인데도 지혜로워 보이는 눈동자가 인상 깊었다. 대화를 나눠보고 싶어서 그답지 않게 먼저 말도 걸어보았더랬다.

오늘 밤 연회에서도 기회가 있으면 좋을 텐데.

공작의 말을 들으며, 한편으로 막내 황녀 생각에 잠겨 있을 때였다. 수풀 사이로 음산한 살기가 느껴졌다. 검을 뽑아 들었을 때는 이미 포위당한 뒤였다.

암살자라니…….

두려움과 분노에 휩싸여 부들부들 떠는 노공작 앞에서, 예르넨은 검을 꽉 움켜쥐었다. 침착하려 애쓰고 있으나, 검 끝이 가늘게 떨렸다. 히페리온 황족도 아니고, 혼자서 마법사의 보조까지 받는 암살자들을 상대할 수 있을 리가 없었다. 하일레제 공작까지 지켜야 하는 상황이라면 더더욱 말이다.

"재물이라면 원하는 대로 주겠다. 하일레제의 이름을 걸고, 죄를 묻지 않을 테니……."

어떻게든 대화를 시도하려 했으나, 당연히 먹히지 않았다. 이제 물러설 곳이 없었다. 예르넨의 눈동자가 단단해졌다. 점차 포위를 좁혀오는 그들을 향해 검을 휘두르려던 때였다. 옷자락이 길게 펄럭이는 소리와 함께, 작은 인영이 허공에서 내려앉았다. 사뿐하게 바닥에 내려앉은 이는 예르넨의 반절밖에 되질 않았다. 기척조차 느껴지지 않았던 존재의 등장에 예르넨도, 암살자도 크게 당황했다. 로브의 모자를 깊게 뒤집어쓴 아이에게서 낭랑한 목소리가 흘러나왔다.

"물러서요, 예르넨 경."

"……!"

익숙한 목소리였다.

하지만 뭐가 어떻게 된 일인지 파악할 시간조차 없이, 상황은 급박하게 흘러갔다. 암살자들은 망설이지 않았다. 새롭게 나타난 방해물이 어리든, 약하든 상관하지 않고 검을 내뻗을 뿐이었다.

작은 몸을 향해 쏟아지는 검날에 예르넨이 몸을 던져서라도 막아내려던 순간이었다. 태양처럼 눈부신 빛이 터졌다. 숲의 그늘을 밀어내는 환한 금빛에서 수십 발의 화살이 태어났다. 마력으로 만들어낸 화살에 암살자들이 눈을 부릅떴다.

"마법사……?"

그러나 미처 대응하기도 전에, 화살은 섬광처럼 날아들었다. 황금빛 궤적을 그리며 어지러이 날아간 화살들은 목표물에게 속속들이 꽂혀 들었다. 한 발도 허투루 날아간 화살이 없었다. 급소를 피하면서도 행동 불능으로 만들 만한 곳에 정확히 박혔다. 마치 능숙한 궁수 수십이 활을 쏘는 듯했다.

예르넨은 저도 모르게 입을 벌렸다. 수많은 마법을 보아왔으나, 이토록 정밀하게 움직이는 마법은 처음이었다. 어찌나 정교한지 보는 것만으로도 황홀할 정도였다. 뒤늦게 정신을 차리자, 방금까지 검을 겨누던 암살자들은 이제 죄다 흙바닥에 드러누워 있었다. 단 한 명이 서 있었는데, 암살자들에게 보조마법을 걸어주던 마법사였다. 허나 그마저도 가슴을 움켜쥐고 비틀거리다가 결국 바닥에 주저앉았다. 마법사는 잔뜩 충혈된 눈을 부릅뜨고서 작은 아이를 바라보았다. 버쩍 마른 목소리가 쥐어짜듯 흘러나왔다.

"어떻게 이런……. 누, 누구냐……!"

작은 손이 로브 모자를 끌어내렸다. 스르륵 흘러내리는 모자 아래 구불구불한 금빛 머리타래가 드러났다. 아이는 고개를 탁 치켜들더니, 몹시 거만하게 말했다.

"황녀님이시다."

에니샤는 몰랐지만, 암살자들 사이에서 막내 황녀는 엄청난 유명인이었다. 암살을 시도하면 시도하는 족족 죄다 죽어버려서, 절대 살아 돌아오는 법이 없는 암살계의 전설이기 때문이었다. 히페리온 황족들이 대륙을 들쑤셔놓은 뒤에는, 유명한 것을 넘어서서 '막내 황녀는 절대 건드리지 마라'는 말이 신조처럼 전해질 정도였다. 그런 황녀님이 눈앞에 떡하니 서 있으니, 그야말로 기절할 노릇이었다.

가뜩이나 벌벌거리던 마법사는 에니샤를 보자마자 바로 눈 까뒤집으며 뒤로 넘어졌다. 마지막 힘을 짜내서 반격할 줄 알고 준비했던 에니샤는 조금 허무해져버렸다. 그래도 오랜만에 전투마법을 쓰니 손맛이 짜릿했다. 다들 막내 황녀가 바람 불면 휭 날아갈까 전전긍긍하지만, 에니샤는 역시 마법 쓰면서 뒹굴 때가 제일 행복했다. 마지막으로 주변에 남은 놈들이 없는지 확인한 후, 에니샤는 뒤를 돌아보았다.

"……."

예르넨과 하일레제 공작이 영혼 탈출한 얼굴로 저를 바라보고 있었다. 사람들은 종종 막내 황녀님이 마법사라는 것을 잊곤 했다. 과거 사냥대회에서 마법으로 과녁을 개박살 냈고, 아르커스가 탐낼 정도로 위대한 재능을 갖고 있다는 사실까지 알려졌는데도 그러했다. 겉보기에는 귀엽고 깜찍하니, 전부 외모에 속는 것이었다.

공작과 예르넨은 조그만 황녀님이 전투마법으로 암살자들을 쓸어버리는 것을 눈앞에서 보고도 믿지 못했다. 에니샤는 멍하니 쳐다보는 두 남자의 모습에 잠시 한숨 쉬었다가, 잔뜩 발돋움해선 손을 파닥파닥 흔들었다. 그들은 코앞에서 흔들리는 손을 보고서야 겨우 정신을 차렸다. 하일레제 노공작이 황망히 입을 열었다.

"세, 세 번째 별을 뵙습니다……."

노공작과는 황궁에서 몇 번 마주쳐서 얼굴을 아는 사이였다.

"오랜만이네요, 공작."

그리고 하일레제는 히페리온 황족들이 그나마 예의를 갖추며 존대해주는 유일한 귀족가문이기도 했다. 물론 로드고는 제외하고 말이다. 쌍둥이는 이런저런 이유로 하일레제 공작을 싫어한다만, 에니샤는 그를 나쁘지 않게 여겼다. 오늘 구해줘서 다행이라는 생각이 들었다.

공작이 더듬거리며 재차 말을 붙이려 하는데, 주변에 한기가 돌았다. 허공에 눈과 얼음 섞인 바람이 뭉쳐 들면서 새하얀 남자가 나타났다. 희게 변한 카힐의 모습에 예르넨이 놀라서 중얼거렸다.

"카힐 자드카르……?"

그러나 카힐은 예르넨이 뭐라 중얼거리든 눈길 한 번 주지 않았다. 그는 곧장 에니샤의 앞에 착지해선, 말없이 내려다보았다. 깔끔하게 처리해놓은 암살자들을 봤을 텐데도, 불만스러운 기색이 고스란히 드러나는 눈이었다.

하여튼 요새 불손해졌다니까…….

에니샤는 카힐에게 양손을 내뻗었다. 카힐은 기다렸다는 듯이 냉큼 에니샤를 안아 들었다. 그에게 안긴 채, 에니샤는 공작과 예르넨에게 작별 인사를 했다.

"고맙다는 인사는 안 해도 되니까, 뒷정리 부탁해요. 바빠서 이만……."

말을 끝내기도 전에 설풍이 몸을 감쌌다. 일부러 그런 것이 분명했지만, 이 정도 심술은 참아주기로 하였다. 눈바람이 걷히고 나니 경기장 뒤편이었다. 에니샤는 저 멀리 보이는 막사 쪽을 흘깃 내다보았다.

"……?"

빛 때문인지, 어째 좀 반질반질한 것 같았다. 죄다 얼어붙기라도 한 것처럼 말이다. 카힐을 올려다보자, 그가 당당히 말했다.

"황녀님께서 빨리 돌아오라 하셔서 어쩔 수 없었습니다."

빨리 처치하고 오라는 말은 했지만, 통째로 얼려버리란 말은 안 했다. 에니샤는 에휴 하고 한숨 쉬고 말았다. 어쨌든 지금은 경기부터 보는 게 우선이었다. 일단 다 젖혀놓고, 서둘러 경기장으로 돌아갔다.

헬라드와 로시엘의 승부는 벌써 막바지에 달해 있었다. 뭐가 어찌 된 일인지, 헬라드는 벌써 낙마해선 두 발로 도망 다니고 로시엘이 그 뒤를 추격하고 있었다. 로시엘은 복잡하게 엉켜든 기사들 사이로 묘기에 가깝게 말을 부리며 헬라드를 쫓아갔다. 투구와 갑주로 온몸을 가리고 있는데도, 에니샤는 로시엘이 몹시 행복해하고 있다는 사실을 알 수 있었다. 모의전이 길어지면 말을 버리고 보병처럼 싸우기도 한다만, 아직 시간이 얼마 흐르지 않았다.

상황을 궁금해하는 에니샤에게 눈치 빠른 시종이 일러주었다.

경기가 시작되자마자 헬라드는 로시엘에게 돌진했고, 이엘타 기사단이 그를 포위했다. 여기까지는 정석적인 수법이었으나 그다음이 문제였다. 이엘타는 헬라드가 아닌, 그가 타고 있는 말을 일제히 공격하였다. 당연히 헬라드는 낙마할 수밖에 없었다. 지휘관이 땅에 떨어져서 구르니, 아할든 기사단은 크게 당황했다. 헬라드가 치사한 놈이니 어쩌니 하며 고함을 질렀지만, 로시엘은 개의치 않고 그때부터 본격적으로 밀어붙였다. 이엘타는 최소한의 방어만 하며 헬라드를 몰아가는 데 집중했다. 로시엘이 복잡한 전략보단 다소 무식한 방법을 쓰기로 한 것 같은데, 그게 완전히 헬라드 맞춤형으로 먹혀든 것이다. 하지만 열세에 몰려도 헬라드는 여전히 무서웠다. 그는 저에게 꽂혀 드는 철검을 그대로 잡아다가 반절로 뚝 분질러버렸다. 하지만 불행히도 로시엘은 더 무서운 사람이었다.

"밟아버려. 절대 안 죽을 테니 걱정 말고."

로시엘의 명령에 중갑을 두른 기사들이 말을 탄 채로 헬라드에게 달려들었다. 아할든이 재빠르게 방어 태세를 갖추려 했으나, 기민한 움직임은 이엘타가 훨씬 뛰어났다. 아할든의 대열은 계속 흐트러졌고, 이엘타는 그 틈을 놓치지 않고 파고들었다. 아무리 히페리온이라도 말에 밟히면 아팠다. 헬라드가 기겁하며 소리쳤다.

"으악, 아우님! 살려줘!!"

하지만 로시엘은 못 들은 척 재차 명령할 뿐이었다.

"밟아. 기왕이면 입 주변으로."

결국 승리는 로시엘에게 돌아갔다.

경기가 끝나자마자 의사들이 헬라드에게 달려가 상태를 확인했으나, 로시엘의 말대로 그는 멀쩡했다. 아우의 무서움을 증명한 로시엘은 매우 즐거워하며 다음 경기를 준비하러 휙 사라졌고, 헬라드는 시무룩해져서 에니샤의 옆자리에 앉았다.

쑥대밭이 된 경기장을 한 차례 정리하며 잠시 휴식 시간을 가졌다. 경기를 기다리는 동안 에니샤는 열심히 헬라드를 위로해주었다.

그리고 얼마 뒤, 로드고와 쿠테른이 경기장에 모습을 드러냈다. 쿠테른 기사단은 서른세 명이지만, 이엘타와 형평성을 맞추기 위해 경기에는 열세 명만 출전하였다. 로드고는 평소 금빛 갑주를 즐겨 입으나, 오늘은 헬라드, 로시엘과 구분하기 위해 검은색 갑주를 착용했다.

아빠의 등장에 열렬하게 박수 치던 에니샤는 문득 주변을 둘러보았다. 함성으로 뜨거워져야 할 경기장이건만 어째 조용했다. 에니샤는 로드고와 쿠테른을 다시 살폈다. 그러고 보니 시꺼먼 갑주를 입은 모습들이 조금 무서운 것도 같았다. 지옥에서 갓 올라온 것처럼 따끈따끈한 모습의 로드고가 어슬렁어슬렁 에니샤에게 다가왔다.

이미 헬라드와 로시엘에게 손수건을 줬다는 소문이 다 퍼진 뒤였다. 로드고는 맡겨놓은 물건을 찾으러 온 것처럼 당당히 손을 내밀었다. 에니샤가 손수건을 건네주자, 그가 씩 웃으며 물었다.

"빨리 끝내줄까, 천천히 끝내줄까."

절대 질 거라곤 생각지도 않고 있었다. 하여간 헬라드랑 똑 닮았다고 생각하며, 에니샤는 답했다.

"다치지 않는 쪽으로요."

로드고의 눈이 조금 커졌다. 그가 에니샤를 뚫어져라 바라보다가, 도저히 믿기지 않는다는 듯이 중얼거렸다.

"어떻게 나한테서 이런 딸이……."

늘 하는 팔불출 짓인데도, 에니샤는 쑥스러워졌다. 말없이 헤헤 웃어 보이자, 로드고가 꿀에 절인 눈빛을 하고서 말했다.

"그럼 일찍 끝내고 함께 저녁을 먹도록 할까."

"좋아요."

로드고가 다시 뒤돌아 멀어지니, 옆에서 헬라드가 빠지지 않고 투덜거렸다.

"하여간 멋있는 건 자기 혼자 다 하려고."

에니샤는 오라버니도 멋있었다고 다시 그를 한참 달래주어야 했다.

그리고 드디어 우승자를 결정짓는 최후의 경기가 시작되었고……. 허망할 만큼 순식간에 끝나버렸다.

경기 시작과 함께 진을 펼치는 이엘타와 달리, 쿠테른은 가만히 서 있기만 하였다. 로드고 혼자 말을 몰아 적진으로 돌진했다. 헬라드와 똑같은 행동이었다. 하지만 결과는 전혀 달랐다. 이엘타 기사단 전원이 달려들었지만 그를 막지 못했다. 로드고가 내뻗는 검 앞에서 이엘타의 검은 과자처럼 툭툭 부러졌다. 심지어 로드고의 검을 받아내지 못하고 힘에 밀려 낙마하는 기사까지 있었다. 모든 것을 뛰어넘는 압도적인 무력이었다.

로드고는 전술을 펼쳐 보일 시간조차 주지 않았고, 단숨에 이엘타와 로시엘을 제압해냈다. 로드고의 철검 끝에 이엘타 기사단의 문장이 그려진 천이 꽂혔다. 깃발처럼 까닥까닥 흔들어 보이는 로드고에게, 로시엘은 항복할 수밖에 없었다.

"……제가 졌습니다, 폐하."

패배를 인정한 로시엘이 투구를 벗고서 거칠게 머리를 쓸어 넘겼다. 분해하는 그의 모습에 헬라드는 의자 팔걸이까지 내려쳐가며 웃어대더니, 한마디로 경기를 정리했다.

"역시 폐하는 존재 자체가 사기라니까."

너무 빠른 경기 종료에 넋이 나가 있던 관중들은 뒤늦게 소리 지르며 환호하였다. 함께 얼떨떨하고 있던 에니샤도 늦은 축하를 보냈다. 빨리 끝낸다고 하더니, 이렇게까지 해버릴 줄은 몰랐다. 아무래도 이번에는 로시엘을 위로해줘야 할 것 같았다.

경기장이 정리되고, 이변 없이 우승을 차지한 로드고와 쿠테른을 위한 시상식이 열렸다. 로드고에게 감히 노고를 치하한다고 말할 사람이 없기에, 에니샤가 월계관만 씌워주기로 했다. 단상에서 내려와 시종에게 황금월계관을 건네받은 에니샤는 로드고를 바라보았다.

"에니샤."

멀찍이 서 있던 그가 무릎을 굽혀 앉으며 부드럽게 말했다.

"아빠에게 월계관을 씌워줘야지."

황금월계관을 들고 그에게 종종 걸어갔다. 앞에 다다른 순간, 로드고는 그대로 에니샤를 안아 들었다. 에니샤는 월계관을 든 채로 공중에 솟아올랐다.

"⋯⋯!"

놀라서 그를 쳐다보자, 로드고가 천연덕스레 말했다.

"그런 조잡한 것을 쓸 필요가 무어 있나. 내 딸이 나의 월계관이고 광영이거늘."

그리고 에니샤를 어깨에 앉혀버렸다. 졸지에 인간월계관이 된 에니샤를 어깨에 앉힌 채, 로드고는 관중들에게 손을 흔들어 보였다. 쿠테른 기사단이 일제히 검을 뽑아 위로 치켜들었고, 환호성과 함께 종이꽃잎이 쏟아졌다. 하늘하늘 떨어지는 종이꽃잎 속에서 로드고가 슬쩍 웃으며 속삭였다.

"어떠냐, 아빠가 제일 멋지지?"

에니샤는 웃음을 터뜨리며 고개를 끄덕일 수밖에 없었다.

✦◉✦

에니샤가 인간월계관으로 활약한 무술대회가 끝났다. 무술대회의 열기는 제도에서 떠들썩한 축제로, 황궁에서 화려한 연회로 이어질 예정이었다.

헬라드와 로시엘은 에니샤를 황녀궁으로 데려다주었다. 황녀궁으로 가는 길에, 헬라드는 폐하도 원래 월계관 씌워주려다가 카힐이 해버려서 급하게 바꾼 거라며 구시렁거렸다. 그러다 로시엘한테서 한소리 들었다.

"패자 주제에 말이 많네."

"……."

조용해진 헬라드를 구석에 박아두고, 로시엘은 에니샤에게 오늘 오라버니가 황태자 두들겨 패는 것 봤냐며 자랑했다. 에니샤는 쌍둥이 사이에서 이러지도 저러지도 못하고 시달리다가 황녀궁으로 도망갔다.

밤의 축하 연회가 시작되기 전에, 황족들끼리 모여서 간단하게 저녁을 먹었다. 말이 '간단하게'고, 모의전에서 상당량의 체력을 쏟아 부은 다음인지라 다들 걸신들린 듯이 먹어치웠다. 어마무시하게 접시를 비워나가는 황족들과 함께 에니샤도 열심히 음식을 쓸어 넣었다. 저녁 식사가 끝난 뒤에는 후식까지 단단히 챙겨 먹었다.

차를 마시는 로드고와 로시엘 옆에서 에니샤는 헬라드와 춤 연습을 하며 장난쳤다. 둘이서 키득키득하면서 입으로 뚱딴딴 하고 박자 소리까지 내가며 춤추고 있을 때였다. 시종이 아주 조심스럽게 양해를 구한 뒤, 하일레제 공작가가 오늘 습격을 받았다고 보고를 올렸다. 보고에는 당연히 에니샤와 카힐의 활약도 포함되어 있었다.

간략하게 정리한 서류를 훑고, 보고까지 들은 황족들은 일제히 에니샤를 쳐다보았다. 세 남자의 시선에 에니샤는 조금 멋쩍게 말했다.

"모의전을 방해하고 싶지 않아서 제가 해결했어요. 다들 열심히 준비한 대회니까……."

로시엘이 다소 딱딱하게 얼굴을 굳히고 나무랐다.

"하지만 위험했잖니. 모의전 따위, 얼마든지 다시 처러도 되는데. 무슨 일이 생겼으면 어쩔 뻔했어?"

"그건 걱정하지 마세요."

에니샤는 양손을 허리에 착 얹고서 당당하게 말했다.

"아빠랑 오라버니들 지켜줄 실력은 있으니까요!"

이래 봬도 대법사 마법이 어디 가지 않는다며 으스대 보이자, 엄한 표정을 유지하려던 황족들의 입꼬리가 사정없이 떨리기 시작했다.

"그래도 너무 위험한 일은 하지 말고……."

로시엘이 간신히 표정을 추스르며 타일렀지만, 그의 목소리는 이미 흐물흐물하게 풀어져 있었다. 에니샤는 방긋 웃으며 정말 감당할 수 없는 일은 꼭 아빠와 오라버니들의 도움을 받겠다고 약속했다.

❧❀❧

무술대회가 끝난 뒤 이어지는 축하연은 에니샤의 생일을 기념하는 연회기도 했다. 생일선물로 황금월계관을 두 개나 받은 에니샤는 이를 어찌할지 한참 고민했다. 결국 로드고가 준 것은 머리에 쓰고, 카힐이 준 것은 베개 뒤에 토끼인형과 함께 숨겨놓았다.

황녀궁 시녀들은 월계관에 맞춰 금사 자수가 풍성하게 들어간 드레스를 입히고, 황금으로 만든 장신구를 달아주었다. 거기에 금빛 머리카락까지 더해지니, 에니샤는 굳이 촛불을 안 켜도 혼자 환하게 돌아다닐 수 있을 만큼 반짝반짝해졌다. 으레 그러하듯 로드고와 쌍둥이가 황녀궁으로 데리러 왔고, 에니샤는 로드고의 품에 안겨서 연회장에 입장했다. 그래도 이제 열한 살이나 됐다고, 연회장에 의자를 따로 마련해주었다. 물론 로드고는 사냥대회 때처럼 계속 무릎에 앉혀놓고 싶어 했다. 하지만 에니샤의 체면을 고려하여 공적인 자리에선 참아주는 것이었다.

가장 상석에 쪼로록 놓인 네 개의 의자에 황족들이 착석했다. 로드고가 짤막히 축사를 하는 동안, 에니샤는 살금살금 연회장을 둘러보았다. 예복을 입은 카힐이 눈에 들어왔다. 마상시합의 우승자로서, 카힐은 오늘 시종들에게 끌려가 치장을 당했다. 원래도 잘생긴 얼굴이지만, 갈고 닦아서 말끔하게 만들어놓으니 더욱 빛을 발했다. 어느 명문 귀족가의 영식이라 하여도 손색없을 모습이었다. 연회장을 더 살펴보던 에니샤는 하일레제 소공자와도 눈이 마주쳤다. 오늘 있었던 일 때문인지, 예르넨은 조금 창백한 낯빛이었다. 에니샤는 그에게 가벼이 눈인사를 건넨 후 다시 시선을 돌렸다.

축사가 끝난 다음, 연회장의 가운데가 비워졌다. 무술대회 우승자들이 귀부인, 영애들과 함께 곡 하나를 추는 것으로 연회가 시작될 것이었다. 로드고는 춤을 즐기지 않기에 빠졌고, 쿠테른 기사단원과 카힐이 앞으로 나왔다. 쿠테른 단원들은 자신의 부인이나 평소 마음에 담아두었던 영애에게 춤을 청했다. 연회장에 모인 사람들의 관심은 모두 카힐에게 쏠렸다. 마상시합에서 하일레제 소공자를 꺾으며 화려하게 부상한 카힐은 오늘 연회에서 가장 주목받는 사람이었다. 벌써부터 여기저기서 카힐에게 눈짓하고 부채를 흔들고 난리였다. 에니샤도 그가 누구에게 춤 신청을 할지 궁금했다. 혹시 저에게 할지도 모르지만, 그래도 오래 살려면 다른 영애에게 청하는 것이 안전했다. 에니샤는 오늘 로드고와 쌍둥이하고만 춤출 생각이었다.

그때 카힐과 눈이 마주쳤다. 설마 아닐 거라고 생각했으나, 점점 가까워지는 그의 발걸음은 분명히 에니샤를 향하고 있었다. 그리고 마침내 에니샤의 앞에 다다랐다. 카힐은 정중하게 손을 내밀며 청했다.

"한 곡 부탁드려도 괜찮겠습니까."

에니샤는 반사적으로 로드고와 쌍둥이가 있는 쪽을 살폈다. 분명 악귀 같은 표정을 지으며 비아냥대리라고 생각했다. 헌데 참으로 의외롭게도, 다들 아무 말도 하지 않는 것이 아닌가. 굉장히 보기 싫어하며 시선을 다른 곳으로 돌리긴 했지만, 어쨌든 훼방 놓지는 않았다.

"……?"

이상한 일이었다. 무술대회 때부터 생각한 건데, 근래 로드고와 쌍둥이가 카힐을 상당히 너그럽게 봐주고 있었다. 곧 눈앞에서 치워버릴 상대를 대하듯이 말이다.

뭐지……?

에니샤는 의아해하면서도, 일단 카힐의 손을 잡았다. 그는 부드럽게 에니샤를 연회장 중앙으로 이끌었다. 무려 막내 황녀님을 데리고 나온 카힐을 보고 모두 경악하였다. 그리고 로드고와 쌍둥이가 그걸 내버려두는 것에 또 한 번 기겁하였다. 사람들이 놀라거나 말거나, 에니샤는 비장하게 카힐과 마주 섰다. 드디어 맹연습한 성과를 보여줄 때였다. 그래도 예의상 미리 일러주는 것을 잊지 않았다.

"나 엄청난 몸치라서 발 밟을 수도 있어. 아니지, 밟을 거야."

대놓고 밟겠노라고 통보하는 에니샤를 보며 카힐이 엷게 웃었다.

"황녀님께 맞춰드리겠습니다."

"하지만 헬라드 오라버니 발도 엄청 밟았는데……."

헬라드도 전부 맞춰줬지만, 에니샤는 그의 발을 무진장 밟아댔다. 조금 불안해하는 에니샤에게 카힐이 속삭였다.

"밟혀도 티 내지 않겠습니다."

그러니 마음껏 하고 싶은 대로 하셔도 괜찮다고, 카힐은 에니샤를 달래주었다. 오늘따라 그가 참 믿음직스럽고 어른스럽게 보였다.

악단이 느린 춤곡을 연주하기 시작했다. 커다란 손이 살며시 허리 뒤편에 얹혔다. 에니샤는 연회장 가득 퍼져나가는 선율에 맞추어 조금씩 발을 옮겼다. 춤의 순서와 모양새는 완벽하게 외우고 있었다. 하지만 머리로 아는 것과 몸으로 따라가는 것은 하늘과 땅 차이였다. 풍성한 드레스 자락에 가려진 발이 낑낑거리며 열심히 움직였다. 카힐은 작은 에니샤를 잘 이끌어주었다. 실수를 할 것 같으면 살며시 다른 방향으로 끌어주고, 어쩔 수 없으면 최대한 자연스럽게 받아주었다.

그도 헬라드처럼 몸으로 하는 일은 다 잘하는 것일까.

카힐이 능숙하게 이끌어준 덕에, 에니샤는 크게 실수하지 않고 춤을 이어갈 수 있었다. 빙그르르 도는 움직임에 맞춰 드레스가 활짝 피어났다 다시 봉오리로 모아졌다.

"월계관이 잘 어울리십니다."

속삭임에 에니샤는 카힐을 올려다보았다.

"미안, 네가 준 건 베개 뒤에 숨겨놨어."

"토끼인형과 함께 말입니까?"

병문안을 왔을 때 베개 뒤로 삐죽 나온 귀 끝을 보고는 알아챈 모양이었다. 하여간 이런 데는 눈치가 엄청 빨랐다. 에니샤는 순순히 인정했다.

"……맞아. 토끼한테 새 왕관이 필요했거든."

그래서 월계관을 준 것이라고 말하자, 뭐가 그렇게 재미있는지 카힐의 눈매가 잔뜩 휘어졌다. 에니샤는 그가 웃는 모습을 가만히 바라보았다. 연회장의 불빛 탓인지, 남청색 눈동자는 그 어느 때보다 맑고 환했다. 그러나 걷히지 않는 그늘이 보였다. 분명 한껏 빛을 머금은 눈동자인데, 툭 건드리면 물기가 배어나올 것 같았다. 자꾸만 쌓여가는 불안감이 마음 한구석을 세차게 긁어댔다. 에니샤는 더 이상 참지 못하고 그에게 말했다.

"카힐……. 이따가 이야기 좀 하자."

하지만 카힐의 대답을 듣기도 전에 곡이 끝났다. 카힐은 천천히 몸을 떨어트렸고, 에니샤에게 예를 갖추어 인사했다. 다른 귀족들이 춤을 추기 위해 몰려나왔다. 색색의 드레스들이 주변을 가득 메웠다. 카힐은 잠시 에니샤를 바라보다가, 사람들 사이로 사라져버렸다. 에니샤는 그를 향해 손을 뻗으려다 멈칫하였다.

"……."

뒤쫓아 가 붙잡을 수도 없는 노릇이었다. 그러기엔 보는 눈이 너무 많았다. 연회가 끝난 뒤에 그를 잡아다 대화하리라 결심하고, 일단 내버려두기로 했다.

두 번째 춤곡이 이어지며 연회는 점차 무르익어갔다. 손님들이 충분히 술과 음식을 즐기고, 세 번째 춤곡까지 끝났을 때. 로드고는 카힐을 앞으로 불러냈다. 카힐은 공손히 한쪽 무릎을 꿇고, 고개를 숙였다.

"히페리온의 이름을 걸고, 승자를 위한 포상을 내릴 것이니."

로드고는 의자에 거만히 기대앉은 채, 카힐을 내려다보며 말했다.

"마상시합의 우승자, 카힐 자드카르는 소원을 말하라."

에니샤는 두근거리는 마음으로 카힐을 바라보았다. 과연 그가 무슨 소원을 빌까. 괜히 조마조마해졌다. 머릿속으로 온갖 상상을 해보며 소원을 기다렸다. 하지만 카힐은 아무 말도 하지 않았다.

"……."

침묵이 길어졌다. 지켜보던 이들 사이에서 웅성거림이 일어났다. 그러나 로드고는 재촉하지 않았다. 다만 눈매를 가느스름히 좁히고서, 가만히 기다릴 뿐이었다. 카힐은 제게 꽂히는 시선들을 느끼면서도 한참 묵묵하게 버텼다. 그리고 결례라 느껴질 정도로 오랜 시간이 흐른 후에야, 아주 느리게 입을 열었다.

"제 소원은……."

그가 새까맣게 가라앉은 목소리로 말했다.

"제국을 떠나는 것입니다."

제대로 들은 것일까. 에니샤는 귀를 의심했다.

제국을 떠나는 것이 소원이라니……

어쩌면 잘못 들었을지도 모른다고, 그렇게 애써 모른 척하였다. 하지만 그런 에니샤를 비웃기라도 하듯, 카힐은 담담히 말을 이어 갔다.

"히페리온을 떠나 더 넓은 세상을 경험하고, 배움을 얻고자 합니다. 제게 식견을 넓힐 수 있는 기회를 내려주십시오."

로드고와 카힐이 무어라 이야기를 주고받았고, 사람들이 박수를 쳤다. 시끄러운 소음이 가득했지만 하나도 들리지 않았다. 귓가로 흘러 지나가는 소리들 사이에서 에니샤는 멍하니 카힐을 바라보았다. 조금만 시선을 돌리면 닿을 곳이었다. 그러나 그는 로드고와 대화를 마치고, 다시 연회장에 섞여들 때까지 끝끝내 에니샤를 돌아보지 않았다. 그 뒤로는 잘 기억나지 않았다.

정신 차려보니 카힐과 테라스에서 마주 보고 서 있었다. 아마도 제가 그를 끌고 온 것 같았다.

"……"

서로 마주 선 채, 한참 동안 아무 말도 하지 않았다. 긴 침묵 사이로 달빛만이 하얗게 고여 들었다. 에니샤는 입술을 깨물었다. 너무 말도 안 되는 상황이라서, 뭐를 어디서부터 따져야 할지도 알 수 없었다. 먹먹하니 말문이 막힌 에니샤를 두고, 카힐이 먼저 입을 열었다.

"이달 내로 떠날 예정입니다."

"……뭐?"

머리가 얼얼했다. 그는 이미 모든 정리를 끝내고, 떠난다는 통보만 남겨두고 있었던 것이다. 설혹 마상시합에서 승리하지 못했더라도, 카힐은 떠났으리라. 속에서 열이 차올랐다. 결국 목소리를 높이지 않을 수가 없었다.

"어떻게 이런 중대사를 의논조차 하지 않고 멋대로……!"

에니샤는 잠시 말을 멈췄다. 흥분한다고 해결되는 문제도 아니었다. 최대한 마음을 가라앉히려 노력하며 입술을 꽉 깨물었다가 놓았다. 에니샤는 떨리는 목소리로 말했다.

"네 주인은 나야. 내가 허락해주지 않으면 어쩌려 했어?"

카힐은 말없이 웃었다. 그러지 않으실 것을 알고 있다는 듯, 조용하게 웃었다. 그 웃음을 보고 나니 맥이 탁 풀렸다. 배신감과 실망, 서운함, 그리고 설명할 수 없는 또 다른 감정들. 언젠간 그를 떠나보내야 한다고 생각은 하고 있었다. 카힐은 눈과 얼음의 정령을 계승한 공왕의 적자였다. 자드카르로 돌아가 카르티나 부인을 몰아내고 다음 대의 공왕이 되어야 했다. 하지만 막연하던 이별이 이리 갑작스레 들이닥칠 줄은 전혀 몰랐다. 그가 항상 저를 우선시해주었기에 더욱 그랬다.

최소한 언질이라도 줄 수 있었을 텐데, 이렇게 도망치듯이…….

에니샤는 자꾸만 바들바들 떨리는 목소리를 추스르려 노력하며 입을 열었다.

"왜……. 어째서……."

문장 하나 이루지 못하고 조각조각 토막 난 말이었다. 그러나 두 사람에겐 그것만으로도 충분했다.

"떠나야 할 때가 되었기 때문입니다."

대답은 담담하게 이어졌다.

"황녀님께선 무엇도 잘못하지 않으셨습니다. 전부 제가 이기적이고 못된 놈이라 그렇습니다."

이해할 수 없었다. 혼란스러워하는 에니샤에게 나지막한 목소리가 들려왔다.

"황녀님."

에니샤는 천천히 고개를 들었다. 환하던 사위가 어둑하니 가라앉았다. 달 위로 구름이 드리워진 탓이었다. 어둠 속에서 저를 바라보는 카힐의 눈빛이 짙었다.

"사실 저는…… 순하지도, 착하지도 않습니다."

그가 담담하게 말했다.

"사람도 많이 죽였고, 나쁜 짓도 많이 했습니다. 제가 살아남기 위해서 수단과 방법을 가리지 않았습니다."

"……."

"저는 황녀님 말씀처럼 불손한 놈입니다."

에니샤는 느리게 눈을 감았다 떴다. 그를 쳐다보자, 카힐은 가만히 미소 지었다.

"그러니 한 번만……."

입매는 휘어져 있으나, 웃는지 우는지 모를 얼굴을 하고서 그가 말했다.

"한 번만, 정말 불손한 짓을 하여도 괜찮겠습니까."

에니샤는 대답하지 않았다. 하지만 카힐은 제멋대로 손을 뻗어 왔다. 그의 손끝이 조심스럽게 뺨 위에 닿았다. 잠시 머뭇거리다, 아주 귀하고 소중한 것을 만지듯 천천히 쓸어보았다. 애틋하다 못해 애처로운 손짓이었다. 그러나 턱끝에 다다르자, 손은 미련 없이 떨어져 나갔다.

"……."

바보 같은 놈…….

불손한 짓이라기에 무슨 큰일이라도 하려나 했더니, 겨우 뺨 한 번 어루만져놓고 저리 행복하게 웃는다. 에니샤를 위해선 제 모든 영광을 바치겠다고 월계관까지 내어준 카힐이었다. 그런데 고작 이런 것 하나 받아내고 세상을 다 가진 것처럼 굴었다. 에니샤는 막막한 마음으로 중얼거렸다.

"너…… 정말 멍청해……."

대놓고 욕을 하여도 카힐은 말없이 웃을 뿐이었다. 그리고 에니샤는 문득 깨달았다. 항상 그를 볼 때마다 좌우법사와 닮았다고, 그래서 더욱 마음 가고 신경 쓰이는 것이라 여겼다. 하지만 아니었다. 카힐은…… 완전히 달랐다.

❦❦❦

— 제국을 떠나라.

카힐은 고개를 아래로 떨어트렸다. 황족들 앞에서 제 눈빛을 감추기 위해서였다. 바닥만 내려다보고 있는 카힐에게 황제가 말했다.

— 너를 공왕으로 만들 것이다. 허나 지금으로선 턱없는 일이지.

— ······.

— 제국을 떠나 세력을 만들고 힘을 길러라.

— ······.

— 싫은가?

비죽 웃으며 묻는 말이 목덜미에 칼처럼 와 닿았다. 답하지 않으면 목이 잘려나갈 것 같았으나 끝까지 대답할 수 없었다. 묵묵부답으로 버티는 모습에 황족들은 화를 내지 않았다. 오히려 그럴 줄 알았다는 듯, 냉소를 지었다.

— 카힐 자드카르.

로시엘 황자가 턱끝을 까닥이며 물었다.

— 네 손으로 만들어낸 것이 무엇이지? 정령의 힘마저도 스스로 감당하질 못해, 황녀가 도와주지 않았나. 여태껏 황녀가 어리고 순하여 너를 받아주었지만······.

그가 잔인하게 말을 내리꽂았다.

— 동정을 애정으로 착각하지 말도록.

카힐은 어떤 반박도 하지 못했다. 로시엘을 이어 헬라드가 말했다.

— 네가 가려는 길이 얼마나 위험한지, 본인이 가장 잘 알고 있을 텐데.

무릎 꿇고 앉은 바닥에서 서늘한 한기가 올라왔다. 심장마저 차갑게 식는 느낌이라, 카힐은 잠시 숨을 들이마셨다. 헬라드는 가느스름하게 눈매를 좁히며 질문했다.

— 그 길에 내 동생을 끌어들일 건가?

그리 묻는 순간, 카힐은 답할 수밖에 없었다.

— ……떠나겠습니다.

카르티나 부인에 대한 복수심은 여전했다. 그녀가 황녀님께 사특한 짓까지 벌였으니 절대 용서하지 않을 것이었다. 허나 인생 전부를 내걸어야 할 복수가 얼마나 위험한지, 카힐은 알고 있었다. 황녀님 곁에 계속 있고 싶었다. 그녀는 봄날의 햇볕과 같아서, 얼어붙은 저를 녹이고 사람으로 만들어주었다. 하지만 얼음이 커지면 커질수록, 온기는 사라지고 냉기가 사방을 가득 메울 터였다.

애초부터 알고 있었다. 자신은 그녀에게 어떠한 도움도 줄 수 없었다. 오히려 언젠가 그녀를 잡아먹게 될지도 모를, 해로운 존재일 뿐이었다. 그러니 떠나야 했다. 처음부터 자신이 가야 했던 길로, 익숙한 추위와 어둠 속으로.

한 번 마음을 굳히니 그다음은 쉬웠다. 카힐은 황족들의 명에 따라 동부의 헤르노어 아카데미에 입학하기로 결정했다. 대륙의 인재들이 모여드는 명문 아카데미였다. 아무런 기반이 없는 카힐에게는 지지자를 만들어내고 타국의 인재들과 교류할 수 있는 기회의 공간이었다. 하지만 황녀의 기사가 마음대로 행동할 수는 없다. 황족들은 무술대회에서 우승하고, 그 소원으로 제국을 떠나겠다고 말하라 요구했다. 그러나 우승하지 못하더라도 황족들은 무슨 수를 써서든 저를 내보내줄 터였다. 카힐은 그날 이후 무술대회를 준비하는 한편, 제국을 떠나기 위한 준비도 차근차근 해나갔다.

시간은 속절없이 흘러갔고, 무술대회가 시작되었다. 막사에서 마상시합을 준비하던 카힐은 제 순서가 오기 전에 살짝 경기장으로 나가보았다. 황녀님이 보고 싶어 그런 것이었으나, 그리 좋지 못한 선택이었다. 카힐은 예르넨 하일레제가 황녀님의 손등에 키스하는 모습을 보고 말았다.

— …….

빛처럼 환한 소공자는 황녀님과 더할 나위 없이 잘 어울렸다. 동화 속의 한 장면 같은 모습에 지켜보던 관중들이 탄성을 터뜨렸다. 예르넨 하일레제는 자신과 모든 면에서 비교되는 이였다. 태생부터 사랑받아온 하일레제의 소공자는 밝고 올바른 성정을 지니고 있었다. 저처럼 음습한 놈보다 훨씬 황녀님의 옆에 어울리는…… 그런 사람이었다. 언제나 그랬다. 카힐에게 소중한 사람은 황녀님밖에 없었다. 유일하고, 다른 무엇과도 바꿀 수 없는 존재였다. 하지만 황녀님은 달랐다. 카힐은 그녀의 소중한 사람들 중 하나일 뿐이었다. 여럿 중 하나, 언제든지 다른 것으로 바뀔 수 있는 하나. 그 사실이 사무치게 느껴져서, 카힐은 쓰게 웃었다. 부족하기만 한 자신도, 황녀님을 떠나기 위한 마상시합도 죄다 지긋지긋했다. 그래도 황녀님께서 보러 와주셨으니, 흉한 모습은 보이지 말자고 마음을 추슬렀다.

첫 번째 경기를 위해 경기장에 나선 카힐은 황녀님 앞으로 다가갔다. 그리고 하얗고 깨끗한 손수건을 받았다. 꽃으로 장식한 커다란 모자를 머리에 쓴 황녀님은 아름답게 웃어 보였다.

— 승리를 가져다줘, 나의 기사.

카힐은 천천히 눈을 깜빡였다. 황녀님이 너무 눈부시게 반짝여서, 도저히 똑바로 바라볼 수가 없었다. 방금까지 버석하고 건조하기만 하던 마음이 터질 것처럼 차올랐다. 증오스럽기만 하던 우승이었건만, 이제는 미칠 듯이 탐났다. 그녀에게 황금월계관을 씌워주고 싶었다. 승리와 영광을, 자신이 줄 수 있는 모든 것을 내주고 싶었다. 결국 황녀님을 위해 월계관을 바치게 되었을 때……. 카힐은 무술대회에 참가한 일을 조금도 후회하지 않았다. 설혹 그녀를 떠나더라도, 월계관만큼은 곁에 남을 테니까.

모의전이 끝나고, 무술대회가 완전히 마무리되었다. 연회를 기다리는 카힐의 마음은 소란스럽기도 했고, 고요하기도 했다. 연회장에 들어서는 황녀님을 보았을 때, 카힐은 결심했다. 어차피 마지막이니 염원했던 것들은 전부 해보자고. 그래서 그녀에게 춤을 청했다. 영원히 음악이 끝나지 않길 바랐지만, 항상 그러하듯 좋은 것은 일찍 사라지는 법이었다. 허망하리만큼 찰나 같은 행복 뒤에, 가장 원하지 않았던 순간이 찾아왔다.

― 마상시합의 우승자, 카힐 자드카르는 소원을 말하라.

황제의 명령이었다. 당장 입을 열어 고해야 하나, 그럴 수 없었다. 심장이 쥐어뜯기듯 아파왔다. 담담하자고, 아무렇지 않게 행동하자고 수십 번을 다짐했으나 그럴 수 없었다. 결국 한참 동안 침묵하고 나서야, 떨어지지 않는 입을 억지로 열어 이별을 고하였다.

― ……제 소원은 제국을 떠나는 것입니다.

말을 내뱉자마자, 있는 힘껏 입안의 살을 깨물었다. 그러지 않으면 비명을 지를 것만 같았다. 카힐은 반쯤 제정신이 아닌 채로 대화를 마무리했다. 황녀님은 크게 화를 냈다. 저를 테라스로 끌어내어서 혼을 내는데, 왜인지 모르게 자꾸 웃음이 나왔다. 자신이 떠나서 슬퍼하는 황녀님이 좋았다. 조금 더 용기를 낸 것은, 아마 그래서일 터였다.

— 한 번만, 정말 불손한 짓을 하여도 괜찮겠습니까.

천천히 손을 뻗어 뺨을 어루만졌다. 손끝이 잘게 떨리고, 심장이 세차게 뛰었다. 카힐은 숨을 크게 들이마시며 노력했다. 기억해야 한다. 손에 느껴지는 감촉, 눈에 보이고 귀에 들리는 모든 것. 어쩌면 두 번 다시 만나지 못할 것들⋯⋯. 최선을 다해 머릿속에 황녀님을 담았다. 그리고 미련 없이 손을 떼어냈다.

이것으로 되었다. 이제는⋯⋯ 떠나야 할 때였다.

✦◦✦◦✦

카힐이 떠났다. 올 겨울 성년식이라도 치르고 갈 것이지, 뭐가 그리 급한지 달이 바뀌기도 전에 가버렸다. 결국 에니샤는 그에게 성년선물을 주지 못했다. 테라스에서 나눈 대화 이후로, 카힐은 마지막까지 에니샤에게 얼굴조차 내비치지 않다가 소리 소문 없이 조용히 사라졌다. 그가 떠나고 며칠 뒤에야 소식을 알게 되었을 정도였다. 인사 한마디 없이 가버린 카힐이 원망스러웠다. 우울해하는 에니샤를 위해, 델 하르인과 레시나가 일부러 옆에 딱 붙어서 함께 시간을 보내주었다. 하지만 그럴수록 에니샤는 허전함을 느낄 뿐이었다.

카힐의 부재는 생각보다 더 크고 깊숙하게 느껴졌다. 들어온 자리는 몰라도 나간 자리는 안다더니, 딱 그런 꼴이었다. 어쩌면 그가 처음으로 에니샤를 떠난 사람이기 때문에 그럴지도 몰랐다. 이때까지 지긋지긋하게 달라붙어온 자들은 많았지만, 이렇게 먼저 떠난 사람은 없었다. 에니샤는 내내 이상한 기분에 시달려야 했다. 그리움이라기엔 조금 묘한 기분이었다. 제멋대로 구는 카힐에게 화가 난 것 같기도 했고, 슬픈 것도 같았으며, 보고 싶기도 했다. 한번도 느껴보지 못한 이상한 감정인 것만은 확실했다. 이게 얼마나 거슬리는지, 에니샤는 당장 카힐을 잡아다가 눈앞에 앉혀놓고 싶었다. 잘은 모르겠지만, 일단 그를 앞에 놔두고 얘기를 나눠보면 괜찮아질 것도 같았다. 솔직히 제 할 말만 해버리고 휘리릭 떠나버리지 않았는가. 에니샤로선 갑자기 영문도 모르고 당했으니 속 터질 일이었다. 하지만 카힐이 어디로 가버렸는지 알 수 없었다. 레시나에게 찾아보라 말했지만, 그녀도 정보가 들어오려면 시간이 필요하다며 당장은 찾기 어렵다고 난색을 표했다. 에니샤에게 카힐의 행방을 알려준 이는 전혀 의외의 사람이었다.

"오랜만입니다, 황녀님. 그때 이후로 처음이지요."

예르넨 하일레제가 황녀궁을 방문했다.

"줄곧 감사 인사를 드리고 싶어 기회를 찾고 있었습니다. 본래 연회장에서 인사드리고 싶었는데……."

그날 에니샤는 카힐 때문에 정신이 없었다. 딱히 지금도 대화에 집중할 상태는 아니지만……. 에니샤는 차를 한 모금 마시며 맞은편의 예르넨을 바라보았다. 그는 묻지도 않은 이야기들을 줄줄 늘어놓았다. 그날 암살 시도는 과거 예르넨이 소탕한 범죄 조직의 보복이었으며, 황녀님이 아니었다면 정말 꼼짝없이 당했을 것이라는 등등.

에니샤는 그가 하는 말을 적당히 흘려들으며 맞장구쳤다. 그러다 문득 들려온 이름에 손을 멈칫하였다.

"……카힐 경은 헤르노어 아카데미에 입학하셨다고 들었습니다."

에니샤는 잠시 멈칫한 것이 거짓말인 듯, 생긋 웃으며 받아 말했다.

"어떻게 아셨어요?"

"아……. 지인이 교원으로 일하고 있어 알게 되었습니다. 카힐 경이 유명 인사가 된지라 제게 이야기해준 것입니다. 다른 사람에게 말을 옮기진 않을 테니 심려 마십시오."

아카데미……?

뜬금없이 왜 아카데미인지, 어이가 없었다. 하지만 겉으로는 티내지 않고서 자연스럽게 대화를 이어갔다.

"예르넨 경을 믿어요. 다만 카힐 경이 잘하고 있을지 조금 걱정되긴 해요. 아카데미에 입학할 때 해준 것이 없으니……."

시무룩하게 시선을 아래로 내리자, 예르넨이 황급히 달래주었다.

"폐하께서 직접 후견인이 되어주시지 않으셨습니까. 그것만으로도 차고 넘치는 일입니다."

"……."

로드고가 후견인이라니, 말도 안 되는 소리였다. 카힐이 뭐가 예쁘다고 후견인씩이나 해주겠는가. 오히려 떠나는 카힐한테 암살자나 안 보내면 다행인 사람이었다. 거기까지 생각한 순간, 갑자기 머릿속이 번쩍했다. 카힐은 로드고와 쌍둥이에게 불려간 뒤로 이상해졌다. 테라스에서 보여줬던 미련 가득한 모습, 그럴듯한 핑계 하나 말해주지 않고 도망치듯 떠난 행동. 몰랐던 것이 우스울 정도로, 모든 사실은 하나를 가리키고 있었다. 에니샤는 자리에서 벌떡 일어났다.

"……예르넨 경, 미안해요. 잠시 급한 일이 떠올라서."

"황녀님?"

"다음에 제가 황녀궁으로 초청할게요. 미안해요."

두 번이나 미안하다는 말을 남긴 뒤, 에니샤는 본궁으로 달려갔다. 그리고 로드고와 쌍둥이가 일하고 있는 집무실을 습격했다. 무표정한 얼굴로 의견을 나누며 업무를 처리하던 세 남자는 갑작스러운 에니샤의 등장에 깜짝 놀랐다. 그들이 입을 열기 전에, 에니샤가 먼저 질문했다.

"어떻게 제 기사를 마음대로 쫓아내실 수 있어요?"

"에니샤, 그게 무슨……."

"다 알고 왔으니까 거짓말하지 마세요. 카힐을 헤르노어 아카데미에 보내셨잖아요. 제게는 아무 말도 하지 않고!"

"……."

로드고가 비서관들을 집무실 밖으로 내보냈다. 방 안에 넷만 남자 황족들은 에니샤를 어르고 달래기 시작했다. 오해가 있다, 카힐은 스스로 원해서 간 것이다, 아카데미에서 좋은 교육을 받고 더 크게 성장할 것이다……. 온갖 말로 살살 변명했지만, 끝까지 잘못을 인정하지는 않았다. 결국 에니샤는 꺼내고 싶지 않았던 초강수를 꺼내들었다.

"그렇다면 저도 아카데미에 입학하겠어요."

"뭐? 안 돼!!"

헬라드가 자리를 박차고 일어나며 소리쳤다.

"에니샤, 아카데미는 너에게 아무런 의미가 없단다."

크게 놀란 로시엘이 아카데미는 쓸데없는 곳이라며 일장연설을 늘어놓았다.

"그런 위험하고 쓸모없는 곳에 갈 필요가 무어 있니. 그냥 황궁 안에서 오라버니들 곁에 있으면 전부 다 해줄 텐데……."

그가 하는 말을 조용히 듣고 있던 에니샤는 근본적인 문제가 무엇인지 깨달았다.

"아빠, 오라버니들."

심상찮은 목소리에 전부 입을 딱 다물었다. 에니샤는 그들에게 질문했다.

"제가 아무것도 안 하고 황궁에만 있길 원해요? 인형처럼, 그렇게 얌전히 살길 바라는 거예요?"

누구도 선뜻 답하지 못했다. 돌아오지 않는 대답에 에니샤는 가만히 한숨을 내쉬었다.

"저를 아껴주시는 마음은 잘 알고 있어요. 하지만 이번엔 아빠와 오라버니들이 실수하신 거라고 생각해요."

"맞아, 우리가 잘못했어."

"에니샤……. 많이 화났니? 오라버니들 생각이 짧았어."

굳어 있던 쌍둥이가 얼른 에니샤 옆에 달라붙어 용서해달라며 알랑알랑 매달려왔다. 에니샤는 입을 꾹 다물고 로드고를 바라보았다. 그 또한 쌍둥이와 마찬가지로 에니샤에게 매달려서 잘못했다고 사과했다. 하지만 에니샤는 훤히 알고 있었다. 절대 진심으로 잘못했다고 생각하지 않을 사람들이었다. 당장 에니샤가 화났으니 달래려고 저리 말하는 것뿐이었다. 더 이상 대화해봤자 소용없는 문제였다.

에니샤는 일단 황녀궁으로 돌아왔다. 그리고 한참 동안 책상에 앉아서 생각에 잠겼다. 히페리온 황족들은 막내 황녀를 사랑한다. 하지만 그들은 누군가를 사랑해본 적이 없기에, 사랑하는 방법도 알지 못한다. 그저 넘치도록 퍼붓는 것만이 답이라 생각했다. 황족들은 에니샤가 대법사라는 사실을 알게 된 뒤에도 어린아이처럼 대했다. 에니샤가 손발이 없는 것처럼 자신들이 하나부터 열까지 대신 해주려 했고, 아무것도 모르는 어린 황녀같이 항상 감싸고돌기만 했다. 이번에 카힐을 쫓아낸 것도, 그가 에니샤에게 위험하다고 판단 내리고 멋대로 행동한 것이다. 하지만 대법사로 살아왔던 에니샤는 받는 것보다 주는 것이, 기다리는 것보다 직접 나서서 해결하는 것이 익숙한 사람이었다. 에니샤는 스스로 직접 무언가를 해낼 때 가장 행복했고, 살아 있음을 느꼈다. 하일레제 공작과 예르넨을 습격한 암살자들을 처리했을 때, 간만에 전투마법을 쓰면서 짜릿했던 감각이 아직도 손끝에 선명했다. 문득 머릿속에 의문이 떠올랐다.

내가 전투마법을 쓴 것이 얼마 만이었지?

단순한 연구나 보조마법 말고, 실전에서 마법을 쓴 것은 정말 오랜만이었다. 대륙을 자유로이 떠돌던 대법사가 제도에서만 10년 넘게 머무르고 있으니, 당연히 마법을 쓸 일이 없었다. 어쩌면 평생…… 이렇게 살아야 할지도 모른다. 물론 성년이 되어 마력을 회복하면 상황이 달라질 수도 있다. 하지만 몇 년이나 굳어 있던 것이 그때라고 갑작스럽게 뒤바뀔 리는 없다. 이대로는 안 된다. 지금부터 변화가 필요하다. 그러나 히페리온 황족들을 상대로는, 평범한 설득 따윈 절대 먹히지 않으리라. 에니샤는 레시나를 호출했다.

"황녀님, 부르셨습니까?"

한달음에 달려온 레시나가 조금 놀란 표정을 하였다. 에니샤의 표정이 심상찮았기 때문이었다.

"레시나, 들어봐."

에니샤는 카힐 이야기를 해주었다. 황족들이 쫓아냈다는 말을 들은 레시나는 '이번엔 조금 심하셨네요…….' 하면서도 이해하는 눈치였다. 그분들이라면 그러고도 남는다고 생각하는 것이었다. 에니샤는 주먹으로 콩 하고 책상을 내리치며 말했다.

"이 사람들은 충격요법이 필요해. 그냥저냥 말하는 걸로는 씨알도 안 먹힐 거라구."

레시나가 심히 공감한다는 듯 고개를 끄덕이다가, 진지하게 조언하였다.

"이럴 때는 서로 떨어져서 생각할 시간이 필요한 법이죠. 며칠간 거리를 두시는 것은 어떻습니까?"

이런 상황에선 서로 붙어 있어 봤자, 감정싸움만 하게 된다는 레시나의 말에 에니샤는 눈이 동그래졌다.

"그래…… 네 말이 맞는 것 같아."

웬만한 충격으로는 꿈쩍도 안 할 로드고와 쌍둥이가 정신 번쩍 차릴 정말 좋은 방법이었다. 에니샤의 극찬에 레시나는 무척 뿌듯해했다. 그러나 뒤이은 명령에 입을 떡 벌렸다.

"레시나, 짐 싸."

"예에……?"

"집 나갈 거야."

"예에에엣?"

레시나가 껑충 뛰었다. 제가 한 말은 그런 의미가 아니었다며, 놀라서 펄쩍펄쩍했다. 하지만 에니샤는 단호했다. 벌써 계획까지 대강 세워놓았다. 델 하르인은 수석마법사라 바쁘고, 험한 여정을 소화하기 힘드니 놔두고 갈 것이다. 레시나와 황궁을 빠져나간 뒤, 일주일 정도 제도나 외곽지에서 머무르다 귀궁할 계획이었다.

"그……. 황녀님의 뜻은 확실히 이해했지만……. 저 혼자서는 호위로 부족하지 않을까요?"

카힐도 없고, 저는 보조랑 공격은 능하지만 방어 쪽이 부족하다며 레시나가 덜덜 떨었다. 이제 에니샤는 웬만한 마법사 한 명만큼의 몫은 해냈지만, 황녀님 과보호에 익숙한 레시나로선 불안할 수밖에 없었다.

에니샤는 흘긋 달력을 확인했다. 그리고 가만히 웃으며 말했다.

"아니, 걱정할 필요 없어. 아주 엄청난 호위가 둘이나 더 있으니까."

녹시타는 몹시 기분이 좋았다. 오늘은 대법사를 만나러 가는 날이기 때문이다! 새벽같이 일어나 뽀득뽀득하게 씻고, 한참 동안 옷장을 들여다보며 제일 좋은 옷을 골랐다. 대법사한테 예쁘게 보이고 싶은 마음에 눈 밑이 칙칙하지 않도록 어제는 일찍 잠들기까지 했다.

"대법사아, 대법사아아……."

혼자서 콧노래까지 부르는 모습에 벨루안이 한심하단 듯 쳐다보았으나, 정작 그도 기분 좋은 기색이 역력했다.

벨루안과 녹시타는 히페리온 제국으로 향했다. 하지만 곧장 황녀궁으로 가진 않고, 제도의 여덟 갈래 광장으로 향했다. 대법사에게 줄 선물도 사고, 알아볼 것도 있어서였다. 광장 중심부에 도착했을 때였다.

"어……?"

녹시타가 멍청한 소리를 내며 어딘가를 바라보았다.

"시간 없어. 빨리 가자."

벨루안이 그를 재촉했으나, 녹시타는 되레 벨루안을 잡아당기며 말했다.

"저거 봐. 이상해……."

또 쓸데없는 데 정신 팔렸다고 화를 내려던 벨루안은 녹시타가 가리킨 것을 보고 눈매를 찌푸렸다. 광고와 황실의 공고문 따위를 붙이는 알림판 앞에 사람들이 모여서 웅성거리고 있었다. 제국에 무슨 일이라도 생긴 것일까.

벨루안은 녹시타와 함께 알림판 앞으로 가보았다. 알림판에는 다른 자잘한 것 없이, 커다란 황실공고문만 세 장 붙어 있었다. 대문짝만 하게 붙은 공고문 세 장을 하나씩 읽어보았다.

아빠가 잘못했다. 뭐든 원하는 대로 해줄 테니 제발 집으로 돌아와 다오. 일단 돌아와서 이야기를······.

잘못했어. 무조건 잘못했어. 앞으론 절대 멋대로 굴지 않을 테니까······.

오라버니는 크게 반성하고 있단다. 네 이야기를 조금 더 들어줬어야 했는데, 오라버니가 너무 무심하게 굴어서······.

보는 사람이 민망할 만큼 구구절절한 반성문이었다.

이런 걸 황실공고문으로 붙이나······?

의아하게 읽어 내려가던 벨루안은 가장 아래에 적힌 문구를 보자마자, 당장 녹시타의 멱살을 붙잡고 황궁으로 날아갔다.

― 에니샤를 애타게 기다리는 아빠와 오라버니들이.

✤✤✤

에니샤가 크게 화낸 뒤, 히페리온 황족들은 나름 반성의 시간을 가졌다. 물론 진심으로 잘못을 반성한 것은 아니고, 어떻게 하면 에니샤의 화가 풀릴까 하는 고민의 시간이었다.

"이렇게 일찍 들킬 줄은 몰랐는데……."

헬라드가 풀죽은 목소리로 중얼거렸다. 옆에서 책을 읽고 있던 로시엘이 차갑게 웃으며 말했다.

"황녀궁에 하일레제 소공자가 방문했다고 들었어. 그쪽에서 말을 흘린 모양이야."

이래서 착한 놈들이 싫다며, 로시엘은 신경질적으로 탁 소리 나게 책을 덮었다. 여러모로 짜증 나는 공작가였다. 하일레제 공작가를 습격한 암살 집단은 보고를 받은 그날부터 추적을 시작해 작살 내버린 지 오래였다. 그 뒤로 정무회의에서 하일레제 공작을 볼 때마다 손녀뻘한테 구해져서 퍽 좋으시겠다고 비아냥거리는 것도 잊지 않았다. 하지만 그건 몇 번 하지도 못하고 관뒀다. 하일레제 공작이 에니샤 이야기가 나올 때마다 너무너무 좋아해댄 탓이었다. 이러다 예르넨 하일레제랑 황녀님을 약혼시키자고 매달릴 기세였다. 노공작의 뻔뻔함이라면 충분히 가능한 일이었기에, 로시엘은 그냥 무시하는 쪽을 선택했다. 로시엘로선 크게 봐주고 있는 것이었는데, 소공자까지 재를 뿌릴 줄은 몰랐다.

어디 호박같이 생긴 놈이 우리 에니샤한테…….

제도 최고의 미남자 중 한 명을 호박으로 폄하한 로시엘은 화를 다스리기 위해 작게 숨을 뱉어냈다. 더 이상 글자가 눈에 들어오지 않아 책을 가지런히 내려놓자, 헬라드가 고개를 쑥 내밀고 책 제목을 훔쳐보았다.

헬라드는 헛웃음을 흘렸지만, 금방 관심을 가지고 물어보았다.

"……그거 좀 도움 되냐?"

"뭐, 약간은."

"나도 읽을까?"

"그럴 필요는 없어. 내가 다 외웠으니까."

로시엘이 팔짱을 끼며 말했다.

"어제오늘 관련 서적을 서른 권 정도 읽어보고, 딸 가진 귀족들한테 자문도 구해봤는데 말이지. 확실히 에니샤가 쉽게 화를 풀 것 같지 않아."

"그렇다고 진짜 아카데미를 보내줄 수도 없고……. 그놈을 끌고 올 수도 없고……."

헬라드가 으아아 소리 내며 머리를 마구 헤집었다. 카힐 자드카르는 이미 아카데미 입학 절차를 치른 뒤라서 빼오기가 힘들었다. 그리고 카힐을 데려와봤자 잘못한 일이 없어지는 것도 아니었다. 에니샤 또한 그런 걸 원하지는 않을 테고 말이다.

"이번 일은 언젠가 터져야 했던 문제라고 생각해."

로시엘의 말에 헬라드가 고개를 끄덕였다. 지금까진 얌전히 지내주었지만, 결국 에니샤의 본질은 대법사였다. 대륙 곳곳을 돌아다니며 마법과 관련된 사건을 해결하고 만인을 이롭게 하던 대법사. 황궁에 갇혀 있기엔 자유로운 영혼이었고, 아까운 재능이었다. 하지만 로드고와 쌍둥이는 그 사실을 알면서도 모르는 척했다. 에니샤를 떠나보내고 싶지 않았기 때문이었다. 에니샤가 콕 집어낸 것처럼, 그들은 어린 동생이 평생 곁에 있어주길 바랐다. 그만큼 행복하게 해줄 자신도 있었다. 히페리온 황족은 원하는 모든 것을 가질 수 있고, 뜻하는 모든 것을 이룰 수 있으니 말이다.

하지만…… 에니샤는 달랐다. 에니샤가 원하는 행복은 아무리 히페리온 황족들이라도 채워줄 수 없는 것이었다. 이번에 그 사실을 적나라하게 깨달은 헬라드와 로시엘은 답지 않게 조금 우울해할 정도였다. 하늘을 찌르는 히페리온의 거만함도 에니샤 앞에 서면 쭈그러드니, 이게 다 너무 사랑하는 탓이었다. 조금만 덜 사랑했어도 완전히 제멋대로 해버렸을 텐데, 그러기엔 에니샤가 한없이 소중했다. 동생 눈에서 눈물 나오는 일만큼은 절대 없어야 했다.

"우선은 잘못했다고 열심히 비는 수밖에 없을 것 같아."

로시엘의 말에 헬라드는 천천히 고개를 끄덕였다. 기왕 말 나온 김에, 쌍둥이는 황녀궁에 찾아가보기로 결심했다.

주방에 들러서 에니샤가 좋아하는 달콤한 생크림 케이크를 한 판 강탈했다. 뇌물을 챙긴 후, 거절당할 것까지 미리 마음의 준비를 한 다음 황녀궁에 들어섰다. 하지만 시녀장이 난색을 표하며 말했다.

"아무도 들어오지 말라 명하시곤, 몇 시간째 침실에서 나오시질 않습니다."

몇 시간째라니……!

그동안 물 한 모금, 맛있는 간식 한 조각조차 안 먹었을 터였다. 아직 성장기의 어린이다. 제때 식사를 하지 않으면 무슨 큰일이 생길지 몰랐다.

"안 돼……. 쭈글이 죽으면 어떡해……."

창백해진 헬라드가 전전긍긍하며 침실 문을 조심스레 두드렸다.

"에니샤, 헬라드 오라버니인데……. 안에 들어가도 될까?"

하지만 아무리 똑똑 두드려보아도 안은 조용하기만 했다. 에니샤의 성격에 돌아가라는 말 한마디 정도는 할 법한데 말이다. 뭔가 이상했다. 쌍둥이는 서로를 바라보았다가, 다시 문을 쳐다보았다.

"……에니샤?"

로시엘이 목소리를 높여 불렀지만, 여전히 답은 없었다. 헬라드가 망설임 없이 문손잡이를 잡아당겼다. 단단하게 잠겨 있던 문은 손잡이가 뚜두둑 뽑혀나가자 스르륵 열렸다.

침실은 텅 비어 있었다. 쌍둥이는 피가 쑥 빠진 얼굴을 하고서 황급히 방 안으로 뛰어 들어갔다. 침대 위에 종이 한 장이 놓여 있었다. 반듯하고 또박또박하게 떨어지는 글씨체는 에니샤의 것이었다.

잠시 떨어져서 서로 머리 식히는 기간을 가지도록 해요. 찾지 말고 기다려주셨으면 좋겠어요. 때가 되면 돌아올 테니, 너무 걱정하지는 마세요.

— 에니샤.

황실공고문이라 쓰고, 황족반성문이라 읽는 벽보를 본 좌우법사는 헐레벌떡 황궁으로 달려갔다. 가장 먼저 황녀궁으로 쳐들어갔

으나, 결계마법진 때문에 건물 내부로는 들어가지 못했다. 반쯤 정신 나간 채로 황녀님 어디 갔냐며 소란 피우고 있자니, 히페리온 황족들이 매우 기분 나쁜 표정을 하고 나타났다. 에니샤도 없겠다, 황족들은 불쾌한 기색을 감추지 않았다. 로드고가 입매를 비틀며 중얼거렸다.

"하……. 이놈들이 오는 날이었지……."

그리고 세 남자를 바라보던 벨루안은 잠시 제 눈을 의심했다. 셋 다 전에 봤을 때보다 바짝 마른 느낌이었다. 턱선도 날카로워지고 눈매가 뾰족한 것이, 딱 지하감옥에 갇혀서 마음고생했던 제 모습 같았다.

벨루안은 잠시 웃지 않기 위해 헛기침을 했다. 황족들은 크게 짜증 내면서도 주변 사람들을 물렸다. 그리하여 황녀궁 후원에서 히페리온 황족과 아르커스 좌우법사가 나란히 마주 서게 되었다. 주변이 조용해지자마자, 녹시타가 배신감에 가득 차서 소리쳤다.

"대법사 어디 갔어요! 우리 대법사 숨겼죠! 다 알아요!! 빨리 내놔요!!"

녹시타는 대법사 보내주기 싫어서 숨겨놓은 것 아니냐며 울먹거렸다. 가만히 듣고 있던 로시엘이 속눈썹이 촘촘한 눈매를 가늘게 찌푸렸다.

"시끄럽네……."

그런 로시엘 옆에서 헬라드가 은근히 부추겼다.

"시끄럽지? 완전 시끄럽지 않냐?"

어서 저 찡찡이를 처단하라며, 슬슬 타오르는 로시엘에게 마구

마구 장작을 때려 넣었다. 헬라드가 로시엘을 쑤시는 동안, 로드고는 피곤한 얼굴을 하고서 건성건성 말했다.

"보다시피 대접해줄 처지가 아니라서……."

좀 꺼져줬으면 좋겠다는 말을 그래도 좋게 돌려 말하는 로드고였다. 그것 참 감사하다고 생각하며, 벨루안은 그나마 이성적으로 보이는 로시엘에게 대화를 시도했다.

"황실공고문을 보았습니다. 어떻게 된 일입니까?"

하지만 벨루안은 답을 얻는 대신, 겉모습만 이성적으로 생겼다는 사실을 깨닫게 되었다.

"보이는 그대로지. 뭘 그렇게 비웃고 싶어서 자꾸 물어대는지 모르겠군."

냉하게 웃으며 빈정대는 모습에 벨루안은 속으로 한숨 쉬었다. 이래서야 대화가 되질 않는다. 게다가 옆에 있는 우법사라는 놈은 도움이 되긴커녕, 오히려 불만 싸지르고 있었다. 녹시타는 얼굴까지 새파래져서 중얼거렸다.

"대, 대법사를 얼마나 괴롭혔으면……!"

부엌데기처럼 괴롭히고, 맛있는 것도 안 줘서 집을 나간 게 아니냐며 끔찍해하는 말에 황족들은 대번에 눈이 사나워졌다.

"뭐야? 이 자식이……!"

못다 한 결판을 오늘 짓자는 거냐며, 헬라드가 소매를 걷어붙이며 씩씩거렸다. 녹시타도 대법사를 괴롭히다니 절대 용서치 않겠다고 같이 씩씩거리고 나섰다. 금방이라도 서로 머리털 쥐어뜯으며 바닥을 뒹굴 기세였다. 벨루안은 일단 녹시타부터 뒤로 잡아당긴 후에 말했다.

"그렇다면 이것만 말해주십시오. 지금 대법사는 황궁에 없고, 어디 있는지도 모른다는 말입니까?"

헬라드가 굉장히 자존심 상한 표정으로 답했다.

"……그래."

얻어낼 정보가 없다는 것을 확인했으니 이제 굽힐 이유도 없었다. 벨루안은 언제 녹시타를 만류했냐는 듯, 당당하게 비꼬았다.

"그렇게 애지중지한다고 날뛰더니, 결국 이 꼴입니까? 얼마나 못살게 굴었으면……."

그리고 벨루안의 말에 황족들은 대꾸도 못 하고 부들부들 떨었다. 로드고가 삐뚤게 웃으며 중얼거렸다.

"에니샤도 없는데 이 기회에 죽여버릴까……."

"하, 아르커스의 마법사를 그리 간단히 꺾을 수 있다고 생각하십니까?"

로드고가 손을 꿈틀거렸다. 황녀궁 후원에서 나무라도 뿌리째 뽑아다 저놈을 두들겨 패고 싶다는 얼굴이었다. 하지만 뒤이은 말에 황족들의 기세는 푹 꺾여버렸다.

"뭘 그리 크게 잘못했는지 모르겠다만……. 대법사는 저희가 찾아보겠습니다."

방금까지 원수 대하듯 흉흉하던 황족들이 갑자기 조용해지더니, 일제히 무거운 한숨을 내쉬었다. 헬라드가 손으로 머리를 쓸어 넘기며 말했다.

"젠장, 찾아줘……. 우리보곤 찾지 말라고 해서 뭐 어쩌지도 못

하고 반성문만 썼다고…….”

단단히 화가 난 에니샤였다. 가뜩이나 잘못했는데, 여기서 더 말을 안 들었다간 진짜 큰일 날 것 같아서 발만 동동 구르고 있는 것이었다. 잘못했다고 싹싹 빌 준비는 진즉 끝났고, 얼굴이라도 보고 싶다며 황족들은 몹시 침울해했다.

그 모습에 혀를 쯧쯧 찬 다음, 벨루안은 녹시타와 함께 황궁을 떠났다. 다시 제도의 여덟 갈래 광장으로 돌아온 벨루안은 혼잣말을 중얼거렸다.

“이를 어찌한다…….”

황궁에서 큰 소득을 얻지 못했으니, 다소 무식한 방법으로 대법사를 찾아야 할 판이었다. 사역마를 대거 소환하여 제도 전체를 뒤져봐야 할 것 같았다. 사역마 소환을 위해 훌쩍거리는 녹시타와 함께 조금 한적한 곳으로 향하던 때였다.

“……!”

반짝거리는 무언가가 팔랑팔랑 날아왔다. 자그마한 아기삼족오였다. 금빛 마력으로 만들어진 삼족오의 주인이 누구인지는 말할 것도 없었다. 벨루안과 녹시타는 하느작하느작 날갯짓하는 삼족오를 졸졸 뒤따랐다. 그리고 아기 삼족오를 따라간 곳에는……. 대법사가 전투마법으로 사람을 두들겨 패고 있었다.

⟨❈⟩

가출소녀 에니샤는 제도 외곽지의 여관에서 머무르고 있었다.

깔끔하긴 해도, 황녀님이 지내기엔 허름한 여관이었다. 하지만 과거 대법사 시절에는 노숙도 잦았기에 별 불만 없이 잘 지냈다. 곧 제국을 찾아올 좌우법사를 기다리며 여관에서 며칠 보내는 동안, 로드고와 쌍둥이는 조용했다. 조용하다고 표현하기엔 절절한 반성문을 온 제도에 붙여놓긴 했지만, 그들의 성질머리를 생각하면 무척 얌전한 편이었다. 찾지 말라고 쪽지를 남겨놓은 게 효과가 있는 모양이었다.

저들도 이번엔 크게 실수했다 싶으니, 눈치만 살피고 있는 것이리라. 그럴 법도 한 것이, 그간 황족들이 무슨 미친 짓을 해도 그러려니 하고 넘어갔던 에니샤였다. 늘 순둥순둥하던 에니샤가 이 정도로 화낸 적은 처음이었다. 황족들에게는 확실히 엄청난 충격일 터였다. 잠시 떨어져 있는 동안 머리도 식히고, 반성하고 생각하는 시간을 가질 수 있으리라. 에니샤는 고개를 끄덕끄덕하며 말했다.

"떨어져 지내는 것도 좋네. 사람이 객관적인 판단을 내릴 수 있어."

흡족해하는 에니샤 옆에서 레시나가 죽상을 하고 중얼거렸다.

"전 안 좋은 것 같습니다…… . 제 주둥이를 꿰매고 싶습니다…… ."

떨어지라고 한 자가 지라는 사실을 들키면 그날로 공중분해될 거라며, 레시나가 서글프게 흐느꼈다. 그건 너랑 나만 아는 비밀로 하자며 그녀를 달래준 후, 대신 박하잎 궐련을 마음껏 피울 수 있다는 장점을 알려주었다.

"일단 살아 있어야 궐련도 피울 수 있죠…… ."

레시나는 꿍얼꿍얼 대답하면서 커다란 바구니를 탁자 위에 올려놓았다. 아까 시장에서 사온 납작복숭아였다. 그동안 황녀궁에서 철저히 교육받으며, 황녀님 간식 챙기기는 하늘보다 중하다고 세 뇌당한 레시나였다. 그녀는 말랑한 복숭아 껍질을 벗겨서 먹기 좋게 썰어다 접시에 늘어놓았다.

레시나가 복숭아를 손질하는 동안, 에니샤는 옆에서 양손으로 턱을 받치고 종알종알 말했다.

"그래서 아카데미에 입학할까 하는데, 어떻게 생각해?"

"헤르노어 아카데미 말씀이십니까?"

에니샤는 고개를 끄덕였다. 오래된 역사와 전통을 지닌 헤르노어 아카데미는 단순한 교육 기관이 아니었다. 어느 국가에도 속하지 않고 자치권을 가지고 움직이는 일종의 도시국가로서, 대륙에 미치는 영향력도 상당했다. 나이와 신분을 가리지 않고 우수한 인재를 받아들여 양성하는 것을 목표로 삼는 곳이기에 온갖 사람들이 몰려들었다. 하지만 아무나 입학할 수 있는 것은 아니었다. 아카데미는 엄격한 기준을 두고 철저하게 능력과 재능 위주로 입학생을 선별했다. 그리고 그만큼 훌륭한 교육을 제공하여 완벽한 인재로 키워냈다. 대륙 어디를 가든 헤르노어 아카데미를 졸업했다 하면 인정받을 수 있을 정도였다.

명망 높은 학교인 만큼 안에서 벌어지는 경쟁도 치열했다. 귀족과 평민, 천재와 범재가 뒤섞여 진검승부를 벌이는 작은 사회에선 하루가 멀다 하고 소리 없는 전쟁이 벌어졌다. 특히 성적, 재능, 평판 등을 종합적으로 고려하고, 다면평가를 처러 임명하는 학생회장은 야망 있는 자라면 빠짐없이 노리는 자리였다. 하나의 도시국가와 같은 헤르노어에서, 학생회장은 아카데미뿐만 아니라 대륙에도 영향력을 미칠 수 있는 권력의 상징이기 때문이었다. 학생회장을 통해 평민은 작위를 얻고, 한미한 귀족은 중앙정계로 나아가는 발판을 얻었다. 아카데미 안에서의 권력이 바깥에서도 직결되는 것이다. 이렇듯 아카데미는 교육 말고도 여러 이해타산이 얽혀 있는 곳이었다. 이미 권력의 최고 중심부에 자리한 히페리온 귀족들에겐 별로 인기가 없지만, 그 외의 다른 이들에겐 기회의 공간이었다.

에니샤에게도 여러모로 적절한 곳이었다. 일단 동부라서 제국과 멀리 떨어져 있고, 제국 귀족들이 거의 없었다. 새로운 사람들을 많이 만날 수 있으며, 제도에서는 알 수 없었던 대륙의 변화를 직접 겪을 수 있다는 것도 좋았다. 요모조모 따져보는 에니샤에게 레시나가 잘라놓은 복숭아를 포크로 하나 쿡 찍어다 입가로 가져다주었다.

"하지만 예전에……. 그러니까 대법사이실 적에 헤르노어 아카데미를 졸업하시지 않았습니까."

에니샤는 와앙 하고 한입에 받아먹었다. 그리고 우물우물 씹어서 꼴딱 삼키고 답했다.

"배움에는 끝이 없는 법이야."

"음, 제 생각엔 학생이 아니라 교수를 하셔야 할 것 같은데요."

은근히 만류하는 레시나에게 에니샤는 눈썹을 잔뜩 모으며 말했다.

"변화가 필요하다니까. 내가 평생 황궁에서 살 수는 없잖아……."

사실 아카데미에 입학하겠다고 한 말은 그냥 해본 소리였다. 잘못을 인정하게 만들 수단 중 하나로 내세운 것이었는데, 가만 생각 해보니 괜찮은 계획 같았다. 이번에 어찌어찌 잘 화해한다고 하더라도, 황궁 안에만 있으면 결국 똑같이 되돌아갈 것이었다. 아카데미 입학은 훌륭한 변화의 계기가 될 터였다.

복숭아는 순식간에 동이 났고, 레시나는 다음 복숭아를 손질하기 시작했다. 에니샤는 아직 껍질을 벗기지 않은 납작복숭아로 탑을 쌓으며 생각에 잠겼다. 그런데 문제가 하나 있었다. 아카데미에 입학하려면 후견인이 필요했다. 신원을 보증하고, 학비를 확실히 해결할 수 있다는 증명을 하기 위해서였다. 하지만 에니샤는 후견인이 되어줄 사람이 없었다. 로드고나 쌍둥이는 차라리 목에 칼을 꽂으라며 버틸 것이 뻔했다. 제국 귀족들에게 부탁하면 해주겠지만, 황족들한테 찍히는 불쌍한 희생양을 만들 수는 없었다. 어디서 적당한 사람 하나 데굴데굴 굴러왔으면 좋겠다……. 실없는 생각을 하던 에니샤가 깜짝 놀라서 일어났다.

"아, 오늘 애들 오는 날인데."

복숭아가 너무 맛있어서 잊어버릴 뻔했다며, 에니샤는 얼른 마력을 끌어올렸다. 손바닥 위에서 자그마한 아기삼족오가 태어났다. 파닥파닥 힘껏 날갯짓하는 삼족오를 날려 보낸 후, 에니샤는 남은 복숭아를 다 먹어치우고서 말했다.

"맛있는 것 좀 사오자. 녹시타가 저번에 케이크랑 쿠키를 잘 먹더라고."

레시나와 에니샤는 여관 바깥으로 나갔다. 외곽지의 여관인지라 맛있는 빵집을 가려면 조금 걸어야 했다. 로브를 푹 덮어쓴 에니샤는 레시나와 손을 잡고 타박타박 걸어가며, 아카데미 입학에 대해 불꽃토론을 하였다. 말하는 데에 너무 열을 올리다 보니 그만 길을 잘못 들어버렸다. 으슥한 골목길 모양새를 보고는 레시나가 뒤늦게 발을 멈췄다. 그녀도 자주 오지 않는 구역인지라, 길이 헷갈린 모양이었다. 다시 되돌아 나가려던 때였다.

"……!"

쿵 소리와 함께 뭔가 골목길 안으로 내던져지더니, 에니샤의 발치로 데굴데굴 굴러왔다. 살아 있는지 의심될 정도로 피떡이 된 남자였다. 뒤이어 웬 사람들이 우르르 들이닥쳤다. 건장한 사내들 여럿이 좁은 골목길을 가득 메웠다. 그들이 얼굴을 일그러뜨리며 말했다.

"뭐야? 사람이 있잖아?"

에니샤와 레시나가 안쪽 그늘진 곳에 서 있어서, 아무도 없는 줄 알았던 모양이다. 목격자가 있다는 사실에 잠시 긴장했던 사내들은 젊은 여자 하나, 어린아이 하나인 것을 확인하곤 곧장 긴장을 풀었다. 건들거리며 다가오는 그들에게 레시나가 귀찮다는 어조로 말했다.

"우린 관련 없는 사람이니 그냥 보내주시죠?"

"이제부터 관련 있는 사람이지."

그러면서 더 안쪽으로 깊숙이 들어오는 모습이, 아무래도 곱게 해결되지 않을 듯했다.

"계집은 적당히 때리고, 애는 그냥 잡아. 어차피 어려서 아무것도 못 할 테니."

사내들의 말에 레시나는 앞으로 걸어 나가며 깔깔 웃었다.

"그래, 시비 한번 걸려줘야지. 안 그럼 재미가 없지."

그녀가 딱딱 손가락을 튕기며, 본격적으로 마력을 끌어올리려던 때였다. 뒤편에 서 있던 에니샤의 로브 자락이 크게 부풀어 올랐다. 펄럭 휘날리는 순간, 금빛 마력이 줄기줄기 뻗어 나왔다. 마력은 사내들의 명치를 정확히 후려갈겼다. 큼직한 덩치의 장정들이 깩 소리도 못 하고 기절해선, 그대로 바닥에 엎어졌다.

"……."

레시나는 머쓱하게 다시 마력을 집어넣었다. 열한 살 생일이 지난 에니샤는 웬만한 마법사만큼의 마력을 지니게 되었다. 물론 과거에 비하면 한없이 부족하지만, 그건 어디까지나 대법사 시절과 비교했을 때 이야기였다. 마법과 마력을 다루는 감각이 누구보다도 뛰어난 에니샤였다. 이 정도 힘만 있어도 날뛰기에는 충분한 것이다. 레시나도 그 사실을 아주 잘 알고 있었지만, 직접 보는 것은 또 다른 기분이었다.

"저……, 에니샤 님……?"

레시나가 로브 자락을 탁탁 정리하는 에니샤에게 조심스레 물었다.

"기분 안 좋으세요……?"

"아니?"

에니샤는 모자를 살짝 젖히며 말했다.

"그냥 마법 좀 쓰고 싶어서. 요새 아무것도 못 한다는 말이 싫더라."

"아⋯⋯."

레시나는 당분간 하면 안 될 말에 '못 한다'를 추가해 넣었다.

"대법사!!"

때마침 벨루안과 녹시타가 골목길 안으로 뛰어 들어왔다. 인사를 나눌 새도 없이, 그들은 에니샤가 어디 다친 곳은 없는지부터 확인했다. 말짱한 것을 확인한 뒤에야, 좌우법사는 뒤늦게 분노했다. 녹시타가 이미 기절한 사내들을 발로 콱콱 밟아댔다.

"이게 어떻게 된 일입니까? 황궁에 갔더니 대법사가 집 나갔다는 소리나 해대고⋯⋯."

벨루안이 말하다 말고 잠시 멈칫했다가, 뒤이어 질문했다.

"정령의 계약자는 대법사의 호위기사 아닙니까? 보이지 않는군요."

에니샤는 좌우법사에게 전후사정을 설명해줬다. 이야기를 들은 벨루안과 녹시타는 이 기회에 황녀 때려치우자며 살살 꾀어냈다. 말도 안 되는 소리를 하는 둘을 놓아두고, 에니샤는 피범벅이 된 채 제 발치에 굴러왔던 남자를 내려다보았다. 외곽지라서 치안이 떨어지는 것은 알고 있었지만, 이 정도일 줄은 몰랐다. 황궁에 돌아가면 로시엘에게 외곽지의 치안을 보강하라고 이야기해줘야 할 것 같았다.

"레시나."

에니샤는 손가락으로 쓰러진 남자를 가리켰다. 눈치 빠른 레시나가 남자를 살살 굴려가며 주머니를 뒤져보았다. 신원을 알 수 있을 만한 흔적이 없나 찾아보는 것이었다. 안쪽 주머니에서 길쭉한 네모 모양의 상아패가 하나 튀어나왔다.

"!!"

레시나의 뒤에서 고개를 빼꼼 내밀고 구경하던 에니샤는 눈을 동그랗게 떴다. 상아패에 새겨진 날개 달린 일각수는 헤르노어 아카데미의 문양이었다. 레시나는 상아패를 휙휙 뒤집어가며 꼼꼼히 살피다가, 믿기지 않는다는 듯 연신 눈을 찌푸렸다.

"이 사람……."

그녀가 무척 얼떨떨한 목소리로 말했다.

"아카데미 교장인 거 같은데요……?"

✦

에니샤는 기절한 교장을 데리고 여관으로 돌아왔다. 방을 하나 더 잡은 후, 흙먼지와 피를 대충 닦아내고 상처까지 치료해서 침대에 올려놨다. 꾀죄죄하던 사람을 닦아놓으니 얼굴이 그럴 듯했다. 굉장히 곱상하게 생긴 남자였다. 밝은 갈색 머리카락을 길게 늘어뜨려서 하나로 땋은 것이나, 섬세한 선의 이목구비가 중성적이었다. 키가 크지만 멀리서 언뜻 보면 여자로 오해할 것 같을 정도였다.

"마법사는 아니고……. 손도 깨끗합니다. 기껏해야 깃펜이나 휘두른 것 같은데요."

교장을 이리저리 살피던 레시나는 그냥 책상 앞에 앉아서 일하는 사람 같다고 최종 결론을 내렸다.

도시국가로 취급되는 헤르노어 아카데미였다. 한 나라의 수장이라 할 수 있는 교장이 바깥으로 나오는 일은 흔치 않았다. 대체 무슨 이유로 이런 꼴을 하고서 제도 길거리를 데굴데굴 구른 것일까. 에니샤가 팔짱을 착 끼고서 교장을 관찰하는데, 옆에서 레시나가 말했다.

"제가 주워듣기론 이번 대 교장이 엄청 특이하다고 하더라고요."

"뭐가 특이한데?"

"예에……. 귀족 출신이라 그런지 엄청 까탈스럽고 자존심도 세고……. 그런데 예쁜 것만 보면 사족을 못 쓴다고 합니다."

일 잘하고 능력 있는 사람인데, 성격이 많이 이상하다는 것이다. 에니샤는 레시나의 말에 고개를 끄덕였다. 성격 이상한 사람이야 한두 번 만나본 것이 아닌지라 그러려니 싶었다. 그나저나 헤르노어 아카데미의 교장이 바뀌었단 이야기는 들었는데, 이런 사람일 줄은 몰랐다. 자연스럽게 과거 아카데미를 다녔던 기억이 떠올랐다. 전대 교장은 꼬장꼬장한 성격의 할머니였다. 퇴역군인이었던 그녀는 전장에서 한쪽 다리를 잃어버려 의족을 차고 있었다. 그녀는 에니샤를 무척 좋아했는데, 정작 에니샤는 부담스러워했다. 볼 때마다 제발 학생회장 해달라고 매달리는 탓이었다. 학생회장은 단순히 학생들을 대표하는 것뿐만 아니라 대륙 정치와도 엮이는 자리였다. 아카데미를 졸업하고 자유로이 대륙을 떠돌 생각이었던 에니샤로선 거절할 수밖에 없었다. 하지만 그녀는 포기할 줄을 몰랐고, 결국 졸업할 때까지 시달려야 했다. 귀찮게 굴긴 했지만 그래도 악감정은 없었다.

좋은 사람이었는데…….

잠시 추억에 잠겨 있던 에니샤는 녹시타가 저를 안아 드는 바람에 생각을 끊어냈다. 아까 인사도 제대로 못 했다며, 녹시타는 에니샤를 끌어안고 부비적거렸다. 벨루안과 양쪽에서 에니샤를 끼고 둥개둥개하던 녹시타가 슬쩍 얼굴을 기대며 물었다.

"그런데 이 사람은 왜 주워왔어요?"

"굳이 귀찮은 일에 엮일 필요는 없다고 생각합니다."

좌우법사는 당장이라도 교장을 길바닥에 갖다 버리고픈 표정이었다. 혹시나 또 다른 경쟁자가 생길까 봐 미리 제거하려는 그들에게, 에니샤는 아카데미 입학 계획을 말해주었다. 녹시타가 축 늘어진 눈매를 한껏 치켜올리며 불만스레 말했다.

"황궁에 있기 싫으면 아르커스에 오면 되잖아요."

"또 히페리온이랑 전쟁하려고?"

"……"

쭈그러든 녹시타를 대신해서 벨루안이 나섰다.

"황족들이 가만있겠습니까? 반성문 써 붙여놓은 것만 봐도 그놈들은……."

무어라 말하려다 말고, 벨루안이 말끝을 흐렸다. 그래도 대법사의 가족이라고 험한 말은 못 하고 참는 그였다.

온 제국에 막내 황녀의 가출을 알린 반성문을 떠올리니 잠시 얼굴이 화끈해졌다. 에니샤는 조금 발개진 얼굴을 하고서 중얼거렸다.

"……이번 일을 계기로 잘 얘기해볼 거야."

어쨌든 아카데미에 입학하려면 교장이 필요했다. 그와 잘 이야기한다면 후견인이 없어도 입학할 수 있으리라.

에니샤는 레시나에게 자신의 신체 나이를 다시 늘려달라고 부탁했다. 막내 황녀의 가출이 너무 널리 알려진 탓에, 모습을 숨길 필요가 있었다. 그리고 교장과 대화하기 위해선 어린아이보단 어느 정도 성장한 아가씨의 모습이 훨씬 나을 터였다. 또다시 위험한 얼굴이 된다는 말에 벨루안과 녹시타는 크게 불만스러워했다. 하지만 없던 얼굴을 만들어내는 것도 아니고, 언젠간 그렇게 자라날 것이었다. 미리미리 익숙해지라는 말에 좌우법사는 겨우 알겠다고 답했다.

두 사람에게 교장을 지켜보라고 일러두고, 에니샤는 레시나와 함께 원래 머무르던 방으로 향했다. 레시나가 마법진을 그리기 전에, 에니샤는 종이와 깃펜을 탁자 위에 올려놓으며 말했다.

"그 마법 말인데, 저번에 조금 일찍 풀려서……. 내가 연구를 해봤거든?"

나한테 맞춤형으로 변경을 해봤다며, 에니샤는 종이를 쫙 펼쳐 들었다. 깃펜에 잉크를 듬뿍 묻혀서 사각사각 수식을 써내려갔다.

"이틀 정도는 버틸 수 있게 바꿔봤어. 전체적인 설계를 이런 식으로……. 그리고 저 부분의 수식은 이렇게 변경하고, 설정값을……."

에니샤는 거침없이 적어나가며 설명했다. 그 모습을 멍하니 보고 있던 레시나가 믿기지 않는다는 눈으로 질문했다.

"아니……. 그걸 다 외우셨습니까?"

에니샤가 마법진을 본 것은 저번에 신체 나이를 늘릴 때 한 번뿐이었다. 복잡한 수식과 문자로 얽힌 마법진을 딱 한 번, 그것도 자세히 본 것도 아니고 지나가듯 보고선 전부 외운 것이다.

"맙소사……."

똑똑하신 것은 알고 있었지만, 이 정도일 줄은 몰랐다며 레시나는 혀를 내둘렀다. 에니샤는 깃펜을 내려놓으며 고개를 살랑살랑 흔들었다.

"네 마법이 훌륭하니 그렇지."

기본적으로 마법진이 깔끔하고 군더더기가 없어서 파악하기도 쉬웠다며, 에니샤는 칭찬을 아끼지 않았다. 그런데 웬일로 레시나가 조용했다. 평소 같았으면 으쓱대면서 너스레를 떨었을 그녀인데 말이다.

"……?"

그녀를 쳐다보니, 어쩐지 수줍어하는 듯한 모습이었다. 레시나가 시선을 옆으로 돌리고서 괜스레 헛기침을 몇 번이나 하더니 작게 중얼거렸다.

"그……. 감사합니다."

귀 끝이 빨개진 그녀가 후다닥 수정한 마법진을 그리기 시작했다. 에니샤는 그런 레시나를 보며 말없이 씩 웃었다.

열여덟 살 성년의 모습으로 변해서 돌아오니, 교장이 깨어나 있었다. 얻어맞아서 얼굴이 약간 상하긴 했지만, 확실히 젊고 예쁘장했다. 이런 사람이 아카데미의 교장이라니……. 말하기 전까지는 아무도 모를 것 같았다.

침대 머리맡에 등을 기대고 앉아서 벨루안과 대화를 나누던 그가 에니샤를 돌아보았다. 가늘게 좁아지는 눈매 안에 담긴 청록색 눈동자가 새치름했다. 그 표정 하나만으로도 무척 까탈스러운 성격인 것이 딱 보였다. 교장은 전혀 감사하지 않은 얼굴을 하고서 에니샤에게 질문했다.

"당신이 저를 구해주신 분입니까?"

에니샤는 로브의 모자를 걷어 내리며 그에게 답했다.

"맞아요."

에니샤와 눈이 마주친 순간, 교장이 헉 하고 숨을 들이켰다. 입까지 벌리고서 쳐다보다가 탄식하듯 중얼거렸다.

"세상에……."

그가 반쯤 정신 나간 표정으로 침대에서 벌떡 일어나려다가, 끄어억 하는 이상한 소리를 내며 다시 주저앉았다. 아직 몸이 성하지 않은 탓이었다. 그리고 교장이 일어나려는 순간, 좌우법사가 동시에 양쪽에서 에니샤를 뒤로 잡아당겼다. 말은 하지 않았지만 사나운 눈빛으로 보아, 교장이 헛소리하면 바로 처단해버릴 기세였다.

에니샤는 그들을 만류하고 침대 옆에 의자를 끌어다 앉았다. 여전히 멍한 눈을 한 교장이 홀린 듯 에니샤를 바라보았다. 문득 그가 예쁜 것에 사족을 못 쓴다던 말이 생각났다. 물건을 이야기하는 줄 알았는데, 사람한테도 그러는 걸까. 에니샤를 바라보는 그의 눈은 이성을 바라보기보단 예술품을 감상하는 듯했다. 에니샤는 눈을 깜빡깜빡하다가, 고개를 갸웃하며 질문했다.

"어찌하다 이리되신 거예요?"

겨우 질문 하나 던졌을 뿐인데, 교장은 알아서 묻지도 않은 것까지 줄줄 늘어놓기 시작했다. 자신은 헤르노어 아카데미의 교장이며, 새로운 학생을 영입하기 위해 이곳 제도까지 찾아온 것이고, 그러다 우연히 은인을 만나게 되었다는 등등. 조금 전까지 신경질적이던 인상은 온데간데없이 사라지고, 푼수처럼 재잘거리는 모습에 벨루안이 조금 질린 표정을 지었다. 모르긴 몰라도 그에겐 무척 까칠하게 굴었던 모양이다.

우리 벨루안도 예쁜데…….

남자는 싫어하나 보다고 생각하며, 에니샤는 교장과 대화를 이어갔다.

"교장이 직접 학생을 영입하러 나선다는 말은 처음 들어봤어요."

"거의 없는 일입니다. 하지만 이번엔 특별한 경우인지라……."

교장은 시선을 아래로 내렸다. 그가 잠시간 고민하는 듯하다가, 다시 천천히 에니샤를 바라보며 물었다.

"혹시…… 저를 도와주실 수 있으십니까?"

그리고 에니샤는 칼같이 수락했다.

"좋아요."

"……예?"

망설임 없는 승낙에 물어본 사람이 더 놀라버렸다. 놀라서 뭐라고 말을 늘어놓으려는 교장에게 에니샤는 검지를 쭉 뻗어 보였다.

"물론 대가 없는 도움은 아니에요. 헤르노어의 이름을 걸고, 제가 원하는 것을 하나 들어주세요."

이름을 걸어달라는 말에 교장이 경계심을 내비쳤다. 그러나 얼마 안 되는 경계심은 에니샤의 미소 한 방에 녹아버렸다. 에니샤는 그에게 생긋 웃으며 속삭였다.

"별로 어려운 것도 아닌걸요. 저를 헤르노어 아카데미에 입학시켜주세요."

흐물흐물해진 교장이 황홀한 눈으로 두 손을 맞잡았다.

"그 정도야 얼마든지 가능합니다! 아니, 오히려 이쪽에서 환영입니다."

뛰어난 인재는 언제든지 환영이라며, 교장은 기뻐했다. 아직 에니샤가 무슨 능력이 있는 줄도 모르면서 무조건 약속하고 보는 교장이었다. 교장의 기준에선 예쁜 얼굴도 능력으로 치는 모양이었다. 어쨌든 원하는 것만 얻어내면 끝이었다. 에니샤는 의미심장한 미소와 함께 못 박았다.

"약속 꼭 지켜줘요. 난 한 입으로 두말하는 사람 싫어해요."

레시나가 어깨를 움찔하였다. 그녀는 에니샤 앞에서 한 입으로 두말한 사람들이 어떻게 됐는지 잘 알고 있기 때문이었다. 사실 교장이 에니샤의 조건을 받아들인 것은 아무것도 몰라서였다. 히페리온 황족들의 막내 황녀 사랑은 대륙 전체에 악명을 떨치고 있었다. 혹시나 아카데미에서 막내 황녀가 솜털이라도 다치는 순간 무슨 일이 벌어질지 모른다. 물론 그런 일이 벌어지지 않도록 에니샤가 황족들을 잘 조련하겠지만, 누가 시한폭탄을 들고 싶겠는가. 아마 에니샤의 정체를 알았더라면 도와달라고 하기는커녕, 부리나케 도망갔을 확률이 높았다. 하지만 불쌍한 교장은 덥석 미끼를 물어버렸고, 헤르노어의 이름을 걸고 아카데미 입학을 약속했다. 에니샤는 배부른 고양이 같은 표정으로 의자에 기대앉아 교장의 이야기를 듣기 시작했다.

"제가 데려오려는 아이는 용병단에 붙잡혀 있습니다."

"용병단?"

"그렇습니다. 최대한 소문이 새어나가지 않게 하려고 저 혼자 움직였는데……."

아이를 찾아갔을 때 이미 용병단한테 끌려간 뒤였다는 것이다. 무릇 용병들이란 세상에서 돈 냄새를 제일 잘 맡는 존재들 중 하나였다. 용병단이 나섰을 정도면 아주 특별한 재능을 지닌 아이일 가능성이 높았다. 어떤 아이인지 알아야 일을 해결하기도 쉬울 터였다. 에니샤가 가만히 교장을 바라보자, 그가 천천히 입을 열었다.

"그 아이는……."

교장이 작게 숨을 들이마셨다가 말을 이었다.

"과거 히페리온 제국에 세 번째 별이 탄생하리라고 예언했던 대현자의 후손입니다."

대현자의 후손이라는 말에 듣고 있던 세 번째 별이 화들짝 놀랐다. 옆에서 조용히 듣고 있던 벨루안이 즉각 반박하였다.

"하지만 예언자는 일찌감치 명맥이 끊어진 존재입니다."

벨루안의 반박에 교장이 굉장히 무식한 놈을 바라보듯 하는 시선을 보내며 말했다.

"격세유전을 통해 능력이 발현된 것입니다. 이번 대에 발현한 북부 고대 정령의 계약자처럼 말입니다."

교장은 카힐 자드카르에 대한 설명을 간략히 덧붙였다. 그러나 그에 대해선 에니샤가 제일 잘 알고 있었기에 쓸모없는 이야기였다. 에니샤는 교장의 설명을 한 귀로 흘려들으며 가만히 생각에 잠겼다. 대륙에는 온갖 희한한 일이 일어난다지만, 예언은 그 궤를 달리하는 특별한 능력이었다. 확실히 아카데미 교장이 직접 나설 만했다.

"저는 이것이 일종의 징조가 아닐까 생각하는 중입니다."

여태 에니샤 앞에서 흐물흐물하던 교장의 표정이 순간 진지해졌다.

"히페리온의 세 번째 별과 정령의 계약자에 이어, 예언자까지 탄생하였습니다. 수백 년간 이뤄진 적 없던 일들이 당대에 이르러 갑작스럽게 쏟아지고 있는 것입니다."

"……."

"이는 대륙에 어떠한 위기가 닥친다는 전조일지도 모릅니다."

얼굴로 교장을 해먹은 것은 아닌 모양이었다. 예언자의 탄생이 진실이라면 일리가 있는 추측이었다. 그리고 아마도 그 전조들은…… 아바르티아를 나타내는 것이리라. 잠시 잊고 있었던 무게가 성큼 다가와 어깨를 짓눌렀다.

"본디 이런 일은 아르커스의 대법사와 상의해야 한다고 배웠으나, 현재는 공석인 탓에……."

제 눈앞에 대법사 겸 세 번째 별이 앉아 있는 것도 모르고, 교장은 심각한 표정으로 대륙의 운명을 걱정했다.

"아이를 구하게 되면 예언을 들어보려 합니다. 제 불안함이 사실이라면 대책을 강구해야 할 테니까요."

그리고 이야기를 듣던 에니샤는 한 가지 이질감을 느꼈다. 처음 교장과 대화를 나누고 조건을 주고받을 때는 가벼운 마음이었다. 그러나 교장은 지금 외부인에게 해선 안 될 이야기까지 늘어놓고 있었다. 예쁜 얼굴에 홀려서 줄줄 다 불어버렸다고 보기엔, 너무 깊은 곳까지 와버렸다.

설마 이 자식…… 뭔가 알고 그러는 거 아냐?

저에 대해선 몰라도, 좌우법사나 레시나의 정체는 눈치챘을 수도 있었다. 에니샤는 눈매를 가느스름하게 좁히며 교장을 바라보았다.

"당신…… 뭐예요?"

에니샤의 얼굴을 구경하던 교장이 의아하게 눈을 깜빡였다. 에니샤는 팔짱을 낀 채로 그에게 고개를 까닥였다.

"나에게 여기까지 알려주는 이유가 뭔가요?"

대답 여하에 따라 행동을 결정할 생각이었다. 그런데 교장은 전혀 생각지도 못한 소리를 했다.

"저 또한 대현자의 후손이기 때문입니다."

"……?"

예상치 못한 답에 주춤하는 에니샤를 보고, 교장이 살며시 눈매를 휘었다.

"능력을 발현하긴 했으나 방계인 탓에 강하지 않습니다. 단편적인 것들만 보일 뿐입니다. 예를 들어 진짜 예언자가 탄생했다는 것, 그를 찾으려면 어디로 가야 하는지, 혼자 가야 할지 여럿이 몰려가야 할지, 그리고……."

그가 손가락으로 제 눈가를 톡톡 두드려 보이며 말했다.

"눈앞의 사람을 믿어야 할지 아닐지 같은 것들 말입니다."

혼자 가도 괜찮다고 예지한 것치곤 무진장 얻어맞았지만, 그게 다 은인을 만나기 위했던 것인 것 같다며 덧붙였다. 교장은 샐쭉 웃으며 마무리 지었다.

"그래서 저는 확신하고 있습니다. 당신이 저를 도와줄 것이라고."

✦❈✦

상당히 젊은 나이에 교장직에 올랐다고 생각했더니, 이런 비화가 있었다. 아무리 단편적이라 하더라도, 예언 능력을 가지고 있다면 충분히 아카데미의 교장이 될 법했다.

"예언자라니, 믿기지 않습니다."

벨루안의 말에 에니샤는 천천히 고개를 끄덕였다. 에니샤는 좌우법사와 함께 나란히 셋이서 길을 걷고 있었다. 혹시 용병단이 찾아와 보복할지도 모르니, 레시나는 교장과 함께 여관에 남겨두었다. 길을 걷는 동안, 벨루안은 교장이 상당히 마음에 들지 않았던지 은근하게 험담을 해댔다.

"거짓말일 수도 있지 않겠습니까."

"뭐⋯⋯. 사실대로 말한 것 같기는 해. 일단 제 예언 능력을 맹신하지 않고서야 그런 짓은 안 했겠지."

'그런 짓'이라는 말에 벨루안은 입을 다물었다. 교장은 직접 용병단을 찾아가 아이를 팔라고 요구했다. 벨루안에게 했던 행동으로 보아, 아마도 용병단을 찾아가서 온갖 헛소리를 다 했으리라. 용병단이 돈을 밝히지만, 그렇다고 자존심까지 없는 건 아니었다. 그가 피범벅으로 길거리를 데굴데굴 구르게 된 것은 그 때문일 터였다. 귀족 출신에 예언 능력까지 가지고 있어서 그런지, 사람이 좀 생각 없이 막 나가는 것 같았다. 아니면 그냥 이상한 사람인 것도 같았다.

"어쨌든 교장의 부탁을 떠나서, 예언자의 등장이 사실인지 확인해볼 필요는 있어. 아이는 꼭 만나봐야 해."

"하지만 예언자라는 게 사실이라면…… 용병단은 절대로 아이를 놓아주지 않을 겁니다."

황금알을 낳는 거위와 다름없는 존재였다. 쓸 수 있는 수단이 무궁무진한데, 억만금을 준다 하여도 쉬이 내놓지 않을 것이다. 대화로 좋게 해결할 일은 아닌 것 같았다.

리온 용병단이라 했나…….

에니샤는 전직 정보상 출신인 레시나가 말해준 것들을 떠올려보았다. 리온은 100여 명 정도 되는 상당한 규모의 거대 용병단이었다. 용병계에선 무척 유명한 용병단으로, 괜찮은 마법사까지 여럿 데리고 있었다. 어찌할까 여러 상황을 계산해보는 에니샤 옆에서 녹시타가 꼭 달라붙어 조잘거렸다.

"옛날 생각나지 않아요, 대법사? 우리 모험하던 때 말이에요."

두근두근한다고 눈을 빛내는 녹시타를 보고 벨루안이 코웃음 쳤다. 평소에는 만사 귀찮다고 침대에만 늘어져 있는 주제에, 대법사 앞에서는 빠릿빠릿한 척한다며 일러바치는 것도 잊지 않았다.

에니샤는 아옹다옹하는 둘을 보며 잠시 웃었다. 녹시타의 말대로 옛날 생각이 나기는 하였다. 아르커스의 문을 열기 전에, 에니샤는 벨루안과 녹시타를 주워다 함께 대륙을 돌아다녔다. 그때 셋이서 온갖 사건을 겪으며 구른 끝에 정착한 곳이 아르커스였다. 에니샤는 키득거리며 말했다.

"둘 다 정말 꼬질꼬질했는데, 언제 이렇게 컸담."

소리 내어 웃으면서 푹 눌러쓰고 있던 로브의 모자가 살짝 뒤로 젖혀졌다. 곱슬곱슬한 금색 머리카락이 몇 가닥 흘러나왔다. 벨루안이 미간에 잔뜩 골이 패도록 눈썹을 좁혔다. 그가 다소 거친 손길로 에니샤의 머리카락을 밀어 넣고 모자를 덮어씌웠다.

"위험한 얼굴이라는 자각이 있는 겁니까, 없는 겁니까."

에니샤는 그와 시선을 맞추고서 둥글게 눈웃음 지으며 말했다.

"알겠어, 더 조심할게. 하지만 이렇게 생긴 걸 어떡해."

"대법사……."

벨루안의 얼굴 위로 붉은 물이 확 번졌다. 휙 시선을 돌리는 그를 밀쳐내고, 녹시타가 어깨를 쫙 펴 보였다.

"걱정 마요, 대법사! 내가 지켜줄게요."

그 모습을 보고 에니샤는 또 웃음을 터뜨렸다. 에니샤가 웃는 모습을 가만히 바라보던 벨루안이 조금 누그러진 목소리로 말했다.

"……어떻게 할 건지나 말씀해주십시오."

"생각해봤는데 말이야."

에니샤는 손가락을 꼽아가며 현재 상황을 정리했다.

"좋게 해결 가능한 상대도 아니고, 내가 큰 몸으로 머물 수 있는 시간도 별로 없고……. 이럴 때는 역시 그거지."

에니샤는 저를 빤히 바라보는 좌우법사에게 씩 웃으며 말했다.

"선 공격, 후 대화."

벨루안은 그럴 줄 알았다는 표정을 지어 보였고, 녹시타는 열렬히 고개를 끄덕여 찬성했다. 벨루안이 에니샤의 로브 자락을 다시 여며주며 말했다.

"사역마를 풀어 용병단을 추적하라고 지시했습니다. 용병단의 위치와 규모, 주둔지의 인원까지 파악을 끝냈습니다."

역시 우리 좌법사라며 그를 칭찬해주자, 벨루안이 가만히 웃었다.

"지금 바로 이동마법진을 준비하겠습니다."

에니샤와 좌우법사는 용병단 주둔지로 이동했다. 리온 용병단은 현재 제도의 외곽지, 거주 지역에서 한참 벗어난 공터에 막사를 치고 주둔 중이었다. 수십의 막사가 늘어서고, 용병단 깃발까지 딱 세워놓은 모습이 제법 위용 있었다.

갑작스런 로브 삼인방의 등장에 막사 사이를 돌아다니던 용병들의 시선이 몰려들었다. 그들이 눈짓을 주고받더니, 몇 명이 슬렁슬렁 다가왔다. 에니샤는 앞서 걸어 나가며 말했다.

"내가 아이를 찾을 테니, 나머지 부탁해."

"보조하겠습니다."

"보조할게요."

벨루안과 녹시타가 동시에 마력을 끌어올렸다. 두 사람의 마력이 에니샤에게 부드럽게 닿아왔다. 에니샤는 그들이 한 짓을 보고 눈을 동그랗게 떴다가, 이내 픽 웃었다. 등 뒤에 날개가 펼쳐졌다.

왼쪽엔 보라색, 오른쪽엔 녹색 빛으로 만든 마력의 날개였다. 뒤이어서 가속, 강화와 같은 보조마법들이 우수수 쏟아졌다.

"대법사의 마력은 온전히 전투에만 사용하십시오."

마력이 부족한 에니샤가 양껏 날뛸 수 있도록 온갖 보조마법을 다 걸어버린 것이다.

"우리가 정리 열심히 하고 있을게요!"

에니샤는 그들에게 가만히 웃어준 후, 커다랗게 날개를 움직여 허공으로 날아오르며 말했다.

"그래, 속전속결로 해치우자."

막사 중심부를 향해 곧장 일직선으로 날아갔다. 하늘을 가르는 빛의 날개에 비상사태를 알리는 종소리가 요란하게 울렸다. 막사 안의 용병들이 죄다 무기를 들고 뛰쳐나왔다. 용병단은 기민하게 대응 태세를 갖췄다. 얼마 지나지도 않아 화살과 마법이 쏟아졌다. 에니샤는 유연하게 날개를 접으며 몸을 틀었다. 화살을 피해내는 동시에 마력을 끌어올렸다. 에니샤를 향해 쏟아진 공격들은 그대로 반사되었다. 제멋대로 튕겨 나간 화살과 마법이 땅 위에 푹푹 박혀들고, 용병들은 기겁하며 욕지거리를 내뱉었다. 두 명의 마법사가 동시에 마법을 전개했다. 마력 줄기가 침입자를 구속하기 위해 갈래갈래 뻗어왔다. 날개를 잡아채려 들었으나, 에니샤는 손에 마력을 둘러 그것들을 간단하게 잘라냈다. 땅에서 기이한 울음소리가 들려왔다. 벨루안의 사역마가 깨어나는 소리였다. 그림자에서 기어 나온 괴이한 생명체가 사방을 새까맣게 뒤덮어나갔다. 사역마의 출현에 용병들은 다급해지기 시작했다.

그들이 사역마에게 온 정신이 쏠린 사이, 에니샤는 재빠르게 막사 중심부로 날아갔다. 가장 화려한 깃발이 꽂힌 막사 앞에 날개를 접고 내려앉자, 각양각색의 무기를 든 용병들이 달려들었다. 에니샤는 걸음을 멈추지 않았다. 막사를 향해 걸어가며, 가볍게 손가락만 까닥였다. 춤추는 손끝을 따라 눈부신 금빛이 연이어 번쩍였다. 용병들은 어린아이가 장난감 가지고 놀듯 허공으로 픽픽 날아갔다. 개중에는 마법사가 걸어준 보조마법을 믿고 달려드는 자들도 있었지만, 쓸모없는 짓이었다. 가장 마지막 용병까지 날려버린 후에, 에니샤는 두 손을 가만히 모았다가 양옆으로 쭉 펼쳤다. 활짝 펼쳐지는 손에서 초승달 같은 마력이 쏟아졌다. 조각달처럼 아름다운 마력이었으나, 그 위력은 날카로운 칼날이었다. 마력은 커다란 막사를 산산이 찢어발겼다. 막사는 눈 깜짝할 사이 천 조각으로 변해 사방으로 흩날렸다. 펄럭펄럭 떨어지는 조각 사이에서 내부가 고스란히 드러났다.

"뭐, 이게 무슨……!"

막사 안에서 갑주와 검을 챙기고 있던 남자가 당황하여 소리를 질렀다. 에니샤는 그에게 사뿐사뿐 걸어가며 로브의 모자를 걷었다.

"당신이 리온 용병단의 단장인가요?"

근육질에 위협적인 장신을 가진 남자는 제 앞의 하늘하늘한 아가씨를 보고선 눈을 부릅떴다.

"대화를 하러 왔는데……."

에니샤는 생긋 웃으며 그에게 질문했다.

"잠깐 시간 내줄 수 있어요?"

리온 용병단은 근래 운수가 좋았다. 운수가 좋은 정도가 아니라, 돈벼락을 맞았다 싶을 정도로 끝내줬다. '예언자'를 얻게 된 것은 전적으로 우연이었다. 단원 중 하나가 고향으로 내려갔다가, 옆 마을에서 자연재해를 예언한 소년이 있다는 소문을 들은 것이다. 돈 냄새 잘 맡는 용병답게, 단원은 옆 마을로 건너가 소문의 주인공을 찾아가보았다. 소년은 한쪽 눈을 허름한 안대로 가리고 있었다. 안대를 걷어낸 순간, 용병은 이것이 진짜라고 확신했다.

그는 곧장 리온 용병단에 이 사실을 알렸다. 현자의 후손이라고 하나, 까마득히 먼 과거의 이야기였다. 예언 능력을 잃어버린 핏줄은 아무런 예우를 받지 못했고, 소년은 힘없는 소국에서도 가장 밑바닥인 소작농의 아들로 살아가고 있었다. 자신이 현자의 핏줄인지도 모르고 있던 소년은 하루아침에 납치당하여 타국을 떠도는 신세가 되었다.

리온 용병단의 단장, 리온은 제 손에 예언자가 굴러들어온 것이 운명이라 생각했다. 한 단계 더 약진할 수 있는 발판. 단순한 용병단이 아닌, 그 이상으로 올라갈 수 있는 기회. 눈앞에 황금빛 미래가 선명히 보이는 듯했다. 그러나 상황은 생각보다 제 마음대로 움직여지지 않았다. 처음 마주 앉은 날, 리온은 소년에게 자신의 미래를 보라고 명령했다. 소년은 아무 말도 하지 않고서 한참 동안 리온을 바라보았다. 그리고 어느 순간, 소년의 눈동자 위로 이채가 감돌았다. 호기롭게 시선을 마주하던 리온은 일순간 등골이 서늘해졌다. 소년은 기묘한 목소리로 속삭였다.

"너는 아무것도 갖지 못하리라. 손에 쥔 것마저 한 줌의 흙이 되리라."

예언이 아니라 저주에 가까운 헛소리였다. 리온은 그대로 소년의 뺨을 갈겼다. 작은 몸이 힘없이 바닥을 굴렀으나 분이 풀리지 않았다. 수하들이 말리지 않았다면, 아마 그날 리온은 소년을 죽여 버렸을지도 몰랐다. 소년을 가둬두고 제대로 된 예언을 하라고 윽박질렀다. 하지만 그날 이후, 소년은 미래를 보길 거부했다.

선 공격 후 대화는 아주 훌륭한 선택이었다. 용병 단장은 몹시 고분고분하고 조신하게 에니샤와 대화를 나누었다. 그의 협조 아래, 에니샤는 소년이 가장 뒤편의 막사에 갇혀 있다는 사실을 알아냈다. 규모 있는 용병단답게 보안도 철저해서, 소년이 갇힌 막사는 환상마법을 걸어 숨겨놓았다. 용병 단장은 자신도 마법사들의 도움을 받지 않고는 소년을 찾을 수 없다며 뻗댔다. 그러나 에니샤에게는 그다지 의미 없는 소리였다. 에니샤는 간단하게 숨겨진 막사를 찾아냈다.

막사 안에 들어선 에니샤는 곧장 얼굴을 찌푸렸다. 소맷자락을 끌어다 코를 막았다. 막사가 희뿌연 연기로 가득한 탓이었다. 감도는 냄새로 보아, 주술사들이 점을 볼 때 사용하는 향초인 듯했다. 무의식의 세계에 도달하기 쉽게 도와준다는 향초는 직감을 예민하

게 만들지만, 건강에는 좋지 않았다. 하물며 어린아이에게는 말할
것도 없었다.

이런 짓까지 저지르며 가둬두다니…….

소년을 구하고 나면, 용병 단장과 다시 깊은 대화를 나눠봐야 할
것 같았다.

연기 때문에 내부가 흐릿했다. 막사도 생각보다 상당히 커서, 에
니샤는 얼마간 휘적거리며 헤맸다. 그러다 구석진 곳에서 의자에
앉아 있는 소년을 발견했다. 줄 끊어진 꼭두각시 인형처럼 늘어진
소년은 아무런 반응이 없었다. 코 밑에 손을 가져다 대보니 미약한
숨결이 느껴졌다. 에니샤는 가만히 소년을 내려다보았다. 열 살은
되었을까 싶을 정도로 바짝 마른 몸이었다. 용병단에 끌려온 후 제
대로 먹지도 못한 것 같았다.

찬찬히 살피던 시선이 소년의 얼굴에 다다랐다. 소년은 양쪽 눈
동자의 색이 달랐다. 오른쪽은 평범한 갈색 눈동자였으나, 왼쪽 눈
동자는 여태껏 단 한 번도 본 적 없는 색깔이었다. 녹색과 금색이
뒤섞인 오묘한 눈동자가 신비로웠다. 그러나 아름다운 금녹색 눈
동자는 초점 없이 멍하니 허공을 응시할 뿐이었다. 살아는 있지만
의식이 없었다. 향이 무슨 작용을 하는지 모르겠으나, 일종의 최면
상태에 빠져든 모양이었다. 막사 바깥으로 데려나가 맑은 공기부
터 마시게 해야 할 것 같았다.

소년에게 조심스럽게 손을 뻗을 때였다. 금녹색 눈동자가 천천
히 움직여 에니샤를 향했고, 시선이 맞닿았다. 초점 없이 흐릿하던
소년의 눈동자가 일순 명료해지며 광채가 감돌았다. 어둠과 연기

가 뒤섞인 곳에서도 선명하게 반짝인 찰나였다.

"……가엾은 아이야."

기이한 울림을 지닌 목소리가 귓속을 파고들었다. 에니샤는 저도 모르게 숨을 멈췄다. 소년이 작은 손을 뻗어, 에니샤의 뺨을 감싸 쥐었다. 금녹색 눈동자에는 연민이 가득했다.

"너는 소중한 것을 잃으리라. 눈앞에서 파멸을 마주하리라. 피할 수 없는 운명의 수레바퀴 아래에 짓눌려 신음하리라."

가느다란 손가락이 에니샤의 눈가를 쓸어내렸다. 마치 보이지 않는 눈물을 닦아주듯, 느릿하게 어루만지는 손길은 상냥했다.

"그러나 너는 절망을 걷어내고 희망을 불러오리라. 모든 것을 원래의 자리로 돌려놓으리라. 눈부신 광영 속에서 눈물 흘리지 않고 환하게 웃으리라."

소년은 희미하게 웃으며 속삭였다.

"네게는 언제나 찬란한 행복만이 가득할지어니……."

눈꺼풀이 스르르 닫히고, 요요한 빛이 감돌던 눈동자가 사라졌다. 소년의 몸이 앞으로 기울었다. 축 늘어지는 소년을 반사적으로 받아 들었다. 소년을 품에 안은 뒤에야, 에니샤는 참았던 숨을 들이마셨다. 그때 천막 문이 커다랗게 펄럭이며, 어둠 속에 잠겨 있던 막사 안으로 빛이 쏟아졌다.

"대법사!"

용병단 처리를 끝낸 벨루안과 녹시타였다. 막사 내부에 자욱한 연기를 확인한 두 사람은 일제히 얼굴을 찌푸렸다. 벨루안이 마법으로 연기를 몰아내는 동안, 녹시타가 에니샤 옆으로 다가왔다. 에니샤는 그때까지도 소년을 끌어안은 채 꼼짝하지 못했다. 녹시타가 고개를 갸웃하며 불러왔다.

"대법사……?"

에니샤는 조금 뒤늦게 답하였다.

"……녹시타."

이상함을 느낀 녹시타가 부산스레 에니샤를 살폈다.

"어디 다쳤어요? 나 봐요. 확인해볼래요."

"아니, 다치진 않았고…….."

에니샤는 제 품에 안긴 소년을 바라보며 중얼거렸다.

"나…… 예언을 들은 것 같은데."

◈

에니샤가 좌우법사와 함께 열심히 용병단을 부수는 동안, 레시나는 교장과 함께 무척 서먹서먹한 시간을 보내고 있었다. 전적으로 교장 탓이었는데, 그는 넉살 좋은 레시나가 감당할 수 없을 정도로 미친 자였기 때문이었다. 레시나가 먼저 말을 붙이자, 교장이 한다는 첫마디가 이거였다.

"전 못생긴 사람이랑 말하는 거 싫어합니다."

"……뭐요?"

이 새끼가 교장만 아니었으면…….

껍질 바삭하게 구워버리는 상상을 하며, 레시나는 애써 화를 다스렸다. 가만 생각해보니 아르커스 좌법사한테도 까칠하게 군 놈이었다. 좌법사는 조금 차가운 인상이긴 하지만 멀끔한 미남이었다. 그런데도 야멸스레 굴었으니, 분명 눈이 하늘에 달린 미친놈이리라. 그렇게 생각하니 마음이 조금 가라앉았다. 어차피 말이 안 통하는 사람인 줄 알면서도, 레시나는 괜히 삐죽거리며 대꾸했다.

"내가 어딜 봐서 못생겼습니까? 이만하면 아주 괜찮지."

교장은 고운 얼굴을 한껏 찌푸리며 레시나를 훑더니, 귀찮다는 듯 대강 대답했다.

"뭐……. 그런 걸로 합시다."

"……."

가장 짜증 나는 점은, 저딴 식으로 말하는데도 반박할 수 없을 만큼 교장놈이 예쁘게 생겼다는 것이었다. 레시나는 다시금 비집고 올라오는 살인 충동을 가라앉히려고 애쓰며 화제를 돌렸다.

"그나저나 정말 혼자서 덜렁 온 겁니까? 다음부터는 아무리 예지를 받았어도 그러지 마십쇼. 진짜 큰일 납니다."

제게 잔소리한다고 생각했는지, 교장이 눈매를 뾰족하게 치켜올리며 받아쳤다.

"용병단만 혼자 찾아갔을 뿐입니다. 제가 생각이 없는 줄 아십니까?"

그렇게 보이는데요…….

고개를 끄덕이느냐 마느냐를 놓고 갈등하던 레시나는 뒤이은 말에 정신이 번쩍 들었다.

"우연히 은인을 만나 도움을 받게 되었으나, 그전에 제국에도 연락해두었습니다. 예언자와 연관된 일이라 황실에서 직접 나서주기로 했으니, 혹 은인께서 조금 힘이 부족하시면……."

"잠깐만."

교장의 말을 끊어낸 레시나는 그에게 다급히 질문했다.

"황실이요? 히페리온 황실에 연락했어요?"

"그렇습니다."

"미친……."

저도 모르게 비속어가 튀어나왔다. 교장이 교양 없다며 깔보았으나, 그걸 신경 쓸 정신머리는 없었다. 레시나는 양손으로 머리를 부여잡고서 절규했다.

"그걸 왜 진작 말하지 않고……! 당신 미래 볼 수 있다면서요! 근데 황족들 부르면 뭐 된다는 미래를 왜 못 봅니까!!"

"예지는 만능이 아닙니다! 그리고 히페리온 황실을 왜……!"

"아오, 됐고! 일단 이리로 와봐요!!"

레시나는 교장의 멱살을 덥석 붙잡았다.

"도망갑시다."

무슨 무례한 짓이냐고 버둥거리는 교장을 완력으로 휘어잡고, 창문을 퍽 하고 열어젖혔다.

"……."

그러나 다시 얌전하게 닫았다. 창문 바깥에는 은빛 갑주를 입은 기사단이 도열해 있었다. 홀몸도 아니고, 교장까지 챙겨야 하니 마법을 써서 도망가기에도 이미 늦은 상황이었다. 주르륵 주저앉은 레시나는 어흐흑 울면서 바닥에 고개를 박았다.

"사형이야……. 이번에야말로 사형이라고……."

손님을 맞이하기 위해 옷매무새를 정돈하던 교장이 아까보다 더 한심하다는 눈으로 쳐다보며 혀를 쯧쯧 찼다. 아무래도 죽기 전에 저놈의 교장은 한 대 때리고 가야 할 것 같았다. 레시나가 교장한 테 주먹을 휘두르려던 순간이었다.

똑똑.

누군가 정갈하게 문을 두드렸다. 레시나는 와들와들 떨면서 문쪽을 돌아보았다. 아직 희망이 있을지도 몰랐다. 그냥 기사단만 왔으면 현란하게 혓바닥 휘둘러서 도망칠 수도 있었다. 후하후하 심호흡한 후에, 레시나는 삐걱삐걱 걸어가 문을 열었다. 그러나 문 앞에 선 남자를 확인하자마자, 파드득 뒷걸음쳤다. 눈먼 뒷걸음에 벽에다 뒤통수를 박았다. 퍽 소리가 꽤나 크게 울려 퍼졌지만, 레시나는 아픈 줄도 모르고 벌벌 떨었다. 남자가 냉랭한 얼굴을 하고서 레시나를 위아래로 훑어 내렸다. 그가 천천히 입을 열었다.

"······네가 왜 이곳에 있지?"

싸늘하게 질문하는 남자는 히페리온의 두 번째 별, 로시엘 황자였다.

⊱⊰

벨루안은 에니샤를 대신해 소년을 받아 들었다. 가벼운 모포로 감싼 후, 마법을 이용해 허공에 띄워놓았다. 그동안 에니샤는 깊은 생각에 잠겨 있었다. 에니샤의 표정이 흐리다는 것을 확인하자, 좌우법사의 얼굴도 대번에 흐려졌다.

"대법사……."

녹시타가 에니샤의 옷자락을 붙잡으며 살며시 매달렸다. 에니샤는 고개를 내저으며 답했다.

"아냐, 괜찮아. 걱정하지 마."

벨루안이 흐트러진 에니샤의 머리카락을 쓸어주며 질문했다.

"무슨 예언을 들었습니까?"

"그냥……. 고생 좀 하고 행복해진대."

에니샤는 그렇게 말하며 웃었다. 소중한 것을 잃게 된다는 말에 가슴이 철렁하지 않았다면 거짓말이었다. 예전보다 지키고 싶은 것들이 훨씬 많이 늘어났고, 그렇기에 두려움도 함께 커졌다. 하지만 에니샤 또한 변화했다. 과거처럼 혼자서 모든 것을 해결하려 들지는 않을 것이다. 그리고 마지막에는 행복해진다고 했으니까…….

"벨루안, 녹시타."

에니샤는 팔을 힘껏 뻗어 두 사람을 끌어안았다.

"나 열심히 할게. 반드시 마력을 되찾아서……."

벨루안이 크게 한숨을 내쉬어 말을 끊어냈다. 그가 손바닥으로 에니샤의 이마를 꾹 눌러서 밀어냈다. 맑은 보라색 눈동자가 가만히 에니샤를 바라보았다.

"그게 열심히 한다고 되는 일입니까? 쓸데없는 데 책임감 가지지 마십시오. 그리고……."

벨루안은 조금 낮아진 목소리로 중얼거렸다.

"마력봉인은 아르커스의 책임입니다. 당신이 아니라."

그의 말에는 숨길 수 없는 죄책감과 자괴감이 묻어 있었다. 벨루안이 이내 시선을 아래로 떨어트렸다. 옷자락을 그러쥔 녹시타의 손길이 조금 강해졌다. 녹시타가 에니샤의 품에 파고들 듯 안기며 말했다.

"그럼 다 같이 열심히 하는 걸로 해요."

우리도 대법사를 지키고 싶어요…….

조그맣게 속삭이는 말에 에니샤는 웃으며 그의 머리를 쓰다듬어 주었다. 그들 또한 저와 같은 마음이었다. 이미 알고 있는 사실인데도, 새삼 확인받는 것은 또 다른 기분이었다. 가슴 한구석에 조그맣게 남아 있던 찌꺼기마저 깨끗하게 날아가는 듯했다.

에니샤는 얼마간 벨루안과 녹시타 사이에 갇혀서 시간을 보내다가, 막사 바깥으로 나갔다. 이제 소년을 데리고 교장에게 돌아갈 생각이었다. 그리고 밖으로 나간 에니샤는 잠시 멈칫하였다.

눈앞에는 너른 공터가 펼쳐져 있었다. 풀 한 포기 남지 않고 벌거벗은 땅바닥 위로 휭하니 바람이 불자, 부옇게 흙먼지가 일었다. 사역마가 모든 것을 먹어치운 것이다. 황무지가 된 용병단 주둔지를 바라보던 에니샤는 벨루안에게 질문했다.

"그……. 살아 있지?"

"물론입니다. 막사까지 전부 사역마 배 속에 잘 넣어두었으니, 걱정하지 마십시오."

"……."

사역마가 용병들을 소화시켜버리기 전에 빨리 움직여야 할 것 같았다. 에니샤는 벨루안의 이동마법진을 통해 교장이 있는 여관 방으로 곧장 이동했다. 몸이 빛에 휘감기고, 곧 이어 눈에 익은 풍경이 나타났다. 가벼운 바람과 함께 흩어지는 보랏빛 마력 속에서, 에니샤는 사뿐히 바닥에 내려앉았다. 뒤이어 벨루안과 녹시타가 각기 왼쪽과 오른쪽에 자리했다. 바람에 흐트러진 머리카락을 귀 뒤로 쓸어 넘기며 앞을 내다보던 에니샤는 눈이 동그래졌다.

"……!"

방 안에는 교장, 레시나, 그리고…… 로시엘이 있었다. 에니샤가 등장하자마자 무릎을 꿇으려 했던 듯, 로시엘은 엉거주춤한 자세를 하고 있었다. 에니샤와 로시엘은 얼마간 서로를 멍하니 바라보기만 했다. 뜻밖의 만남에 너무 놀란 나머지, 에니샤는 저가 성년의 모습인 것도 깜빡하고 그를 불러버렸다.

"오라버니?"

낭랑한 목소리에 넋을 놓고 있던 로시엘이 정신을 차렸다. 그가 천천히 미간을 찡그리더니, 믿기지 않는다는 어조로 이름을 불렀다.

"……에니샤?"

그러더니 성큼성큼 다가와 에니샤의 양어깨를 그러쥐었다. 옅은 하늘색 눈동자가 뚫어져라 얼굴을 들여다보았다. 로시엘은 연신 눈을 깜빡였다. 기다란 속눈썹이 팔랑이도록 몇 번이나 눈을 깜빡이고 나서야, 그가 탄식을 내뱉으며 말했다.

"정말 에니샤니? 맙소사, 이게 어찌 된 일인지……. 아니, 그전에…….

로시엘이 매우 멍청한 표정을 하고서 중얼거렸다.

"너무 예쁘잖아……."

내 동생이지만 이건 솔직히 심각할 정도로 예쁘다며, 로시엘은 에니샤에게서 눈을 떼지 못했다. 말도 제대로 못 하고 더듬거리는 그의 모습에 에니샤는 그만 웃음이 터졌다. 활짝 웃는 에니샤를 본 로시엘은 그대로 정신이 나갔다. 화가를 부르짖으며 난리치는 모습에 방 안의 사람들은 아무도 놀라지 않았다. 그러나 딱 한 명, 황족들의 팔불출 행각에 면역 없는 이가 있었으니.

"……."

교장은 손으로 슥슥 제 눈을 비볐다. 그리고 레시나를 돌아보더니 진지하게 물어보았다.

"……이거 환상마법이죠?"

눈앞에서 벌어지는 일이 현실일 수 없다는 굳건한 믿음 아래 던진 질문이었다. 레시나는 흘긋 황자님을 바라보았다. 로시엘은 상하좌우에 대각선까지 확인해야 한다며, 에니샤를 가운데 세워두고 주변을 빙글빙글 돌고 있었다. 에니샤가 도착하기 전까지 냉철한 얼굴을 하고 있던 것을 떠올리면, 확실히 괴리감 넘치다 못해 비현실적이기까지 한 모습이었다. 레시나는 진실을 말해주었다.

"그나마 오늘은 조금 덜하시네요. 잘못하신 것이 있어서 그런가……."

"……."

할 말을 잃은 교장에게 레시나는 슬쩍 물어보았다.

"……거, 황자님은 어떻습니까? 저기도 못생겼습니까?"

우리끼리 하는 이야기니 솔직히 말해보라며, 레시나는 교장의 옆구리를 쿡 찌르며 속삭였다. 교장은 친한 척한다며 질색하긴 했으나, 의외로 솔직하게 답했다.

"못생기진 않았는데……."

그가 눈썹을 치켜올리며 말했다.

"감상하다가 목이 날아갈 것 같군요."

레시나는 소리 죽여서 몰래 키득키득 웃었다.

◆◆◆

시종장이 은쟁반 가득히 호두를 담아서 내왔다. 서류를 보면서 간식으로 먹으라고 내온 것인데, 호두를 깔 수 있는 망치나 도구는 가져다주지 않았다. 필요가 없기 때문이었다.

헬라드는 호두 두 알을 손에 쥐고 껍질을 깨트렸다. 본래 맨손으로 호두를 까려면 요령이 있어야 하지만, 힘이 넘치는 사람한테는 요령 따위 필요 없는 법이었다. 호두까기인형처럼 무표정하게 호두를 깨나가다 말고, 헬라드는 크게 한숨 쉬었다.

반성문 더 길게 쓸걸…….

쓸 때는 죽을힘을 다해 열심히 썼는데, 알림판에 붙여놓고 나니 계속 아쉬운 점이 생각났다. 너무 감정에 호소하지 말고 논리적이고 구체적으로 뭘 잘못했는지 썼어야 하는데, 그 당시에는 눈앞이 캄캄해서 되는 대로 마구 써 갈긴 것 같았다. 반성문이 훌륭했으면 에니샤가 진즉 돌아왔을지도 모른다는 헛된 생각을 하며, 헬라드는 손안에서 애꿎은 호두만 잘그락잘그락 굴렸다. 얼마간 그러고 있는데, 시종장이 안 하던 짓을 했다.

"둘째 황자님께서 입궁하셨습니다."

로시엘의 입궁 소식을 전한 것이다. 로시엘은 이엘타 기사단을 이끌고 출궁하였다. 헤르노어 아카데미의 교장이 예언자가 나타났다는 헛소리를 해대며 도움을 요청한 탓이었다. 아카데미라니 말만 들어도 열 뻗치는 단어였으나, 교장의 말이 진실이라면 사안이 중했다. 겸사겸사 교장을 만나서 아카데미에 대해 물어보겠다며, 로시엘이 직접 나선 것이다. 어쨌든 로시엘이 입궁을 하든 말든, 하등 관심 없는 헬라드였다. 눈치 빠른 시종장도 그런 소식은 전하지 않는데, 오늘따라 유별나게 보고를 올리는 것이다. 무슨 일이 있는가 싶어 쳐다보니, 시종장이 한참을 주저하다가 조심스레 말하였다.

"그것이…… 황자님께서 묘령의 여인과 함께 입궁하셨다 합니다."

"……뭐?"

헬라드의 손에서 퍽 소리가 났다. 호두 껍데기가 깨지다 못해 아작이 나는 소리였다.

"하, 이 판국에 무슨 여자야."

이 새끼가 드디어 미쳤구나 싶었다. 어린 막둥이 여동생은 어디 가서 빵 한 조각이나 제대로 먹고 다니는지 모르는데……. 누구한테 두들겨 맞지는 않았는지, 어느 불한당이 껄떡대진 않았는지 걱정되어 하루하루 피가 마르는 상황이었다.

그런데 여자? 여자아아아?

로시엘 놈의 머리통을 호두처럼 깨놓고 싶은 마음이었다. 그러나 거기서 끝이 아니었다.

"황자님께서 회의실에 모여 달라고 요청하셨습니다. 폐하께서도 오신다 합니다.”

“…….”

헬라드는 살벌한 표정으로 으깨진 호두를 손에서 털어냈다. 그리고 벌떡 자리에서 일어나 회의실로 향했다. 회의실에는 이미 로드고가 자리하고 있었다.

“폐하, 들었습니까? 로시엘이 드디어 미쳤습니다.”

헬라드가 씩씩거리며 하는 말에 로드고가 비뚤게 웃었다.

“무슨 생각으로 저리 행동하는지, 어디 한번 들어봐야지.”

대답 여하에 따라 오늘 누구 하나 장례식 치를 분위기였다. 얼마 지나지 않아, 로시엘이 등장했다. 그는 혼자가 아니었다. 로브를 깊게 뒤집어쓴 사람이 옆에 함께하고 있었다. 호리호리한 체형과 살짝 드러난 가느다란 손끝으로 보아, 함께 입궁했다는 그 여자인 모양이었다. 헬라드가 헛웃음을 터뜨렸다. 회의실까지 데려오다니, 뻔뻔해도 이렇게 뻔뻔할 수가 없었다. 헬라드는 대놓고 비아냥거렸다.

“아주 여유롭네, 우리 두 번째 별께서는. 여자 만날 정신도 있고.”

혼자 알아서 조용히 만나든가 할 것이지, 굳이 황궁까지 데려온 이유가 뭐냐며 빈정댔다. 그런데 로시엘의 반응이 이상했다. 평소 같으면 헬라드가 하는 말에 한마디도 지지 않고 받아쳤을 텐데, 그냥 조용히 있는 것이 아닌가. 심지어 입을 꾹 다물고선 옆에 선 여자의 눈치를 살피고 있었다. 진짜 미쳐버린 건가 싶을 때였다. 하얗고 가냘픈 손가락이 덮고 있던 모자를 끌어내렸다. 스르륵 떨어지는 모자 아래, 환한 금발이 드러났다. 고양이처럼 커다란 눈, 도

톤한 입술, 그린 듯이 반듯한 눈썹. 꿈속의 요정 같은 아가씨에게서 더없이 익숙한 목소리가 흘러나왔다.

"아빠, 헬라드 오라버니."

로드고와 헬라드는 아무 말도 하지 못하고 입만 떡 벌렸다.

☙❧

생각보다 이른 귀환이었다. 우연찮게 로시엘을 만난 에니샤는 고민하다가 그냥 집에 돌아가기로 했다. 당당하게 가출해놓고선 조금 우스운 이야기이긴 하지만, 로드고와 쌍둥이들이 그리웠다. 예언을 듣고 난 뒤부터 참을 수 없이 보고 싶어졌다. 이만하면 반성도 충분히 했을 것 같았다. 레시나와 좌우법사에게 뒷정리를 맡겨놓고, 에니샤는 로시엘과 함께 먼저 황궁으로 돌아갔다. 그리고 로드고와 헬라드를 만나게 되었다. 로시엘도 그러했지만, 열여덟 살 에니샤를 본 그들의 반응은 상상 이상이었다. 로드고와 헬라드는 한참 동안 아무 말도 하지 못했다. 그냥 멍하니 바라보기만 했다. 깜짝 놀랄 줄은 알고 있었지만, 이 정도일 줄은 몰랐다. 석상이 되어버린 두 사람은 아무리 시간이 지나도 움직일 줄을 몰랐다.

에니샤는 결국 재차 둘을 불러야 했다. 몇 번이나 부른 끝에, 그나마 로드고가 먼저 정신을 차렸다.

"에, 에니샤……?"

말까지 더듬거린 로드고가 주춤거리며 다가왔다. 그는 커다란 손으로 조심조심 에니샤를 만져보았다. 머리카락을 쓸고, 뺨을 만지고, 에니샤의 손을 끌어다 제 손바닥 위에 얹어보기도 하였다. 가장 마지막으로 제 팔뚝을 세차게 꼬집은 후에야, 꿈이 아니라 현실임을 깨달았다.

"……이럴 수가."

로드고가 경악하는 사이, 헬라드가 재빠르게 끼어들었다. 그는 로시엘처럼 에니샤의 양어깨를 틀어쥐더니, 얼굴을 바짝 들이대곤 연신 질문했다.

"쭈글이야? 정말 쭈글인 거야? 응?"

"저예요. 마법으로 잠시 신체 나이를 늘린 거고, 내일쯤이면 원래대로 돌아올 거예요."

에니샤가 작게 웃으며 답하자, 헬라드는 다시 말을 잃어버렸다. 그리고 잠시 후. 아까 로시엘이 그러했듯, 로드고와 헬라드는 에니샤를 가운데 세워두고 주변을 빙글빙글 돌기 시작했다. 화가를 불러다가 이 모습을 그려놔야 한다고 난동부리는 두 사람을 말리느라, 에니샤는 상당한 시간을 써야 했다. 한 차례 소동 끝에 간신히 진정시켜놓고, 에니샤는 조금 수줍게 말했다.

"보고 싶었어요."

그러자 어쩐지 셋 다 울컥한 표정을 짓더니, 갑자기 에니샤의 옷자락에 주렁주렁 매달렸다. 오만하기 짝이 없는 히페리온의 황족이었다. 항상 발아래 두기만 했지, 누군가에게 아쉬운 소리 해본 적 없는 그들은 생애 최초로 열심히 애원했다.

"잘못했어! 진짜 잘못했어!!"

헬라드가 잔뜩 불쌍한 표정을 지으며 에니샤를 올려다보았다.

살면서 불쌍한 표정을 지을 일이 없었던지라 상당히 어색하긴 했지만, 최대한 그렇게 보이려고 애쓰면서 싹싹 빌었다.

"앞으론 멋대로 행동 안 할 테니까⋯⋯!"

헬라드 옆에서 로시엘이 진지하게 말했다.

"우리가 뭘 잘못했는지 항목별로 정리해서 문서화해뒀어. 다들 그거 세 번씩 정독하고 머리에 달달 외우고 있으니까, 너도 한번 보고 부족한 점이 있으면 말해줘."

그리고 쌍둥이들에 이어, 로드고는 정점을 찍었다.

"헤르노어 아카데미를 제국령으로 만들 방법을 고민 중이다. 아카데미가 일종의 중립자치국이라 외교적인 분쟁이 약간 있겠지만, 그 정도쯤이야 얼마든지 너를 위해서⋯⋯."

가만히 들어보고 있자니 끝이 없었다. 아카데미 정벌해서 에니샤를 여왕으로라도 만들 기세였다. 에니샤는 아카데미를 정벌하고 싶은 게 아니라, 입학하고 싶은 것이라고 설명해야 했다. 아무래도 저가 없는 동안 다들 반성이 지나쳤던 것 같았다. 정말 에니샤에 관한 문제라면 자존심이고 뭐고 아무것도 없는 사람들이었다.

하여튼 적당히 할 줄을 모른다고 생각하며, 에니샤는 로드고와 쌍둥이를 일으켜 세웠다. 아까부터 큼직한 장신의 남자들이 셋이나 매달린 탓에 로브가 찢어지려 했다. 주춤주춤 몸을 바로 한 그들은 일제히 에니샤를 내려다보았다. 로시엘이 살며시 에니샤의 옷자락을 잡아당기며 물었다.

"용서해줄 거니⋯⋯?"

솔직히 말하자면, 여관에서 로시엘과 얼굴을 마주했을 때부터 이미 눈 녹은 듯 화가 풀려버렸다. 황족들만 에니샤에게 무른 것이 아니었다. 에니샤 또한 그들과 관련된 문제라면 한없이 마음 약해져버렸다. 에니샤는 눈을 깜빡이다가 나직한 목소리로 말했다.

"저도 멋대로 집 나가서 죄송해요."

"아니야, 네가 죄송할 것이 무어 있어. 전부 다 오라버니가 잘못했는데."

에니샤는 조곤조곤하게 말을 이었다.

"앞으론 제 의견도 꼭 물어봐주세요. 아시겠죠?"

세 남자는 홀린 듯이 고개를 끄덕였다. 그러더니 헬라드가 슬그머니 입을 열었다.

"저기, 에니샤……."

그가 심각한 얼굴로 질문했다.

"혹시 마법 쓰면 나이대별로 변할 수 있는 거야? 그럼 열두 살부터 스무 살까지 한 번씩 다 보여주면 안 될까? 딱 하루씩만, 아니지, 반나절만 해도 화가를 시켜서 전부 다 그림을……."

"……."

하여간 이 남자들 앞에선 뭘 하지를 못하겠다고, 에니샤는 오늘도 새삼 깨달음을 얻었다.

감동의 해후를 나눈 뒤, 히페리온 황족들은 아르커스의 좌법사, 그리고 헤르노어 아카데미 교장과 함께 회의를 열었다. 예언자에 관한 논의를 위해서였다. 녹시타는 회의에서 빠졌다. 아직 어린 예언자를 혼자 내버려두기엔 황궁은 너무 살벌한 곳인지라, 그가 돌봐주기로 했다.

에니샤는 회의장에서 당당하게 의자 하나를 차지했다. 몸이 커진 덕분에 방석을 받치지 않고도 의자에 앉을 수 있었다. 습관적으로 방석을 가져오던 헬라드가 혼자 의자에 앉아 있는 에니샤를 보고는 무척 감격한 표정을 지었다. '열두 살부터 스무 살까지…….' 하며 중얼거리는 소리가 들렸으나, 에니샤는 못 들은 척했다. 회의가 시작되고, 가장 가까이서 예언자를 직접 겪어본 에니샤가 먼저 발언했다.

"예언자의 등장은 진실이에요."

황족들이 일제히 눈매를 찌푸렸다. 본능적으로 귀찮은 일이 생겼음을 느낀 것이다. 그들에게 전후사정을 간략히 설명한 다음, 에니샤는 교장을 돌아보며 질문했다.

"예언자를 보호해야 하는 것이 옳지만……. 아이는 언제부터 납치된 건가요? 아직 어리니 부모의 손길이 필요할 텐데요."

"부모는 용병단에게 살해당했습니다."

"……!"

"군식구를 받아줄 만한 친인척도 없으니, 돌아갈 곳은 없지요. 그나마 제가 먼 친척이긴 하여서, 아카데미로 데려가 보호할 생각입니다."

에니샤는 잠시 입술을 말아 물었다. 설마 했는데 역시나였다. 용병단이 자식을 끌고 가는데 가만히 지켜볼 부모가 어디 있겠는가.

하지만 소국, 그것도 가난한 마을의 소작농이 거대 용병단을 상대로 할 수 있는 일은 없었다. 경비대의 도움조차 받지 못하고 허망한 반항 끝에 목숨을 날렸으리라. 사실 이런 사연 따위, 약육강식의 대륙에서는 하루가 멀다 하고 벌어졌다. 하나도 특별할 것 없이 흔해빠진 일들⋯⋯. 그러나 알게 된 이상, 묵과할 수는 없었다.

"⋯⋯그렇군요."

에니샤는 천천히 입꼬리를 끌어올리며 말했다.

"죗값을 치르도록 해야겠네요."

용병단은 황궁에 도착하자마자 벨루안이 사역마의 배 속에서 꺼내 지하감옥에 가둬두었다. 그들을 어떻게 처분할지 조금 더 고민해봐야 할 것 같았다. 예언자는 우선 헤르노어 아카데미에서 데려가기로 결정하였다. 벨루안이 교장에게 예언자에 관한 당부를 하였다.

"예언자라고는 하나, 아직 불안정한 능력입니다. 특히 예언은 정령보다 더욱 선례가 전무하니⋯⋯. 일단 성년이 될 때까진 자제하는 것이 좋겠습니다."

아직 벨루안이 누구인지 모르는 교장이었다. 그는 벨루안의 해박한 지식에 무척 호기심을 보였으나, 자리가 자리인 만큼 물어보진 못했다. 교장에게 좌우법사에 대해 알려주는 것도 나쁘지 않을 것 같았다. 헤르노어 아카데미라면 아르커스의 교류 상대로도 괜찮았다. 특히 지금처럼 혼란한 전조들이 가득한 상황이라면, 아르커스도 좀 더 개방적으로 행동할 필요가 있었다. 이번에 아르커스에 가면 헤르노어 아카데미와 교류를 트는 것에 대해 얘기해봐야겠다고 생각하며, 에니샤는 입을 열었다.

"그리고……."

다 같이 모였을 때 확정지어야 할 문제가 있었다. 에니샤가 교장에게 생긋 웃으며 말했다.

"약속에 관해서 얘기하고 싶은데요."

교장은 에니샤의 웃는 얼굴에 정신 팔려 있다가 한 박자 뒤늦게 되물었다.

"……그거 진심이셨습니까?"

"농담 같았나요?"

"……."

교장은 잠시 말없이 손바닥에 얼굴을 묻었다. 그가 끙끙거리며 말했다.

"솔직히 말씀드리면……. 히페리온의 황녀님인 줄 알았다면 약속하지 않았을 것입니다."

열한 살의 막내 황녀님이 마법으로 몸을 키우고, 눈동자까지 바꿔서 돌아다니고 있을 줄 누가 알았겠는가. 아무리 예쁜 것 좋아하는 교장이라도, 지금 이 사태가 아카데미의 위기라는 사실 정도는 잘 알았다.

교장은 슬그머니 로드고와 쌍둥이를 쳐다보았다. 내심 그들이 반대해주길 바라는 눈치였으나, 불행히도 이쪽은 이미 교육이 끝난 뒤였다. 로드고가 느슨하게 교장을 쳐다보며 말했다.

"히페리온 황실에서는 헤르노어에 지원을 아끼지 않을 생각이오. 다소 부담스러운 점은 알고 있으나, 황녀를 받아주었으면 좋겠군."

여기서 싫다고 하면 살아서 회의실을 나가지 못할 분위기였다. 고심하던 교장이 나름의 절충안을 내세웠다.

"허면…… 열다섯 번째 생일이 지나시거든 입학하시는 것이 어떻습니까?"

앞으로 4년이 지난 뒤였다. 열다섯 살도 무척 이례적으로 어린 나이에 입학하는 것이라며, 교장은 설명을 덧붙였다.

"헤르노어는 나이를 가리지 않는다고 하지만, 보통 성년식 전후로 입학하는 것이 일반적입니다. 너무 어릴 때 들어오면 교우관계에도 좋지 않으니, 그 정도가 적당할 듯합니다."

예언자 또한 어느 정도 나이가 찰 때까지는 입학시키지 않고 데리고만 있으려 했다는 것이다. 에니샤가 곧장 답하지 않자, 교장이 죽는 소리를 내며 말했다.

"저희도 준비할 시간이 필요합니다. 히페리온의 황녀님이시니……."

"좋아요. 그렇다면 열다섯 살에 입학하기로 할게요."

"감사합니다!"

극적인 합의를 이뤄낸 교장이 크게 기뻐했다. 그리고 에니샤는 그 모습을 지켜보느라, 헬라드와 로시엘이 서로 의미심장한 눈빛을 주고받는 것을 보지 못했다.

회의가 끝난 뒤. 에니샤와 로드고, 벨루안이 좀 더 이야기를 하기 위해 회의실에 남고, 교장은 먼저 자리에서 일어났다. 생각지도 못한 상황의 연속에 교장이 한숨 푹푹 쉬면서 복도를 걷고 있을 때였다. 저편 모퉁이에서 두 인영이 스윽 나타났다. 소리 없이 나타난 장신의 남자들에 교장은 흠칫 놀랐다가, 얼굴을 확인하곤 더 놀랐다. 헬라드와 로시엘이 활짝 웃으며 말했다.

"감사 인사를 드리러 왔습니다."

"어린 동생을 아카데미에 받아주신다니, 당연히 따로 인사를 드려야지요."

"……."

교장은 불안한 마음을 감추지 못하고 그들을 바라보았다. 로시엘이 나긋한 목소리로 말문을 열었다.

"헤르노어는 대륙의 인재가 모여드는 명문 아카데미라 들었습니다."

너도 알고 나도 아는 사실을 굳이 집어가며 말하는 이유를 알 수 없었다. 로시엘은 눈매를 예쁘게 휘어가며 사근사근 말을 이어갔다.

"뛰어난 인재들이 모이는 만큼, 그들을 지도할 능력 있는 교수도 꼭 필요하겠지요."

……설마.

교장의 머릿속에 불현듯 어떤 생각이 스쳤다. 그러나 미리 깨달았다 하여도 막을 수 없는 일이 있는 법이었다. 헬라드가 싱글싱글 웃으며 질문했다.

"교수 자리, 비는 거 없습니까?"

✧◦❈◦✧

헤르노어 아카데미에서 예언자와 교장을 데려가기 위해 호위를 파견했다. 연락을 받은 아카데미의 반응으로 보건대, 교장의 돌발 행동에 저쪽도 골치를 앓는 듯했다. 여기저기서 일을 벌이고 다니는 교장인 모양이었다.

황실은 아카데미에서 호위가 도착할 때까지 교장과 예언자를 보호해주기로 했다. 회의를 끝낸 후, 에니샤는 벨루안과 함께 예언자를 찾아갔다. 녹시타와 함께 본궁의 빈 방에서 놀고 있던 소년은 에니샤의 방문에 눈을 동그랗게 떴다. 아직 몸이 성년인지라, 에니샤는 소년을 아래로 내려다보아야 했다.

소년은 처음 막사에서 만났을 때와 상당히 인상이 달랐다. 제게 예언을 할 때는 사람을 제압하는 분위기가 있었다. 하지만 지금은 그냥 평범한 그 나이대 소년이었다. 에니샤는 소년의 상태를 꼼꼼히 뜯어보았다. 향초 연기를 많이 마셔서 걱정했는데, 혈색이 괜찮은 것을 보니 다행히 중독되지는 않은 듯했다. 옷도 새것으로 갈아입고, 왼쪽 눈 또한 깨끗한 천으로 가렸다. 고불고불한 갈색 머리가 귀여웠다. 교장과 먼 친척이라더니, 곱상한 이목구비가 언뜻 닮은 것 같기도 했다. 에니샤는 소년에게 먼저 인사를 건네 보았다.

"안녕."

녹시타의 등 뒤에 숨어 있던 소년이 조심조심 앞으로 나와서 예를 갖췄다.

"저……. 히페리온의 세 번째 별을 뵙습니다……."

그리고 기어들어가는 목소리로 감사인사를 덧붙였다.

"구해주셔서 감사합니다……."

녹시타가 소년의 어깨를 툭 하고 두드리며 말했다.

"대범하게 행동해야지. 목소리도 더 크게 하고."

에니샤는 웃음을 참기 위해 애써야 했다. 다른 사람도 아닌 녹시타가 저런 말을 하다니, 재밌는 일이었다. 그래도 낯을 많이 가리는 녹시타가 형처럼 의젓하게 챙기는 것을 보면 둘이서 쿵짝이 잘 맞는 모양이었다.

에니샤는 소년의 머리를 쓰다듬어주었다.

"네 이름을 알려줄래?"

소년이 바짝 자세를 바로 하고서 대답했다.

"하렌입니다, 황녀님."

"하렌⋯⋯."

짧게 두어 번 되뇌어 이름을 외운 후, 에니샤는 다리를 굽혀 하렌과 눈높이를 맞췄다.

"하렌. 나한테 예언했던 것, 기억나?"

발개진 얼굴로 우물쭈물하던 하렌은 망설이며 입을 열었다.

"그게⋯⋯. 기억나지 않습니다."

예언이 끝나고 나면 막연하게 무언가 해버렸다는 기억만 남을 뿐, 구체적으로 떠오르지 않는다는 것이다. 하렌이 잔뜩 불안해하는 목소리로 질문했다.

"제가 혹시⋯⋯ 황녀님께 좋지 않은 예언을 했나요?"

그 말을 듣는 순간, 에니샤는 하렌이 어떤 일을 겪었을지 알 것 같았다. 예언자의 예언은 점술사의 점과는 확연히 달랐다. 점술사들이 보는 미래는 얼마든지 바뀔 수 있는 운명이고, 나쁜 일을 경고해주는 말에 가까웠다. 하지만 예언자가 보는 미래는 바뀌지 않는 운명의 커다란 틀이었다. 만일 불행을 말했다면, 피할 수 없이 그대로 이루어진다. 사람들은 자신의 미래를 궁금해하지만, 불행한 미래를 알고 싶어 하지는 않는다. 있는 그대로 가감 없이 내뱉은 하렌의 예언 중에는 분명 적나라한 것도 있었을 테고, 그에 분노를 터뜨린 사람도 있었으리라. 하렌이 자그마한 몸을 한껏 웅크리며 중얼거렸다.

"새로운 예언을 봐드리고 싶어도…… 그, 제가 마음대로 볼 수 있는 것이 아니라서……. 하지만 다시 해볼게요……."

안대를 만지작거리는 손끝이 덜덜 떨리고 있었다. 겁에 질린 모습이 역력했다. 하렌의 오른쪽 눈은 현재를, 왼쪽 눈은 미래를 내다본다. 현재와 미래가 섞이지 않도록, 하렌은 평소 왼쪽 눈을 가리다가 예언을 할 때만 안대를 걷어냈다. 하렌은 아직 능력을 제대로 다루지 못하기에, 자신이 원해도 예언을 하지 못하는 경우가 잦았다. 예언을 하지 못하는 상태에서 안대를 걷어내는 것은 상당히 고통스러운 일이라고 들었다. 시야가 엉망으로 뒤섞이는 탓에, 제대로 일어서지도 못하고 구토와 기절만을 반복해야 한다. 그런데 지금 하렌은 저가 예언을 하지 못할 줄 알면서도, 안대를 풀려 했다.

에니샤는 안대를 붙든 하렌의 손을 가만히 잡았다. 뼈가 앙상한 손을 폭 감싸 쥐고서, 천천히 아래로 끌어내렸다.

"괜찮아."

바닥만 내려다보고 있던 하렌이 조심스럽게 시선을 들어올렸다. 에니샤는 하렌과 똑바로 눈을 맞추고서 힘주어 말했다.

"아무것도 하지 않아도 돼. 누구도 네게 강제로 무언가를 요구할 수 없어."

"하지만⋯⋯."

"정말이야, 하렌."

안대로 가리지 않은 평범한 갈색 눈동자가 잘게 흔들렸다. 서서히 물기가 어리는 눈동자를 바라보며, 에니샤는 다시금 속삭였다.

"네가 원하지 않으면 힘을 쓰지 않아도 괜찮아."

"⋯⋯."

하렌은 힘주어 입술을 다물었다. 하지만 울음소리는 있는 힘껏 삼켰어도, 뺨을 타고 흘러내리는 눈물까지 감추진 못했다. 에니샤는 손수건을 꺼내 하렌의 눈물을 닦아주었다. 그리고 어째서인지, 하렌의 뒤에 서 있는 녹시타에게서도 훌쩍훌쩍 조용한 울음소리가 들려왔다.

성년의 몸을 하고 있는 동안, 에니샤는 로드고와 쌍둥이들에게 여러모로 시달려야 했다. 다들 조금이라도 더 에니샤와 시간을 보내지 못해 안달이었다. 에니샤가 갑자기 커져버린 탓에 우스운 일도 있었다. 항상 로드고와 쌍둥이에게 안겨 다니던 에니샤였다. 다들 10년 넘게 배어버린 습관이 있어서인지, 에니샤가 커졌다는 것도 잊고서 자꾸 안으려 들었다. 에니샤도 몇 번이나 습관적으로 안기려다가, 뒤늦게 서로 어어 하면서 떨어졌다. 한 번은 안으려다 주춤하는데, 헬라드가 그냥 번쩍 들어서 안아버린 적도 있었다.

"지금보다 두 배로 커져도 안아주는 건 문제없으니까!"

헬라드는 자신만만하게 안고 다니다가, 다른 사람들이 보는 눈을 생각하라며 로시엘에게 혼난 뒤에야 에니샤를 내려주었다. 그것 말고도 자꾸 의자 밑에 뭘 받쳐주려 한다든가, 높은 곳에 있는 물건을 대신 집어주려 한다든가, 한두 가지가 아니었다. 에니샤는 자신이 얼마나 넘치는 사랑을 받는지 다시금 느꼈다. 그리고 오늘 밤. 날이 밝으면, 에니샤는 다시 원래대로 되돌아간다.

아이의 몸으로 돌아간 뒤, 좌우법사와 함께 아르커스에 다녀올 것이었다. 이것저것 의논할 숙제가 많아서, 이번에는 3주를 조금 넘길 수도 있겠다고 미리 말도 해뒀다.

성년의 몸으로 보내는 마지막 밤, 에니샤는 로드고와 함께 황녀궁 정원을 산책했다. 은은한 달빛 아래 향긋한 꽃내음이 올라오고, 맑은 풀벌레 소리가 들려오는 초여름 밤의 정원은 근사한 산책로였다. 에니샤와 로드고는 한참 동안 말없이 걷기만 했다. 굳이 대화를 하지 않아도, 서로 감정을 나누기에 충분한 평화로움이었다. 그와 둘이서 산책한 일은 수도 없이 많은데, 오늘따라 유난히 낯선 기분이었다. 로드고에게 안기지 않고, 옆에서 두 발로 나란히 걷기는 처음이라 그럴지도 몰랐다. 낯선 기분을 느끼는 것은 에니샤뿐만이 아닌 모양이었다. 로드고가 문득 혼잣말처럼 중얼거렸다.

"언제 이렇게 커버렸는지……."

"내일이면 다시 되돌아갈 거예요."

에니샤의 대답에 로드고는 낮게 웃으며 돌아보았다.

"그런 뜻이 아니라……. 다른 것도 전부 생각해서 말이다."

애매하게 둘러 하는 말이었으나, 그가 무얼 말하고 싶어 하는지 알 것 같았다. 두 사람은 잠시 멈춰 섰다. 꼭 같은 주홍색 눈동자 두 쌍이 서로를 담아냈다. 로드고는 훌쩍 높아진 에니샤의 머리를 쓰다듬어주며 말했다.

"너를 있는 그대로 봐주지 못하고, 내가 원하는 대로 본 것 같아서 미안하구나."

그 말을 끝으로, 로드고는 다시 입을 다물었다. 조용한 밤의 정원에서는 풀벌레 소리가 사위를 가득 채웠다. 밤바람이 불어오며, 나뭇잎이 서로 스치는 소리가 파도처럼 시원하게 들려왔다. 에니샤는 가만히 로드고를 올려보다가, 그동안 숨겨놓았던 마음을 조그맣게 속삭였다.

"있죠……. 아빠랑 오라버니들 곁에 있으면, 제가 자꾸 어리광부리게 되는 것 같아요."

속은 다 큰 어른이면서, 황족들 앞에선 어린아이처럼 굴 때가 있었다. 그들이 저를 둥개둥개 귀하게 취급해주는 탓도 있었지만, 에니샤 또한 사랑받는 것이 좋아서 자꾸 어리게 행동했다. 히페리온과 함께하는 하루하루가 행복했다. 그들 곁에 있으면 아무것도 걱정할 필요가 없었다. 그저 달콤하기만 한 시간 속에서, 모든 의무와 책임을 잊고 편안히 기댈 수 있었다.

"하지만 언제까지나 그럴 수는 없으니까요."

에니샤는 해야 할 일이 있었고, 책임져야 할 사람들이 있었다. 계속 황족들 곁에 있다간, 정말 그들에게 푹 물들어버릴 것만 같았다. 그렇기에 황궁을 벗어나 새로운 곳으로 떠나려 했다. 그 사실을 로드고도 잘 알고 있었다. 하지만 에니샤의 결정을 존중하고 지지하기로 다 약속해놓고서도, 로드고는 미련을 감추지 못했다. 그가 쓸쓸함이 밴 웃음을 지으며 중얼거렸다.

"자꾸 방해하고 싶군. 평생 내 곁에만 남겨둘 수 없다는 것을 알면서도……."

아무래도 다시 반성해야겠다며, 로드고는 농담처럼 짧게 덧붙였다.

아이는 언젠가 어른이 되고, 부모 곁을 떠난다. 당연한 세상의 이치이지만, 생각처럼 마음이 훌쩍 떨어지지 않는 것은 서로를 너무 사랑하기 때문이리라. 삐걱거리는 시행착오를 겪는 일은 지극히 자연스럽다.

"아빠도, 나도 처음이니까……."

에니샤는 아빠를 가진 것이 처음이었고, 로드고는 자식의 미래를 진지하게 고민해본 것이 처음이었다. 솔직히 로드고가 헬라드와 로시엘 때문에 이런 고민을 했을 리는 없을 테니 말이다. 에니샤는 혼자서 고개를 끄덕끄덕하며 말했다.

"처음부터 잘하는 사람이 어디 있겠어요."

그러자 로드고가 씩 웃으며 답했다.

"글쎄……. 다른 일들은 처음부터 다 잘해냈는데 말이지."

그 말이 농담이 아니라 진실이란 것을 알고 있어서, 에니샤는 푸스스 웃음이 터졌다. 쏟아지는 달빛 아래, 에니샤와 로드고는 한참 동안 서로를 바라보며 키득거렸다.

에니샤는 원래 몸으로 돌아왔고, 예언자와 교장은 헤르노어 아카데미로 돌아갔다. 용병단의 처분은 쌍둥이에게 넘겼다. 괘씸한 용병단을 조금 혼내주고픈 마음에, 에니샤는 헬라드에게 용병단을 처리하다 손바닥이 까졌다고 일러바쳤다. 원래는 발목이 삐끗했다고 하려다가, 그럼 너무 잔인해질 것 같아서 손바닥만 까졌다고 한 것이었다. 이 정도만 해도 용병단은 충분히 지옥 같은 시간을 맛보리라.

에니샤와 함께 가출했던 레시나는 의외로 포상을 받았다. 물론 그녀가 처벌받지 않도록 신경 쓸 생각이었지만, 포상까지는 예상치 못했다. 전부 성년이 된 에니샤를 본 황족들의 기분이 둥둥 떠다니다 못해 하늘을 날아갈 듯한 덕분이었다. 가만있다가 하루아침에 가출이라는 날벼락을 맞았던 델 하르인도 갑자기 황실마법사들을 위해 예산이 풍족하게 편성된 덕분에 행복해졌다.

얼추 상황을 정리한 뒤에는 레시나, 델 하르인을 데리고 좌우법사와 함께 아르커스로 향했다. 항상 그러했듯이, 과자를 한 짐 가득히 지고 갔다. 카힐이 없어서 혼자 거대한 배낭을 두 개나 멘 레시나는 조금 투덜거렸다. 에니샤는 그녀를 도닥여주었으나, 다른 한편으로는 마음이 쓸쓸했다. 잊을 만하면 느껴지는 카힐의 빈자리 탓이었다. 어차피 아카데미에 가면 만날 수 있을 테니 잊고 살자고 하다가도, 가끔 이럴 때 생각이 나는 것은 어쩔 수 없었다.

아르커스에 도착하자마자, 에니샤는 가장 먼저 성화에 마력을 불어넣었다. 해마다 조금씩 늘어가는 에니샤의 마력만큼, 성화도 크기가 커지고 있었다. 아직은 조그맣지만, 언젠간 예전처럼 커다랗게 활활 타오를 수 있을 터였다.

아르커스 마법사들에게 과자를 나눠준 뒤, 에니샤는 곧장 원로 마법사들을 소집해 회의에 들어갔다. 100명의 원로마법사, 두 명의 좌우법사, 그리고 한 명의 대법사로 가득 차야 하는 대회의장이지만, 군데군데 빈 의자가 보였다. 조사관으로 대륙에 파견나간 마법사들의 의자였다.

회의를 시작하기 전에, 벨루안이 말랑한 사역마를 소환해서 대법사의 의자에 올려주었다. 성년의 몸을 하고 있다가 다시 열한 살 꼬마로 돌아오니 불편하기 짝이 없었다. 그래도 조금 자랐다고, 예전에는 푸딩 사역마가 둘이나 필요했는데 이제는 하나면 충분했다. 에니샤는 의자에 앉기 전에 푸딩 사역마를 물끄러미 바라보았다. 푸딩 사역마가 조그맣게 소리를 내서 아는 척했다.

"뀨……."

크게 소리 내면 벨루안한테 혼나니 저러는 것이었다. 에니샤는 푸딩 사역마를 쓰다듬어주곤 조심조심 올라앉았다. 사역마도 에니샤를 앉히는 것이 싫진 않은지, 다시 얌전해졌다. 에니샤는 등을 곧게 펴고 선언하였다.

"아르커스 대회의를 시작하겠다."

오늘 회의에서 의논할 논제가 많았다. 아바르티아와 대륙 곳곳에서 발견되는 제단, 마력봉인 연구의 진척 상황, 예언자의 탄생과 헤르노어 아카데미와의 교류까지.

특히 중요하게 다뤄야 할 문제는 역시 예언자였다. 점술사들도 단편적인 예지는 얼마든지 가능했다. 아주 능력 있는 점술사들은 사람의 운명을 들여다보기도 했다. 하지만 한 나라의, 대륙의 운명을 예지하는 것은 오직 '예언자'만이 가능한 일이었다. 대현자의 후손인 만큼, 예언자의 능력은 앞으로 더더욱 자라나 만개하는 꽃이 될 것이다.

"예언자의 신변을 보호하는 동시에 감시할 필요가 있어. 그를 헤르노어 아카데미에만 맡겨놓을 수 없지."

때문에 헤르노어와의 교류를 고려해볼 필요가 있다고, 에니샤가 발언했다. 일단 자신이 대법사인 건 교장에게 감추고, 아르커스와 헤르노어 아카데미의 교류만 트는 것으로 결정 내렸다. 히페리온의 황녀가 아르커스와 정기적으로 교류한다는 사실은 이미 암암리에 알려져 있다. 그러니 에니샤와 좌우법사 사이에 인연이 있는 것도 교장이 그리 수상쩍게 여기진 않을 터였다. 다만 벨루안은 끝까지 싫어했다.

"신뢰할 수 있는 인물인지 모르겠습니다."

미친 자라는 말을 고상하게 돌려 말하는 벨루안이었다. 녹시타가 옆에서 눈치 보다가 한마디 보탰다.

"교장 제정신이 아닌 것 같았어요……."

그들의 말이 사실이긴 하여서, 에니샤는 반박하지 못했다. 최대한 교장과는 거리를 두는 쪽으로 방향을 정한 뒤, 다음 논제로 넘어가려던 때였다. 깃펜을 잘근잘근 씹고 있던 녹시타가 발언하고 싶어서 손을 번쩍 들다가 실수로 잉크통을 엎질렀다. 다행히 회의가 시작된 지 얼마 안 되어서, 얼른 엎지른 잉크를 치우고 새 회의록을 꺼내왔다. 잠시간의 소란 끝에, 녹시타는 의욕적으로 의견을 제안했다.

"……아르커스랑 헤르노어가 교류를 시작하면, 내가 교수로 헤르노어에서 일하는 건 어떨까요?"

그럼 교류에도 도움 되고, 대법사도 자주 보고 아주 좋을 것 같다는 소리였다. 제가 말해놓고 혼자서 뿌듯해하는 녹시타를 내버려두고, 에니샤는 뷀루안에게 단단히 당부해두었다. 헤르노어와 교류를 시작하더라도, 녹시타를 포함해 아르커스 마법사들이 쓸데없는 짓을 하지 못하도록 하라는 당부였다. 안 그랬다간 아카데미에 전부 모여서 복작복작 모임이라도 가질 판이었다.

……그리고 헤르노어 아카데미에 입학하게 되었어요. 아카데미는 엘하르크 왕국과 같은 동부이니 조금 더 가까워진 것이지요? 예전보다 왕래가 쉽지 않을까 기대 중이니, 가끔 여유가 생기실 때 저를 만나주셨으면 좋겠어요.

— 에니샤

사랑하는 꼬마아가씨.

동부에 온다니, 올해 제가 받은 소식 중에 가장 기뻤답니다. 아카데미에 너무 자주 찾아가 꼬마아가씨를 귀찮게 하지는 않을까, 벌써부터 걱정이네요. 입학 날만을 손꼽아 기다릴게요.

　　― 유디트 엘하르크

유디트에게 받은 답장을 읽으며 에니샤는 활짝 웃었다. 그녀가 엘하르크 왕국으로 돌아간 뒤에도 계속 서신을 주고받았다. 에니샤가 일상 속에서 소소하게 느끼는 행복이었다. 그녀에게 답장을 쓰기 위해, 제일 좋은 종이를 꺼내다 깃펜에 잉크를 듬뿍 묻혔다. 하지만 편지의 첫줄을 적다 말고, 에니샤는 깃펜을 내려놓고서 한숨 쉬었다.

"……."

카힐 생각을 떠올린 탓이었다. 괜히 성질이 받쳐서, 에니샤는 잘 쓰고 있던 편지를 구겨버렸다. 카힐은 그 흔한 안부 편지 한 장 없었다. 꼬질이 때부터 거둬다 먹이고 입혀서 키웠더니, 하나도 소용없었다. 급작스럽게 아카데미에 입학한 것이야 황족들 때문에 어쩔 수 없었다지만, 떠난 후에 안부 정도는 전해야 하지 않는가. 아카데미 방학 때 제국으로 찾아오는 것까진 바라지 않아도, 짤막한 편지 한 통조차 없다니 너무했다. 이래서 사람들이 키워준 공은 없다고 말하는가 싶기도 했다.

에니샤는 결국 편지 쓰기는 포기하고 책상에서 내려왔다. 점심을 먹고 나서 다시 쓸 생각이었다. 주방장이 오늘 좋은 버섯이 들어왔다고, 근사한 요리를 만들어주겠다고 말했다. 맛있는 음식을 먹고 나면 기분도 좋아지고, 좋은 생각도 팡팡 떠오를 것 같았다.

에니샤는 타박타박 걸어서 식당으로 향했다. 그런데 복도에서 의외의 인물을 만났다.

"쭈글아!"

"에니샤!"

헬라드와 로시엘이 와락 에니샤를 안아 들었다. 두 사람 사이에 꼭 찡긴 에니샤가 놀라서 물어보았다.

"업무는 어찌하고 왔어요? 바쁠 시간 아니에요?"

한창 일이 몰릴 때라고 들어서, 당분간은 혼자 놀 생각을 하고 있었다. 그런데 쌍둥이가 황녀궁에 떡하니 나타난 것이다.

"오늘 황녀궁에 맛있는 송로버섯이 들어왔다는 소문을 듣고 찾아왔지."

원한다면 송로버섯으로 집도 지을 수 있는 로시엘이 말했다. 송로버섯 핑계를 대면서 막둥이 동생을 보러 오는 정도야 늘 있는 일이지만……. 헬라드의 품에 답삭 안겨서 식당으로 향하던 에니샤는 속으로 생각했다. 뭔가 수상쩍다고 말이다.

근래 쌍둥이들은 자신들이 해야 할 업무를 지속적으로 축소해 나가고 있었다. 일거리를 차근차근 아랫사람한테 배분하고 모자란 인력은 새로이 고용하는 등, 자신들이 자리에 없어도 며칠은 거뜬하도록 만들고 있었다. 여태까지 황족들이 과중한 업무에 시달린 것은 사실인지라, 에니샤는 내심 잘된 일이라 생각하고 있었다. 그런데 갈수록 업무를 덜어내도 너무 덜어내고 있었다.

에니샤가 결정적으로 이상함을 느낀 것은, 얼마 전 저녁 식사 때였다. 오랜만에 황족들 전부가 모여서 식사를 했는데, 이상하게 로드고가 울적해 보였다. 심지어 로드고는 평소 안 하던 말까지 했다.

― 황태자가 일찍 제위에 오르는 것도 나쁘지 않겠지…….

황제 때려치우고 싶다고 중얼거리며 헬라드를 스윽 쳐다보는 것이 아닌가. 게다가 헬라드의 반응도 희한했다.

― 싫습니다. 폐하가 오래오래 장기 집권하십시오.

평소 제 머리 위에 로드고가 있다는 사실을 싫어하던 헬라드였다. 로드고가 농담처럼 던졌어도 진담처럼 잽싸게 낚아채서 '저 황제 하겠음!' 하고 소리쳤을 텐데, 단박에 거절한 것이다. 이후 저녁 식사를 하는 내내 로드고와 헬라드는 서로 황제 하라며 제위를 양보해대는 훈훈한 모습을 보여주었다.

여하튼 그때 일까지 생각해보니, 확실히 이상하다 싶었다.

헬라드와 로시엘이 어디 멀리 정벌이라도 나가는 건가……?

한참 조용했으니 이제 어디 한 군데 부술 때도 되긴 했다. 쌍둥이에게 슬쩍 물어보기도 했으나 모른 척하고 가르쳐주질 않았다. 정말 전쟁이라도 하려는 걸까, 에니샤는 혼자서 궁금해했다. 그리고 시간은 빠르게 흘러갔다.

에니샤는 아카데미에 갈 준비를 차근차근 해나갔다. 그중에는 아르커스 좌우법사가 히페리온 황궁에 초장거리 이동마법진을 그려주기로 한 것도 있었다. 동부의 아카데미로 떠나고 나면, 방학 때가 아니고서야 황족들끼리 얼굴 볼 일이 요원할 터였다. 자신을 그리워할 로드고와 쌍둥이를 위해, 에니샤는 아르커스 마법사들에게 아카데미와 황궁을 잇는 이동마법진을 부탁했다. 그리하여 아르커스 마법사들이 연구에 연구를 거듭해 고안해낸 뒤, 좌우법사가 직접 그린 초장거리 이동마법진이 탄생했다. 마력을 적게 소모하면서도 최대 다섯의 인원을 옮길 수 있는 이동마법진이었다. 이동마법진의 혁명과도 같아서, 마법진을 그린 날에 온 황궁의 마법사들이 죄다 구경하러 몰려왔을 정도였다. 다만 마력 소모가 적다고는 하여도 워낙 초장거리인 탓에, 온 황궁마법사들이 마력을 쏟아부어야 겨우 작동이 가능했다. 하여 초장거리 이동마법진은 한 달에 한 번만 사용하기로 결정했다.

그리고 네 번의 겨울을 지낸 후……. 에니샤는 드디어 열다섯 번째 생일을 맞이하였다.

❦

열다섯 번째 생일은 생각보다 얌전했다. 이제 아카데미에 입학할 터이니, 한동안 보지 못할 것이란 생각에 너그러워진 에니샤는 이번 생일만큼은 로드고와 쌍둥이가 하자는 대로 해주겠다고 말했다. 무슨 짓을 벌여도 눈감아주겠다고 공언했건만, 의외로 황족들은 조용한 생일을 택했다. 남들한테 자랑하고 내보일 시간도 없다고, 에니샤와 하루 종일 붙어 있겠다는 것이었다. 특히 로드고가 심각했다. 그는 도통 에니샤와 떨어지려 하지 않았다. 에니샤는 하루 종일 로드고와 달라붙어 있어야 했다. 의외로 쌍둥이들은 로드고가 에니샤와 함께 있을 수 있도록 많이 양보해줬다. 배려심 넘치는 쌍둥이들이 수상했지만, 로드고에게 시달리느라 파고들 정신은 없었다. 가족들끼리 복작복작하는 걸로 생일을 보내고 며칠 뒤. 에니샤가 아카데미로 떠나는 날이 되었다.

"빼놓은 것은 없니, 에니샤?"

"네, 전부 꼼꼼히 확인했어요."

"이거는 필요 없니? 가져가면 괜찮을 거 같은데."

"앗, 그거 이미 챙겼어요!"

로시엘과 헬라드가 마지막으로 짐을 점검하는 에니샤 옆에서 훈수를 뒀다. 가지 말라고 가방 붙들고 난리칠 줄 알았는데, 어째 저보다 더 의욕적인 눈치였다.

에니샤는 가방을 확인하다 말고 쌍둥이를 올려다보았다. 주홍색 눈동자와 연하늘색 눈동자가 나란히 에니샤를 내려다보았다. 열다섯이 된 에니샤는 쑥쑥 자라났지만, 쌍둥이들은 더 심하게 자라났다. 있는 힘껏 키가 큰 것 같은데도 여전히 두 사람과 머리 하나는 너끈하게 차이 났다. 예전처럼 안고 돌아다니지 못하는 대신, 쌍둥이들은 종종 에니샤의 머리 위에 턱을 괴어서 장난치곤 했다. 그들을 쳐다보고 있자니 헬라드가 씩 웃으며 에니샤를 끌어안았다.

"왜, 쭈글아. 오라버니랑 헤어질 생각하니까 서운해?"

에니샤는 그를 마주 안으며 조금 기운 없이 대답했다.

"네에……."

"오라버니가 아카데미 따라가줄까? 응?"

"그건 안 돼요."

내심 기대하며 묻는 말에 딱 잘라 거절하는데도, 헬라드는 뭐가 그렇게 좋은지 자꾸 실실 웃었다. 흘긋 로시엘을 돌아보자 그도 방 싯방싯 웃고 있었다. 몹시 수상한 모습들이었다. 에니샤가 캐물어보려는 순간, 레시나가 설렁설렁 방 안으로 들어왔다.

"황녀님, 준비 끝나셨습니까아?"

우렁차게 외치며 등장한 그녀는 헬라드와 로시엘을 발견하곤 곧장 건들거리던 자세를 바로잡았다. 그리고 잘 훈련받은 기사 못지않은 자세로 인사했다.

"히페리온의 별들을 뵙습니닷!"

군기 바짝 들어서 인사하는 모습에 에니샤는 작게 웃었다. 레시나가 살려주세요, 하는 표정으로 에니샤를 바라보았다. 에니샤는 쌍둥이를 밖으로 쫓아냈다.

"휴……. 정말 황족분들은 뵐 때마다 가슴이 쿵쾅거립니다. 무서워서……."

연거푸 숨을 내쉬며 가슴을 쓸어내리는 레시나의 모습은 조금 달라져 있었다. 그녀는 평소처럼 20대 후반이 아닌, 열여덟 살의 외모를 하고 있었다. 에니샤와 함께 아카데미에 입학하기로 했기 때문이다. 본디 헤르노어 아카데미는 제 아무리 신분 높은 귀족과 왕족이 입학해도, 아무런 특혜를 제공하지 않았다. 학문이라는 공통된 목적 아래 모였기에, 신분의 고하를 두지 않는다는 것이 원칙이었다. 모든 학생은 호위나 시중 없이 혼자 기숙사에서 생활했다. 빨래나 청소를 도와주는 잡부는 있지만, 개인 시중인은 없는 것이다. 하지만 그러한 대원칙도 히페리온의 막내 황녀 앞에서는 소용이 없었다. 교장은 황녀님을 위한 특혜를 제공했다. 바로 레시나를 호위로 붙이는 것이었다.

레시나는 외모를 열여덟 살로 바꾸고, 위조 신분을 만들어내 입학 신청을 넣었다. 교장은 이 모든 과정을 묵인해준 것은 물론, 적극적으로 지원하기까지 하였다. 전부 헤르노어 아카데미의 파괴를 막기 위한 눈물겨운 노력이었다. 조금 작아진 레시나가 촐랑거리며 말했다.

"사실 저 조금 설렙니다. 아카데미 가보고 싶었거든요."

이미 졸업까지 해버린 에니샤와 달리, 레시나는 아카데미가 난생처음이었다. 그녀는 어린애인 척 흉내 내는 건 자신 있다며 무척 좋아했다.

아카데미까지는 좌우법사가 데려다주기로 하였다. 아르커스가 헤르노어 아카데미와 교류를 시작했기 때문에, 교장을 만나 이야기를 나눌 겸 해서였다.

황녀궁 정원에 마력으로 만든 배가 나타났다. 자그만 손가방 하나를 야무지게 들고, 에니샤는 황궁 사람들에게 작별 인사를 했다. 앞으로 초장거리 이동마법진의 작동을 도맡을 델 하르인에게 격려를 쏟아놓고, 로드고와 쌍둥이에게도 인사를 했다.

"조심해서 다녀올게요. 건강히 지내시구……. 앗!"

또박또박 인사를 하는데, 로드고가 갑자기 꽉 끌어안아 왔다. 한참 놔주질 않던 그가 커다랗게 한숨을 뱉어내며 중얼거렸다.

"틈날 때마다 찾아가마……."

그러더니 어째서인지 슬쩍 쌍둥이들을 노려보았다. 헬라드와 로시엘은 입꼬리를 한쪽씩 비죽 올리고선 모른 척하였다. 정말 뭔가 있기는 한 모양이었다. 그래도 아카데미로 가버리는 판국에 뭘 어찌하진 못할 거라고 생각하며, 에니샤는 배 위에 올랐다.

헤르노어 아카데미는 예전과 달라진 것이 없었다.

'재능의 날개를 펼치리라'라는 교훈이 커다랗게 적힌 거대한 아치형 정문 뒤로 광활한 대리석 건물들이 펼쳐졌다. 입구에 들어서니 익숙한 일각수 동상이 에니샤를 맞이해주었다. 머리에 뿔을 단말이 커다란 날개를 활짝 펼친 금빛 동상은 헤르노어 아카데미의 상징이었다. 헤르노어 아카데미 학생들은 날개 달린 일각수가 새겨진 패를 신분증으로 지급받았다. 에니샤도 곧 신분패를 받을 것이었다.

교복을 입은 학생들이 재잘재잘 떠들며 에니샤의 곁을 스쳐 지나갔다. 에니샤는 로브 모자를 벗고 싶었지만 꾹 참았다. 내일 있을 입학식 전까지는 최대한 모습을 드러내지 말아달라는 교장의 부탁 때문이었다. 벨루안과 녹시타, 레시나는 로브를 쓰지 않았기에 지나가는 학생들이 흘긋흘긋 쳐다보았다. 물론 세 사람은 쳐다보든지 말든지, 에니샤를 신경 쓰느라 정신이 없었다.

"로브 모자 조심하십시오."

눈앞도 제대로 보이지 않을 만큼 뒤집어썼는데도, 벨루안은 연신 모자를 확인했다. 넘어지지 않도록 녹시타와 손을 잡고 걸으며, 에니샤는 그때마다 모자 잘 쓰고 있다고 부지런히 대답했다.

아카데미의 너른 교내를 얼마간 걷고 있자니, 단정한 정장 차림의 남자가 다가왔다. 간단하게 목례하여 예를 갖춘 그가 이름을 밝혔다.

"이스미온 님의 보좌관, 슈미드 랑에입니다."

이스미온이라는 이름에 의아해하는데, 벨루안이 교장의 이름이라고 알려주었다. 보좌관 슈미드는 교장과는 완전히 다른 느낌이었다. 머리카락을 깨끗하게 넘기고 안경을 쓴 슈미드는 빈틈없이 빡빡해 보였다. 새침데기 푼수 같던 교장을 떠올리니, 슈미드 같은 보좌관이 있어서 다행이란 생각이 들었다.

"확인을 위해 잠시 얼굴을 보여주실 수 있으시겠습니까."

슈미드의 말에 에니샤는 모자를 살짝 걷어서 주홍색 눈동자를 드러냈다. 그리고 에니샤와 눈이 마주친 순간, 슈미드는 냉철하던 표정이 와르르 무너져버렸다. 그가 멍하니 중얼거렸다.

"그래서 그런……."

다시 모자를 끌어내린 에니샤가 의아히 쳐다보자, 슈미드는 넋을 놓은 표정으로 말했다.

"죄송합니다. 이스미온 님께서 에니샤 님에 대한 말씀을 많이 하셔서……."

말해놓고 나서야 실언임을 깨달았는지 얼른 입을 닫았으나, 이미 늦어버렸다. 궁금해하는 에니샤를 이기지 못한 슈미드는 하는 수 없이 말을 덧붙였다.

"이스미온 님께서 물건이 아닌 사람을 보고 극찬하신 일은 처음이었습니다."

그래서 에니샤의 미모가 상당하리라 예상은 했지만, 이 정도일 줄은 모르고 깜짝 놀란 것이다. 에니샤는 괜히 손가락을 꼼지락거렸다. 레시나가 열여덟 살 성년 때 얼굴보단 덜 위험하다고 그랬는데, 벌써부터 이런 반응이니 조금 걱정되었다. 황궁에서 벗어나, 수많은 낯선 이들 속에 놓이는 일이 처음이라서 더욱 그랬다.

조그만 걱정을 뒤로하고, 에니샤는 슈미드를 따라 교장실로 향했다. 아카데미에서도 구석진 건물에 자리한 교장실은 교직원이나 학생들이 함부로 드나들지 못하는 곳이었다. 졸업할 때까지 교장실이 어디 있는지조차 모르는 학생들도 많았다. 물론 에니샤는 과거 전대 교장에게 끌려와 뻔질나게 드나들었지만 말이다.

익숙한 건물과 복도를 지나 교장실 앞에 다다랐다. 기억과 똑같은 모습에 가슴이 술렁였다. 슈미드가 문을 열어주었고……. 눈앞에 펼쳐진 모습에 에니샤는 입을 살짝 벌렸다.

"……."

내부는 전혀 익숙하지 않은 모습이었다. 교장실은 온갖 화려한 물건들이 가득했다. 벽면 한쪽을 다 차지한 선반에는 갖가지 조각상과 장신구들, 아주 작은 물건들까지 정교하고 세세하게 구현한 인형 집, 꽃무늬가 들어간 찻잔과 접시 같은 것들이 빼곡하게 진열되어 있었다. 책상 위에도 화려하지만 쓸모없어 보이는 사무용품들이 가득했다. 특히 보석으로 장식한 금촉 깃펜은 제대로 손에 쥘 수나 있는지 의심스러울 정도였다.

교장은 금실과 은실로 무늬를 짜 넣은 다마스크가 덮인 안락의자에 앉아 있었다. 여전히 예쁘장한 얼굴의 그가 자리에서 벌떡 일어나서 에니샤를 맞이하였다.

"어서 오십시오, 에니샤 님."

황녀님이 아닌 에니샤 님이라는 호칭으로 불리니 확실히 아카데미에 들어왔다는 실감이 났다. 에니샤는 교장의 맞은편에 앉았고, 좌우법사와 레시나는 한쪽에 서서 대기하였다. 교장은 그들에게는 자리를 권할 생각도 하지 않고 에니샤에게만 차를 따라주었다. 그는 홀짝홀짝 차 마시는 에니샤를 황홀한 표정으로 감상하다가, 살랑살랑 웃으며 말했다.

"일전에는 이름조차 제대로 말씀드리지 못했습니다. 이스미온 린아르크입니다."

린아르크……?

어딘가 익숙한 느낌에 고개를 갸웃하던 에니샤는 곧 무엇과 비슷한지 알아챘다. 엘하르크와 비슷한 어감이었다. 이스미온이 눈치 빠르게 설명을 이어갔다.

"엘하르크 대귀족 출신입니다."

아카데미 교장이 되면서 작위는 반납하고 왔다는 말에, 에니샤는 물어보지 않을 수가 없었다.

"혹시 유디트 엘하르크……."

하지만 끝까지 질문하지 못했다. 이스미온이 기겁하면서 소리쳤기 때문이었다.

"그런 여자 모릅니다!!"

"……."

유디트와 잘 아는 사이인 모양이었다. 나중에 유디트한테 물어봐야겠다고 생각하며, 에니샤는 화제를 돌렸다. 하렌이 잘 지내고 있는지 안부를 묻고, 앞으로 아카데미 생활에 대해서도 당부를 들었다.

"에니샤 님이 입학한다는 말이 어디서 퍼졌는지, 올해 입학 신청이 폭주했습니다."

역대 최고의 입학 경쟁률을 기록하는 동시에, 아카데미에 후원금도 쏟아졌다고 말하며 이스미온이 질린 표정을 지어 보였다.

"히페리온 황실에서 잔디를 새로 깔아주시고 기숙사 건물도 하나 지어주셨습니다. 황녀님이 쓰실 방은 신축 기숙사에서 가장 안전한 곳입니다."

아카데미 마법학부 교수진들이 총출동하여 결계마법진을 깔았다는 말에 에니샤는 대충 고개를 끄덕였다. 배려는 고맙지만, 어차피 자신이 새로 손보아야 할 터였다. 그 외에 자잘한 몇 가지 이야기를 나눈 후, 이스미온이 길게 땋아서 늘어뜨린 머리카락을 어깨너머로 쓸어 넘기며 말했다.

"신임 교수들도 오셨는데……."

이스미온은 어쩐지 말끝을 흐리다가, 갑자기 한숨을 푹 내쉬며 말했다.

"……아닙니다. 모쪼록 아카데미가 부서지지 않도록 잘 부탁드리겠습니다."

황궁에서도 평화를 지켜온 에니샤였다. 아카데미에는 로드고와 쌍둥이도 없는데, 그 정도쯤이야 식은 수프 먹기이리라. 에니샤는 자신 있게 대답했다.

"걱정하지 마세요!"

그러나 10년을 넘게 같이 살았으면서, 에니샤는 아직도 제대로 알지 못했다. 히페리온 황족들의 팔불출 짓이 어디까지 갈 수 있는지 말이다. 얼추 대화를 끝낸 후, 슬슬 자리에서 일어나려 할 때였다.

"아, 그리고 드릴 것이 있습니다."

이스미온이 손짓하자, 구석에 서 있던 슈미드가 웬 커다란 자루를 두 개나 들고 와 에니샤의 발치에 내려놓았다. 뚱뚱하게 부푼 자루에서 바스락 소리가 났다. 무언가 가벼운 것들이 가득 들어 있는 듯했다. 자루를 손가락으로 콕 찔러본 에니샤가 이스미온에게 질문했다.

"이게 뭔가요?"

"근래 아카데미 업무를 마비시킨 주범입니다."

에니샤는 고개를 갸웃했다. 아카데미 업무 마비와 자신이 무슨 상관이 있는지 알 수 없었다. 그리고 이어진 말에 에니샤는 말문이 막혀버렸다.

"에니샤 님께 날아온 편지입니다."

"……네?"

"저건 극히 일부이고, 창고에 삽으로 퍼다 날라야 될 만큼 산처럼 쌓여 있는데……. 다 들고 올 수가 없어서 일단 두 자루만 가져왔습니다."

"……."

"지금도 실시간으로 날아오는 중입니다. 에니샤 님께서 허락해 주신다면 편지를 금하고 싶습니다."

막내 황녀님을 사랑하는 모임인지 뭔지에서 미친 듯이 편지를 보낸다며, 이것 때문에 요새 주름살까지 생겼다며 이스미온이 징징거렸다. 에니샤는 그에게 히페리온 황실을 비롯하여 몇몇 사람에게만 편지를 받겠다고 약속해줬다. 그리고 드디어 기숙사로 향했다.

이번에 새로이 지었다는 기숙사는 아카데미의 모든 건물 중에서도 특출하게 반질반질했다. 에니샤의 방은 가장 꼭대기 층 안쪽 방이었다. 작은 응접실과 침실, 개인 욕실이 딸린 방은 황녀궁에 비하면 작다 못해 초라했다. 하지만 에니샤는 매우 만족했다. 새로 지은 만큼 깔끔했고, 혼자 쓰기에 차고 넘치는 공간이었다. 바로 옆방에 레시나가 머물 테니, 무슨 일이 생기면 그녀에게 연락하기도 편했다. 레시나는 짐을 풀라고 보내두고, 에니샤는 좌우법사와 함께 방 안에 그려진 결계마법진을 점검했다. 바닥에 깔린 카펫을 걷어내니 마법진이 드러났다. 훌륭한 수준이긴 했으나, 아르커스 삼두법사가 보기에는 부족한 점이 많을 수밖에 없었다. 셋이서 옹기종기 머리를 맞대고 마법진을 들여다보며 어디를 고치고 보완할지 의논했다.

벨루안이 결계마법진을 수정하는 동안, 녹시타는 짐 정리하는 에니샤 옆에 슬그머니 달라붙었다. 쌓아놓은 옷더미를 괜스레 헤집으며 방해하는 꼴이 관심받고 싶은 모양이었다. 에니샤는 그의 손에 들린 교복을 가져다가 옷장에 걸며 말했다.

"하렌이랑 만나겠네, 녹시타."

"네……."

좌우법사는 에니샤의 방을 점검한 뒤, 다시 교장실로 찾아가 이스미온과 대화할 예정이었다. 벨루안이 사무적인 이야기를 나누는 동안, 녹시타는 항상 하렌을 찾아가 함께 시간을 보냈다. 둘 다 활발한 성격은 아니라서, 방 안에서 조용히 사부작사부작 노는 듯했다. 에니샤가 관심을 가져주자 녹시타는 얌전히 짐 정리를 돕기 시작했다.

"하렌이 대법사 보고 싶대요."

"아카데미에 왔으니 이제 종종 볼 수 있지 않을까?"

"나도 아카데미 오고 싶어요⋯⋯."

입을 삐죽 내밀며 부루퉁한 표정을 지어 보이는 탓에, 에니샤는 녹시타를 한참 어르고 달래야 했다. 그동안 벨루안은 마법진 수정을 끝낸 후, 결계가 제대로 작동하는지 사역마로 점검까지 완료했다.

"결계마법진은 끝났고⋯⋯. 내일 입학식까지 보고 돌아가겠습니다."

"오늘 대법사랑 같이 자면 안 돼요?"

녹시타가 에니샤에게 달라붙었으나, 벨루안이 가차 없이 떼어내며 말했다.

"교장의 사저에서 머무르고 있을 테니, 무슨 일 있으면 바로 연락하십시오."

"웅! 고마워, 벨루안."

벨루안은 잠시 말없이 에니샤를 내려다보다가 손을 뻗어왔다. 열심히 짐 정리하느라 흐트러진 머리카락을 가지런히 정리해주며, 그가 느릿하게 중얼거렸다.

"⋯⋯예전보다 자주 볼 수 있어서 좋습니다."

그러곤 녹시타를 끌고 방 밖으로 휙 나가버렸다. 에니샤는 그가 사라진 후에야 뒤늦게 씩 웃었다.

하여튼 귀엽기는…….

콧노래를 흥얼거리며 에니샤는 남은 짐들을 마저 정리했다. 정리를 끝마친 뒤, 간단하게 씻고 옷을 갈아입었다. 그리고 침대 위에 털썩 드러누웠다. 모두가 떠난 방은 조용했다. 차분한 정적 속에서 한참 천장을 올려다보고 있자니 괜히 마음이 싱숭생숭해졌다. 집 떠나 낯선 곳에 찾아온 설렘과 걱정이 반반이었다. 벌써부터 로드고와 쌍둥이가 보고 싶었다. 히페리온에 보낼 편지를 써야겠다고 생각하며, 에니샤는 천천히 잠에 들었다.

✦◆❖◆✦

헤르노어 아카데미의 입학식 날이었다. 에니샤는 옷장에서 교복을 꺼내 스스로 챙겨 입었다. 아카데미는 크게 마법, 검술, 인문, 예술, 실용으로 나뉘었다. 교복은 전체적으로 비슷하되, 각 학부마다 특성을 살려서 조금씩 모습을 달리했다. 에니샤가 속한 마법학부 교복은 겉에 엉덩이를 살짝 덮는 길이의 짧은 로브를 걸쳤다. 마법사에게 로브라니 지극히 편협한 사고방식이지만, 과거에도 마법학부 학생들은 큰 불만 없이 잘 입고 다녔다. 역시 마법사는 로브이기 때문이었다. 에니샤는 신분패를 챙기는 것도 잊지 않았다. 마호가니 나무로 만든 신분패는 이제부터 에니샤가 헤르노어 아카데미의 학생이라는 상징이었다. 매끈한 광택이 감도는 신분패를 들여다보다가 히페리온이라는 이름이 새겨진 부분을 손가락으로 쓸어

보았다. 그리고 안주머니 깊숙이 신분패를 집어넣었다.

에니샤는 마찬가지로 교복을 입은 레시나와 함께 대연회장으로 향했다. 그녀와 함께 걸어가는 동안, 수많은 시선이 달라붙었다가 떨어지길 반복했다. 학생이고 교직원이고 전부 에니샤가 지나갈 때마다 눈을 부릅떴다가, 황급히 주변 사람과 쑥덕거렸다. 이 정도 소란쯤은 이미 예상했다. 에니샤는 크게 동요하지 않았다. 하지만 대연회장에 들어서고 벌어진 일은, 제아무리 마음먹었어도 조금 당황스러웠다.

입학식을 위해 모인 재학생과 신입생들로 대연회장은 북적거렸다. 그리고 에니샤가 대연회장에 한 발짝 들어서는 순간. 그 바글바글하던 수많은 학생이 양옆으로 쫘악 갈라졌다. 마치 바다가 갈라지는 기적을 보는 듯한 광경이었다. 상황 파악 못 하고 어리둥절하게 서 있던 몇몇 학생도 에니샤의 눈부신 금발과 주홍색 눈동자를 확인하곤 기겁하며 허둥지둥 구석으로 달아났다.

"……."

나 아직 아무 짓도 안 했는데.

에니샤는 멋쩍게 눈을 깜빡이다, 레시나와 함께 천천히 안쪽으로 걸어 들어갔다. 아카데미에서 학생과 교수는 서로 존댓말을 하는 것이 기본 원칙이었다. 대륙에서 가장 고귀한 신분인 에니샤 또한 존칭까지는 아니더라도, 존댓말을 사용할 예정이었다. 친구랑 어떻게 대화할지 나름 혼자서 연습까지 해뒀는데, 아무래도 쓸 일이 없을 것 같았다. 찬물을 끼얹은 듯 조용해진 대연회장에서 누군가 에니샤를 불러왔다.

"에니샤 님!"

용기 있는 자의 등장에 에니샤는 반가워하며 목소리가 들려온 곳을 쳐다보았다. 그리고 의외의 인물에 눈을 크게 떴다.

"예르넨 경……?"

예르넨 하일레제였다. 하일레제의 소공자는 그사이 어른이 되어 있었다. 검술학부 교복의 특징인 한쪽 어깨를 덮는 망토를 늘어뜨리고, 머리를 깔끔하게 넘긴 예르넨이 에니샤 앞으로 걸어와 멈췄다. 그가 연두색 눈동자를 유쾌하게 반짝이며 말했다.

"아카데미 안이니 그냥 예르넨이라 불러주십시오."

아는 사람의 등장에 에니샤는 기분이 좋아졌다. 예르넨은 에니샤를 앞쪽으로 안내하며 대화를 이어갔다.

"저는 작년 봄에 입학하였습니다."

제국 귀족들은 헤르노어 아카데미에 거의 입학하지 않았다. 궁금해하는 에니샤를 위해 예르넨은 자세히 설명해주었다.

"그것도 옛날이야기입니다. 올해 황녀님께서 입학하신다는 소문이 퍼지면서, 제국에서도 아카데미 입학 신청이 폭주했습니다."

하지만 어찌 된 일인지 제국 귀족들은 전부 불합격 처분을 받았다. 로드고나 쌍둥이가 교장에게 특별히 압박을 넣은 모양이었다. 예르넨은 에니샤가 입학한다는 소문이 퍼지기 전인 작년에 입학 신청을 넣었다. 덕분에 무사히 합격해서 많은 것을 배우고 있다가, 이제 에니샤 님과 같이 아카데미를 다니는 영광까지 누리게 되었다며 예르넨이 웃어 보였다.

"어쩌다 아카데미에 입학하기로 했나요? 하일레제 공작이 예르녠의 정계 진출을 간절히 바라셨는데……."

"카힐 님이 입학한다는 이야기를 듣고, 저도 고심 끝에 결정을 내렸습니다."

한 발짝 앞으로 나아가려면 특별한 계기가 필요할 것 같았다며 서글서글하게 웃었다. 현재에 안주하지 않고, 발전을 위해 노력하는 모습이 아주 바람직했다. 그의 이야기를 듣고 있던 에니샤는 망설이다 질문했다.

"카힐은…… 어찌 지내는가요?"

"잘 지냅니다. 학생회장이니 조금 바쁜 듯하지만……."

"학생회장?"

깜짝 놀라는 에니샤의 모습에 예르넨이 모르셨습니까, 하고 짧게 되물었다. 에니샤는 대답하지 않았다. 예르넨이 미간을 지긋하게 좁혔다. 그가 나직하게 혼잣말처럼 중얼거렸다.

"좋지 못한 자임은 익히 알고 있었으나, 은혜까지 모를 줄이야……."

그의 반응으로 보건대, 예르넨과 카힐 사이에 무슨 일이 있었던 것 같았다.

카힐이 제국에 있을 땐 예의바르고 착했는데……. 그사이 많이 불손해졌나?

부풀어 오르는 궁금증이 속을 가득 채웠다. 하지만 입학식이 시작하는 바람에, 예르넨과의 대화는 거기서 끊어졌다.

이스미온이 슈미드와 함께 대연회장에 나타났다. 그리고 몇몇 학생이 두 사람의 뒤를 따라, 단상의 대각선 아래에 자리했다. 학생회의 임원들이었다. 에니샤는 숨을 작게 들이마셨다. 가장 오른쪽에 카힐이 서 있었다. 단상 위에 올라선 이스미온은 제법 교장처럼 환영 인사를 했다.

"신입생 여러분을 환영합니다. 저는 헤르노어 아카데미의 교장, 이스미온 린아르크입니다."

이스미온을 바라보던 에니샤는 시선을 아래로 내렸다.

"그대들의 눈부신 재능에 날개를 달아주는 것이 헤르노어의 역할이고, 목표입니다. 헤르노어에서는······."

이스미온의 연설이 귓가를 흘러 지나갔다. 에니샤는 카힐에게서 눈을 뗄 수 없었다. 4년 동안 무슨 일이 있었던 것일까.

카힐은 완전히 달라져 있었다. 외모부터 분위기까지 너무 많이 달라져서, 몇 번이나 다시 보고 나서야 카힐이라는 실감이 들었다. 예전에는 어린 티가 묻어 있었으나, 지금은 소년 시절 분위기가 조금도 느껴지지 않았다. 훌쩍 자라난 장신에 날카로워진 이목구비, 냉기가 감도는 서늘한 얼굴. 손끝만 가져대도 곧장 베여버릴 것만 같았다. 하나도 익숙한 것이 없었다. 완연히 성인으로 자라난 그는 낯선 남자였다.

한참 동안 멍하니 쳐다보는데, 시선이 마주쳤다. 냉랭한 눈빛에 조금 놀랐지만 금세 반가운 마음이 차올랐다. 에니샤는 그에게 방싯 웃으며 아는 척을 해 보였다.

"······."

무심하던 눈동자 위로 짧은 동요가 일어났다. 그러나 이내 얼음이 들어차듯 눈빛이 차가워졌고······. 카힐은 다른 곳으로 시선을 돌려버렸다.

어……?

에니샤는 눈을 깜빡였다. 분명 시선이 마주쳤고, 저를 보았다. 그런데도 모른 척했다. 한참 동안 카힐을 쳐다보았다. 시선을 느꼈을 텐데도, 이쪽은 쳐다보지도 않았다. 고의적인 무시였다. 카힐을 다시 만나는 것을 상상해본 적이 있었다. 그가 울거나, 부끄러워하거나, 무뚝뚝하게 맞아주는 것까지 전부 생각해보았다. 하지만 그중에서 무시한다는 선택지는 없었다. 아무런 감정이 없는 것처럼 저렇게 구는 것은…… 정말이지 상상도 못 했다. 에니샤의 옆에 서 있던 레시나도 무척 당황했다. 그녀는 눈을 휘둥그렇게 뜨고서 에니샤와 카힐을 번갈아 살피다가 중얼거렸다.

"저, 저……. 저놈이 미쳤나……."

생각보다 큰 목소리로 말했는지, 주변에서 흘긋흘긋 돌아보는 시신이 느껴졌다. 레시나의 팔뚝을 살짝 붙잡았다. 조용히 하라는 신호에 레시나는 입을 몇 번 뻐끔거리다가 꾹 닫았으나, 대신 카힐을 맹렬히 노려보았다.

"검술학부와 인문학부에 새로운 교수님이 두 분 부임하십니다. 사정상 입학식에는 참여하지 못하셨으나, 앞으로 차차 수업에서 뵐 수 있도록……."

이스미온의 말을 흘려들으며, 에니샤는 가만히 눈매를 찡그렸다.

대체 왜 저러는 거야?

카힐을 이해할 수가 없었다. 에니샤는 그와의 마지막을 선명히 기억했다. 즐겁게 웃고 떠드는 연회장에서 한 걸음 빗겨났던, 어둡고 조용한 테라스. 떠나고 싶지 않다는 눈으로 바라보면서, 떠나야 한다고 말하던 모습. 달빛만이 교교하던 그곳에서 애틋하게 뺨을 쓰다듬던 손길. 분명 원하지 않았던 이별이었는데, 어째서……. 생각에 생각을 거듭하는 동안, 이스미온의 연설이 끝났다. 에니샤는 다른 학생들과 함께 의무적으로 박수를 쳤다.

그리고 카힐이 단상 위에 올라섰다. 목소리를 키우는 증폭마법이 카힐의 목소리를 대연회장 가득히 울리도록 했다. 카힐은 서늘한 표정으로 입을 열었다.

"헤르노어 아카데미의 학생회장, 카힐 자드카르입니다."

에니샤는 어깨를 움찔했다. 목소리마저 변해 있었다. 여전히 미성이지만, 깊숙하게 가라앉은 목소리는 훨씬 성숙했다. 속을 오싹하게 파고드는 중저음의 목소리가 짤막한 인사를 이어갔다.

"신입생 여러분들의 입학을 환영합니다. 이곳 헤르노어에서 각자 재능을 마음껏 펼칠 수 있기를 기원하겠습니다."

가벼운 목례와 함께 말을 끝맺자, 다시 박수가 쏟아졌다. 에니샤는 대충 박수를 치는 한편, 다른 사람들의 얼굴을 살폈다. 카힐을 바라보는 사람들의 시선은 동경이 대다수였으나, 몇몇에는 희미한 두려움이 서려 있었다.

입학식이 끝나고, 카힐은 학생회 임원들과 함께 사라져버렸다. 검술학부 교복을 입은 그가 뒤돌아서는 것을 따라, 망토 자락이 길게 펄럭였다. 에니샤는 카힐의 뒷모습을 한참 동안 바라보았다.

"동부는 제도보다 사계절이 뚜렷하다더니, 아무래도 저놈이 더위를 먹은 모양입니다."

북부 촌뜨기라서 동부 여름 날씨에 뇌가 익어버렸을 거라며, 레시나는 단정 지었다. 아직 봄이라고 말해주자, 레시나는 당황하지도 않고 4년 동안 여름에 시달리며 그렇게 된 것이라고 덧붙였다.

에니샤와 레시나는 다시 기숙사로 향하고 있었다. 내일부터 본격적인 수업 시작이고, 오늘 입학식이 끝난 후에는 자유 시간이었다. 본래는 레시나와 함께 교내를 돌아다니며 구경하기로 했지만, 그러고 싶지 않았다. 마음이 영 싱숭생숭한 탓이었다. 타박타박 걸음을 옮기는 에니샤 옆에서 레시나는 제 일처럼 분개했다. 건방지고 오만하고 멍청한 놈이라며, 그녀는 황녀님 앞에서 할 수 있는 아슬이슬한 수위까지 욕을 쏟아냈다.

"그만해, 레시나. 사람들이 듣겠어."

가만히 있어도 주목받는 에니샤였다. 지금도 에니샤가 지나갈 때마다 전부 눈을 튀어나올 듯이 크게 뜨고서 한참 동안 쳐다봤다. 움직임 하나하나에 시선이 달라붙으니, 구설에 오르기 좋은 위치였다. 주의해서 나쁠 것은 없었다. 에니샤의 만류에 겨우 입을 닫은 레시나는 입을 삐죽하니 내밀며 불퉁하게 말했다.

"그럼 기숙사에 가서 마저 욕하겠습니다."

곧 죽어도 안 하겠다는 말은 하지 않았다. 저를 챙겨준다고 저러는 것임을 알고 있어서, 에니샤는 그냥 웃었다. 씩씩거리는 레시나를 달래며 기숙사로 걸어가는데, 문득 나무 그림자가 눈에 들어왔다. 바람 한 점 불지 않건만, 귀퉁이가 찌그러진 나무 그림자는 티나지 않게 살랑살랑 흔들리고 있었다. 벨루안의 사역마였다. 에니샤를 구경하려고 아까 입학식 때부터 알짱거리더니, 여기까지 따라온 것이다. 에니샤는 로브 모자를 덮어쓰며 말했다.

"레시나, 잠깐 좌우 법사들이랑 만나고 올세."

오늘 입학식을 보고 나서 아르커스로 돌아간다고 했다. 아마 간다는 인사를 하려고 저러는 모양이었다. 다녀오시라며 손을 흔들어 보이는 레시나를 두고, 에니샤는 사역마를 따라갔다. 학생들 눈에 띄지 않도록, 그늘을 따라 조심스럽게 움직이던 사역마는 인적이 드문 곳에 다다르자 스르륵 사라졌다. 마력이 주변을 확 감싸는 것이 느껴졌다. 둥근 막이 바깥을 차단하면서, 벨루안과 녹시타가 나타났다. 그리고 에니샤는 벨루안의 손에 들린 것을 보고 눈을 둥그렇게 떴다. 그는 커다란 꽃다발을 들고 있었다.

"선물입니다."

대뜸 내미는 꽃다발을 얼떨결에 받아 들었다. 에니샤가 안기 버거울 정도로 큼직한 꽃다발이었다. 색색의 장미가 조화로운 다발에서 꽃향기가 물씬 피어올랐다. 꽃에 파묻힌 에니샤가 그들을 쳐다보니, 녹시타가 손가락을 까닥였다. 손가락 끝에서 녹색 마력이 작은 폭죽처럼 펑 하고 터지며 반짝반짝한 빛을 뿌려냈다.

"입학 축하해요……!"

에니샤는 꽃다발을 끌어안고서 웃음을 터뜨렸다. 와르르 웃어 보이는 에니샤의 모습에 벨루안과 녹시타도 따라서 가만히 웃었다. 벨루안이 습관적으로 그러하듯 에니샤의 머리카락을 만지작거리며 말했다.

"입학식에서 대법사밖에 안 보였습니다."

"맞아요! 그래서 걱정이에요……."

대법사를 아카데미에 혼자 놔둘 수 없다며 녹시타가 끙끙거렸다. 에니샤는 꽃다발을 겨우겨우 한 손에 들고 녹시타의 머리를 쓰다듬어주었다. 옆에서 가만히 지켜보고 있던 벨루안이 툭 하고 질문했다.

"그런데 계약자 놈과 무슨 일이 있으셨습니까?"

좌우법사는 사역마로 입학식을 지켜보았다. 벨루안도 카힐이 에니샤를 무시하는 장면을 고스란히 봐버린 모양이었다.

"아……. 그러니까……."

에니샤는 망설이다가 사실 왜 그러는지 모르겠다고 답했다. 벨루안이 짧게 헛웃음 소리를 내더니, 눈매를 가늘게 좁히며 말했다.

"그놈이 시건방지게 굴어서 대법사의 심기를 어지럽힌다면, 제가 죽여버리겠습니다."

"아니, 아직 죽일 정도는 아니고……!"

에니샤가 황급히 만류하자, 녹시타가 옆에서 처진 눈매를 잔뜩 치켜올리며 반박했다.

"하지만 대법사가 그놈한테 얼마나 잘해줬는데, 그딴 식으로 행동해요?"

녹시타의 반박에 에니샤는 할 말이 없었다. 결국 힘 빠진 목소리로 중얼거릴 수밖에 없었다.

"글쎄……. 뭔가 사정이 있지 않을까……."

◈◆◈

그날 밤, 에니샤는 쉽게 잠들지 못했다. 복잡한 상념에 잠겨서 뜬눈으로 천장만 바라보다가, 결국 이불을 박차고 일어났다.

"……안 되겠다."

이대로는 답답해 죽을 지경이었다. 무릇 사람은 대화를 해야 하는 법이다. 혼자 생각해서 결론이 날 일도 아니고, 말을 안 하면 오해만 쌓일 뿐이다. 에니샤는 직접 카힐을 찾아가서 물어보기로 마음먹었다.

간단한 외출복으로 주섬주섬 갈아입고, 기다란 로브를 푹 뒤집어썼다. 가는 길에 모자가 벗겨지지 않도록 단단히 눌러쓴 다음, 에니샤는 당차게 창문을 열어젖혔다. 첫 번째 맹세의 주인인 에니샤는 카힐이 어디에 있는지 알 수 있다. 아주 멀리 떨어지면 불가능하지만, 이렇게 같은 도시 안에 있는 정도면 얼마든지 가능했다. 기척을 지우는 마법을 걸고, 느껴지는 기운을 따라 조심스럽게 움직였다.

카힐이 머무르는 곳은 구관 기숙사였다. 에니샤는 잠시 구관 기숙사를 올려다보았다. 담쟁이덩굴이 덮인 기숙사에는 결계마법진이 깔려 있었다. 지금 에니샤의 마력으로는 부술 수 없는 결계였다. 하지만 굳이 마법진을 파훼하지 않고도 안으로 들어가는 방법은 얼마든지 있었다.

에니샤는 기숙사의 결계마법진을 찬찬히 읽어갔다. 그리고 얼마 지나지 않아, 마법진의 허점을 찾아낼 수 있었다. 아르커스 마법사가 설치한 것이 아닌 이상에야, 웬만한 결계마법진에는 구멍이 있는 법이었다. 불필요한 수식이 들어갔다거나, 수식 계산이 잘못됐다거나 하는 탓이었다. 에니샤는 마법진을 건드리지 않으면서, 결계가 미처 감싸지 못한 부분을 천천히 파고들었다. 그리고 무사히 구관 기숙사에 입성할 수 있었다.

시간이 늦은 만큼, 기숙사는 어둠에 잠겨 조용했다. 하지만 새벽까지 공부하는 학생들도 있을 테니, 에니샤는 인기척을 내지 않고 카힐이 있는 곳으로 향했다.

기숙사 꼭대기 층에 다다른 에니샤는 눈을 크게 떴다. 학생회장에게 좋은 방을 제공해준다고는 알고 있었다. 하지만 기숙사 꼭대기 층 전부를 쓰게 해주는 줄은 몰랐다. 여러 개의 방을 하나로 쓰는 것이 마치 저택과 같았다. 그 광경에 잠시 정신을 팔았다가, 에니샤는 얼른 고개를 내저었다. 넓디넓은 방이 신기하긴 하지만 지금 이걸 구경하고 있을 때가 아니었다. 로브 모자를 끌어내리고, 에니샤는 자박자박 방을 가로질렀다. 그리고 침실 앞에 다다랐다.

"카힐, 나야. 이야기를 좀 했으면 좋겠는데……."

문을 똑똑 두드리며 말했지만 돌아오는 대답은 없었다. 살짝 열린 문틈으로 안을 들여다보니, 침대 위에 인영이 보였다. 교복을 입은 그대로 쓰러지듯 누워 있는 카힐이었다. 깊이 잠들었나 싶다가도, 옷조차 갈아입지 않고 누웠다는 것이 조금 걱정됐다.

혹시 무슨 일이 있는 건 아니겠지?

잠깐 확인만 하고 가볼 생각에, 에니샤는 살그머니 방 안으로 들어섰다. 깔끔하게 정리된 침실이었다. 사람이 산다는 느낌이 들지 않을 정도로 모든 것이 딱딱 각 맞춰져 있었다. 반듯이 정돈된 침실에서 유일하게 흐트러진 것은 침대 위의 카힐뿐이었다. 숨을 쉬고 있는지 확인해보려 가까이 다가간 순간, 알싸한 냄새가 확 끼쳐 왔다.

술 냄새……?

깜짝 놀란 에니샤는 얼굴을 찌푸리며 중얼거렸다.

"뭘 이렇게 마신 거야……."

낯섦과 함께 당황스러움이 스멀스멀 기어 올라왔다. 항상 바르고 반듯한 모습만 보였던 카힐이다. 옷도 갈아입지 못하고 꼼짝 없이 누워 있기에 어디 아픈 줄로만 알았다. 그런데 술에 만취해서 그런 것이었다니, 믿기지 않았다. 그가 많이 변했다는 것은 알고 있었지만……. 에니샤는 한숨을 내쉬었다. 어쨌든 아픈 것은 아니니 되었다. 오늘은 그냥 돌아가고, 다음에 정신 멀쩡할 때 찾아와 이야기를 하면 될 것이었다. 마지막으로 이불이나 덮어주려던 에니샤는 무언가를 발견했다. 카힐의 머리맡에 무언가 아무렇게나 널브러져 있었다. 낡고 헤진 손수건과 머리핀이었다. 어디서 많이 봤다 싶은데, 주변이 어두워서 잘 보이지 않았다. 자세히 들여다보려고 가까이 얼굴을 가져가던 순간이었다.

"……!"

카힐이 눈을 떴다.

스르륵 밀려 올라가는 눈꺼풀 아래, 고요한 남청색 눈동자가 드러났다. 어둠 속에 잠긴 이목구비는 음영이 짙었다. 저를 가만히 바라보는 눈빛이 어둡고 사나워서, 에니샤는 잠시 말문이 막혔다. 오늘 먼발치서 봤을 때도 날카로워졌다고 생각했는데, 이리 가까이서 보니 그 사실이 더욱 선명하게 느껴졌다. 에니샤는 뒤늦게 그를 불러보았다.

"카힐……?"

그의 이름을 부르자, 얼음이 사르륵 녹아내리듯 카힐의 눈매가 부드럽게 휘어졌다. 방금까지 날 서 있던 기세가 단박에 뒤바뀌었다. 짙게 잠긴 목소리가 나른하게 입술을 타고 흘러나왔다.

"……예, 카힐입니다."

나의 황녀님.

속삭이는 말이 귓가에 떨어졌다. 어딘가 이상하다 싶을 때였다. 커다란 손이 팔뚝을 잡아왔다.

"……!!"

에니샤는 눈 깜빡할 사이에 침대 위로 눕혀졌다. 너무 놀라서 아무 말도 못 하고 있다가, 뒤늦게 화드득 몸을 일으켰다. 그러나 부드러운 손길이 지긋하게 골반 위를 눌러왔다.

"가지 마십시오."

위에서 내려다보는 카힐의 얼굴이 가까웠다. 길고 곧은 손가락이 뺨 위를 쓸어내렸다.

"꿈에서마저 저를 떠나실 겁니까? 너무하십니다."

매섭던 눈매를 달콤하게 휘고선, 살짝 가라앉은 목소리로 유혹하듯 속삭였다.

"제 곁에 있어주세요……."

에니샤는 눈만 동그랗게 떴다. 아직 무슨 상황인지 제대로 파악하질 못했다. 낮에 봤던 카힐과 달라도 너무 다른 탓이었다. 이중인격자가 아닐까 싶을 정도였다.

당황한 에니샤가 꼼짝 못 하고 있는 동안, 카힐의 손가락은 제멋대로 얼굴 위를 더듬었다. 에니샤의 속눈썹을 스치고, 눈매를 덧그리다, 코끝을 살짝 누르기도 하였다. 굵은 엄지가 입술 위를 지긋하게 눌러왔다.

뒤늦게 정신 차린 에니샤는 살며시 그의 손을 밀어냈다. 의외로 카힐은 순순하게 밀려났다. 밀려난 손이 에니샤의 얼굴 옆을 짚었다. 에니샤는 재차 그의 이름을 불렀다.

"저기, 카힐……?"

하지만 대답 대신 그의 얼굴이 조금 더 가깝게 기울어졌다. 머리카락이 뺨 위를 간질였다. 간지러운 감각이 유난히 커다랗게 느껴져서 몸이 움츠러들었다. 코앞에 놓인 눈동자가 에니샤를 빈틈없이 담아냈다. 카힐은 아무 말 없이 바라보기만 했다. 보지 못했던 것을 채우기라도 하듯, 한참 동안 그렇게 바라만 보았다.

이상하게 자꾸만 숨이 막혔다. 에니샤는 모자란 숨을 들이마시려 살짝 입술을 벌렸다. 카힐이 지독하게 낮은 목소리로 속삭였다.

"정말…… 당신 때문에 미치겠습니다……."

그의 눈빛이 젖어 있었다. 불그스름하게 달아오른 눈매를 타고 금방이라도 눈물이 떨어질 것 같았다.

"왜 다시 내 앞에 나타나선……."

툭 고개가 내려앉았다. 카힐은 에니샤의 목덜미에 얼굴을 묻었다. 그가 깊숙하게 숨을 들이마셨다가 느리게 내뱉었다.

"황녀님……."

속삭임을 따라 더운 숨결이 불어나왔다. 얇은 피부를 간질이는 열기가 뜨거웠다. 날카로운 콧날이 스치는 감각에 목덜미가 간질 간질할 때였다. 입술이 목에 닿는다 싶더니, 짧고 축축한 소리가 울렸다.

"!!"

에니샤가 반사적으로 마력을 끌어올리는 순간, 카힐의 몸에서 천천히 힘이 빠지는 것이 느껴졌다. 몸 위에 쏟아지는 지긋한 무게감과 함께 숨소리가 고르게 가라앉았다. 다시 잠에 든 것이다.

"……."

에니샤는 한참 동안 꼼짝하지 못하고 있다가, 천천히 그를 밀쳐 냈다. 무겁긴 했지만 밀어내지 못할 정도는 아니었다. 카힐의 밑에서 빠져나온 에니샤는 그를 내려다보며 황망히 중얼거렸다.

"이게 대체 무슨 일이야……."

너무 놀라서 그만 카힐의 머리통을 날려버릴 뻔했다. 그가 곧장 축 늘어지지 않았다면, 아카데미에서 의문의 살인사건이 벌어졌으리라. 에니샤는 흐트러진 옷자락을 추슬렀다. 방금 벌어졌던 일들이 주르륵 떠오르며, 얼굴 위로 뒤늦게 열이 올랐다. 이런 상황에서 깊이 잠든 카힐을 깨울 수 있을 리가 없었다. 결국 에니샤는 불타는 고구마처럼 빨개진 얼굴을 하고서, 후다닥 도망쳐버렸다.

다음 날, 에니샤는 아침 일찍 일어났다. 일찍 일어나야겠다고 생각해서 그런 것은 아니었고, 절로 눈이 떠졌다.

머리맡의 꽃병에서 싱그러운 향기가 밀려왔다. 어제 벨루안과 녹시타가 준 꽃다발을 예쁘게 정리해서 꽂아둔 덕분이었다. 쭉쭉 기지개를 켜고 창문을 열어서 환기도 야무지게 끝냈다.

교복을 챙겨 입은 후, 옆방으로 건너갔다. 역시나 레시나는 아직 퍼질러 자고 있었다. 베개에 침 흘리며 자고 있는 그녀를 깨워 후딱 준비시키고, 첫 수업을 받으러 마법학부 건물로 향했다.

아카데미는 각 학부마다 구역을 나누어 건물 하나씩을 사용하고 있었다. 교수들의 개인 사무실, 교실, 실습 장소 등은 모두 각 학부의 건물에 자리했다. 교양으로 타 학부 수업을 듣는 경우를 제외하면, 수업 중에는 같은 학부생들끼리만 만나는 셈이었다. 마법학부 건물로 걸어가며, 에니샤는 문득 입을 열었다.

"……카힐 말인데."

옆에서 입이 찢어져라 하품하던 레시나가 귀를 쫑긋했다. 에니샤는 심각한 얼굴로 말했다.

"네 말대로 더위를 먹은 게 맞는 것 같아."

"그죠? 진짜 그렇다니까요."

그놈이 아주 제대로 더위를 먹었다며, 레시나는 호들갑을 떨었다. 에니샤는 혼자 생각했던 것들을 찬찬히 늘어놓아보았다.

"일단…… 카힐은 확실히 달라졌어. 내가 알던 카힐이 아니라,

다른 사람이라고 전제를 깔아놓은 후에 판단하는 게 옳을 듯해."

그러나 에니샤의 말에 레시나는 별로 공감해주지 않았다.

"뭐어······."

그녀가 눈썹을 치켜올리며 말했다.

"제가 보기엔 성격이 크게 달라진 것 같진 않고, 그냥 에니샤 님께 대하는 태도만 변한 느낌이라서."

"그래?"

에니샤가 보기엔 천지개벽 수준으로 달라졌는데, 레시나는 생각이 다른 모양이었다.

"그놈이 여태껏 에니샤 님 앞에서만 순한 척 말랑하게 굴긴 했죠."

옛날에 같이 용병 일 할 때 얼마나 시건방졌는지, 말로 다하지 못할 정도라며 레시나가 험담을 거듭했다.

"그린데 이제 에니샤 님한테까지 저러고 있으니······."

빡대가리라고 욕하던 레시나는 이번엔 조금 과한 언사라고 생각했는지 죄송합니다, 하고 사과했다. 에니샤는 괜찮다고 답해주며 레시나와 함께 부지런히 걸음을 옮겼다.

마법학부 건물은 높다란 탑이었다. 너른 대지 위에 탑이 하나 덜렁 놓여 있고 주변에는 잔디밭밖에 없었다. 휑한 모습이 공간 낭비처럼 보이지만, 전부 마법 실습용 장소였다. 마법의 종류는 다양하고, 그중에는 큰 위력과 함께 넓은 공간에 작용하는 것들도 많았다. 마법을 연습하다 불상사를 일으키지 않으려면 필히 너른 연습 장소를 확보해야 한다. 때문에 탑을 높이 쌓아올려 건물 면적을 최소화하고, 대신 공터를 넓게 만들었다. 상아색 탑을 올려다보던 에니샤는 감회에 젖어 생각했다.

지하미궁도 아직 있으려나…….

미궁은 아카데미 마법사들이 실험하다가 만들어낸 것 중에서 감당하기 어려운 결과물을 몰아넣는 장소였다. 아카데미에서도 가장 강력하고 유서 깊은 결계마법진이 겹겹이 덮여 있는 곳이었다. 그탓인지 헤르노어의 보물이 미궁 중심부에 놓여 있다는 소문도 있었다. 과거 아카데미에 다닐 때 잠시 호기심을 가지긴 했는데, 실제로 들어가 본 적은 없었다. 보물에 욕심내는 성격도 아니고, 아무리 에니샤라도 그 정도 결계마법진을 해체하려면 상당히 귀찮기 때문이었다.

"에니샤 님, 저쪽입니다."

레시나가 흥분한 기색을 감추지 못하고 말했다. 그녀가 가리키는 곳에 마법학부 신입생들이 모여 있었다. 신입생들은 다 해봤자 30명도 되지 않았다. 다른 학부보다 현저히 적은 숫자지만, 마법사는 원체 귀한 인재이니 이만하면 많은 편이었다.

에니샤와 레시나는 탑의 입구에 와글와글 모여 있는 신입생들을 향해 걸어갔다. 그런데 에니샤가 등장하자마자 분위기가 이상해졌다. 전부 하던 이야기도 잊어버리고, 멍한 얼굴을 하고서 에니샤만 쳐다보았다. 레시나가 옆에서 어쩐지 으스대는 표정으로 말했다.

"다들 우리 에니샤 님 얼굴을 보느라 정신이 없군요."

별소리를 다 한다 싶었는데, 어째 그녀의 말이 맞는 것도 같았다. 정말 자신이 움직이는 것을 따라 시선이 졸졸 따라왔기 때문이었다.

역시 얼굴이 너무 눈에 띄나?

에니샤는 괜히 양손으로 뺨을 꾹 눌러보았다. 사실 얼굴이 아니더라도, 에니샤는 특히 튀는 편이었다. 아카데미 학생들 중에서 가장 어리기 때문이었다. 대다수의 학생은 성년식을 치르고 입학했고, 다른 학부에는 서른이 넘은 학생도 있었다. 아직 열다섯 살인 에니샤는 줄지어 늘어선 학생들 속에서도 혼자 쏙 들어간 것처럼 작았다. 히페리온의 막내 황녀는 아카데미에서도 막내 학생이 되어버린 것이다.

에니샤가 조금 부끄러워하는 동안, 탑의 문이 열렸다. 지팡이를 짚은 노년의 사내가 나타났다. 검은 로브를 걸친 늙은 교수의 모습에 레시나가 목소리를 한껏 낮춰 속삭였다.

"꼬장꼬장하게 생겼는데요. 성격 장난 아닐 거 같습니다."

노교수 또한 가장 먼저 에니샤를 쳐다보았다. 일부러 에니샤를 찾았기보단, 햇빛 아래 눈부시게 부서지는 금발에 시선을 빼앗겼다고 보는 것이 옳을 터였다. 그는 자신이 에니샤를 쳐다보았다는 사실을 인정하기 싫은지, 금세 다른 곳으로 눈을 돌렸다.

"……."

에니샤는 그가 자신을 탐탁잖게 여긴다는 것을 눈치챘다. 하긴, 그럴 수밖에 없을 터였다. 에니샤의 기숙사 방에다 결계마법진을 설치하라는 명을 받고 끌려갔다 왔으니, 교수로서는 화가 날 만했다. 그것 말고도 마음에 안 드는 점이 있을지도 모르지만, 우선은 그게 결정적이리라. 에니샤가 교수였어도 일단 마음에 안 든다고 눈을 세모꼴로 뜨고 시작했을 것 같았다.

교수가 출석을 확인하는 동안, 학생들끼리 작게 수군거리는 소리가 들려왔다.

"교수님께선 대륙마법협회의 회원이시라 하던데."

"나도 들은 적 있어. 황금협회패를 가지고 계신다고…… . 정말 대단하신 분이야."

"확실히 헤르노어의 교수는 아무나 하는 것이 아니지."

곁에서 이야기를 듣고 있던 에니샤는 잠시 대법사 집무실 한구석에 수북하게 쌓여 있는 황금협회패와 박하잎 궐련을 뻑뻑 피워대던 협회장 제나를 떠올렸다.

제나는 잘 지내는지 모르겠네…… .

문득 제나의 안부를 궁금해하는 동안, 수군거림은 계속 이어졌다.

"듣기론 아르커스의 문을 열 수도 있는 실력이라 하던데?"

"에이, 거기까지는 과장 아냐?"

"진짜일 수도 있지. 나이가 많으시니 굳이 아르커스로 올라가지 않으셨을 수도 있고."

학생들이 떠드는 말에 교수가 정말 엄청난가 보다, 하고 에니샤는 생각했다. 그리고 출석 확인을 끝낸 노교수가 드디어 입을 열었다.

"마법학부에 온 것을 환영하네."

카랑카랑한 목소리가 울려 퍼졌다.

"상세한 환영 인사는 입학식에서 지겹도록 들었을 테니 생략하도록 하고…… . 오늘은 마력 시험부터 치르도록 하지."

마법학부의 신입생들은 모두 '마력 시험'을 치러야 했다. 학생

개인이 가진 마력이 어느 정도인지, 그리고 어떤 계통에 재능이 있는지 파악하기 위함이었다. 에니샤도 여기서 마력을 드러낼 것이다. 황금색 마력이 희귀하긴 하지만 대륙을 통틀어 아주 없는 것은 아니고, 마력도 봉인된 상태이니 대법사라는 정체를 감추기엔 무리가 없을 터였다. 그런데 교수가 수레에 무언가를 담아 끌고 나왔다. 커다랗게 바늘이 달린 황동판에 공격, 방어, 보조, 치유라는 글자가 적혀 있고, 그 아래는 숫자가 가로로 길게 쓰여 있었다.

"올해 새로이 도입한 마력 측정기네. 아카데미 교수진들이 발명한 것으로, 이것을 사용해 정확한 측정을······."

에니샤는 호기심을 가지고 마력 측정기를 바라보았다. 과거와는 마력 측정 방식이 조금 달라진 것 같았다. 그때는 어떠한 규칙도 없이 그저 단순하게 자신이 뽑아낼 수 있는 최대의 마력을 허공으로 쏘아 올리면 됐다. 최대치의 마력이라 하기에 에니샤는 곧이곧대로 마력을 있는 힘껏 끌어올렸고, 황금빛 마력 기둥으로 하늘을 뚫어버렸다. 그날 아카데미의 역사를 새로 써버린 것이다.

옛날 생각에 잠겨 있던 에니샤는 제 이름을 부르는 소리에 눈을 동그랗게 떴다.

"에니샤 로드고 히페리온."

교수와 학생들이 죄다 이쪽을 쳐다보고 있었다. 가장 첫 번째로 선택된 모양이었다.

에니샤는 천천히 앞으로 걸어 나갔다. 딴생각하느라 교수의 설명을 듣진 못했지만, 한번 스윽 훑으니 어떤 구조로 돌아가는지 알 것 같았다.

"시작하게."

교수의 냉랭한 목소리에 따라, 에니샤는 황동판을 양손으로 붙잡았다. 그리고 마력을 끌어올려 주입하기 시작했다. 영으로 가지런히 맞춰져 있던 숫자들이 잘각잘각 소리를 내며 빠르게 올라가기 시작했다. 적당히 마력을 불어넣던 에니샤는 헉 하고 숨을 들이켰다. 어느 순간부터 마력 측정기가 에니샤의 마력을 빨아들이기 시작했다.

"……!"

빨아들이는 기세는 맹렬해서 순식간에 마력을 바닥냈다. 뒤이어 심장에 화끈한 감각이 퍼졌다. 에니샤는 크게 몸을 떨었다.

웃, 이게 어디까지 파고드는 거야……!

마력을 죄다 긁어간 마력 측정기가 봉인까지 건드리기 시작했다. 황급히 황동판을 손에서 떨쳐내려는 순간이었다. 퍽 하고 터지는 소리가 났다. 마력 측정기는 형체를 알아보기 어려울 정도로 조각조각 나서 후두둑 아래로 떨어졌다. 봉인을 파고드는 순간, 마력 과주입으로 부서진 것이다.

모두 조용해진 가운데, 눈동자를 도르륵 굴리던 에니샤는 혼자 어색하게 웃으며 말했다.

"이게 왜 부서졌지……."

✦❈✦

에니샤 로드고 히페리온의 입학은 아카데미 교수들 사이에서도 뜨거운 논쟁이었다. 교내에 존재하는 어둠의 세력, '막내 황녀님을 사랑하는 모임'에 소속된 교직원들은 은근하게 황녀님을 받아들이자고 주장했다. 그러나 소수의견일 뿐이고, 교직원들의 공론은 입학을 막아야 한다는 것이었다. 히페리온에서 그리 귀애한다는 황녀를 받아들였다 무슨 일이라도 생기면, 아카데미에 어떤 위해를 끼칠지 모른다는 이유였다.

하지만 교직원들의 공론은 힘이 없었다. 아무리 정치적 중립 구역인 헤르노어 아카데미라 하여도, 히페리온 제국의 부탁을 빙자한 협박을 무시할 수는 없었다. 게다가 교장 놈이 황녀에게 헤르노어의 이름을 걸고 입학 허가를 내렸다는 사실까지 밝혀지면서, 다들 체념하고 말았다.

황녀를 입학시키기로 결정한 후, 아카데미의 교수들은 나름대로 준비에 나섰다. 인맥을 총동원하여 막내 황녀에 대해 파악하기 시작한 것이다. 교수들은 아카데미 졸업생들을 위주로 수소문했다. 그중에는 제국의 수석마법사이자 황녀의 기사단인 이브로테의 단장 델 하르인, 그리고 황녀의 교육을 담당해왔던 러츠펠트 백작부인도 있었다. 황녀를 가장 가까이서 겪어본 그들에게 이것저것 질문하였으나, 역시 가장 중요한 핵심은 막내 황녀의 성격이었다. 익히 알려진 다른 히페리온 황족들처럼 개차반인지 아닌지가 궁금해 죽을 지경이었다. 교수들이 폭풍처럼 쏟아낸 질문에 러츠펠트 백작부인은 고상한 필체로 답신을 보냈다.

……황녀님께선 제가 여태 만나본 모든 사람 중에서 가장 총명하

신 분입니다. 그 영특함이 참으로 남달라서, 하나를 가르치면 이미 열을 알고 있는 듯했습니다.

러츠펠트 백작부인의 서신에는 전부 황녀님 찬양뿐이었다. 뒤이어 도착한 델 하르인의 서신도 비슷한 분위기였다.

……훌륭한 인품과 덕망의 소유자이시며, 강한 자에게 강하고 약한 자에게 약하십니다. 한없이 유순하고 너그러운 분이시나, 누구보다도 불같이 타오르는 분이기도 합니다. 끓는점이 높아 화를 내시는 일이 드물지만, 끓어오르는 순간부턴 돌이킬 수가 없으니 꼭 주의하도록…….

온갖 칭찬을 줄줄 늘어놓은 후에, 화나면 무서우니 알아서 잘하라는 협박을 덧붙여놓았다. 그 외에 히페리온의 황실마법사들도 답신을 보내왔는데, 황녀가 전투마법을 다루는 감각이 몹시 뛰어나다는 극찬이 대다수였다.

서신을 받은 교수들의 상상력은 끝없이 뻗어나갔다. 그리고 히페리온의 막내 황녀는 피도 눈물도 없는 냉혹한 천재 살인마인 것으로 결론 내려졌다.

당장 황녀를 학생으로 맞이해야 하는 마법학부는 비상사태였다. 특히 마법학부의 교수진들 중 신입생 교육을 담당하는 갤러스 교수는 막내 황녀 때문에 밤잠을 설쳤을 정도였다. 소문의 막내 황녀가 궁금하면서도, 다른 한편으로는 열이 뻗쳤다. 여태 어떤 귀족과 왕족이 와도 꿈쩍 않던 아카데미였다. 그런 아카데미가 처음으로 히페리온 앞에 무릎 꿇었다는 사실에 자존심 상했다. 갤러스 교수는 자신만큼은 황녀에게 어떤 특혜도 제공하지 않으리라고 재차 다짐했다. 설혹 황녀가 제 목에 칼을 들이댄다고 하여도 말이다. 하지만 히페리온의 황녀를 본 순간, 갤러스 교수는 벼락 맞듯이 깨달았다.

왜 막내 황녀가 그토록 사랑받는지…….

그가 태어나서 본 사람들 중에 가장 아름다운 존재였다. 굳이 예쁜 것에 사족을 못 쓰는 교장이 아니더라도, 저런 얼굴이라면 다들 줄줄이 넘어갈 것 같았다. 갤러스 교수는 판단력을 잃지 않으려 노력하며 신경을 곤두세웠다. 아무리 그래봤자 황녀 또한 한 사람의 학생일 뿐이었다. 냉정하게 행동하리라 재차 다짐하며 마력 측정기를 꺼내왔다. 이번 신입생들의 마력을 파악하기 위해 새롭게 개발한 미법물품으로서, 마법학부에서 내놓은 야심작이었다. 일시적으로 마력을 흡수하는 다소 극단적인 방법을 통해 수치를 파악하는 측정기였다. 마법학부 교수들이 전부 돌려 써본 결과, 하루 정도 마력이 바닥나서 고생하긴 해도 이만큼 정확한 것이 없었다.

"에니샤 로드고 히페리온."

갤러스 교수는 본보기 삼아 황녀를 먼저 불러냈다. 아르커스가 탐낼 정도로 눈부신 마법 재능을 타고난 히페리온이라고 하니, 그 재능이 어떠할지 궁금하기도 했다. 혹 과장된 소문이라면 가감 없이 냉철하게 최하위등급을 매겨버릴 것이라고, 그리 벼르고 있었는데……. 퍽 소리와 함께 마력 측정기가 터져나갔다. 말도 안 되는 상황이었다. 아카데미 교수진들 전부가 마력을 쏟어 넣어도 멀쩡하던 측정기였다. 그런데 황녀의 마력을 딱 한 번 담았다고, 마력 과주입으로 측정기가 폭발한 것이다.

갤러스 교수는 황녀를 멍하니 쳐다보았다. 황녀는 반짝반짝하게 흩어지는 마력 파편 속에서 수줍게 웃고 있었다. 그 모습이 아름답다고 생각하면서도, 갤러스 교수는 두려움 섞인 의문을 가질 수밖에 없었다.

저 안에 대체 무엇이 들어 있는 거지……?

에니샤가 마력 측정기를 부숴버린 탓에, 마력 시험은 결국 과거의 방식으로 치러야 했다.

측정기한테 마력을 다 빼앗긴 에니샤는 시험에서 제외되었다. 대신 교수에게 공격과 방어에 가장 능숙하며, 보조 계통에도 조금 재능이 있다고 말로 알려주었다.

소소한 소동을 치른 뒤, 에니샤는 레시나와 함께 학생식당으로 향했다. 점심 식사로는 간단하게 무화과를 넣은 커다란 빵 세 덩이에 버터를 발라서 치즈를 얹어 먹었다. 허브에 재워서 밑간한 닭고기구이도 한 마리 통째로 먹었는데 맛이 괜찮았다. 그래도 황녀궁의 주방장이 조금 그립긴 했다.

입맛을 다시던 에니샤는 커다란 유리병에 담긴 과일주스를 다 마셔버렸다. 그렇게 먹고도 조금 허전해서 말린 과일을 넣은 납작

한 바크초콜릿을 열 조각 정도 더 집어먹었다. 대식가 에니샤에게
익숙한 레시나야 자연스럽게 옆에서 먹을 것 먹고 떠들 것 떠들었
지만, 다른 학생들은 아니었다. 조그만 황녀님이 끊임없이 먹어치
우는 모습에 주변 학생들은 눈이 휘둥그레졌다. 레시나가 에니샤
의 바크초콜릿을 하나 뺏어 먹으며 물었다.

"봉인을 건드렸다고 하셨는데, 괜찮으십니까?"

"아, 으응. 봉인을 건드린 시간이 짧기도 했고, 마법을 쓴 것은
아니었으니까⋯⋯."

예전 같았다면 마력봉인을 건드리는 것만으로도 유혈사태를 만
들어냈을 터였다. 하지만 이제는 에니샤의 신체가 제법 성숙하기
도 했고, 봉인에 대해서도 많이 파악하고 있었다. 덕분에 그 정도
상황에는 쉽게 대처할 수 있었다.

"그래도 오늘 하루는 무리하지 말고 요양해야겠어."

에니샤는 아직 아릿한 감각이 감도는 심장 위를 꾹꾹 누르며 중
얼거렸다. 업고 다녀야 하는 것 아니냐고 심각하게 물어보는 레시
나를 만류하며, 에니샤는 식당을 벗어났다.

이번 주는 적응 기간이라 하여서 수업 일정이 여유로웠다. 모든
수업은 간단하게 개괄적인 내용만 다뤘고, 학생들은 아카데미에
적응하는 한편 교수나 다른 학생들과 친분을 쌓을 시간을 가졌다.
그러면서 여러 수업을 들어보고, 한 학기 동안 들을 수업시간표를
차근차근 만들어나갔다. 마법학부에서 반드시 수강해야 하는 수업
들을 채운 후, 빈 시간에는 타 학부 수업을 수강할 수 있었다. 마법
학부나 검술학부처럼 특수한 학부의 수업들을 제외하곤, 다들 학

부를 넘나들며 자유롭게 수업을 들어보는 모양이었다. 몇몇 수업은 학부 공통이라서 다 같이 수강하기도 했는데, 그중에는 '명사와의 만남'이라는 수업도 있었다. 대륙의 저명인사를 초청해서 강연을 듣는 비정기 수업이라고 들었다. 에니샤는 딱히 관심이 없었지만, 레시나가 무척 흥미로워 해서 시간표에 넣어두었다. 이따금 수업이 잡히면 기분 전환 삼아 가보는 것도 나쁘지 않을 것이었다.

오늘 오후에는 인문학부에서 행정학개론을 들어볼 생각이었다. 새로 왔다는 교수가 궁금하기도 하고, 행정학은 들어놓으면 여러모로 도움이 될 것 같아서였다. 행정학개론이라는 소리에 레시나가 자신은 옆에서 졸 것이라고 미리 공표했다. 그래도 에니샤가 듣고 싶다니 군말 없이 쫄랑쫄랑 따라와 주었다.

잠시 기숙사에 들러 간단하게 씻고, 인문학부 건물로 걸어갔다. 그때 저만치서 패잔병처럼 터덜터덜 걸어오는 한 무리의 사람이 보였다. 레시나가 잔뜩 눈매를 좁히며 살피더니 흥미롭게 말했다.

"검술학부 신입생들 같은데요? 다 죽어가네……."

전부 영혼까지 탈탈 털린 표정을 하고 흐느적흐느적 걸음을 옮기고 있었다. 검술학부에 입학할 정도면 이미 한가락 하는 실력을 갖추고 들어온 학생들이었다. 그런데 저만큼 시달려서 돌아오다니, 교수에게 제대로 당한 것 같았다.

혹시 새로 왔다는 교수님이 저렇게 잡은 것일까…….

에니샤는 별생각 없이 그들을 물끄러미 바라보았다. 시체마냥 우중충하게 걸어가던 검술학부 신입생들과 눈이 마주쳤다. 그리고 그들은 죄다 기겁을 하며 도망치기 시작했다.

"……?"

에니샤는 고개를 갸웃했다가 레시나를 돌아보았다. 박하잎 궐련 대신 아쉬운 대로 박하잎을 질겅질겅 씹고 있던 레시나도 황당한 표정으로 말했다.

"……뭔 일인지 한번 알아보겠습니다."

아카데미에 무슨 소문이 돌고 있는지 정보를 모아보기로 하고, 다시 인문학부로 향했다.

인문학부 건물은 도서관과 바로 맞닿아 있었다. 그런 탓인지 도서관과 비슷하게 전체적으로 고요하면서 차분한 분위기였다. 대리석으로 지은 건물 곳곳에 조각상까지 놓여 있어서, 아카데미에서도 특히 우아하고 고풍스러운 곳이었다.

행정학개론 교실의 문을 여는 순간, 학생들이 일제히 에니샤를 쳐다보았다. 대부분 인문학부 학생이고, 타 학부는 한 줌이었다. 마법학부는 아무도 없었다. 레시나가 먼저 교실 안에 당차게 들어가고, 에니샤는 쪼르르 따라갔다.

"에니샤 님, 이쪽으로……. 헉!"

적당한 자리를 맡은 레시나가 에니샤에게 손짓하다 말고 경악했다. 숫제 의자에서 굴러 떨어지려고 하는 모습에, 에니샤는 제 뒤에 뭐가 있나 싶어서 돌아보려 했다. 하지만 급하게 뒤돌다가 그만 발이 꼬여서, 몸이 휘청거렸다. 손에 책과 필기구를 안고 있어서 어디 붙잡지도 못하고 그대로 넘어지던 때였다. 누군가 뒤에서 에니샤를 부드럽게 받아주었다. 폭 안아드는 손길과 함께 나긋한 목소리가 들려왔다.

"조심해야지."

에니샤는 저를 안아 든 남자를 돌아보았다. 은테 안경을 쓴 로시엘이 살풋 눈웃음쳤다.

"……??"

에니샤는 물음표가 잔뜩 떠오른 얼굴로 로시엘을 바라보았다.

내가 지금 헛것을 보나? 둘째 오라버니가 왜 여기에 있지?

히페리온 황궁에서 얌전히 일하고 있어야 할 로시엘이었다. 그런데 왜 뜬금없이 만리타향의 동부 헤르노어에서 넘어지는 저를 안아주고 있는지, 이해할 수가 없었다. 어찌나 놀랐는지, 순간적으로 로시엘도 아카데미에 입학한 걸까 생각했을 정도였다. 에니샤는 얼떨떨하게 눈을 깜빡이다, 그를 불러보았다.

"오, 오라버니……?"

그러자 로시엘이 예쁘게 웃으며 정정해주었다.

"교수님이라 불러야죠, 에니샤 학생."

예……? 교수요……?

그러니까 헤르노어 아카데미의 교수……?

에니샤는 어이없다 못해 말문이 턱 막혔다. 생각해보니 학생으로 입학하는 것은 말도 안 되긴 했다. 감히 누가 로시엘을 가르칠까. 하지만 그렇다고 해서 교수가 되는 것도 믿기지 않는 상황이었다. 이게 어찌 된 일인지, 설마 저를 쫓아온 것인지, 진짜 아카데미까지 부숴버릴 생각인지 묻고 싶은 말들이 너무 많았다. 그러나 로시엘은 여우처럼 샐쭉하니 웃으면서 에니샤를 밀어냈다.

"곧 수업이 시작하니, 자리에 앉아주세요."

학생들이 죄다 이쪽만 쳐다보고 있었다. 수업을 방해할 수는 없는 노릇인지라, 에니샤는 삐꺽삐꺽 움직여서 레시나에게 향했다. 바닥에 널브러져 있던 레시나가 의자 위로 기어 올라와 앉고, 에니샤는 그 옆자리에 앉았다. 무슨 정신인지도 모르게 필기구와 종이를 꺼내놓고, 칠판 앞에 선 로시엘을 바라보았다.

로시엘은 은테 안경을 치켜올리며 간단하게 출석을 불렀다. 행정학개론을 필수적으로 수강해야 하는 인문학부 학생들만 출석부에 이름이 적혀 있을 터였다. 그런데도 로시엘은 태연하게 출석부에도 없을 에니샤의 이름을 불렀다.

"에니샤 로드고 히페리온."

에니샤는 하는 수 없이 조그맣게 대답했다.

"……네."

그러자 로시엘은 뭐가 그리 좋은지 꽃처럼 활짝 웃었다. 순간적으로 주변이 환해지는 것 같은 웃음이었다.

에니샤는 눈을 질끈 감았다.

내가 미쳐…….

세상에 어느 오라버니가 동생이 학교 간다고 교수로 쫓아오는지, 낯부끄러워 죽을 지경이었다. 문득 오는 길에 만났던 검술학부 신입생들이 떠올랐다. 누군가한테 영혼이 탈곡된 것처럼 퀭하던 얼굴과, 저를 보자마자 줄행랑치던 모습들.

설마 헬라드도……?

에니샤는 그만 가슴이 선뜩해졌다. 황태자가 그럴까 싶다가도, 황제가 아니니까 충분히 그럴 수도 있을 것 같았다. 로드고야 황좌를 비울 수 없으니 억지로 붙잡혀 있어도, 헬라드는 아니지 않은가. 히페리온 황족들에게 상식과 이성을 기대해선 안 될 일이었다.

에니샤가 머리 터지도록 생각을 거듭하는 동안, 출석이 끝났다. 물론 레시나를 포함한 타 학부생의 이름은 부르지 않고 그대로 지나갔다. 강의대 위에 출석부를 가지런히 내려놓은 로시엘이 냉랭한 눈빛으로 학생들을 주욱 훑었다. 아까부터 정자세로 꼿꼿하게 굳어 있던 학생들은 로시엘의 시선이 스칠 때마다 몸을 흠칫 떨었다.

"앞으로 행정학개론 수업을 담당할 로시엘입니다. 행정학개론 이외에도 인문학부의 수업 몇 가지를 도맡고 있으니, 관심 있는 학생들은 알아서 찾아보고……."

차가운 얼굴로 말을 이어가던 로시엘이 에니샤에게 시선을 고정했다. 에니샤는 필사적으로 눈을 피했다. 그 모습에 귀여워 죽겠다는 듯 웃으며, 로시엘은 이어 말했다.

"에니샤 학생은 궁금한 점이 있으면 얼마든지 질문하세요."

"……."

에니샤가 아닌 다른 학생이 질문하면 죽여버릴 것 같은 느낌은, 아마 착각이 아니리라. 어쩐지 옆에 앉은 레시나에게서 영혼이 빠져나가는 소리가 들리는 것 같았다. 에니샤가 어쩔 줄을 모르고 안절부절못하는 동안, 로시엘은 본격적으로 수업을 시작했다.

백묵을 집어든 그가 칠판 위에 탁탁 글씨를 써 내려갔다. 우아한 제국어로 '행정학개론'이라는 글자를 적어 내린 로시엘이 방긋방긋 웃으며 에니샤에게 물었다.

"에니샤 학생은 행정학이 무엇이라 생각하나요?"

여기서 대답을 안 하면 분위기가 더 이상해질 것 같아서, 에니샤는 주저하다가 조그맣게 답했다.

"공적인 가치를 달성하기 위한 정책, 그리고 정책의 관리에 대해 연구하는 학문이라 생각합니다."

그러자 로시엘이 감격하여 중얼거렸다.

"어쩜 저리 영특할까……."

"……."

에니샤는 민망함에 얼굴이 터질 것 같았다. 다른 학생이 어떻게 쳐다보든 말든, 로시엘은 전혀 개의치 않고 수업을 이어갔다. 언제나 그렇듯이 민망함은 에니샤의 몫이었다.

"헤르노어 아카데미에서 행정학을 가르치는 목표는 나라의 통치기구를 담당할 고위급 실무자를 양성하는 것입니다. 이 중에는 귀족 출신 학생도 있을 것이고, 평민 출신 학생도 있는 것으로 알고 있습니다."

로시엘이 강의대에 느슨하게 기댔다. 은테 안경 뒤편으로 연하늘색 눈동자가 차갑게 빛났다.

"허나 제아무리 고위 귀족이라 하여도, 행정학을 알지 않고는 정계의 중심부에 진출하기는 어렵습니다. 실무 능력을 갖추지 않은 자는 결국 빈 허물이자 꼭두각시에 불과하게 되지요."

로시엘이 턱을 거만히 치켜들며, 느릿하게 말했다.

"진정한 지배자가 되기 위해서는 개인의 특출한 능력도 필수적인 것입니다."

먹이사슬의 가장 꼭대기에서 군림해온 히페리온의 두 번째 별이었다. 에니샤는 로시엘이 멍청하고 능력 없는 자들을 얼마나 혐오하는지 잘 알고 있었다. 로시엘과 함께 일하는 사람들 중에는 똑똑하지 않은 자가 없었다. 능력을 따지는 만큼 파격적이고 과감한 인사 배치도 잦아서, 작위가 낮다 하여도 로시엘의 눈에만 띄면 벼락출세하는 경우도 많았다. 행정학개론을 수강하는 학생들 중에는 분명 제 능력을 드러내 히페리온 황궁에 들어오고 싶어 하는 자도 있을 터였다. 하지만 그것이 결코 쉬운 일은 아님을, 지금 로시엘은 은연중에 경고하고 있었다. 입을 꼭 다물고 로시엘을 쳐다보고 있는데, 그가 또 질문해왔다.

"그렇죠, 에니샤 학생?"

"……"

방금까지 냉소에 가득 차 있던 얼굴 위에는 살랑거리는 미소가 피어 있었다. 실로 냉탕과 온탕을 자유로이 오가는 강의라 할 수 있었다. 에니샤는 제발 로시엘이 자신을 가만히 내버려두길 바랐다. 하지만 절대 그럴 리가 없었다. 로시엘은 틈만 나면 에니샤에게 말을 붙이지 못해서 안달이었다. 가시 박힌 의자에 앉은 기분이라 몸을 달싹이니, 로시엘은 강의하다 말고 푹신한 방석을 가져다주려고까지 했다. 거의 에니샤 개인 과외 수준이었다.

편파 수업의 절정을 달리고 있었으나, 그 와중에 강의 내용은 아주 훌륭했다. 히페리온 제국에서 몸소 행정을 다루는 실무자 중의 실무자이니 훌륭할 수밖에 없었다. 강의를 듣는 학생들은 로시엘이 무서워서 덜덜 떨면서도 필사적으로 강의를 필기해 나갔다.

"오늘 수업은 여기까지 하겠습니다."

그리고 눈앞이 핑핑 도는 강의가 드디어 끝났을 때. 에니샤를 포함한 교실 안의 학생들은 전부 기진맥진하여 책상 위에 늘어졌다. 다들 가만히 의자에 앉아 있었는데, 어째 전력질주로 달리기라도 한 것 같은 표정이었다. 에니샤도 푹 퍼져 있다가, 고개를 반짝 들어올렸다. 수업이 끝나자마자 살그머니 도망가는 로시엘이 보였다. 에니샤는 레시나에게 책과 필기구를 맡겨놓고, 당장 로시엘을 뒤쫓아 갔다.

"오라버……. 로시엘 교수님!"

로시엘이 매끄럽게 뒤돌아서며 천연덕스럽게 대답했다.

"왜 그러죠, 에니샤 학생?"

강의 중에 궁금한 것이 있었냐며, 교수 사무실에 맛있는 과자와 차가 있는데 함께 가겠느냐고 헛소리를 해댔다. 에니샤는 답답한 가슴을 콩콩 두드리다가, 눈을 한껏 매섭게 치떠 보였다. 그리고 로시엘을 끌고 인적이 드문 곳으로 향했다.

"이게 뭐예요!"

"황궁에서 더 이상 할 일이 없어서, 소일거리 삼아 교수 일을 시작했단다."

"네……?"

오라버니는 불쌍한 실직자라며 말 같지도 않은 소리를 해대는데, 뒷목 잡고 쓰러질 판이었다. 에니샤가 동동거리며 화를 내자, 로시엘은 눈썹을 축 늘어뜨리며 불쌍한 척을 했다.

"하지만 어찌하니. 네가 보고 싶어서 오라버니는 나름 합법적이고 합리적인 방법을 택한 것인데."

그 외에는 아카데미 교장 되기, 돈으로 아카데미 몽땅 사버리기, 아카데미 정벌하기 등등이 있었다며 뻔뻔스레 늘어놓았다. 그걸 듣고 있으니 차라리 교수가 된 게 다행이라 느껴져서, 에니샤는 헛웃음 지었다.

로시엘이 촉촉하게 젖은 눈을 하고서 에니샤에게 물었다.

"오라버니 안 보고 싶었어……?"

"……몰라요."

가장 어이없는 점은 이 와중에 로시엘을 보니 반갑고 좋다는 것이었다. 처음엔 화가 났지만, 한편으론 막둥이를 보겠다고 열심히 쫓아온 것이 귀여워 보이기도 했다. 이걸 귀엽다고 생각하고 있으니 저도 참 답이 없구나 싶으면서도, 앞에서 살랑살랑 애교를 부리는 것에 마음이 절로 녹았다. 에니샤는 물렁해지려는 마음을 애써 다잡으며 그를 추궁했다.

"헬라드 오라버니도 왔죠?"

"아쉽게도 그렇단다."

그놈이 안 쫓아올 리가 있냐면서, 로시엘은 한쪽 입꼬리를 비틀었다. 아무래도 이놈의 오라버니들을 데려다가 삼자대면 좀 해야 할 것 같았다.

에니샤는 로시엘을 끌고 검술학부 건물로 향했다. 다소 투박하면서도 큼직큼직하고 선 굵은 검술학부 건물은 다양한 형태의 연무장과 훈련할 수 있는 공간을 마련해둔 것이 특징이었다. 에니샤는 너른 연무장 한가운데서도 혼자 툭 튀는 남자를 발견했다. 금색과 갈색이 섞인 머리카락과 건강하게 그을린 갈색 피부가 햇빛 아래 빛났다. 헬라드는 무심한 표정으로 검술학부 학생들을 상대해 주고 있었다. 아무런 말없이 그저 닥치는 대로 저에게 달려들도록 하고 있었는데, 신입생도 아닌 재학생이 열댓 명 넘도록 헬라드에 게 공격을 퍼부어댔다. 헬라드는 날 없는 연습용 검 한 자루만 달 랑 오른손에 쥐고서 그들 전부를 농락하는 중이었다. 왼손은 심지 어 뒷짐까지 지고 있었다.

날카롭게 허점을 파고들며 학생들을 능숙히 두드려 패던 헬라드 가 순간 멈칫하였다. 주홍색 눈동자가 에니샤에게로 향했다. 그 순 간 학생들이 장난감처럼 우수수 사방으로 날아갔다. 연습용 검 한 번 내지르는 것으로 저를 공격하던 학생들을 죄다 떨쳐낸 헬라드 가 해맑게 웃으며 달려왔다.

"쭈글아!!"

저에게 뛰어오는 헬라드를 보고 있자니, 에니샤는 갑자기 그런 생각이 들었다.

나…… 아카데미 지켜낼 수 있을까……?

가끔 생각하는 건데, 애를 둘 키우는 기분이었다. 한없이 이성적 이고 냉철한 사람들이 동생 문제에는 세상에 다시없을 팔불출이 되었다.

"남들 다 보는 앞에서 쭈글이가 뭐예요!"

민망해서 새빨개진 얼굴을 한 에니샤 앞에서, 헬라드는 태연하게 답했다.

"아, 미안해. 너무 반가워서 그랬지."

지금 에니샤와 쌍둥이는 헬라드의 교수 사무실에 둘러앉아 있었다. 급한 대로 조용히 이야기할 수 있는 가장 가까운 장소에 들어온 것이었다. 사무실에 들어와 보니, 쌍둥이의 아카데미 입성이 철저하게 계획된 범죄라는 사실을 확실하게 알 수 있었다. 황실에서 보던 서류 일부가 사무실 책상 위를 굴러다니고 있었다. 헤르노어 아카데미에서도 업무를 처리할 수 있도록 업무를 최소화하고, 결재 체제를 바꿔놓은 것이다. 그간 황궁에서 수상하다고 생각했던 일들이 전부 맞춰졌다. 죄다 교수로 들어오기 위해 깔고 있던 밑밥이었다.

"오라버니들 때문에 못 살겠어요, 진짜……."

하지만 에니샤가 백날 잔소리해봤자 듣지도 않을 사람들이었다. 그 정도에 물러날 것이었으면 이런 일을 벌이지도 않았으리라. 말할 힘도 없어서, 에니샤는 그냥 한숨만 푹푹 내쉬었다. 교장보고 예쁜 것만 보면 사족을 못 쓴다고 욕할 처지가 아니었다. 막둥이만 보면 사족을 못 쓰는 정도가 아니라, 정신줄 놓아버리는 사람들이 바로 옆에 셋이나 있는데……. 셋이라는 숫자를 떠올리자, 에니샤는 퍼뜩 놀라서 물었다.

"혹시 아빠는요?"

설마 로드고까지 쫓아왔나 싶어서 심장이 철렁했다. 로시엘이 당연한 것을 묻는다는 듯 답했다.

"폐하께선 제도를 지키셔야지."

방금 지옥 문턱까지 밀려났던 에니샤는 가슴을 쓸어내렸다.

"하아……."

에니샤가 땅이 꺼져라 한숨 쉬자, 헬라드가 울적한 목소리로 질문했다.

"오라버니가 꼴도 보기 싫어?"

"아니, 그런 게 아니라……."

"우리가 며칠이나 떨어져 있었는지 알아? 오라버니는 쭈글이가 보고 싶어서 죽을 뻔했어."

오라버니가 죽는 것보다는 이렇게 아카데미에서 오순도순하게 있는 것이 좋지 않느냐며, 헬라드는 잔뜩 가엾은 척을 해댔다.

에니샤는 입술을 말아 물었다. 이게 문제였다. 히페리온 황족들은 이제 에니샤를 완벽하게 파악하고 있었다. 그들한테 화를 내려다가도, 앞에서 불쌍한 척을 해대며 징징거리면 금방 마음이 약해졌다. 멀리 갈 것 없이 지금도 그랬다. 헬라드가 나오지도 않는 눈물을 짜내려 노력하며 찡찡하는 것에, 에니샤는 벌써 말랑해지고 있었다. 황족들이 저를 얼마나 좋아하는지 잘 알면서, 자신이 너무 매정하게 대한 것은 아닐까 싶었다. 이미 반쯤 무너진 에니샤는 주저주저하며 말했다.

"그래도…… 이건 다른 학생들한테 민폐니까……."

"민폐라니!"

탄식하듯 외친 로시엘이 매끄럽게 말을 이어갔다.

"히페리온 황족에게 수업을 듣는 것이 얼마나 큰 영예인데. 그리고 오늘 들어봐서 너도 알잖니?"

로시엘이 아주 당연한 진실을 이야기하듯 당당히 말했다.

"오라버니는 훌륭한 교수야."

"……."

반박할 수가 없었다. 실제로 로시엘의 강의는 몹시 훌륭했기 때문이다. 학생들은 두려움에 파랗게 질린 얼굴을 하고서도 죽을힘을 다해 강의를 들었다. 벌벌 떨리는 손으로 조금이라도 더 필기하려는 모습이 애처로울 지경이었다. 아까 잠깐 본 것뿐이지만, 헬라드도 나름 열심히 수업을 하고 있었다. 검술은 결국 검을 부딪치고 굴러가면서 실력을 키우는 것이었다. 헬라드는 제 손으로 직접 아할든 기사단을 키웠고, 대련을 거듭하며 기사단의 실력을 월등하게 키워놓았다. 실제로 카힐 또한 헬라드 밑에서 구르면서 엄청난 실력 상승을 보였고 말이다. 대륙을 통틀어서 쌍둥이들만 한 실력을 가진 교수는 결코 없으리라. 학생들은 쌍둥이의 후임으로 어떤 교수가 오더라도 눈에 차지 않을 것이다. 게다가 학기 시작 전도 아니고, 이미 수업까지 진행해버렸다.

어차피 내가 가란다고 갈 놈들도 아니고…….

이것저것 따져보던 에니샤는 최대한 물러선 협상안을 제시했다.

"그럼 수업은 제대로 해요. 나도 오라버니들 교수로 대할 테니까, 오라버니들도 수업 시간만큼은 날 학생으로……."

"수업?"

헬라드가 충격받은 얼굴로 질문했다.

"쭈글이가 로시엘 수업을 들으러 가?"

"행정학개론을 듣게 되었어요."

"에니샤가 있을 줄은 몰랐어. 타 학부생이니까."

아주 운이 좋았다며 싱글거리는 로시엘의 모습에 헬라드가 파스스 부서졌다.

"나도……. 나도 쭈글이 가르칠래……."

오라버니도 쭈글이한테 수업하고 싶다며, 헬라드가 징징거렸다. 운동 삼아 검술 수업도 하나 들어달라고 들러붙는 그의 모습에 다시 한숨이 나왔다. 아무리 잘 타일러놓아도 이놈의 쌍둥이들은 편파 수업밖에 안 할 것 같았다.

"아카데미에 있는 동안 내 말 잘 듣겠다고 약속해줘요. 빨리."

에니샤는 일단 급한 대로 손가락 걸고 약속을 받아낸 후, 궁금했던 것을 물어보았다.

"혹시 여기 오면서 카힐에게 무슨 말 했어요?"

"그럴 리가."

로시엘이 조금 신경질적인 어조로 중얼거렸다.

"그놈 때문에 무슨 사달이 벌어졌는데……."

"왜, 무슨 일 있어?"

헬라드가 눈빛을 번뜩이며 질문했다. 여기서 무슨 일이 있다고 하면 벨루안이 그랬던 것처럼 죽여줄까, 하고 물어볼 터였다.

"아뇨, 그냥 물어본 거예요."

"그래……?"

쌍둥이는 미심쩍은 표정을 지었지만, 에니샤의 말에 더 이상 토를 달지 않았다. 에니샤가 아카데미에 오게 된 배후에는 이런저런 문제가 얽혀 있지만, 결국 시발점을 제공한 것은 카힐이었다. 쌍둥이로선 괜히 긁어 부스럼 만들고 싶진 않을 터였다. 로시엘은 카힐을 아카데미로 보낸 이후 따로 연락을 주고받은 적은 없으며, 다만 학생회장이니 저와 헬라드가 교수로 온단 소식은 들었을 것이라고 말했다.

쌍둥이가 카힐한테 무슨 수작을 부린 것도 아니었다니.

그럼 카힐은 무엇 때문에 그리 변한 것일까. 어젯밤 에니샤는 카힐과 대화를 나눠볼 생각이었다. 좋게 대화해보고, 합당한 이유가 있어서 아는 척하기 싫은 거면 협조해주겠다는 생각까지 하고 있었다. 물론 정말 은혜를 모르는 카힐이 돼서 말도 안 되는 헛소리를 하면, 어느 정도 대가를 치르게 해주리란 생각도 말이다.

그런데 이상한 짓이나 하고 말이야…….

어둠 속에서 빛나던 눈동자를 떠올린 에니샤는 화끈해지려는 얼굴을 가라앉히려 작게 숨을 골랐다. 목덜미에 얼굴을 부비적거리고, 손으로 뺨이나 눈썹 같은 곳을 쓰다듬는 일은 좌우법사도 종종 하는 일이었다. 하지만 카힐의 행동은 느낌이 달랐다. 이해할 수 없는 말을 하며 저를 매만지던 것이 매끈한 나무 위에 올라온 거스러미처럼 자꾸만 신경 쓰였다.

에니샤는 문득 생각했다. 혹시 인격이 두 개인 건 아닐까? 착하고 예의바른 카힐, 사납고 불손한 카힐. 어쩌면 카힐 안에는 이렇게 두 사람이 존재하는지도 몰랐다. 하지만 예전에는 꽁꽁 감추어두었던 그것을……. 이제는 에니샤 앞에서도 드러내고 있었다.

쌍둥이 문제는 대충 일단락 지어놓은 후, 에니샤는 서둘러 기숙사로 돌아왔다. 아까 레시나 혼자 내버려두고 가버렸다. 로시엘을 보고 많이 놀랐을 텐데, 그녀가 괜찮을지 걱정이었다. 아카데미 안에 흡연 장소가 있으니, 그곳으로 데려가 박하잎 궐련을 잔뜩 피우게 해줄 생각이었다. 우선 레시나를 달래놓은 다음에는 이스미온하고도 대화를 해봐야 할 것 같았다. 이놈의 교장은 분명 쌍둥이가 온다는 사실을 알고도 입을 꾹 닫고 있었다. 미리 알려줬으면 에니샤가 마음의 준비라도 했을 텐데 말이다.

이 사태를 좌우법사한테도 얘기해줘야 하고…….

난데없는 쌍둥이의 등장에 해야 할 일이 우수수 쏟아졌다. 에니샤는 머릿속에서 항목을 하나씩 정리해가며 부지런히 기숙사를 향해 걸어갔다. 가힐하고도 다시금 제대로 대화를 나눠봐야 한다는 항목을 추가했을 때였다.

"……앗."

에니샤는 자신이 구관기숙사 쪽으로 와버렸다는 사실을 깨달았다. 과거 아카데미를 다니던 시절 버릇 때문에 무심코 이쪽으로 와버린 모양이었다. 에니샤는 잠시 주변을 살피다 후원 쪽으로 발걸음을 돌렸다. 구관기숙사 뒤편의 후원을 가로지르면 신관기숙사로 빠르게 건너갈 수 있었다.

아직 수업을 듣고 있는 학생들이 많을 시간이라 그런지, 후원은 조용했다. 한참 바지런히 걸음을 옮기던 에니샤는 들려오는 익숙한 목소리에 발을 멈췄다.

"……금수조차 그런 식으로 행동하지 않을 겁니다! 당신이라는 작자는……!"

예르넨 하일레제?

에니샤는 호기심을 이기지 못하고 살금살금 가보았다. 후원 한 구석에서 카힐과 예르넨이 말다툼을 벌이고 있었다. 정확히 말하자면 예르넨 혼자 불같이 화를 내고 있고, 카힐은 한없이 싸늘했다.

"……그래서."

씨근덕거리는 예르넨 앞에서 카힐이 차갑게 받아쳤다.

"저를 작위로 찍어 누르기라도 하시겠다는 것입니까, 하일레제 소공자."

눈바람이 몰아치는 듯한 목소리였다. 서늘한 웃음을 머금은 채, 카힐은 예르넨을 대놓고 비꼬았다.

"하지만 이를 어찌합니까? 적어도 아카데미 안에서는 제 말을 들어주셔야 할 텐데."

"카힐 자드카르……!"

빈정거리는 말에 예르넨이 분노를 이기지 못하고 몸을 부들부들 떨었다. 그러나 카힐은 한쪽 입꼬리를 비틀며 냉소 지을 뿐이었다. 사납고 불손한 카힐이었다. 저런 모습의 카힐은 언제 보아도 낯설었다.

그나저나 둘이서 무엇 때문에 저리 다투고 있는 것인지…….

입학식 때 나눈 대화로 미뤄보건대, 예르넨은 카힐에 대해 악감정을 가지고 있었다. 허나 하일레제 소공자는 신중한 성격이었다.

웬만한 일이 아니어서야 이렇게 카힐에게 대놓고 달려들지 않았을 터였다. 저도 모르게 수풀 사이에 숨어서 구경하고 있던 때였다.

"……!"

에니샤는 카힐과 눈이 딱 마주쳤다. 조금 전까지 한없이 오만하던 남청색 눈동자가 크게 흔들렸다. 카힐의 눈매가 살짝 일그러졌다. 그가 낮은 목소리로 중얼거렸다.

"……에니샤 님."

두 남자의 시선이 에니샤에게로 향했다. 에니샤는 황급히 사과부터 했다.

"앗, 미안해요. 지나가다가 말소리가 들려서 그만……."

마법사답게 궁금한 것이 생기면 지나치질 못하는 에니샤였다.

이놈의 호기심…….

뒤늦게 후회하는데, 어째서인지 예르넨은 오히려 에니샤를 반겼다.

"아닙니다. 차라리 잘되었습니다. 에니샤 님도 함께 이야기해야 할 일입니다."

예르넨의 말에 카힐이 헛웃음 소리를 냈다. 가당찮은 소리 말라는 듯, 어이없음이 가득한 웃음이었다.

일단 이렇게 되었으니 수풀 바깥으로 나가려던 때였다. 나뭇가지에 걸렸는지, 옷자락이 기다랗게 늘어졌다.

"제가 도와드리겠습니다."

예르넨이 곧장 다가와서 가지에 걸린 옷을 빼주고, 나오기 쉽도록 수풀도 젖혀주었다. 자연스럽게 에니샤는 예르넨의 부축을 받아 밖으로 나오게 되었다.

"……"

카힐의 시선이 집요하게 달라붙었다. 예르넨이 붙잡아준 손을 쳐다보는 것이었다. 살을 발라낼 듯 샅샅이 훑어오는 시선이 따가웠다. 왜 저러나 고개를 갸웃하는데, 예르넨이 에니샤의 앞을 가로막았다. 마치 카힐에게 감추기라도 하는 듯한 모양새였다. 카힐이 천천히 손을 그러쥐었다. 꽉 주먹 쥔 손등 위로 푸른 힘줄이 단단하게 올라붙었다. 카힐은 더욱 싸늘해진 눈빛을 하고서 예르넨을 노려보았다.

"……뭐 하는 짓입니까."

"우선 황녀님께 사죄부터 하십시오. 그것이 가장 우선입니다."

난데없이 대화의 중심이 된 에니샤는 눈만 동글하게 떴다.

카힐은 낮게 숨을 뱉어냈다. 그러더니 예르넨에게 귀찮음 가득한 어조로 말했다.

"둘이서 이야기할 터이니, 자리를 비켜주십시오."

당연히 예르넨은 크게 반발했다.

"그대가 무슨 짓을 할 줄 알고……!"

"아직 그 정도로 미치진 않았습니다."

딱 자르듯 말한 카힐은 예르넨에게 턱짓했다. 그만 꺼지라는 신호였다.

예르넨이 에니샤 앞에서 비켜서질 않자, 카힐은 입꼬리를 비틀며 말했다.

"참견질도 적당히 해야 하는 법입니다. 사적인 이야기에 끼어드는 취미까진 없으실 줄로 압니다."

"……."

건방진 태도에 어금니를 사리물면서도, 예르넨은 뒤로 물러섰다. 그는 에니샤의 의사를 확인하는 것도 잊지 않았다. 에니샤가 카힐과 대화를 나눌 뜻이 있다는 것까지 확인한 후, 예르넨은 자리를 비켜주었다.

"……아직 할 이야기가 남아 있으나, 그것은 다음으로 미루겠습니다."

마지막 말을 끝으로, 예르넨이 후원을 떠났다.

에니샤는 카힐과 단둘이 남았다. 그날 밤 이후로 처음 보는 것이었다. 혹시나 그날 일을 기억할까 했지만, 그런 것 같지는 않았다. 아직도 눈에 설게만 느껴지는 그를 찬찬히 바라보았다. 목깃이 올라오는 검술학부 교복을 빈틈없이 갖춰 입은 카힐은 누구보다 금욕적이고 단정했다. 그러나 단정함은 곧 사라졌다. 카힐이 목에 매고 있던 타이를 거칠게 잡아당긴 탓이었다. 느슨하게 풀어헤친 후에, 카힐은 내뱉듯이 말했다.

"제게 화내고 욕하십시오."

"내가 왜?"

순수한 되물음에 그가 입매를 비틀었다. 카힐은 얼음 조각이 가득 박힌 목소리로 말했다.

"은혜도 모르는 금수이지 않습니까."

"아니, 그러니까……."

에니샤는 말하다 말고 한숨을 내쉬었다. 로드고와 쌍둥이 때문에 카힐이 내쫓겼다는 것은 알고 있다. 하지만 그리 슬프게 떠나놓고, 지금은 마음을 모두 닫아버린 것처럼 행동하는 까닭을 알 수가 없었다. 헬라드와 로시엘 때문이라기엔, 단둘이 있을 때도 이렇게 밀어낼 이유가 없었다. 따지고 들면 한없이 복잡한 이야기일 터나, 결국 핵심은 하나였다. 에니샤는 그냥 대놓고 말해버렸다.

"내가…… 이런 거에 익숙하지 않거든. 그래서 솔직하게 말해주지 않으면 몰라."

항상 저에게 좋다고 달라붙는 것에만 익숙했다. 처음부터 싫어했다면 모를까, 좋아해주던 사람이 갑자기 싫다고 밀어내는 일은 처음이었다. 이럴 때 어떻게 행동해야 하는지 알지 못했다. 에니샤는 카힐을 올려다보았다. 똑바로 시선을 마주하고서, 그에게 진심을 담아 질문했다.

"나한테 왜 그러는 거야? 말해줘, 카힐."

"……."

카힐은 대답이 없었다. 밤하늘 같은 남청색 눈이 에니샤를 들여다보았다. 눈빛에는 갈증이 가득했다. 금방이라도 달려들 듯 사납게 일렁이는 모습에 오싹함이 등골을 내질렀다. 그러나 피하지 않고 고스란히 받아들였다.

카힐의 눈매가 가느스름히 좁혀졌다. 얽혀든 시선은 금세 끊어졌다. 커다란 손이 에니샤의 눈 위를 덮어버린 탓이었다.

"……그렇게 바라보지 마십시오."

카힐이 크게 숨을 들이마셨다 뱉어내었다. 검은 어둠 속에서 한숨 같은 속삭임이 들려왔다.

"에니샤 님……."

아련한 목소리가 천천히 잦아들었다. 얼굴의 반절을 넘게 덮은 손끝이 가볍게 떨렸다. 그러나 흔들리는 손과 달리, 이어지는 말은 냉정하기 짝이 없었다.

"앞으로 제게 쓸데없는 호의를 베풀지 않았으면 합니다. 모른 척하고, 냉정하게 굴고……. 그리 대하란 말입니다. 아시겠습니까?"

그는 마지막 남은 끈을 잘라내듯, 단단한 철문을 닫아걸 듯 말했다.

"그것이 서로를 위하는 일입니다."

쐐기를 박는 말과 함께 눈을 가리는 손이 사라졌다. 그러나 어둠 속에서 벗어났을 때, 카힐은 이미 없어진 뒤였다. 흔적처럼 남은 눈바람만이 옅게 가라앉을 뿐이었다.

❧❧❧

기숙사로 돌아온 에니샤는 레시나를 찾아갔다.

레시나는 아까 검술학부 신입생들처럼 영혼이 다 털린 얼굴로 침대에 엎어져 있었다. 우리 이제 아카데미 생활 어떻게 하느냐고 홀쩍거리는 레시나를 잘 달래준 후에, 에니샤는 카힐 이야기를 해줬다.

"……그래서 그놈이 아는 척하지 말라고 했다고요?"

그렇게 말한 건 아니지만, 그런 뜻이긴 했다. 에니샤는 고개를 끄덕이며 레시나에게 부탁했다.

"그간 카힐에게 무슨 일이 있었는지 알아봐줄 수 있을까?"

"알아볼 필요가 뭐 있습니까? 그놈 원하는 대로 싹 무시해버리면 되겠네요.

"하지만 걱정되잖아. 혼자서 고생 많이 했을 텐데……."

"걱정은 무슨……!"

혼자 아카데미에 떨어져서 학생회장까지 된 것 보라며, 저놈은 독종 중의 독종이라고 레시나는 열불을 냈다. 하등 걱정할 필요가 없다며 날뛰던 레시나가 문득 말을 멈췄다. 그녀는 갑자기 크게 깨달은 얼굴을 하더니, 뜬금없는 질문을 던졌다.

"에니샤 님은 황족분들을 어떻게 생각하십니까?"

"귀엽……."

무심결에 대답하던 에니샤는 레시나의 표정을 보고 약간 고쳐 말했다.

"……지 않아? 물론 다른 사람들한테는 조금 무섭겠지만, 나한테는 그런데."

레시나는 눈썹 사이를 잔뜩 좁히고서 재차 물었다.

"엘하르크의 마녀는요? 황태자 전하의 약혼자분 말입니다. 유디트 엘하르크."

"상냥하고 다정하지."

"……아르커스 좌우법사는요?"

"어린애들 같아. 항상 챙겨주고 싶고."

모든 대답을 들은 레시나는 양손으로 머리를 움켜쥐더니 크게 탄식했다.

"이게 문제였어…….'

그녀는 엄청난 걸 깨달은 듯했다. 나도 알려달라는 눈으로 쳐다보자, 레시나가 말했다.

"에니샤 님은 남들과 다른 사고방식을 가지고 계신 것 같습니다."

보통 사람들과는 전혀 다르게 생각한다며, 레시나는 고개를 절레절레 내저었다.

"히페리온 황족들이 귀엽고, 엘하르크의 마녀가 상냥하며, 아르커스 좌우법사가 애들 같다는 사람은 대륙에서 에니샤 님밖에 없을 겁니다."

"그런가?"

"예! 그렇습니다!"

절대 그 사람들을 도와주고 챙겨줄 필요가 없다며, 레시나는 한참 잔소리를 늘어놓았다. 마구마구 잔소리를 하던 레시나는 그러나 어느 순간 스르륵 수그러들었다. 그녀가 혼자서 중얼거렸다.

"하지만 그래서 다들 에니샤 님을 좋아하는 걸지도…….'

악당들을 살살 녹이는 황녀님의 조련 실력은 이것 때문일지도 모른다며, 레시나는 혼자서 논문을 써 내려갔다. 그러다가 슬쩍 물어보았다.

"……저는요?"

"너도 귀엽지. 같이 있으면 즐겁고 좋아. 덕분에 항상 많이 웃는걸."

그래서 아카데미까지 같이 온 것 아니겠냐며, 에니샤는 배시시 웃어 보였다. 레시나는 조금 발개진 얼굴을 하고서 입을 꽁하니

다물었다. 그녀는 한참 뒤에야 저도 에니샤 님이랑 같이 있는 것이 좋다고 대답했다. 그리고 카힐에 대해서도 알아보겠다고 약속해줬다.

✦◦❂◦✦

히페리온의 태양, 제국의 황제, 가장 빛나는 황좌의 주인.

현 대륙에서 가장 중요한 인물을 하나 꼽으라 하면, 누구든 망설임 없이 로드고 칼 히페리온이라고 답하리라. 혹은 그의 딸, 히페리온의 세 번째 별인 막내 황녀를 말하거나 말이다.

"동부와 새로운 교역로를 개척하는 사안은 금주 내로 협의가 끝날 예정입니다. 그쪽에서도 적극적으로 나서고 있으니, 빠르면 다음 달부터 착공에 들어갈 듯합니다."

비서관의 보고에 로드고는 눈썹을 스윽 치켜올리며 되물었다.

"……다음 달?"

길게 말할 필요도 없었다. 그 한마디에 비서관은 냉큼 자신의 말을 정정했다.

"이번 달 안으로 착공 들어가도록 하겠습니다."

로드고는 그제야 다음 서류를 집어 들었다. 현재 제국은 동부와 교역로를 개척하며 새로운 도로를 놓을 예정이었다. 제도에서 동부까지 직통으로 이어지는 도로의 끝은 헤르노어 아카데미였다. 뜬금없이 직통도로를 놓는 이유는 말할 필요도 없이 에니샤 때문이었다. 아카데미와 제도 사이의 왕래가 원활하도록 도로를 뚫어놓고, 유사시에 신속히 움직일 수 있도록 할 생각이었다. 딸을 보고 싶은 마음에 도로까지 놓는 행태에 일부는 기막혀 했으나, 대다수는 이 정도로 끝나서 다행이라는 의견이었다.

히페리온의 별들이 죄다 아카데미에 가버린 후, 로드고의 심기는 아주 심해 깊은 곳으로 가라앉아가고 있었다. 물론 에니샤가 태어나기 전에야 다들 황궁에서 설설 기어 다니는 것이 예삿일이었다. 하지만 반짝반짝하게 황궁 분위기를 밝혀주던 막내 황녀님에게 익숙해져 있다가, 다시 과거로 되돌아가니 적응하기 어려운 것은 어쩔 수 없었다.

황녀님이 계실 땐 그래도 사람처럼 웃고 행동하셨는데…….

비서관은 다시 히페리온의 황제로 되돌아간 로드고를 바라보며 울적한 마음으로 생각했다. 그때 새로운 서류가 도착했다. 서류 내용을 확인한 비서관은 다른 모든 것을 제쳐놓고, 그것을 가장 먼저 로드고 앞에 내려놓았다.

"황녀님의 시간표가 나왔다 합니다."

방금까지 세상 무심한 표정으로 서류를 훑던 로드고의 눈빛이 선명해졌다. 로드고는 그 어느 때보다 집중하는 표정으로 에니샤의 시간표를 죽 훑어 내렸다. 대부분 마법학부 강의이고, 간간이 타 학부 수업도 섞여 있었다. 하나씩 꼼꼼하게 확인하던 로드고는 특이한 과목 하나를 발견하곤 눈썹을 치켜올렸다.

"……명사와의 만남?"

"대륙의 명사를 초청해 강의를 듣는 비정기 수업이라 합니다."

비서관의 대답에 로드고는 손가락으로 책상 위를 툭툭 두드렸다. 무언가를 생각하는 듯한 눈치였다.

결국 아카데미 정벌인가……?

비서관은 잔뜩 쫄아붙어서 로드고의 눈치를 살폈다. 툭툭 규칙적으로 이어지던 소리가 어느 순간 뚝 멎었다.

"내 딸이 다니는 아카데미에는 최고의 강사만 있어야 할 터……."

느릿하게 중얼거리는 로드고의 입가로 스윽 웃음이 번져나갔다. 황녀님이 떠나시고 나서 처음 보는 웃음이었다. 놀라서 눈을 크게 뜨는 비서관에게 로드고가 질문하였다.

"대륙에서 나보다 유명한 이가 있던가?"

✦◦✦◦✦

저녁은 레시나가 받아다 준 샌드위치로 방에서 대충 때웠다. 좌우법사와 연락을 하기 위해서였다. 벨루안의 삼족오가 방 안을 선회하다가 침대 위에 내려앉았다. 에니샤는 침대 머리맡에 베개를 받쳐놓고 기대앉았다. 삼족오가 커다란 화면을 만들어내고, 벨루안의 얼굴이 떠올랐다.

— 대법사.

맑은 보라색 눈동자가 에니샤를 가만히 바라보았다. 에니샤는 흘긋 옆을 살폈다. 보여야 할 사람이 보이지 않았다.

"녹시타는?"

— 밀린 서류작업 중입니다.

녹시타가 아르커스로 돌아오자마자 또 침대에 붙어 있었다는 것이다.

— 귀찮다고 징징거리기에 일이 끝날 때까진 대법사랑 연락 못하게 할 거라고 엄포를 놓았습니다.

훌쩍거리면서 부리나케 일하고 있을 녹시타의 모습이 상상돼서, 에니샤는 작게 웃었다. 벨루안에게 고생하고 있다고 다독다독해준 다음, 일 이야기를 나눴다.

— 조사관들에게서 새로운 보고가 들어왔습니다. 서부 주술사들이 북부 자드카르 공국에서 발견되었다고 합니다.

"자드카르 공국?"

— 그렇습니다. 자드카르 왕실이 주술사들을 비호하고 있어 파악이 늦었습니다. 현재 가까운 곳의 조사관들을 자드카르로 파견하였으니, 자세한 정보가 들어오는 대로 보고하겠습니다.

자드카르 왕실에 주술사가 흘러들어갔다면 사안이 심각하다. 에니샤는 미간을 살며시 찌푸렸다. 르타뉴에서 아바르티아를 만난 뒤, 가장 먼저 히페리온을 전수조사했다. 제국 내부에 있는 제단을 전부 찾아내 제거하고, 이어서 대륙 곳곳에 아르커스 조사관을 파견하여 주술사의 제단을 찾아냈다.

그동안 아바르티아는 별다른 움직임 없이 조용했다. 그러나 제단 수만큼은 꾸준하게 늘어났다. 물 밑에서 무슨 일을 벌이는 것 같기는 한데, 알 수가 없었다. 아니면 단순히 에니샤의 성년을 기다리는지도 모른다고 판단내리고 있었는데……. 그사이 북부 자드카르에 손을 뻗었을 줄은 몰랐다.

"왕실이 주술사들을 감싸준다니……."

― 주술사가 이미 자드카르 왕실 내부를 장악했을 확률이 높습니다. 북부 정세가 심상치 않습니다.

"한번 가보면 좋겠는데 말이지. 우선은 조사관의 보고를 기다려보자."

사안이 확실해지면 카힐에게도 알려야 할 문제였다. 그 외에 몇 가지 사안에 대해서 대화를 더 주고받은 다음, 에니샤는 쌍둥이가 아카데미에 교수로 왔다는 이야기를 해주었다. 어이없어하는 벨루안에게 앞으로 아카데미 생활이 걱정이라며 푸념을 조금 한 다음, 에니샤는 주섬주섬 가방을 뒤적여서 적어놓은 시간표를 꺼냈다.

"내 시간표 보여줄까?"

시간표를 한번 훑어보던 에니샤는 '행정학개론'에 잠시 움찔했으나, 고치지 않고 바로 보여줬다. 행정학개론은 그대로 수강할 생각이었다. 수업을 듣지 않는다고 했다간, 로시엘 성격에 애꿎은 학생들을 괴롭힐 것 같아서였다. 너희들 때문에 에니샤가 수강을 포기하지 않았냐며, 찬바람 쌩하니 부는 얼굴로 비아냥거릴 로시엘의 모습이 눈에 선했다.

얼굴을 가까이 붙이고 시간표를 들여다보던 벨루안이 질문했다.

― 명사와의 만남은 뭡니까?

대륙 명사를 초청하는 수업이란 설명에 벨루안은 느릿하게 고개를 끄덕였다.

― 아아……. 그렇습니까…….

늘이는 말꼬리가 왠지 의미심장했다. 에니샤는 그를 흘겨보며 말했다.

"이상한 생각 하는 거 아니지? 미리 말하지만, 안 돼."

— 아직 아무 말도 안 했습니다.

"말 안 해도 다 알아."

얼마간 벨루안과 투덕투덕하며 잡다한 이야기를 나누다가, 또 연락하자는 말을 끝으로 삼족오를 흘어 보냈다.

할 일이 많았다. 에니샤는 침대에서 폴짝 내려와 책상 앞에 앉았다. 그리고 깃펜을 꺼내 사각사각 서신을 써내려갔다.

사랑하는 아빠에게.

잘 지내고 계시는지요? 아카데미에 온 지 얼마 되지도 않았는데, 벌써 아빠가 보고 싶어요. 아빠도 저와 비슷한 마음이실 거라고 생각해요.

아카데미 생활은 하루하루가 새롭답니다. 그런데 오라버니들이 교수로 찾아왔어요. 아빠도 알고 계셨죠? 너무 놀라서…….

한참 편지를 써 내려가던 에니샤는 달력을 바라보곤 깜짝 놀랐다. 내일 저녁에 유디트와 만나기로 했던 약속을 잊고 있었다. 에니샤는 깃펜을 손에 쥔 채 잠시 팔랑거렸다.

유디트한테 카힐 이야기를 물어볼까?

그녀가 이런 문제는 잘 알았다. 유디트와 만나서 이야기해보면 좋은 해답을 얻을 수 있을지도 몰랐다.

완전히 늦잠이었다. 창문 밖을 확인한 에니샤는 해가 중천에 떠 있는 것을 보고 기겁했다. 기절하듯 일찍 잠들었는데도 이제야 일 어났다. 아무래도 마력봉인을 건드린 것 때문에 이리 된 모양이었 다. 거의 타격이 없었다고 생각했는데, 육체에 무리가 갔던 것이다. 그래도 달게 자고 일어난 덕분에 몸이 개운했다.

에니샤는 후다닥 침대에서 내려와 대충 씻었다. 그나저나 레시 나는 왜 나를 깨워주지 않았나, 설마 얘도 아직 자는 건가 별걱정 을 다하며 교복을 입던 때였다. 탁자 위에 쪽지가 놓여 있었다.

황녀님의 건강 = 아카데미의 생존 = 대륙의 평화

개발새발로 써놓은 악필이 딱 레시나였다. 왜 안 깨우고 갔는지 완벽하게 이해한 에니샤는 웃으며 쪽지를 내려놓았다. 옷매무새를 마저 점검하고, 책과 필기구도 챙겨들었다.

"그러니까 지금 시간이…… 마법진 연구였나……."

시간표를 확인하며 마법학부 건물로 종종 걸어갔다. 마법학부 교복의 로브자락이 에니샤의 걸음을 따라 팔랑팔랑 휘날렸다. 불 어오는 바람에 흐트러지는 머리카락을 정돈하며 걸어가는 에니샤 의 모습은 자연스레 지나가던 이들의 시선을 잡아끌었다. 흘긋흘 긋 쳐다보는 눈길들이 많았으나, 에니샤는 걱정에 잠겨 있느라 누 가 쳐다보는지도 몰랐다. 저번에 마력 측정기를 부수는 것으로 거하게 신고식을 치른 에니샤였다. 오늘은 수업까지 늦었으니, 교수가 뭐라고 생각할지 알 수 없었다.

마법학부 건물에 도착한 에니샤는 상아색 탑을 올려다보았다. 탑의 문 옆에 자리한 네모반듯한 홈에 신분패를 끼워 넣자, 문이 열렸다. 탑 내부는 외부에서 보는 것보다 훨씬 공간이 넓었다. 한정된 공간을 확장하여 사용하는 고등 마법이었다.

1층의 너른 홀에 들어선 에니샤는 주변을 두리번거리며 교실을 찾았다. 과거와 다르지 않다면, 신입생들은 2층을 사용할 것이다. 마법이라는 학문의 특수성 때문에, 신입생들은 한 달여간 여러 수업을 통해 교수에게 실력을 검사받는다. 그리고 그 검사 결과에 따라 수업 배치가 달라졌다. 높은 층에서 수업을 받을수록 뛰어난 실력의 학생이었다.

나선형의 계단을 타고 올라가 2층을 돌아다니던 에니샤는 어렵지 않게 수업 중인 교실을 찾아냈다. 창문으로 살짝 들여다보니 레시나의 빨강 머리가 보여서 확신할 수 있었다. 가만가만 뒷문을 열고 들어갔다. 신입생 교육을 담당하는 갤러스 교수가 칠판에 백묵으로 수식을 적어가며 강의 중이었다.

"······오늘 강의는 '대법사의 정리'라 불리는 수식을 연구하는 것으로······."

갤러스 교수가 잠시 말을 멈추고 에니샤를 쳐다보았다. 살금살금 레시나의 옆자리로 향하고 있던 에니샤는 그와 눈이 딱 마주쳤다.

"······."

갤러스 교수는 지그시 미간을 찌푸렸다가, 다시 강의를 이어갔다.

"대법사는 아카데미 마법책 한 귀퉁이에 이 수식을 적어놓았네. 그녀는 수식 해설까지 적기에는 여백이 모자라다는 말을 남기고……."

에니샤는 최대한 큰 소리를 내지 않으려 조심하며 살며시 필기구와 책을 펼쳤다. 레시나가 몇 쪽을 펼치면 되는지 소곤소곤 알려주었다. 혹시 뭐 필기한 것이 있나 흘긋 보았더니, 낙서로 그림 그려놓은 것뿐이었다. 레시나도 신입생들과 함께 마법진 연구를 들을 수준은 아니라서 심심했던 모양이었다.

"……최후의 문제라 불리는 수식이나 연구 성과가 없지는 않아. 풀이 과정의 일부가 증명되기도 했으니, 언젠가는 모든 해답이 밝혀질 테지. 오늘은 현재까지 밝혀진 풀이 과정의 일부를 탐구할 것이네."

레시나가 그려놓은 고양이 낙서가 너무 귀여웠다. 글씨는 못 쓰는데 그림은 잘 그리는 것 같았다. 그림 그리기에 소질 없는 에니샤로서는 부러운 일이었다. 잠시 한눈팔다가 책을 펼치는데, 갤러스 교수가 카랑한 목소리로 이름을 불렀다.

"에니샤 학생."

"……네!"

고양이 낙서에 빠져 있느라 교수 말을 듣지 못했던 에니샤는 뒤늦게 대답했다. 갤러스 교수가 칠판에 적어놓은 수식을 턱짓하며 말했다.

"나와서 풀어보겠나?"

에니샤는 그제야 칠판을 확인했다. 칠판에는 익숙한 수식이 적혀 있었다. 과거 아카데미에 다니던 시절 심심풀이로 연구했던 마법 수식이었다.

이걸 수업에 쓰는구나……!

수식을 발명한지 꽤 되었으니, 이렇게 신입생 교육하는 수업에도 쓰이는 모양이었다. 괜스레 반가운 마음이 들었다.

자신 있게 칠판 앞으로 나간 에니샤는 백묵을 집어 들었다. 그리고 또박또박 수식을 풀어나가기 시작했다. 언뜻 보기에는 간단한 수식이지만, 발상을 완전히 뒤틀어야 하기 때문에 풀이 과정에서 오류가 나기 쉬웠다. 하지만 핵심만 잘 파악한다면 아주 어렵진 않았다. 여러 마법진의 마력 개선에 통용되는 수식이라서, 아르커스 마법사들은 에니샤가 알려준 뒤로 알차게 잘 써먹는 것이기도 했다. 너무 쉽게 풀어버리지 않도록, 신입생답게 중간중간 어려운 척도 해가며 천천히 풀이를 써 내려갔다. 처음부터 끝까지 적은 후에는 혹시 실수한 곳이 있나 훑어보았다. 그러다 숫자 하나가 조금 애매하게 쓰인 것 같아서 지우개로 살살 지워내고 깨끗하게 다시 적어주었다. 알기 쉽게 적어낸 풀이 과정이 썩 마음에 들었다.

깔끔하게 잘 해냈다 싶어서 활짝 웃으며 뒤돌아섰는데, 어째 분위기가 이상했다. 다들 눈알 튀어나오는 표정으로 에니샤를 쳐다보고 있었다. 마력 측정기를 부쉈을 때보다 훨씬 더 경악하는 얼굴들이었다. 레시나가 아이고 하면서 이마를 손으로 짚는 것이 보였다.

"……?"

당황한 에니샤는 백묵을 손에 꼭 쥐고서 눈만 깜빡였다. 옆에 서 있던 갤러스 교수가 더듬더듬 입을 열었다.

"이, 이걸 어떻게…….."

그가 식은땀으로 축축해진 얼굴을 하고서 물었다.

"어떻게 대법사의 정리를 풀어냈지?"

❦

토닥토닥. 레시나가 어깨를 두드려줬으나, 에니샤는 우울함을 떨쳐내지 못했다.

"나 자꾸 사고 쳐서 어떡하지…….."

"원래 멍청한 척하는 게 쉬운 일이 아닙니다."

레시나가 옆에서 열심히 위로해줬다. 에니샤는 서글프게 고개를 끄덕였다. 시무룩한 에니샤를 보며 레시나는 에휴, 하고 한숨을 연거푸 내쉬었다.

"그러게 왜 그걸 풀어가지고…….."

안타까움 가득한 그녀의 말에 에니샤는 울상을 지었다. 정말 이렇게 될 줄은 꿈에도 몰랐다. 오늘 수업에서 풀었던 수식은 과거 아카데미를 다닐 때 연구했던 것이었다. 책 귀퉁이에 끄적끄적 낙서처럼 적어놓고 잊어버렸는데, 그게 '대법사의 정리'라는 거창한 이름까지 붙었을 줄은 몰랐다. 아직까지 풀리지 않은 난제가 됐을 줄은 더더욱 몰랐고 말이다.

마력 측정기까지는 어찌어찌 잡아뗀다고 해도, 이번에는 빼도 박도 못 하는 일이었다. 하여튼 마음대로 되는 게 없었다. 쌍둥이들도 쫓아와 버렸으니, 평범한 학교생활은 이제 강 건너 멀리멀리 가

341

버린 에니샤였다. 그나마 로드고가 오지 않은 것으로 위안을 삼고는 있지만……. 이래서야 아카데미에 온 보람이 없었다.

"……근데 그 수식 말입니다. 진짜 예전에 아카데미 다니실 때 만드셨습니까?"

아까부터 궁금했는데 참았다가 이제 묻는 거라며, 레시나가 호기심 가득한 얼굴로 질문했다. 에니샤가 수식의 활용법까지 알려 주고 나자, 레시나는 입을 떡 벌렸다.

"와……. 와아……."

이상한 소리를 내가며 감탄하던 그녀가 다른 거는 뭐 없냐며 호들갑을 떨었다. 에니샤는 생각나는 대로 하나씩 알려주기로 약속한 뒤 말했다.

"그나저나 조만간 교장한테 찾아가 봐야 할 것 같아."

가서 쌍둥이들이 교수가 된 사정도 물어보고, 이번 사태도 뭐라고 변명을 해야 할 것 같았다. 에니샤의 말에 레시나가 어깨를 으쓱하며 말했다.

"아마 그쪽에서 먼저 부르지 않을까요? 사실 대형사고 아닙니까. 대법사의 정리를 풀어냈으니 마법학회 1면에 논문 올라갈지도 몰라요."

"……."

겨우 되돌아왔던 에니샤의 얼굴이 다시 울상이 되었다. 레시나는 급하게 손으로 제 입을 때리고는, 생각보다 별일 아닐 것이라고 열심히 에니샤를 달랬다.

갤러스 교수는 마른침을 삼켰다. 수업이 끝난 지는 한참 되었지만, 그는 교실에서 벗어나질 못하고 있었다. 백묵을 꼭 움켜쥔 채, 놀란 토끼 같은 눈을 하고 있던 히페리온의 황녀. 그녀의 등 뒤로 펼쳐져 있던 수식의 완벽한 풀이. 그 모습이 잔상처럼 눈에 박혀 잊히질 않았다. 황녀는 이제 겨우 열다섯 생일이 지났다.

그런데 대법사의 정리를 풀어내다니…….

히페리온 황족들의 괴물 같은 재능이 세 번째 별에게는 마법으로 발현되었다고 들었다. 마력 측정기를 부숴버릴 정도로 수준 높은 마력을 지니고 있다는 것은, '히페리온'이라는 이름 아래 그나마 이해할 수 있었다. 그쪽 황실은 워낙 상식에서 벗어난 존재들이라고 악명 높으니 말이다. 하지만 대법사의 정리를 풀어낸 것은 단순히 재능의 영역이 아니었다. 고도의 마법 지식이 선행되지 않으면 결코 풀어낼 수 없는 문제였다. 히페리온 황실 마법사들이 뛰어나다 하지만, 황녀를 이 정도 수준까지 교육하는 것은 불가능했다. 아니, 오히려 황녀가 황실마법사들을 가르쳐야 할지도 모르리라.

텅 빈 교실에 앉아서 한참 고민하던 갤러스 교수는 결국 교장을 찾아갔다. 마법학부 교수들과 의논하기 전에, 황녀를 아카데미로 데려온 장본인인 교장과 이야기를 하는 것이 우선이었다. 평범치 않은 능력을 소유한 교장이었다. 어쩌면 그는 무언가를 알고 황녀를 아카데미에 들였을지도 몰랐다.

교장실에 찾아가니 보좌관인 슈미드가 앞에서 기다리고 있다가

저를 맞이했다. 그가 문을 열어주자, 가장 먼저 화려한 대리석 탁자
가 눈에 들어왔다. 탁자 위에는 차 두 잔이 준비되어 있었다. 헤르
노어 아카데미의 교장, 이스미온이 곱게 땋은 연갈색 머리카락을
만지작거리며 새침하게 말했다.

"기다리고 있었습니다."

자신의 방문을 예지한 모양이었다. 교수들이 미친 교장이라고
욕하다가도 참는 이유는 역시 이런 것 때문이었다. 가벼운 인사 후
에 이스미온의 맞은편에 앉자, 그가 찬바람 쌩하니 부는 목소리로
말했다.

"비싼 찻잔이니 조심해주시고요."

"……"

역시 사람보다 물건이 중요한 교장 놈이었다. 마음속으로 올려
줬던 점수를 다시 깎아내리며, 찻잔을 입에 가져댔다. 차는 마시기
딱 좋게 식어 있었다. 왠지 모든 것을 꿰뚫린 기분이라, 갤러스 교
수는 등골이 조금 오싹했다. 먼저 입을 연 것은 이스미온이었다.

"황녀님은 가만히 내버려두십시오."

"……!"

이번만큼은 놀란 기색을 감출 수가 없었다. 흠칫하는 갤러스 교
수 앞에서, 이스미온은 태연하게 차를 홀짝이며 말했다.

"황녀님께서 저를 만난 것도, 그리고 아카데미까지 흘러들어온
것도 전부 우연이 아닙니다. 운명이 그분을 중심으로 소용돌이치
고 있습니다."

막연하고 뜬구름 잡는 소리이나, 그의 핏줄에 흐르는 힘을 알고

있는 자라면 결코 허투루 들을 수 없는 말이었다. 이스미온이 처음 황녀의 입학을 주장할 때도, 그분은 특별하다는 말을 했다. 물론 그때는 다들 얼굴이 특별하다는 소리인 줄 알고 무시했지만 말이다.

"최근에 깨달은 사실이 하나 있는데……."

이스미온은 찻잔을 달그락 내려놓으며 질문했다.

"제가 예지 능력을 발현한 날이 언제인지 아십니까?"

알 리가 없었다. 천천히 고개를 내젓자, 이스미온은 가벼이 한숨 쉬며 말했다.

"지금으로부터 15년 전……. 히페리온의 세 번째 별이 태어난 날 이었습니다."

"!!"

갤러스 교수는 찻잔을 떨어트릴 뻔했다. 이스미온의 눈이 대번에 뾰족해졌다. 위기를 간신히 넘기고, 갤러스 교수는 찻잔을 쥔 손에 힘을 주었다. 덜덜 떨리는 손을 바라보며, 이스미온이 다시 입을 열었다.

"아직 무엇 하나 뚜렷이 밝혀진 것은 없지만, 황녀님께서 대륙의 명운을 책임지고 있다는 건 확실합니다."

"……."

"일단은…… 아주 특별한 분이라 생각하고, 그냥 원하시는 대로 할 수 있게 도와드리는 것이 최선이라 생각합니다. 쓸데없이 간섭하지 말고."

"……알겠습니다."

두 사람은 얼마간 말없이 차를 마셨다. 찻잔이 밑바닥을 드러낼

무렵, 이스미온이 지나가듯 말했다.

"아, 우산 챙기세요."

"우산……?"

"오늘은 비가 내릴 테니."

갤러스 교수는 창밖을 내다보았다. 구름 한 점 없이 화창한 하늘이 보였다. 그는 저도 모르게 중얼거렸다.

"하지만 날이 이렇게 맑은데……."

그러나 이스미온은 대꾸 없이 차만 홀짝일 뿐이었다.

✄⊶⊷✄

엘하르크의 마녀라는 별명을 얻었을 때, 유디트는 코웃음 쳤다. 앞에서 벌벌 떨고 뒤에서 그리 부른다는 것이 우스웠다. 누가 뭐라고 저를 부르든, 유디트는 개의치 않았다. 실제로 그녀는 마녀와 다를 바 없었으니까.

정적의 뼈와 살을 발라내고, 시체의 산을 쌓아 얻어낸 권력이었다. 유디트는 자신의 행위를 정당화하지 않았다. 죗값을 치를 때가 되면 달게 받아들일 준비가 되어 있었다. 공포에 가득 찬 눈으로 바라보는 사람들의 시선에도 꼼짝하지 않았던 것은, 응당 그럴 만하다고 여겼기 때문이었다. 하지만 철혈의 마녀에게도 예외가 생겨났으니. 단 한 사람에게만큼은 그런 시선을 받고 싶지 않았다. 히페리온의 세 번째 별, 그 이름처럼 찬란하게 빛나는 존재.

……다시 만날 날을 손꼽아 기다릴게요.

— 에니샤

유디트는 에니샤가 보낸 편지를 손에 쥐고 한숨을 내쉬었다.

"글씨도 귀여워……."

흐뭇한 얼굴로 편지를 한 번 더 읽은 후, 소중하게 품에 집어넣었다. 때맞춰 마차가 서서히 속도를 줄이다가 멈춰 섰다. 마부석에서 목소리가 들려왔다.

"유디트 님, 도착했습니다."

약속 장소에 도착했다는 말에 드레스를 추슬러 마차에서 내렸다. 챙이 넓은 모자를 쓴 유디트는 우아하게 주변을 살폈다. 조금 일찍 온 탓인지, 아직 에니샤는 도착하지 않은 듯했다.

"주변 가게를 조금 둘러보자꾸나."

유디트는 호위 서넛을 데리고 약속 장소에서 조금 떨어진 가게들을 둘러보았다. 시간도 남았겠다, 에니샤에게 뭔가 줄 만한 선물이 있는지 보기 위해서였다. 장신구를 파는 가게들을 둘러보는데, 전부 다 잘 어울릴 것 같아서 쉬이 고를 수가 없었다.

직접 데려와서 마음에 드는 것을 고르라고 할까…….

행복한 고민에 빠져 있던 유디트가 조금 구석진 길목의 가게까지 다다랐을 때였다.

"……."

유디트는 천천히 눈살을 찌푸렸다. 그리고 사뿐사뿐 인적이 드문 골목으로 걸어갔다. 사람들의 시선이 끊어지자마자, 유디트를 따르던 호위들이 일제히 검을 뽑아들었다.

"엘하르크의 마녀……! 죽어라!!"

달려드는 그들을 보며 유디트는 속으로 한숨을 내쉬었다. 너무 들떴다는 후회가 뒤늦게 밀려왔다. 오늘 호위들의 분위기에서 이질감을 느끼긴 했는데, 꼬마아가씨를 본다는 생각에 마음이 급해서 그냥 나와버렸다. 히페리온 황가와 약혼을 맺어서 조금 긴장을 푼 탓도 있었다. 왕관을 가져간 오라비는 끝끝내 제 목숨까지 앗아갈 모양이었다. 자신이 황태자비가 되어 보복할까 두려워하는 것인지, 아니면 확실한 종지부를 찍고 싶어 하는 것인지. 어느 쪽이든 어리석은 노릇이었다.

"정말 귀찮게……."

꼬마아가씨 만나야 하는데 이딴 방해꾼들이라니. 유디트의 눈매가 매서워졌다. 머리카락을 곱게 틀어 올리고 있던 머리핀을 뽑아냈다. 탐스럽게 흘러내리는 적갈색 머리카락과 함께, 뾰족한 머리핀 끝이 날카로이 빛났다. 그녀는 망설임 없이 제 앞에 달려드는 호위의 가슴팍에 머리핀을 꽂아 넣었다.

"커억……!"

단말마의 숨을 몰아쉬는 호위와 눈이 마주쳤다. 유디트는 눈썹을 한번 치켜올리곤, 다시 머리핀을 빼내며 그를 발로 걷어찼다. 두 번째 목표물을 확인하려던 때였다. 금빛 마력이 환하게 쏟아졌다. 기다란 마력 줄기가 유디트에게 달려들던 호위들을 냅다 휘갈겼다. 시원한 연타가 이어지고, 다급한 발소리와 함께 그립던 목소리가 들려왔다.

"언니!!"

에니샤가 금빛 머리카락을 나풀나풀 휘날리며 뛰어왔다. 얼른 유디트 앞을 막아선 에니샤는 미처 처리하지 못한 잔당이 있는지 확인하곤, 뒤돌아보며 질문했다.

"괜찮아요?"

저를 지켜주겠답시고 나서는 꼬마아기씨의 모습이란…….

유디트는 두근거리는 가슴 위를 손으로 꼭 누르며 환하게 웃었다.

"그럼요. 꼬마아가씨가 날 지켜줬잖아요."

그리고 제 옆에 굴러다니는 시체를 얼른 발로 밀어버렸다.

✦◆✦

에니샤가 때맞춰 등장하지 않았다면 크게 위험할 뻔했다. 유디트를 구해내서 다행이라고 안심하는 에니샤와 달리, 레시나는 심드렁했다. 물론 유디트가 무서워서 티 나게 무어라 하진 않았지만, 뒤에서 조용히 꿍얼거렸다.

유디트는 사람을 불러다 기절한 호위들을 어딘가로 치워놓고, 본격적으로 에니샤와 해후를 나눴다. 교복을 입은 에니샤를 본 유디트는 감격한 표정으로 두 손을 꼬옥 맞잡았다.

"어머나……. 이제 숙녀가 다 됐군요."

숙녀라기엔 아직 조금 작았지만, 유디트는 꼬마아가씨라고 부르지도 못하겠다며 과장해서 말해주었다.

에니샤는 조금 쑥스럽게 웃었다.

"여기는 동부니까, 내가 안내할게요. 나만 따라와요."

맛있는 가게를 미리 알아봐뒀다며, 유디트는 에니샤의 손을 잡고 척척 이끌었다. 아카데미 바깥은 교직원과 학생들을 겨냥한 상가들이 즐비했다. 곳곳에서 교복을 입은 아카데미 학생들이 웃고 떠들며 지나갔다. 에니샤는 마법학부의 로브 모자를 눌러썼지만, 유디트는 얼굴을 고스란히 드러낸 채였다. 이따금 유디트를 알아본 사람들이 히익 비명을 지르며 도망가는 일만 빼고는, 무척 평화롭게 케이크 가게에 도착했다.

에니샤와 유디트가 자리에 앉아 이야기를 나누는 동안, 레시나가 케이크를 주문하고 왔다. 곧이어 케이크가 하나씩 나오기 시작했다. 그런데 어째서인지 주문한 것보다 훨씬 많은 양이었다. 케이크로 집을 만들어도 될 정도였다. 시키지도 않은 종류까지 나와서, 에니샤는 레시나에게 주문이 잘못된 건 아닌지 물어보았다. 설렁설렁 가게 주인한테 다녀온 레시나가 머리를 긁적이며 말했다.

"자기가 회원이라는데요?"

"무슨 회원?"

"막내 황녀님을 사랑하는 모임이요."

"……."

어째서 동부 케이크 가게 주인이 히페리온의 막내 황녀님을 좋아하는지 모를 일이었다. 대륙에는 이해할 수 없는 일투성이라고 생각하면서도, 에니샤는 레시나를 통해 고맙다는 인사말을 전했다.

가벼운 소동이 지나간 후, 레시나는 잠시 가게 옆 골목에서 퀄런을 피우고 오겠다며 사라졌다. 그리고 에니샤와 유디트 둘이서 케이크와 함께하는 본격적인 수다판이 벌어졌다.

"아카데미는 어때요?"

"좋아요! 혼자 힘으로 해야 하는 일들이 많은데, 그래서 재밌어요. 물론 다른 학생들보다는 많이 배려 받고 있지만요."

유디트는 아카데미의 장점을 열심히 설명하는 에니샤를 흐뭇하게 바라보았다. 뭘 말해도 고개를 끄덕끄덕하며 장단을 맞춰주는 덕에, 에니샤는 신나서 이것저것 다 이야기했다.

유디트에게도 시간표를 구경시켜줬다. 그녀 또한 '명사와의 만남'에 지대한 흥미를 보였다. 어째 시간표를 보여줄 때마다, 다들 저 과목에 관심가지는 눈치였다. 유디트가 한 손을 턱에 괴고서 눈웃음 지었다.

"꼬마아가씨보다 유명한 명사가 대륙에 있겠어요? 쓸모없는 과목일지도……."

틀린 말은 아니어서, 에니샤는 그냥 웃어버렸다. 쌍둥이들이 교수로 아카데미까지 따라온 이야기를 해주자, 유디트는 질색했다. 그녀에게 신세 한탄을 약간 늘어놓은 후, 잠시 케이크 먹는 시간을 가졌다. 연한 홍차를 꿀꺽 마신 에니샤는 우물우물하다가 말문을 열었다.

"아, 그리고……. 이거 친구 이야기인데요……."

어쩐지 유디트의 웃음이 깊어졌다. 어서 말해보라고 채근하는 유디트에게 에니샤는 망설이며 질문했다.

"친구를 싫어하는 게 아닌데 싫어하는 척하는 아이가 있대요. 이유가 뭘까요?"

"외부적인 요인이죠."

유디트는 단칼에 답을 내려줬다. 조금도 망설임 없는 판단이었다.

"그 싫어하는 척한다는 아이, 모르긴 몰라도 마음고생 많이 하고 있을걸요."

유디트는 포크로 접시를 톡톡 두드리곤 질문했다.

"그래서 꼬마아가씨는 그 아이가 신경 쓰여요?"

"네……."

"좋아해요?"

"그런 건 아니에요!"

깜짝 놀라서 손사래까지 내저었다. 어느 순간부터 친구가 아니라 자기 이야기처럼 말하고 있지만, 그런 건 까맣게 모르는 에니샤였다.

"그냥…… 신경이 쓰여요. 남들과 조금 다르게 느껴지는 것도 같고……. 사실 서로 떨어질 수도 없는 사이기도 해서……."

첫 번째 맹세를 받으며, 카힐과 에니샤는 운명의 일부가 엮였다. 끊어내고 싶어도 끊을 수 없는 인연이다.

"어머, 재밌어라……."

작게 중얼거린 유디트가 미소 지었다. 입가의 점이 휘어지는 입매를 따라 요염하게 움직였다. 그녀의 미소를 구경하던 에니샤는 심각한 표정으로 질문했다.

"어떻게 하면 좋을까요?"

갑자기 유디트가 후훗 웃음을 터뜨렸다. 그윽한 저음의 웃음소리와 함께, 그녀는 다소 음흉한 미소를 띠고서 속삭였다.

"같이 무시해버려요……!"

생각지도 못한 답변이었다. 입에 포크를 문 채로 굳어버린 에니샤 앞에서 유디트가 열성적으로 말했다.

"감히 꼬마아가씨를 힘들게 하다니, 아주 혼쭐이 나야죠. 앞에서 다른 남자랑 친한 모습도 좀 보여주고요."

"……?"

그냥 화해하는 방법을 알고 싶었는데, 뭔가 조언의 방향이 조금 잘못된 듯한 느낌이었다. 당황한 에니샤에게 유디트는 신나서 이 것저것 말해주었다. 그녀는 제 말대로만 하면 얼마 안 가 울면서 쫓아올 거라며 호언했다.

딱히 울리고 싶은 건 아니었는데…….

에니샤는 망설이다가 일단은 알겠다고 고개를 끄덕였다. 그래도 조금은 도움이 되는 것 같았다. 우선 카힐이 원하는 대로 모른 척 하라는 건가……? 유디트의 조언을 머릿속에 차곡차곡 정리해놓 는데, 유디트가 갑자기 뜬금없는 이야기를 꺼냈다.

"그러고 보니 꼬마아가씨의 호위기사도 아카데미에 있다 하던 데."

"아, 네! 지금 학생회장이에요."

조금 전까지 카힐 이야기를 하고 있던 에니샤는 괜히 찔려서 허 둥지둥했다. 포크를 떨어트릴 뻔한 에니샤를 바라보며 유디트가 의미심장하게 말했다.

"내가 얼굴 한번 봐야겠네요. 뭐가 그리 잘났는지."

우리 꼬마아가씨를 괴롭힐 자격이 있는지 확인해야겠다며, 유디트는 눈매를 가느스름하게 접으며 웃었다. 등골이 오싹해지는 한기 가득한 웃음이었으나, 에니샤는 케이크를 먹느라 보지 못했다.

케이크를 다 먹고 실컷 수다를 떤 후에는, 주변 상가를 돌아다니며 구경했다. 유디트가 자꾸 뭘 사주려고 해서 곤란했다. 선물 받는 거야 좋지만, 황녀궁도 아니고 작은 기숙사 방에는 놔둘 곳이 없었다. 유디트는 무척 아쉬워했지만 놔둘 곳이 없다 하니 더 권하진 못했다. 대신 둘이서 조그만 금강석이 달린 목걸이를 하나씩 맞췄다. 어마어마한 가격을 흔쾌히 계산한 뒤, 에니샤가 목에 거는 것까지 확인한 후에야 유디트는 만족스레 웃었다. 그리고 잠시 들러야 할 곳이 있다며, 새로운 호위들과 함께 먼저 돌아갔다.

유디트가 돌아간 뒤, 레시나와 에니샤는 상가를 조금 더 구경했다. 슬슬 들어가 봐야지 하는데 갑자기 비가 내렸다. 레시나는 에니샤를 가게 지붕 밑에 세워놓고 우산을 구하러 뛰어갔다.

"금방 사올 테니 잠시만 기다리고 계십쇼!"

에니샤는 레시나를 기다리며 가만히 비 내리는 거리를 바라보았다. 비 오는 날이면 벨루안이 생각났다. 그를 처음 만난 날에도 이리 우중충한 잿빛 하늘에 비가 내렸더랬다. 쏟아지는 빗방울을 바라보던 에니샤의 시야에 무언가 걸렸다.

"……."

비를 피해 뛰어가는 사람들 사이에서, 헤진 옷을 입은 맨발의 소녀가 구석진 길목에 홀로 서 있었다. 소녀의 손에는 붉은 장미꽃이 담긴 바구니가 들려 있었다. 꽃을 파는 아이였다. 소녀는 바구니에 담긴 꽃이 빗물에 젖지 않도록 끌어안고서 오들오들 몸을 떨었다. 에니샤는 한숨 쉬며 주머니를 뒤적여보았다. 은화 한 닢이 손에 잡혔다. 빗속을 얼른 뛰어가서 소녀에게 은화를 내밀었다.

"내가 다 살 테니까, 그만 집으로 돌아가."

소녀가 천천히 고개를 들어올렸다. 눈이 마주치려는 순간이었다. 누군가 세차게 잡아당기는 힘에 에니샤는 그대로 끌려갔다. 마력을 끌어올리려는 찰나, 코끝에 단내가 확 끼쳐 들었다. 그가 목덜미에 얼굴을 파묻고서 깊게 숨을 들이마셨다. 나른한 목소리가 들려왔다.

"많이 컸네, 에니샤."

에니샤는 곧장 품 안의 사람을 밀쳐내며 뒤를 돌아보았다. 방금까지 서 있던 소녀는 온데간데없었다. 바닥에는 낡은 바구니와 장미꽃만이 진흙탕에서 엉망으로 뒹굴 뿐이었다.

속았구나…….

에니샤는 입술을 꽉 깨물었다가 눈앞의 사람을 쳐다보았다. 우산을 든 아바르티아가 싱긋 웃어 보였다. 에니샤가 비에 젖지 않도록 우산을 기울여준 그는 하크만의 몸을 하고 있었다. 전에 봤을 때와 얼굴이 조금도 변하지 않았다. 강한 힘을 지닌 자는 신체의 노화도 느리다. 악령의 힘을 담았으니 늙지도 않는 모양이었다. 그나저나 본체를 직접 이끌고 여기까지 행차라니. 혹시 또 무슨 짓을 저지르지는 않았나 싶어서, 에니샤는 그를 노려보았다.

아바르티아가 인사를 건네듯 말했다.

"제단 열심히 부수고 있더라."

"그러라고 알려준 거 아냐?"

"맞아."

그가 샐쭉하니 눈웃음치며 속삭였다.

"평소에 내 생각 많이 하라고 알려줬지."

축축한 비 냄새와 아바르티아에게서 흘러나오는 단내가 엉망으로 섞여 들었다. 사방을 가득 채운 빗소리 속에서, 아바르티아는 질문했다.

"어때, 정말 그렇게 되었어?"

네 머릿속에 내 생각을 가득 채웠어?

속살거리며 달라붙는 말이 진득했다. 악령의 사고방식은 도통 따라잡을 수가 없었다. 에니샤는 진저리치며 말했다.

"이제 나한테 흥미가 떨어진 줄 알았더니."

몇 년 동안이나 조용하지 않았냐며, 앞으로도 그렇게 조용히 살라고 쏘아붙였다. 그러자 아바르티아는 크게 웃었다.

"몇 년? 고작 그 정도로……."

무엇이 재밌는지 한참 웃은 그가 고개를 한껏 옆으로 기울였다. 사르륵 흐트러지는 검은 머리카락 사이에서 금안이 빛났다. 광채가 감도는 금빛 눈동자 위로 서서히 붉은 물이 올라왔다.

"그건 내게 아무것도 아닌 시간이야."

아바르티아가 한쪽 입꼬리를 비죽하니 올리며 말했다.

"너를 위해선 1,000년도 가뿐할 터인데……."

그의 손가락이 가만히 움직였다. 검은 연기 한 자락이 흘러나가 바닥에 떨어진 장미꽃 한 송이를 건져왔다. 그가 진흙에 젖은 장미꽃을 건넸다.

에니샤는 장미꽃을 쳐다보지도 않고서 말했다.

"동부까지 찾아온 이유나 말해."

"이것저것 볼일이 있어서."

아바르티아는 에니샤의 손에 장미꽃 대신 우산을 쥐어 주고선 말했다.

"아카데미까지 와줬는데, 내가 뭐라도 해야 하지 않겠어?"

전혀 그럴 필요 없다고 대답하기도 전에, 아바르티아는 등장할 때처럼 멋대로 휙 사라져버렸다.

에니샤는 우산을 쓰고서 진흙투성이인 장미꽃과 함께 얼마간 서 있었다.

"에니샤 님……. 엇? 웬 우산입니까?"

뒤늦게 우산을 구해온 레시나가 눈을 접시만 하게 떴다.

"길 가던 사람이 줬어."

에니샤는 그냥 그렇게 대답하고 말았다.

그리고 며칠 뒤. 아카데미의 교장, 이스미온을 찾아간 에니샤는 하크만의 여러 볼일들 중 하나가 무엇인지 알게 되었다. 이스미온은 칙칙해진 얼굴로 입을 열었다.

"그…… 명사와의 만남이라는 수업 말입니다……."

갑자기 올해부터 강의 신청이 빗발치고 있는데, 그중 몇 명은 에니샤 님께 꼭 말씀을 드려야할 것 같아서 목록을 추려왔다는 것이다. 그에게서 종이를 받아든 에니샤는 잠시 말을 잃어버렸다. 종이에 적힌 목록은 다음과 같았다.

1. 하크만(스칸샤의 왕)

2. 유디트 엘하르크(엘하르크의 왕녀)

3. 벨루안 리고스(아르커스의 좌법사)

여기까지도 환장할 지경이지만, 애써 흐린 눈으로 바라보면 그러려니 할 수 있었다. 하지만 마지막 사람은 정말 감당할 수가 없었다.

4. 로드고 칼 히페리온(히페리온의 황제)

목록을 다 읽은 에니샤는 종이를 얌전히 탁자에 내려놓았다.
"……."
교장실에 한참 동안 침묵이 감돌았다. 에니샤는 천천히 입을 열었다.
"최선을 다해보겠지만……."
그리고 울상으로 저를 쳐다보는 이스미온에게 진지하게 말했다.
"아카데미 부서질 수도 있어요."

✦

본디 서부는 대륙에서도 동떨어진 곳이라는 느낌이 강했다. 워낙 폐쇄적인 성향이 강하기도 했고, 사막-초원지대 유목민들의 성정이 사나운 것도 크게 한몫했다. 대륙에는 서부 출신을 야만스럽다고 여기는 분위기가 팽배했다. 그들을 야만족이라 부르며 멸시하는 이들도 있을 정도였다. 어쨌든 서부는 '자신들만의 세계'라는 인식이 강했고, 실제로도 그러했다. 당연히 동부 헤르노어 아카데미에도 서부 출신 학생들이 입학하는 경우는 전무했다. 그런데 난데없이 서부의 지배자, 하크만이 오겠다고 말한 것이다. 강의를 하고 싶다는 우습지도 않은 소리를 해가며 말이다. 그러나 지금 상황에서 그건 별로 놀랍지도 않았다.

에니샤는 좌절하는 이스미온을 바라보았다. 평소 긴 머리카락을 곱게 땋아서 늘어뜨리곤 하는데, 오늘은 삐죽삐죽 흐트러져 있었다. 쌍둥이들에 이어 로드고까지 아카데미를 찾는다니, 그에게는 이런 날벼락이 없을 터였다. 강의를 하고 싶다는데 거절할 명분도 없거니와, 거절했다간 밤길 조심해야 할 것 같은 명사들만 신청한 상황이었다. 명사긴 명사인데, 죄다 악명으로 이름 떨치는 사람들인 것이다. 한군데 모이면 대륙 파괴도 가능한 사람들이 아카데미에 오지 못해 안달이라니, 아마 아카데미의 유구한 역사를 탈탈 털어도 이런 적은 없었으리라.

"일단 하크만의 강의는 거절했습니다."

스칸샤와 히페리온 제국은 그럭저럭 뜨뜻미지근한 우호관계를 유지하고 있다. 그러나 하크만과 히페리온 황실은 우호는 무슨, 적대 관계라고 표현하기에도 민망할 정도로 파탄 난 관계였다. 정확히 말하자면 히페리온 황실이 일방적으로 하크만을 싫어했다. 어린 에니샤에게 하크만이 청혼했던 일 때문이었다. 하크만의 청혼은 대륙에서도 유명한 이야기였으니, 이스미온도 알고 있을 터였다. 그래서 눈치껏 거절한 모양이었다.

"하지만 올해 익명으로 어마어마한 기부금이 들어왔는데, 알고 보니 하크만이 보낸 것이어서……."

때문에 아카데미를 한번 둘러보기만 하겠다는 요청까진 거절하지 못했다는 것이다. 구경만 하고 간다는데, 에니샤도 거기까지 막을 명분은 없었다. 하크만이 오는 날에는 어디 숨어 있기라도 해야 할 것 같았다.

알겠다고 고개를 끄덕끄덕하자, 이스미온이 습관처럼 또 한숨을 푹 내쉬었다. 제 손에 들린 찻잔을 만지작거리던 그가 다시 입을 열었다.

"사실 오늘 에니샤 님을 부른 이유는 이뿐만이 아닙니다."

"……아직도 뭐가 남았어요?"

에니샤는 이제 무슨 소리가 튀어나와도 놀라지 않을 자신이 있었다. 예를 들어 이스미온이 교장직을 때려치우고, 차기 교장으로 로드고가 온다 해도 말이다.

"검술학부의 헬라드 교수께서 학부 공통 수업을 하나 신설하셨는데, 이걸 꼭 에니샤 님이 들어주셨으면 하셔서……."

'기초체육'이라는 수업이었다. 로시엘의 수업도 듣기로 했으니, 헬라드의 수업 또한 들어주어야 공평할 것이다. 들어주지 않으면 헬라드가 무슨 일을 저지를지 모르기도 하고 말이다. 하지만 이쯤에서 이스미온을 한번 책망하지 않을 수가 없었다.

"그러게 왜 황족들을 교수로 받아들였어요."

에니샤의 말에 이스미온은 지극히 당연한 대답을 내놓았다.

"무서웠습니다……."

"……."

에니샤는 그만 무척 미안해졌다. 더 이상 이스미온을 고생시키고 싶지 않은 마음에 에니샤는 수업을 듣겠노라 약속했고, 그렇게 최종 시간표가 만들어졌다.

><>

친화력 좋은 레시나는 에니샤와 달리 금세 와글와글 친구들을 만들어냈다. 그녀는 부지런히 아카데미 곳곳을 돌아다니며 타 학부생들과도 어울리며 각종 소문을 수집했고, 에니샤가 부탁한 것들을 알아왔다. 가장 먼저 알아온 것은 아카데미 내에 퍼진 에니샤에 관한 이야기였다.

"피도 눈물도 없는 냉혹한 미소녀 학살자라던데요?"

"그게 대체 뭐야……."

교수인 헬라드와 로시엘의 활약 덕분에 완전히 이상한 소문이 난 모양이다. 이 상황에서 로드고까지 오면 아주 볼만할 것 같았다. 에니샤는 이스미온에게 로드고의 강의 날에는 미리 응급처치 할 의사들을 준비해두라고 일러놓았다. 기절할 학생들이 속출할지도 몰라서였다.

일단 명사와의 만남은 유디트가 가장 먼저 강의를 하기로 결정되었다. 그리고 이어서 벨루안과 로드고가 강의를 하러 올 것이었다. 그사이 하크만도 찾아올 것이고……. 그들의 방문이 끝나고 나면, 에니샤는 제 소문이 어떻게 바뀔지 아주 상상도 하기 싫었다.

"……카힐은?"

"아, 카힐이요. 그놈은 아직 좀 더 캐봐야 할 것 같습니다."

대부분의 학생은 모범적인 학생회장이라고 칭찬하는데, 몇몇 학생이 희미하게 두려움을 내보였다는 것이다. 과거의 에니샤처럼 교장이 해달라고 졸졸 쫓아다닌 경우가 아닌 이상, 학생회장은 차지하기 어려운 자리였다. 카힐이 어떻게 학생회장이 되었는지는 몰라도, 마냥 좋게만 행동하진 않았을 터였다.

"알면 알수록 미궁이네……."

에니샤의 중얼거림에 레시나도 그러게 말입니다, 하고 받아 말했다. 그리고 수업이나 가자며 에니샤를 잡아끌었다.

늘 그러하듯, 쏟아지는 시선을 받으며 마법학부 건물로 향했다. 오늘은 '실전 마법'이라는 과목이었다. 공격과 방어마법을 실제로 사용히고 연습해보는 과목으로, 탑 바깥의 실습장에서 진행했다. 그런데 탑 앞에 사람들이 북적북적했다. 누가 이렇게 왔나 했더니, 마법학부 선배들과 교수들이 몰려온 것이었다. 에니샤는 그들이 왜 뜬금없이 신입생 수업을 구경하러 왔는지 금방 깨닫게 되었다. 자신이 등장하자마자 조용해지는 사방과 함께, 열렬하게 쳐다보는 초롱초롱한 눈빛들. 전부 에니샤를 구경하러 온 것이었다.

"……."

하긴, 사고를 거하게 치긴 했다. 그래도 마법학부 사람들만 구경하러 와서 다행이라는 생각이 들었다. 불행 속에서 애써 행복을 찾는 에니샤였다. 그 와중에 갤러스 교수와 눈이 마주쳤다. 묵묵히 출석을 부르던 그는 흠칫하더니 슬그머니 시선을 돌렸다. 이스미온 하고 이야기했을 때, 대법사의 정리를 풀어버린 일은 걱정하지 않아도 된다고 했다.

알아서 잘 막아줄 테니, 그냥 하고 싶은 대로 맘껏 하며 수업을 들으시라고 했는데……. 혹시 교수님도 나를 냉혹한 미소녀 학살자라고 생각하는 건가?

에니샤가 궁금증을 가지고 갤러스 교수를 바라보는데, 뒤편에서 웅성거림이 들렸다. 뒤를 돌아본 에니샤는 한낮의 햇빛 아래 해사하게 반짝이는 미남자를 발견했다. 옆에 서 있던 레시나가 바들거리며 에니샤의 로브 자락을 꼭 붙잡아왔다. 갤러스 교수가 몹시 당황한 표정으로 로시엘을 바라보았다.

"로, 로시엘 교수님은 왜…….'

"길을 잃어버렸습니다. 정신 차려보니 여기까지 왔군요."

온 김에 마법학부 수업이나 구경하고 갈 생각이라며, 로시엘은 태연스럽게 거짓말했다. 물론 이곳에 그 말을 믿을 사람은 아무도 없었지만, 반박할 사람도 없다는 것이 문제였다. 로시엘은 원래 있었던 것처럼 자연스럽게 구경하는 마법학부 교수들 쪽으로 향했다. 골방에서 연구만 하는 심약한 마법학부 교수들은 헛숨을 삼키며 우수수 다른 곳으로 흩어졌다.

그러나 아직 끝이 아니었다. 로시엘이 일으킨 소란이 잦아들기도 전에, 새로운 사람이 등장했다. 죽상을 한 이스미온이 한 여인과 함께 이쪽으로 걸어왔다. 레이스로 만든 양산으로 볕을 가리며, 고양이처럼 요염하게 걸음을 옮기는 여인은 언뜻 보기에도 강렬한 분위기의 소유자였다. 에니샤의 로브를 그러쥔 레시나의 손이 숫제 태엽장난감처럼 덜덜덜 진동하기 시작했다. 이스미온이 세상 다 산 표정으로 갤러스 교수에게 말했다.

"며칠 뒤에 있을 명사와의 만남 강의를 위해 초청된 귀빈입니다……. 수업 참관을 하고 싶다고 하셔서……."

유디트는 가벼운 목례로 우아하게 인사를 건넸다. 그녀는 에니샤와 시선이 마주치자 장난스럽게 한쪽 눈을 찡긋해 보였다. 이제 웬만한 일로는 놀라지도 않게 된 에니샤는 초연하게 그녀의 인사를 받아주었다. 갑자기 학부모 참관처럼 되어버린 분위기 속에서, 갤러스 교수는 수업을 시작했다.

신입생들의 실력을 파악하는 단계이기 때문에, 수업에서 사용하는 마법은 단순하고 기초적인 수준이었다. 에니샤도 크게 튀지 않게, 무난한 수준으로 마법을 전개했다. 하지만 마법학부 사람들은 에니샤가 마법을 전개할 때마다 죄다 홀린 듯이 쳐다보았다. 똑같은 마법을 전개하더라도, 에니샤의 전개 방식은 군더더기 없이 깔끔했다. 불필요한 수식 없이, 딱딱 맞아떨어지게 전개하는 일련의 과정은 마법사들에겐 가히 예술의 경지였다. 애초부터 송곳을 주머니에 숨기는 게 쉬운 일이 아니었다. 에니샤가 아무리 애를 써도, 마법을 쓰는 순간 튈 수밖에 없었다. 에니샤의 뒤를 이은 우등생은 레시나였다. 그녀는 거침없는 마법 전개로 많은 주목을 받았다. 갤러스 교수는 에니샤와 레시나의 수준을 가장 최상위로 매겨놓았다.

그렇게 한 시간이 열 시간 같은 수업이 끝나고, 에니샤는 다음 수업 장소로 이동했다. 노리고 온 것인지는 모르겠는데, 공교롭게도 에니샤의 다음 수업은 기초체육이었다.

로시엘은 수업이 끝나자마자 딱 달라붙어서 에니샤의 마법을 한 껏 칭찬했다. 그리고 다음 수업도 구경 가겠다고 졸졸 따라왔다.

"헬라드 교수가 수업을 그렇게 잘한다는데, 한번 봐줘야 하지 않 겠어?"

에니샤가 맘대로 하시라며 뚱하니 말하자, 로시엘이 화났냐며 옆에서 살살거렸다. 그때 유디트가 사뿐사뿐 다가왔다.

"히페리온의 두 번째 별을 뵙습니다."

황족에 대한 예를 갖추는 그녀에게 로시엘이 가벼이 웃으며 말 했다.

"그리 인사하실 필요는 없습니다. 이곳에선 교수일 뿐이니."

서로 교양 있게 인사를 나눈 뒤, 유디트와 로시엘은 나란히 에니 샤를 뒤따라왔다. 아카데미까지 왔으니 꼬마아가씨 수업 듣는 모 습을 꼭 보고 싶었다고, 말 안하고 찾아와서 미안하다며 유디트가 사과했다. 괜찮다고 답해주며 유디트와 대화를 나누다 보니 어느 새 검술학부 건물이었다.

조금 일찍 온지라 앞선 수업이 끝나지 않은 듯했다. 너른 연무장 한가운데에서는 대련이 펼쳐지고 있고, 검술학부 학생들이 둘러서 서 지켜보고 있었다. 카힐과 헬라드의 대련이었다. 레시나와 함께 체육복을 갈아입으러 검술학부 건물로 향하던 에니샤는 두 사람의 대련에서 눈을 떼지 못했다. 못 보던 사이 카힐의 실력이 엄청나게 늘었다. 무술대회 때보다 훨씬 빠르고 날렵하면서도, 일견 흉포하 게 느껴질 만큼 강한 힘이 실린 검이었다. 헬라드를 상대하면서도 밀리는 기색이 없었다. 눈으로 쫓기도 어려울 만큼 속검의 연속에 검과 검이 부딪치는 쇳소리가 연신 울렸다. 마법사인 에니샤가 보기에도 대단하다 싶은데, 검술학부 학생들은 말할 것도 없었다. 그들은 전부 눈도 못 깜빡이고 대련을 지켜보고 있었다. 그리고 에니샤가 체육복을 입으러 간 사이, 자연스레 둘만 남은 로시엘과 유디트 또한 대련을 지켜보는 중이었다. 서로 친해질 이유가 없는, 상대방에게 동족혐오를 느끼는 두 사람이었다. 평소 같으면 에니샤가 없는 사이 둘이서 말로 하는 진검승부를 펼쳤으리라. 그러나 공공의 적 앞에선 어제의 원수도 오늘의 아군이 되는 법이었다.

유디트가 부채를 쫙 펼쳐들었다. 짜증스레 몇 번 부채를 파닥인 그녀는 눈을 세모꼴로 뜨고서 날카롭게 질문했다.

"……저놈인가요?"

한마디 던졌을 뿐이지만, 로시엘은 단박에 알아듣고 냉큼 대답했다.

"예, 저놈입니다."

유디트와 로시엘은 일제히 카힐을 노려보았다.

❦⬥❦

레시나와 함께 체육복으로 갈아입고 오니, 검술학부 수업이 끝나 있었다. 카힐은 헬라드와 무언가 이야기를 나누고 있었다. 둘 다 무표정하기 짝이 없는 얼굴로 건조하게 대화를 주고받았다. 그러다 이야기가 끝났는지, 카힐이 살짝 목례하고 뒤로 물러났다. 후배로 보이는 학생들이 잽싸게 카힐에게 달려와 수건과 물통을 건넸다. 그들의 눈은 선망으로 가득 차 있었다. 홍조로 발갛게 물든 얼굴을 하고서 카힐에게 찬사를 보냈고, 더러는 질문을 던지기도 했다.

카힐은 그들의 동경을 적당한 선에서 받아주며 천천히 땀을 닦아내었다. 젖은 머리카락을 쓸어 넘기며 고개를 뒤로 젖히자, 목젖이 고스란히 드러났다. 살짝 상기된 얼굴을 하고 있음에도 여전히 서늘해 보이는 것이 신기했다. 초여름으로 접어드는 햇살이 연무장에 가득 내리쬐었으나, 카힐은 홀로 겨울 속에 잠긴 듯했다. 냉기 감도는 모습이 곁에 서 있기만 해도 시원할 것 같았다. 신기함에 저도 모르게 가만히 보고 있는데, 카힐과 눈이 마주쳤다. 에니샤는 조금 놀랐지만, 이내 먼저 휙 시선을 돌려버렸다.

모른 척해야 해……!

유디트에게 배운 대로 착실하게 실천하는 우등생 에니샤였다. 그때 헬라드의 목소리가 커다랗게 들려왔다.

"에니샤!!"

간곡한 부탁 끝에, 황족들끼리 있을 때를 제외하곤 쭈글이라는 별명은 부르지 않기로 약속했다. 여기서 조금만 더 바라자면, 로시엘처럼 은테 안경이라도 써가며 교수님 흉내를 제대로 내주는 것이었다. 저에게 달려온 헬라드에게 에니샤는 호칭을 정정해주었다.

"에니샤 학생이라고 불러주세요, 교수님."

"아아."

헬라드가 능청스럽게 받아쳤다.

"내 수업을 들으러 와줘서 고맙습니다, 에니샤 학생."

자꾸 이런 게 귀여워 보이면 안 되는데…….

에니샤는 냉정함을 유지하기 위해 애쓰며 학생들 사이로 쪼르르 가버렸다.

기초체육 수업을 들으러 온 학생들은 의외로 검술학부생들이 대다수였다. 그 외에는 멋모르고 수업을 신청한 소수의 타 학부생들이었고, 이번에도 마법학부생은 에니샤와 레시나뿐이었다.

이미 검술수업에서 지겹도록 기초훈련을 받을 검술학부생들이었다. 그들이 왜 전혀 필요도 없을 기초체육 수업까지 듣는지 의아했다. 에니샤의 궁금증은 레시나가 다른 학생들과 이야기해서 캐온 정보로 금방 해소되었다. 헬라드와 로시엘의 인기가 하늘을 찔러서, 두 사람의 수업이면 해당 학부생들이 무조건 듣고 본다는 것이다.

"이해는 됩니다. 무섭지만 확실히 이만한 교수님은 대륙을 털어도 없을 테니까요."

에니샤 덕분에 수준 높은 수업을 듣게 되어 학생들은 감사하게 여긴다는 것이다. 그렇게 생각한다면 다행이라고 고개를 끄덕하는데, 레시나가 키득거리며 덧붙였다.

"그리고 검술학부 학생들이 미소녀 학살자의 체술 실력을 엄청나게 기대하고 있다는데요."

"……나?"

헬라드와 로시엘이 워낙 날렵하니, 자연스레 에니샤도 그럴 것이라 여기는 듯했다. 하지만 히페리온 황실의 유일한 몸치인 에니샤로서는 무척 부담스러운 말이었다. 소문도 참 다채롭구나 싶었다. 그래도 오늘 체육 수업을 듣고 나면 미소녀 학살자라는 오명을 벗을 수 있을지도 모른다고, 에니샤는 조그만 희망을 가져보았다.

수업 전에 간단하게 몸 풀기 운동을 하는 동안, 연무장 주변은 사람들로 북적였다. 기초체육을 듣지 않는 검술학부 학생들도 연무장 근처에 옹기종기 몰려 앉아 수업을 지켜보는 탓이었다. 수업을 지켜보는 학생들 중에는 카힐도 있었다. 연무장에서 가장 좋은 그늘진 상석에는 로시엘과 유디트가 자리했다. 두 남녀는 어딘가를 향해 살기 어린 시선을 보냈다. 뭘 그리 합심해서 쳐다보나 했더니, 시선 끝에는 카힐이 있었다. 그리고 카힐은 저를 바라보고 있었다.

무슨 삼각관계도 아니고…….

로시엘은 그렇다 쳐도, 유디트는 왜 카힐을 노려보고 있는지 알 수 없었다. 레시나와 함께 서로 이리저리 잡아당겨가며 몸을 푸는 동안, 에니샤는 자꾸 신경이 쓰였다. 카힐의 시선이 느껴지는 탓이었다. 실수로라도 눈이 마주치지 않으려 주의하고는 있다만, 신경 쓰이는 건 어쩔 수 없었다. 로시엘과 유디트가 카힐을 노려보는 것도 신경 쓰이고 말이다.

에니샤는 흘긋 두 남녀가 있는 쪽을 보았다. 에니샤와 눈이 마주치자, 로시엘과 유디트는 언제 카힐을 노려봤냐는 듯 방긋 웃었다. 로시엘은 살랑살랑 손을 흔들어주기까지 했다. 에니샤의 옆에 있다는 죄로 함께 시달리고 있는 레시나가 걱정스럽게 질문했다.

"카힐 오늘 죽는 거 아닙니까?"

그래도 미운정이 들었는데, 이렇게 보내기는 좀 그렇다며 그녀는 심각하게 걱정했다.

"음…… 아카데미 내에서는 안 죽이지 않을까?"

정치적 분쟁 소지가 크니 아카데미 안에서는 일을 벌이지 않을 것 같다고, 에니샤는 대답해줬다.

카힐이 죽네 마네 하면서 몸 풀기를 끝내고, 드디어 수업이 시작 됐다. 질서정연하게 줄지어 선 학생들 앞으로 헬라드가 어슬렁어슬렁 걸어 나왔다.

"첫 수업은 간단한 체력 검사다."

체력 검사 결과로 1등급에서 5등급까지 다섯 부류로 나눈 후, 각자 등급에 맞게 수업을 진행할 것이라는 설명이었다. 건성으로 하는 것 같으면서도, 은근히 꼼꼼한 수업 진행이었다. 헬라드가 고개를 까닥이며 말했다.

"연무장 한 바퀴 도는 것부터 시작. 시간으로 등급 나눌 테니 다 같이 저쪽으로."

에니샤는 학생들과 함께 나란히 연무장 한쪽 끝에 섰다. 솔직히 달리기 전부터 직감하고 있었다. 오늘 이 구역의 꼴찌는 자신이 될 것이라고 말이다. 5등급이라도 받으면 다행이었다. 하지만 에니샤와 달리, 레시나는 당차게 1등급을 노렸다.

"제가 옛날부터 워낙 도망을 많이 다녀가지고……. 달리기는 자신 있습니다."

에니샤는 그녀가 먼저 도착 지점에 들어가 있으면 느릿느릿 따라가겠다고 말했다.

깃발신호가 떨어지고, 다 같이 연무장을 달리기 시작했다. 쏜살같이 뛰어가는 학생들 뒤에서 에니샤도 열심히 달렸지만, 토끼 따라가는 거북이였다. 그래도 마음은 편했다. 오늘 수업을 들으러 오기 전까지만 해도 상당한 불안감에 시달렸다. 헬라드가 무슨 편파 수업을 할지 두려웠던 것이다. 하지만 지금까지는 꽤나 정상적으로 순조롭게 흘러가고 있었다. 체육 수업이라 질문할 일도 별로 없고, 대부분 몸으로 하는 일이니 그런 것 같았다. 이대로만 수업하면 참 좋겠다고 생각하며, 에니샤는 그만 방심하고 말았다. 그리고 히페리온 황족들의 팔불출 짓은 방심한 에니샤의 허를 찌르고 들어왔다.

"……?"

뒤에서 팡 하고 무언가 경쾌하게 펼쳐지는 소리가 났다. 부지런히 달리던 에니샤는 엄습하는 불안감에 뒤를 돌아보았다. 헬라드가 커다란 양산을 펼치고 있었다. 그는 성큼성큼 몇 발자국 뛰는가 싶더니, 단숨에 에니샤를 따라잡았다. 그리고 에니샤 옆에서 나란히 달리며 양산을 씌워줬다. 당황한 눈으로 쳐다보자 헬라드가 아무렇지도 않게 답했다.

"우리 에니샤 학생은 소중하니까."

"……."

"땀 닦아줄까? 아, 얼음물 챙겨왔으니까 목마르면 바로 말하고."

에니샤는 눈을 질끈 감고 애써 모른 척 달리기에만 집중했다.

제발 이러지 마……! 다들 보고 있다구……!

하지만 그건 시작에 불과했다. 윗몸일으키기를 할 때는 헬라드가 직접 나서서 다리를 잡아주었다. 물론 어느 학생에게도 해주지 않는, 오직 에니샤 한정 특혜였다. 그는 에니샤가 바들바들하며 윗

몸일으키기에 하나씩 성공할 때마다 무슨 경기 우승이라도 한 것처럼 기뻐했다. 팔굽혀펴기를 할 때도 헬라드는 에니샤 옆에 찰싹 붙어 있었다. 에니샤가 겨우 한 개 해내고서 바닥에 풀썩 쓰러지자, 옆에서 낄낄거리며 귀여워 죽겠다고 마구 머리를 쓰다듬었다.

"그만해요, 진짜……."

에니샤는 빨개진 얼굴로 헬라드의 손을 밀어냈다. 자꾸 이러면 수업 안 들을 거라고 마음에도 없는 협박을 하자, 헬라드는 그나마 조금 잠잠해졌다. 하지만 얼마 가지도 못하고 멀리뛰기를 할 때 다시 난리가 났다. 이건 에니샤 탓도 있었는데, 멀리뛰기를 하다가 철퍼덕 넘어진 것이다. 힘껏 팔짝 뛰었는데 발이 꼬이면서 그대로 엎어져버렸다.

헬라드는 기겁하며 달려와선 당장 에니샤를 안아 들었다.

"괜찮아? 아픈 곳 없어?"

에니샤는 그에게 체포당하다시피 끌어안겼다. 그리고 손바닥, 무릎, 팔꿈치 등등 어디 까진 곳은 없나 샅샅이 확인당한 후에야 풀려날 수 있었다. 헬라드는 미간을 잔뜩 좁히고선 짐짓 엄한 목소리로 말했다.

"살살해, 살살. 다치면 안 돼. 알았지?"

저기 로시엘도 보고 있지 않느냐면서, 에니샤 학생이 다치면 바로 오늘 교수님 장례식 들어간다는 말을 덧붙이는 것도 잊지 않았다.

로시엘을 바라보자, 확실히 눈빛으로 헬라드의 목을 자르고 있었다. 유디트도 드레스 자락을 쥐어뜯으며 초조하게 보는 중이었다. 누가 보면 에니샤가 팔다리라도 하나씩 부러진 줄 알 정도였다.

솜털 하나 다치지 않은 에니샤는 그들에게 무사하다는 표시로 눈인사를 해줬다.

우여곡절 끝에 체력검사를 마치고 나자, 에니샤는 너덜너덜해졌다. 행정학개론 수업을 들었을 때보다 훨씬 만신창이였다. 그때는 정신만 힘들었는데, 이번엔 몸까지 힘든 탓이었다. 이제는 수업이고 뭐고, 그냥 빨리 등급 판정받고 도망가고 싶은 심정이었다. 그러나 헬라드는 마지막까지 완벽한 팔불출 짓을 선보임으로써 대미를 장식했다. 체력 검사를 마친 학생들이 다시 줄지어 정렬해 서고, 하나씩 헬라드에게 가서 자신의 등급을 듣고 자리로 돌아왔다. 에니샤도 등급 판정을 들으러 헬라드 앞에 다가갔다. 기록을 적어놓은 종이를 팔락거리던 헬라드가 씩 웃으며 말했다.

"에니샤 학생은 1등급."

"네……?"

누가 봐도 5등급인데 1등급이라니. 뭔가 단단히 착각한 게 아닌가 싶어서 멍하니 쳐다보는데, 헬라드가 눈썹을 치켜올리며 말했다.

"내가 어떻게 에니샤 학생한테 5등급을 주겠어? 안 그래?"

우리 에니샤 학생한테는 무조건 최고만 줘야 한다며, 1등급 도장을 쾅 찍어버렸다. 교수 직권을 마음껏 남용하는 헬라드였다. 에니샤는 이 정도면 비리가 아닐까, 하고 생각했다. 그리고 헬라드의 수업은 다른 이들에게도 큰 영감을 주었으니…….

"이렇게 강의를 하면 되겠군요."

열심히 수업을 참관한 유디트가 깨달음을 얻은 얼굴로 고개를 끄덕였다.

헬라드에게 잘못된 교수법을 배운 유디트는 이후 로시엘의 행정
학개론도 참관했다. 헬라드보다 심하면 심했지, 덜하지 않은 로시
엘의 편파수업에 그녀는 깊은 감명을 받은 듯했다. 에니샤로서는
무척 불행한 일이었다. 그리고 얼마 뒤, 드디어 아카데미에서 가장
뜨거운 감자로 떠오른 '명사와의 만남'이 첫 수업을 가졌다.

첫 번째 강연자, 유디트의 강연에는 사람들이 구름처럼 모여들
었다. 수업을 신청하지 않은 학생들은 물론이고, 시간 나는 교수들
도 죄다 몰려왔다. 에니샤도 떨리는 마음으로 레시나의 손을 꼭 붙
잡고 강의실로 향했다.

유디트의 강연 주제는 '군주와 권력'이었다. 그녀는 강단 앞에
서서 그윽한 목소리로 강의해나갔다.

"권력을 획득하기 위해서는 다른 무엇보다 이성을 우선시해
야 합니다. 합리적인 판단 하에 내리는 군주의 결단은 항상 도덕
적이지만은 않습니다. 선악을 가르는 기준과는 떨어져 생각해야
할……."

강의 전에 유디트에게 제발 오라버니들처럼만은 하지 말아달라
고 신신당부한 보람이 있었다. 아직 히페리온 황족들만큼 광증이
올라오지 않은 유디트는 에니샤의 말을 들어주었다. 그래도 강연
중에 에니샤와 눈이 마주치면 요염한 눈웃음을 보내는 걸 잊지 않
았다. 에니샤는 괜히 부끄러워져서 깃펜이나 종이로 얼굴을 가렸
다. 그러다가도 유디트를 따라 살그머니 웃었다. 유디트의 목에 걸

린 금강석 목걸이가 유달리 반짝거렸다.

강연은 순조롭게 흘러갔으나, 마지막에 딱 한 번 위기가 찾아왔다. 강연이 끝나고 질문을 받을 때, 어떤 학생이 번쩍 손을 들어서 질문한 것이다.

"그렇다면 대륙에선 어떤 이가 가장 군주에 어울린다고 생각하십니까?"

위험하다 못해 겁 없는 질문이었다. 학생 나름대로는 공격적으로 던진 질문이었으나, 대답은 허무하게 끝이 났다. 유디트는 화사하게 웃으며 답했다.

"당연히 히페리온의 세 번째 별이지요."

매력으로 민중을 사로잡는 것도 군주의 중요한 덕목이라는 부연 설명에, 듣고 있던 세 번째 별은 잘 익은 사과처럼 얼굴이 빨개졌다. 그리고 어째서인지, 질문을 던진 학생은 몹시 수긍하는 표정으로 고개를 끄덕였다.

그렇게 강연은 성황리에 끝났다. 유디트는 아카데미를 떠나기 전에 에니샤를 만나러 왔다. 그녀는 에니샤에게 다짜고짜 뜻 모를 말부터 했다.

"얼굴이 전부가 아니에요, 알겠죠?"

반반하게 생겼다고 넘어가면 안 된다고, 유디트는 당부에 당부를 거듭했다. 에니샤는 한참 훈계를 듣고 나서야 그녀가 카힐을 말하는 것임을 깨달았다. 카힐이 잘생겼지만 경계하라는 말이 무슨 뜻인지 잘 이해되지 않았다. 하지만 일단은 알겠다고 대답했다. 그리고 화제를 돌릴 겸, 그녀에게 슬쩍 이전부터 궁금했던 것을 물어보았다.

"교장과는 원래 친분이 있으셨어요?"

"이스미온 린아르크를 말하는 거죠?"

이스미온은 엘하르크의 대귀족 출신이니, 왕녀인 유디트가 알 수밖에 없다. 하지만 단순한 지인 관계가 아닌 듯했다. 유디트가 가볍게 웃음소리를 내더니, 눈을 가늘게 접어 웃으며 말했다.

"어렸을 적 놀이친구였답니다……!"

친구였다고 보기엔 이스미온의 반응이 너무 인상적이었다. 유디트의 이름이 나오자마자 기겁하던 것이나, 저번에 유디트에게 아카데미 내부를 안내해 줄 때 기가 팍 죽어 있던 모습이나……. 하지만 사적인 일을 꼬치꼬치 캐묻기도 그래서, 궁금증은 접어두었다.

　

✿⟡✿

　

요란하게 방문할 것이라는 예상과 다르게, 하크만은 소수의 호위만을 데리고 아카데미를 찾았다. 헬라드와 로시엘은 하크만이 온다는 말에 가시를 뾰족하게 세웠지만, 그래도 제국이 아니라 아카데미라고 참을 줄도 알았다. 대신 하크만과 에니샤가 마주치는 일이 절대 없도록 하라고, 이스미온에게 협박 같은 부탁을 했다.

이스미온도 나름 단단히 각오를 한 듯했다. 그는 하크만의 방문 일을 미리 알려주고, 언제 어디서 어떻게 움직일지도 죄다 말해줬다. 그리하여 하크만이 아카데미에 머무르는 며칠 동안, 에니샤는 레시나와 함께 첩보작전을 펼쳤다. 하크만의 이동경로를 분석하여 절대 길 가다 만나는 일이 없도록 동선을 짜고, 불가피한 경우에는 지형지물을 최대한 활용했다. 하지만 그것도 한계가 있는 법이었다. 결국 먼발치서 한 번은 보게 되었다.

"저기 지나갑니다!"

레시나의 말에 에니샤는 얼른 창문 위로 눈만 빼꼼 내밀었다. 하크만이 지나갈 때까지 검술학부 건물에 숨어 있는 중이었다. 하크만은 여전히 요사스러울 정도로 아름다운 얼굴을 하고 있었다. 야만적인 유목민들을 이끄는 왕이라고는 믿기지 않는 외모였다. 이국의 복식을 갖춘 미남자의 등장에 아카데미 학생들은 그가 누군지도 모르고 흘긋흘긋 쳐다보았다.

에니샤는 하크만의 뒤쪽에서 익숙한 분홍 머리를 발견했다. 스칸샤의 주술사, 이르가였다. 얌전하게 하크만을 뒤따르는 미소년을 바라보던 에니샤는 눈매를 가늘게 좁혔다. 이르가는 과거에 봤을 때와 조금도 달라진 점이 없었다. 강한 힘을 가져서 노화가 늦어지는 것은 어디까지나 성년이 지난 후의 이야기였다. 그간 시간이 많이 흘렀으니 당연히 청년 정도로는 자라났어야 했다. 하지만 이르가는 겨우 에니샤 또래 정도로밖에 보이지 않았다. 에니샤는 옆의 레시나를 콕콕 찔러서 물어보았다.

"저 주술사, 예전에 봤을 때와 모습이 같아. 전혀 자라나지 않았는데……."

환상마법을 사용했거나, 아니면 신체 나이를 어리게 만드는 마법을 쓴 것인지 레시나의 의견을 물어보았다. 레시나가 고개를 갸웃갸웃하더니 말했다.

"어……. 확실하진 않지만, 아예 신체 나이를 고정한 느낌인데요?"

주술적인 힘으로 육체의 시간을 멈춰버린 것이다. 저만한 주술을 행하려면 적잖은 제물이 필요할 터였다. 굳이 힘들게 저러고 있는 이유를 알 수 없었다. 열심히 관찰하고 있는데, 갑자기 하크만이 멈춰 섰다. 자연스럽게 행렬이 밀리며 뒤따르던 이르가의 모습이 다른 이들에게 가렸다. 무슨 일인가 했는데, 하크만이 정확히 에니샤가 있는 쪽을 바라보았다.

"……!"

멀리 떨어져 있지만, 그가 자신을 본다는 것만큼은 분명했다. 놀란 에니샤에게 하크만이 샐쭉 눈웃음을 지어 보였다. 에니샤는 그가 무엇 때문에 저러는지 곧장 눈치챘다. 저만 바라보라는 뜻이었다.

정말 피곤하다, 피곤해…….

에니샤는 대놓고 한숨을 내쉬곤 창가에서 몸을 멀찍이 떨어트렸다. 다행스럽게도, 아카데미에서 하크만과 마주친 것은 그때 한 번뿐이었다. 이후로는 그가 돌아갈 때까지 머리카락 한 올 보는 일이 없었다. 그리고 하크만이 떠난 뒤, 에니샤는 레시나와 함께 아카데미 곳곳을 수색했다. 행여나 무슨 수상한 짓은 하지 않았는지 확인하는 것이었다. 하지만 주술을 걸기 좋은 장소를 전부 일일이 확인해보았는데도 발견되는 것이 없었다. 밤늦게까지 열심히 돌아다니던 레시나가 땀을 삐질삐질 흘리며 물어보았다.

"진짜 놀러만 왔다 간 거 아닙니까?"

"그럴 리는 없어."

에니샤는 아바르티아의 말을 선명하게 기억했다.

— 아카데미까지 와줬는데, 내가 뭐라도 해야 하지 않겠어?

분명 그렇게 말했다. 아바르티아는 자신이 한 말을 반드시 지킬 것이었다.

"우선 오늘은 여기까지만 하자."

내일은 주말이니 여유롭게 좀 더 찾아보자고 약속하고, 레시나와 기숙사로 돌아왔다. 하지만 침대에 누워도 잠이 오질 않았다. 한참 동안 뜬눈으로 뒤척이던 에니샤는 결국 간단한 옷을 챙겨 입고 로브를 걸쳤다. 혼자서라도 조금 돌아다녀야 마음이 편할 것 같았다. 에니샤는 거울을 보며 혼자 되뇌었다.

"너무 초조하게 생각하지 않기……."

몇 번이고 같은 말을 곱씹은 후에, 그냥 밤 산책을 한다는 마음가짐으로 기숙사를 나섰다.

타박타박 걸음을 옮기다 보니 발길이 다다른 곳은 마법학부 건물이었다. 에니샤는 어둠에 잠긴 상아색 탑을 올려다보았다. 낮에 찾아왔을 때와 별반 다를 바가 없었다. 탑 뒤편에 걸린 날카로운 초승달의 모양새가 오늘따라 음산할 뿐이었다. 달무리 어린 초승달을 바라보다, 천천히 고개를 내렸다. 넓게 펼쳐진 잔디밭을 바라보던 에니샤는 급하게 숨을 들이켰다. 가슴 위로 송곳을 쑤시는 듯한 통증이 느껴졌다. 갑작스러운 고통에 무릎이 푹 꺾였다. 저도 모르게 바닥에 주저앉았다. 손바닥으로 심장 위를 꾹 누르며 호흡을 골랐다. 비틀거리는 몸을 지탱하려 잔디밭에 손을 짚은 순간이었다.

"……!!"

에니샤가 손을 짚은 곳을 중심으로 빛의 선이 생겨나기 시작했다. 기하학적인 문양을 그리는 선은 쭉쭉 뻗어나가며 일정한 규칙과 균형을 가지고 엉켜들었다. 순식간에 마법학부의 탑을 중심으로 거대한 마법진이 그려졌다. 재빠르게 마법진을 읽어낸 에니샤의 눈이 크게 흔들렸다. 머리털이 곤두서는 듯한 전율이 온몸을 쓸어내렸다. 마법진의 빛이 강해지더니, 몸이 그대로 빨려 들어갔다. 마력을 끌어올리던 에니샤는 소리 없는 비명을 질렀다. 심장이 부서질 듯한 고통이 느껴졌다. 금빛 마력은 마법을 이루지 못하고 산산이 파훼되었다. 흩어지는 마력 파편 아래, 완전히 마법진 속으로 잠겨드는 때였다.

"황녀님!!"

절박한 목소리와 함께 누군가 에니샤를 끌어안았다. 그러나 꺼내기에는 이미 늦어버린 뒤였다. 에니샤는 저를 붙잡은 사람과 함께 마법진 안으로 끌려갔다. 그리고 에니샤를 집어삼키자마자, 마법진은 흔적도 없이 깨끗하게 사라졌다. 마치 아무 일도 없었던 것처럼, 고요한 어둠 속에서 초승달만이 요요하게 빛날 뿐이었다.

마법진에 빨려 들어간 에니샤는 어딘가의 바닥으로 추락했다. 딱딱한 돌바닥에 떨어지며 몇 바퀴를 굴렀다. 어질어질하던 시야가 천천히 바르게 돌아왔다. 크게 다칠 뻔했으나, 감싸준 이가 있는 덕분에 가벼운 찰과상이 끝이었다. 에니샤는 자신을 끌어안고 함께 추락한 자를 쳐다보았다.

"카힐······."

카힐이 커다랗게 숨을 몰아쉬었다. 그는 제 몸을 확인하기도 전에 다급히 에니샤를 살폈다.

"다친 곳······, 다친 곳은 없습니까?"

그에게 괜찮다고 대답해주고 싶었지만, 상태가 전혀 그렇지 못했다. 에니샤는 힘겹게 얕은 호흡을 뱉어내며 속삭였다.

"아까 그 마법진······. 마력봉인이었어······."

이중으로 마력을 봉인당했다. 짓눌리는 감각에 숨도 제대로 쉬어지질 않았다. 그러나 고통은 중요하지 않았다. 에니샤는 마지막으로 보았던 마법진의 모습을 떠올리며 입술을 깨물었다. 이번에도 스치듯 본 것이 전부지만, 확실했다. 마법진의 수식과 모양새, 마법이 전개되는 방식, 그리고 느껴지는 봉인의 감각까지. 에니샤의 마력봉인과 똑같은 마법진이었다. 누군가 심장 위를 양손으로 세게 짓누르는 느낌이었다. 고통스러운 압박감 속에서, 에니샤는 카힐에게 몸을 기댄 채 찬찬히 기억을 더듬어 나갔다. 최초로 봉인을 당한 과거의 그날도, 그리고 오늘도······. 마법진을 온전하게 확인하지 못했다. 조금만 더 지켜볼 수 있었더라면 얼마나 좋았을까. 마법진을 확실하게 파악했다면, 봉인 연구에 큰 도움이 되었을 터였다. 그래도 몇 가지 새로이 확인한 수식이 있었다. 그것들을 잊어버리지 않도록 머릿속에 단단히 새겨 넣었다.

수식을 기억하는 데 집중하다 보니 고통도 서서히 가라앉았다. 짓눌리는 감각은 여전했지만, 이제는 참을 만한 수준이었다. 천천히 숨을 가다듬고 있자니, 서늘한 손이 식은땀에 젖은 이마를 닦아내주었다. 에니샤는 손의 주인을 올려다보았다. 아까부터 카힐은 저를 꼭 안은 채 돌봐주고 있었다. 다친 곳이 없는지 물어본 것 말고는, 아무것도 묻지 않고 그저 에니샤가 진정할 때까지 기다려주었다. 에니샤는 힘없이 그의 손을 걷어내며 말했다.

"이제는 괜찮아……."

하지만 일어날 수가 없었다. 다리에 힘이 들어가질 않는 탓이었다. 그대로 바닥에 고꾸라질 뻔한 에니샤를 카힐이 다시 받아냈다.

"많이 아프십니까?"

"지금은 좀 괜찮아. 아까는 누가 심장 터뜨리는 줄 알았어……."

하지만 적응되면 견딜 만하다고, 에니샤는 의젓하게 말해줬다. 카힐은 지긋하게 눈매를 찌푸렸다. 에니샤를 받쳐 안은 손에 살짝 힘이 들어갔다. 그가 조금 가라앉은 목소리로 말했다.

"제가 안아드리겠습니다."

"무거울 텐데……."

에니샤의 걱정에 카힐은 눈매를 살짝 찡그렸다.

"언제든지 안아드릴 수 있다고 하지 않았습니까."

아주 옛날에 나눴던 이야기가 떠올랐다. 함께 가면무도회장을 찾아갔던 기억을 되짚어보던 에니샤는 가만히 눈을 깜빡였다. 그때의 카힐과 지금의 카힐이 너무 다르게 느껴지는 탓이었다. 카힐은 에니샤의 무릎 뒤쪽에 손을 넣고, 등을 받쳐서 안아 들었다. 아주 가볍게 번쩍 들어 올리는데, 별로 힘을 쓰는 눈치도 아니었다. 달랑 안기게 된 에니샤는 감사인사를 잊지 않았다.

"구해줘서 고마워."

"……아닙니다."

"아는 척해주는 것도 고맙고."

"……."

덧붙인 말에 카힐의 표정이 미묘하게 흐트러졌다. 그는 잠시 품에 안긴 에니샤를 내려다보았다. 에니샤는 그가 무슨 생각을 하는지 알고 싶었다. 하지만 짙은 눈동자는 단단해서 속을 알기가 어려웠다. 직선으로 쭉 뻗어나간 잘생긴 눈썹이 살풋 찌푸려졌다. 카힐이 고개를 돌리며 다소 무뚝뚝한 어조로 말했다.

"여기서 나갈 때까지만입니다."

그래서 에니샤는 유디트에게 배운 대로 답했다.

"나도 여기서 나가면 너한테 아는 척 안 할게."

"……."

어쩐지 카힐은 더욱 미묘한 표정을 지어 보였다. 그러나 더 무어라 말하진 않고, 천천히 걸음을 옮기기 시작했다. 에니샤는 그런 카힐을 쳐다보다가, 가장 궁금한 것을 물어보았다.

"그런데 너는 어쩌다가……."

"산책 중이었습니다."

검술학부 학생이고, 구관기숙사에 머무르는 그가 멀리 떨어진 마법학부 건물까지 산책을 나오다니. 체력이 넘쳐서 일부러 먼 곳까지 오는 것일까, 하는 생각이 들었다. 어쨌든 그렇다고 하니 캐묻지는 않고, 그보다 중요한 화제로 넘어갔다.

에니샤는 잠시 앞을 내다보았다. 깊고 어두운 동굴 같은 길은 간신히 주변을 분간할 만큼 희미한 빛만이 감돌았다. 멀리 내다보이는 곳에는 심연뿐이었다. 안쪽에서 스산한 바람이 불어와 머리카락과 피부를 스쳤다.

"내 생각에 우리가 갇힌 여기······. 마법학부 건물 밑에 있다는 미궁인 것 같아."

오늘 낮에 레시나와 함께 이 근처를 살폈을 때까지만 해도 아무것도 없었다. 그사이 마법진이 생겨난 것일까. 아마 자신이 미궁으로 빨려 들어온 이유는, 똑같은 봉인이 공명하며 마법진의 일부로 오인당해 흡수된 것일 가능성이 높았다. 에니샤는 여러 가정을 놓고 판단해보았다. 하지만 심각한 에니샤와 달리 카힐은 그렇습니까, 하고 무덤덤하게 답하는 것이 고작이었다. 그의 표정은 평소와 다를 바 없었다. 예전부터 생각했는데, 카힐은 호기심이나 궁금증이라는 단어와는 아주 거리가 먼 것 같았다. 마법사인 에니샤는 항상 요모조모 궁금한 것이 많은데, 카힐은 궁금해야 할 일에도 무덤덤했다. 보통 사람 같으면 미궁에 떨어진 순간부터 이것저것 물어보느라 난리가 났을 텐데 말이다. 항상 한 발짝 빗겨나간 듯한 그의 감정선은 일자였다. 묵묵하게 걸음을 옮기기만 하다가, 처음으로 던진 질문이 겨우 이것이었다.

"나가는 방법을 알고 계십니까?"

에니샤는 그의 무심함이 재밌어 살짝 웃으며 답했다.

"미궁에서 나가는 방법은 중심에 도달하는 것뿐이지."

미궁은 미로와 비슷한 듯하지만, 실제로는 전혀 다른 공간이다. 미로는 탈출을 어렵게 만드는 것을 목표로 하여 설계한다. 미로 속에 갇힌 사람은 출구를 찾다가 때로는 막다른 길에 다다르기도 하며, 어지럽게 얽힌 길을 헤맨다. 그러나 미궁의 목표는 들어온 이를 중심부로 인도하는 것이다. 미궁 속에 갇힌 사람은 길고 복잡한 단 하나의 우회로를 따라 걷게 되고, 결국 중심부에 다다른다. 물론 아예 미궁 자체를 부숴서 나가는 방법도 있다. 하지만 지하이기 때문에 그대로 매몰될 가능성도 높고, 미궁에 그 정도 방비는 다 해놓았을 테니 제외였다.

"길은 하나니 헤맬 염려는 없을 테고……. 다만 여기에 뭐가 있을지 모르겠어."

미궁이 마법사들의 괴작을 몰아넣는 곳이고, 중심부에는 아카데미의 보물이 숨겨져 있다는 말이 있으나 확인되지 않은 이야기였다.

"중심부로 가는 길에 위험한 것들이 잔뜩 있을지도 몰라."

에니샤는 머릿속으로 현 상황을 계산해보았다. 미궁 전체에 마력을 봉인하는 마법진이 뒤덮여 있지만, 정령의 힘은 사용 가능할 것이다. 계약자가 오랫동안 태어나지 않았기 때문에, 대다수의 마법과 주술에서 정령의 힘은 고려되지 않기 때문이다. 특히 봉인 마법진은 15년 전의 것인 데다가, 에니샤만을 겨냥했기 때문에 더욱 그러할 터였다. 그러나 정령의 힘을 쓰더라도, 카힐 혼자 전투 불능상태인 에니샤를 지켜가면서 싸워야 하는 상황이다. 어쩌면 상당히 고전할지도 모르겠다고 생각했지만……. 에니샤는 자신의 걱정이 기우였음을 깨달았다. 예상보다 카힐이 훨씬 강해졌기 때문이었다.

미궁 내부에서는 온갖 괴상한 것들이 튀어나왔다. 상상도 못 할종류의 동물들을 조합한 합성수, 소환만 하고 계약에 실패해 사역마가 되지 못한 악령, 되살아낸 시체 등등. 감당하지 못할 괴작들을 몰아넣은 쓰레기통이 맞는지, 전부 강력하면서도 끔찍한 존재들이었다. 하지만 카힐은 아주 손쉽게 전투를 치러냈다. 사실 전투랄 것도 없었다. 뭐가 등장하기만 하면 허공에 쩌적 얼어붙는 소리가 나더니, 얼음송곳이 파바박 꽂혀 들었다. 그리고 끝이었다. 가끔씩 에니샤를 고쳐 안는 것 빼고는, 카힐은 손가락 하나 까닥하지 않고 앞을 가로막는 괴수들을 처치했다. 약간 이래도 되나 싶을 정도로 거침없는 전진이었다.

너무 강해진 거 아냐……?

에니샤는 새삼스러운 눈으로 카힐을 바라보면서도, 그가 능력을 사용하는 것을 열심히 관찰했다. 힘을 다루는 수준은 확실히 늘어났다. 예전에는 무식하게 물량으로 밀어붙였다면, 지금은 움직임이 많이 정교해졌다. 그러나 여전히 얼음으로 뚜렷한 형체를 만들지는 못했다. 얼음송곳에서 벗어나지 못한 것이다. 힘의 응축은 경지를 넘어서는 일이었다. 커다란 계기와 깨달음이 없는 이상, 벽을 넘어서는 일은 쉽지 않았다. 하지만 카힐은 아직 어리고 젊다. 재능도, 노력도 부족하지 않으니 언젠간 분명 성공해내리라.

한참 그렇게 걸어가다, 새로운 곳에 다다랐다. 카힐은 걸음을 멈췄다. 앞에는 한 치 앞도 보이지 않는 새까만 어둠이 있었다. 이때까진 희미하게나마 빛이 있었지만, 저곳은 아무것도 없었다. 혼자 뚝 잘라내기라도 한 것처럼 인위적으로 새까만 어둠은 이질적이었다. 존재하는 빛마저 흡수하는 것으로 보아, 마법이나 주술로 만든 공간이 분명했다. 카힐이 어찌할지 물어보듯 에니샤를 쳐다봤다.

저를 향한 말간 청회색 눈동자에게 에니샤는 차분히 답해주었다.

"……다른 길이 없으니까, 가야지."

카힐은 에니샤를 조금 더 단단히 끌어안은 후, 어둠 속으로 들어섰다. 눈앞에 뭔가를 덧씌우기라도 한 것처럼 아무것도 보이지 않았다. 다행히 어둠 말고 다른 함정이 있는 것 같지는 않았다. 사람이 미치기에는 순수한 어둠만으로도 충분하니까 그런 것이겠지만……. 지금 에니샤와 카힐은 혼자가 아니었다. 서로에게 의지하면, 아무것도 없는 어둠이라 할지라도 두렵지 않았다. 어둠 속에서는 걸음 소리조차 제대로 들리지 않았다. 느껴지는 것은 서로의 온기, 그리고 맞닿은 감촉뿐이었다. 하나도 보이지 않는 탓에 답답했다. 조금 몸을 꿈질거리자, 곧장 목소리가 들려왔다.

"그러다 떨어집니다."

"아, 미안해."

적막한 침묵이 이어졌다. 심심하기도 하고, 조용한 정적이 조금 무섭기도 해서 에니샤는 카힐에게 말을 붙여보았다.

"카힐은 어둠이 무섭지 않아?"

"어릴 적에는 무서워했습니다."

"지금은 아니라는 말이네."

나는 아직도 조금 무섭다고 말하자, 카힐은 한참 대답이 없었다. 그러다 불쑥 말했다.

"……어둠이 무서울 때는 가장 밝고 빛나는 순간을 떠올리면 됩니다."

"밝고 빛나는 순간……?"

"저는 금빛나무 아래에 앉아 있던 기억을 떠올립니다."

서로를 볼 수 없는 탓일까. 선을 긋듯 냉정하던 여태와 달리, 그의 목소리는 무척 부드럽게 누그러져 있었다.

"떨어지는 황금빛 잎사귀, 맑은 하늘과 시원한 바람, 그리고 옆에는……."

하나씩 조용히 읊어가던 카힐은 잠시 말을 멈췄다가, 이내 느릿하게 이어 말했다.

"소중한 사람이 함께하고 있는…… 그런 기억 말입니다."

"그렇구나."

"예전에는 그렇게 곱씹을 기억이 없었으니 어둠이 무서웠습니다. 하지만 지금은 아닙니다."

"그럼 지금은 뭐가 무서워?"

"제가 두려워하는 것은 단 하나뿐입니다."

그게 무엇인지 설명해주길 기다렸지만, 카힐은 더 이상 말하지 않았다. 그리고 영원할 것 같던 어둠도 끝이 났다. 어둠에서 벗어나자마자, 눈앞에 거대한 문이 나타났다. 아카데미의 상징인 날개 달린 일각수가 정확히 중앙에 새겨진 문이었다. 에니샤는 문을 올려다보며 말했다.

"여기가 중심부인 것 같은데……?"

"생각보다 간단하군요."

간단한 게 아니라 네가 너무 강한 덕분이야…….

아마 미궁의 설계자가 지금 이 모습을 봤더라면 통곡했으리라. 함정을 함정처럼 느끼지 못하는 미궁 돌파자들이었다. 카힐이 문

위에 손을 얹고서 말했다.

"문을 열겠습니다."

중심부에 무엇이 있을지 모르지만, 어쩌면 봉인 마법진을 확인할 수 있을지도 몰랐다. 에니샤는 긴장감에 마른침을 삼키며 고개를 끄덕였다. 카힐이 천천히 한쪽 문을 밀었다. 중앙에 그려진 일각수가 반으로 갈라지며, 어둑하던 미궁에 환한 빛이 쏟아졌다. 갑작스러운 빛에 앞이 보이지 않아 눈을 찡그릴 때였다.

"⋯⋯!!"

카힐이 황급히 에니샤를 제게로 확 끌어당겼다. 어깨에 고개를 묻도록 하고서, 얼굴을 들지 못하도록 누르는 손길은 다소 거칠었다. 놀란 에니샤가 파드득 움직이자, 그가 꽉 잠긴 목소리로 속삭였다.

"⋯⋯보지 않으시는 것이 좋겠습니다."

곧장 우드득, 무언가 부서지는 소리가 들려왔다. 철퍽철퍽 젖은 것을 헤집는 소리, 뭔가를 억지로 뜯어내는 듯한 소리가 뒤를 이었다. 섬뜩한 소리에 에니샤는 카힐의 옷자락을 움켜쥐었다. 그리고 낭창한 목소리가 미궁 가득히 퍼져나갔다.

"어엇, 황녀님?"

하크만의 주술사, 이르가였다.

등 뒤로 문이 닫혔다. 굳어 있던 에니샤는 그 소리에 정신을 차리곤, 곧장 카힐의 손을 밀어냈다. 눈앞에 참혹한 광경이 펼쳐졌다. 둥글고 커다란 방이었다. 반구형의 천장에는 미궁을 지탱하는 마법진이 세밀한 문양처럼 새겨져 있고, 그 아래에는 거친 석벽이 그대로 드러나 있었다. 활활 타오르는 횃불들이 방을 밝혔다. 그리고 가장 중앙에 놓인, 흑요석으로 만들어진 정교한 제단. 그 위에는 형태를 알아볼 수 없는 사체가 뉘어 있었다. 성별조차 구분하지 못할 정도로 심하게 훼손된 시체는 가슴 부분이 엉망으로 패어 있었다.

이르가가 한 손에 기다란 황금낫을, 다른 손에는 새빨간 핏덩이를 들고 해맑게 웃었다. 붉은 피에 흠뻑 젖은 그가 무엇을 하고 있었는지는 말할 필요도 없었다. 들고 있던 핏덩이를 제단 위에 아무렇게나 올려놓고, 이르가는 팔랑팔랑 다가왔다.

"미궁에 뭐가 떨어졌나 했더니, 황녀님이었군요! 알았으면 진즉 마중 나갔을 텐데."

카힐이 곧장 얼음송곳을 만들어내 그를 겨눴다. 접근을 허용치 않는 모습에 이르가는 발을 멈추고선 샐샐 웃으며 말했다.

"황녀님의 개는 여전히 기운이 좋네요. 혈통이 좋은 개라서 그런지 역시 잡종과는 격이 다른 모양입니다."

카힐은 자신을 모욕하는 말에도 표정 변화가 없었다. 동요 없는 모습에 이르가는 재미없다는 듯 입술을 삐쭉 내밀었다. 에니샤는 자꾸만 흐트러지려는 정신을 가다듬으며, 가장 먼저 확인해야 할 것을 질문했다.

"……네놈이 한 짓이야?"

이르가는 눈을 동그랗게 떴다가, 아 하고 소리 내며 말했다.

"마력봉인 말씀이십니까?"

그가 부끄럽다는 듯 몸을 비비 꼬며 말했다.

"아이, 참……. 좋게 봐주셔서 감사하지만, 저는 아직 그만한 실력이 없습니다."

하나도 심각하게 받아들이지 않는 모습에 열이 확 받쳤다. 에니샤는 이를 악물었다가 다시 질문했다.

"네놈이 아니라면, 이곳에 마력봉인을 설치한 자는 누구지?"

"아직은 말해드릴 수가 없습니다."

이르가는 눈매를 추욱 늘어뜨리며 불쌍한 표정을 해 보였다.

"황녀님은 진실의 무게를 감당할 준비가 되지 않았으니까요. 그리고 지금 알면 재미없기도 하고……."

그러더니 가면을 덮어쓰듯 표정을 싹 바꿨다. 그가 샐쭉하니 웃으며 혀로 입술을 핥고서 속삭였다.

"하지만 진실은 생각보다 가까운 곳에 있답니다."

지금 당장 저놈의 주둥이를 후려칠 수 있다면 소원이 없을 것 같았다. 하지만 에니샤는 서 있기조차 어려운 상태였다. 할 수 있는 것은 그를 노려보는 것뿐이었다. 하지만 이르가는 되레 얼굴을 발갛게 물들이고서 수줍어했다. 그리 바라보면 부끄럽다는 개소리를 해대던 이르가가 문득 카힐을 쳐다보았다.

"그나저나……."

진달래 같은 분홍색 눈동자가 카힐을 향해 탐욕스레 빛났다.

"모처럼 설치한 좋은 제단에 훌륭한 제물이 찾아왔는데, 이걸 모른 척해선 주술사라는 이름이 아깝겠죠?"

"……."

카힐이 조용히 에니샤를 바닥에 내려주었다. 문에 기댈 수 있도록 앉혀놓고서 속삭였다.

"잠시 기다려주시겠습니까."

에니샤는 천천히 고개를 끄덕였다. 카힐은 느리게 뒤돌아서서, 저가 만들어낸 얼음송곳 중 하나를 손에 쥐었다. 그리고 검과 같이 잡고선 이르가를 겨눴다.

이르가는 낄낄 웃으며 황금낫을 휘둘렀다.

"얼마나 저를 재밌게 해줄 수 있는지, 한번 볼까요?"

카힐과 이르가는 서로를 향해 달려들었다. 섬광이 번쩍이고, 얼음이 깨지고 부딪치는 소리가 요란히 울렸다. 카힐은 손에 쥔 얼음송곳으로 공격하면서도, 동시에 사방에서 얼음송곳을 끊임없이 생성하고 조종하며 이르가를 위협했다. 각기 움직임을 달리하며 공격을 퍼붓는 얼음송곳이 이르가를 점차 구석으로 몰아갔다. 이르가는 잽싸게 잘 피해냈으나, 옷자락이 점차 너덜너덜해져갔다. 결국 얼음 하나가 뺨을 날카롭게 그었다.

"아얏······!"

이르가가 얼굴을 확 찡그렸다. 그는 결국 낫을 크게 휘둘러 얼음을 떨쳐내고선, 뒤로 멀찍이 물러났다. 제단 앞까지 물러난 이르가가 숨을 몰아쉬며 웃었다.

"못 보던 사이에 실력이 많이 늘었군요. 이제 못 이기겠어요."

뺨 위에 기다랗게 그려진 상처에서 핏물이 흘러내렸다. 이르가는 그것을 손가락으로 훑어내 낫의 날에 펴 바르며 말했다.

"하지만 제가 질 수는 없으니······. 비장의 방법을 동원해야겠습니다."

포물선을 그리며 떨어진 낫이 제단 위의 핏덩이를 찍어 내렸다.

사방으로 튀는 핏물과 함께 검은 연기가 피어올랐다. 누군가가 울부짖는 끔찍한 비명 소리가 울려 퍼졌다. 낫 위를 은은하게 감돌던 분홍색 마력이 한층 강하고 선명해졌다. 소리 높여 웃는 이르가의 눈 위로 광기가 차올랐다.

얼음과 낫이 부딪쳤다. 거대한 파열음이 사방을 뒤흔들었다. 그러나 부서진 것은 얼음뿐이었다. 흩어지는 얼음조각과 함께 카힐의 몸이 바닥을 나뒹굴었다.

"......!"

단 한 번의 부딪침이었다. 하지만 카힐은 온통 피범벅이었다. 고통스러운 기침에 핏물이 한가득 쏟아졌다. 카힐은 곧장 몸을 추슬러 다시 덤벼들었다. 한계까지 끌어올리는 힘에 카힐의 피부 위로 짙은 문양이 떠올랐다. 얼음송곳이 매서운 눈바람과 섞여 몰아쳤다. 그러나 이르가의 낫질 한 번에 전부 산산조각 났다. 얼음을 부순 낫은 카힐의 가슴팍을 길게 찢어냈다. 솟아오르는 핏줄기 속에서 어린아이처럼 웃는 소리가 들렸다.

"아아, 재밌어, 재밌어!!"

카힐은 줄 끊어진 인형처럼 날아가 벽에 처박혔다. 제물을 바치고 얻어낸 주술사의 힘이었다. 그전에도 버거운 상대였으니, 이길 수 있을 리가 없었다. 이르가는 쓰러진 카힐의 멱살을 잡아채 질질 끌고 갔다. 바닥에 길게 핏줄기가 그려졌다. 이르가는 제단 위의 시체를 밀어내고, 대신 카힐을 올려놓았다. 그가 하려는 짓을 깨달은 에니샤가 소리쳤다.

"멈춰!!"

이르가가 에니샤를 돌아보더니, 잔뜩 곤란하다는 얼굴로 말했다.

"정말 죄송합니다, 황녀님. 하크만께서 이놈은 꼭 죽이라고 하신 걸요. 근래 황녀님의 심기를 어지럽혔다고 말이에요!"

"······!"

그걸 아바르티아가 어떻게 아는 것일까. 그가 아카데미 내부 사정에 이만큼 훤한가 하는 의문이 머리를 스쳤으나, 고민해볼 시간은 없었다.

"그리고 자드카르 왕실의 후손이자 정령의 계약자라니, 이보다 더 좋은 제물은 없으니까요."

이르가는 제 피를 카힐의 위에 떨어트리며 외쳤다.

"아주 멋진 주술이 완성될 거예요!"

에니샤는 입술을 깨물었다. 이르가를 제압하려면 상당한 마력이 필요하다. 그 정도 마력을 꺼내려면 봉인을 크게 건드릴 터였다. 심지어 지금은 봉인이 이중으로 걸려 있으니, 어떤 반작용이 되돌아올지 모른다. 하지만 넋 놓고 바라볼 수만은 없었다. 크게 숨을 들이마시고, 두 겹으로 단단히 싸인 봉인을 파헤쳤다.

"!!"

에니샤는 눈을 크게 떴다.

아파······!

하나로도 끔찍하게 괴로웠는데, 두 개의 봉인을 뜯어내야 했다. 생살을 잡아 뜯는 듯한 고통에 온몸의 감각이 곤두서고, 봉인 아래에 눌린 마력이 들끓었다. 본능과 이성이 멈추라고, 그만두라고 비명을 질렀다. 입안에 피 맛이 감돌았다. 아직 마력은 꺼내지도 않았는데, 봉인을 건드린 것만으로도 속이 망가지고 있었다. 몸이 감당해내질 못하는 것이다. 여기서 마법까지 쓰면, 정말 죽을지도 몰랐다. 좌절과 고통이 뒤섞이며 눈물이 흘러내렸다.

이르가가 황금낫을 치켜올렸다. 번뜩이는 낫이 카힐의 심장을 향했다. 에니샤가 이를 악 물고, 다시금 마력봉인을 헤집으려는 순간이었다.

카힐과 눈이 마주쳤다.

카힐은 평생 동안 무언가를 가져본 일이 없었다. 욕심낸 적은 있었으나, 항상 눈앞에서 사라졌다. 같은 경험을 몇 번 반복하고 나니, 카힐은 아무것도 바라지 않는 것이 가장 좋다는 이치를 깨달았다. 원하지 않고 기대하지 않으면 실망할 일도 없었다. 그러나 생애 단 하나. 모든 일생을 통틀어 단 하나만이 허락된다면. 카힐은 황녀님 곁에 있고 싶었다.

하지만 참으로 당연하게도, 그것은 카힐에게 허락되지 않았다. 자신이 걸어가야 하는 길은 눈과 얼음이 가득한 가시밭길이었다. 그 길에 황녀님을 데려갈 수는 없었다. 황녀님은 히페리온에 있는 것이 행복하리라. 그냥 황녀님이 환히 웃으시길 바랄 뿐이었다. 힘을 기르고, 권력을 얻고, 복수를 성공하고, 자드카르의 공왕이 되고…… 그래서 언젠가 먼발치에서나마 황녀님의 얼굴을 뵐 수 있다면. 그것만으로도 충분하리라고, 피가 흘러내리는 심장에 얼음을 덧씌웠다.

　카힐은 아카데미의 밑바닥에서 가장 꼭대기까지 올라갔다. 생각보다 쉬운 일이었다. 적당한 재물과 반듯한 외모, 뛰어난 실력, 그리고 겉으로 드러나지 않도록 물밑에서 꾸미는 계략과 모사. 스스로 예상했던 것보다도 훌륭하게 잘해냈고, 어렵잖게 원하던 자리를 차지했다. 그러나 높은 곳에 올라서고도 아무런 감흥이 들지 않았다. 추운 겨울의 메마른 나뭇가지처럼, 마음은 공허하기만 했다. 의무와 책임으로 하루하루를 버텨나가던 때였다.

　황녀님이 아카데미를 찾아왔다. 잊으려고 그렇게 노력하고, 겨우 마음을 닫았는데……. 심장을 단단히 덧씌운 얼음은 따뜻한 햇살을 버티지 못했다. 독하게 다짐했던 결심들이 우습게 녹아내려갔다. 아무리 밀어내려고 해도, 황녀님이 저를 크고 맑은 눈으로 바라보면 카힐은 꼼짝할 수 없었다. 의식하기도 전에 그녀에게로 눈이 향했고, 들려오는 작은 목소리에 귀를 기울였다.

　하크만이 찾아왔다는 소식을 듣고 나선 황녀님 근처를 몰래 배회하기도 했다. 혹여나 무슨 일이 생길까 걱정되는 마음에 도저히 가만히 있을 수가 없었다. 그러다가 함께 미궁에까지 들어오게 되었다. 다른 무엇보다도 황녀님을 지킬 수 있게 되어서 다행이라고, 그렇게 생각했는데……. 이제 그것마저도 허락되지 않는 것일까.

　"얌전히 제물이 되어주세요, 카힐 자드카르."

　광기에 찬 주술사가 웃음을 터뜨렸다. 카힐은 핏물로 흐릿해진 시야 속에서 생각했다. 단순히 힘을 쏟아붓는 것으론 주술사를 이길 수 없다. 명확한 의지를 품은 힘의 집약체가 필요했다.

하지만 어떻게?

그동안 지긋지긋할 정도로 노력해도 이뤄내지 못한 것이었다. 일렁이는 횃불 아래 황금으로 만든 낫이 번들거렸다. 마력을 머금은 낫은 살갗을 가르고, 뼈를 잘라내고, 심장을 뽑아내리라.

카힐은 저를 겨냥한 낫을 바라보다, 시선을 돌렸다. 황녀님이 울고 있었다. 저를 바라보는 주홍색 눈동자에서 끊임없이 눈물이 흘러내렸다. 카힐은 생각했다.

내가 죽고 나면, 황녀님은 어떻게 되는 것이지?

이대로 이르가에게 끌려갈지도 모른다. 서부의 사막에 갇혀서, 원하지 않는 짓을 당할 수도 있다. 어둠 속으로 침잠하던 머릿속에 다시 희미한 불꽃이 타올랐다. 촛불처럼 자그마한 불꽃은 순식간에 커다란 횃불이, 모든 것을 집어삼키는 화염이 되어 카힐을 환하게 밝혔다. 죽음은 두렵지 않았다. 당신을 위해서라면 언제든지 기꺼이 목숨을 내던질 수 있다. 내 힘도, 육신도, 영혼도……. 모든 것을 바칠 수 있다. 그러나 지금은 아니었다. 악착같이 살아남아서 황녀님을 지켜내야 했다. 지금 이 순간, 그건 다른 누구도 아닌 자신만이 할 수 있는 일이었다.

카힐은 비틀거리며 몸을 일으켰다. 왈칵 흘러내린 피가 턱끝에서 뚝뚝 떨어졌다. 입가를 거칠게 훔쳐내며 바로 서자, 낫을 내려치려던 이르가가 눈을 동그랗게 떴다.

"아직도 반항할 힘이 남았습니까? 끝났으면 포기할 줄을 알아야지, 정말 독종이네요."

그는 이내 낄낄거리며 웃었다.

"꿈틀거리는 모습이 벌레 같아요!"

경박스러운 웃음소리가 귓가에 어지럽게 흩어졌다. 그러나 모욕적인 말과 몸이 으스러지는 고통에 시달리면서도 머릿속은 명정했다. 불순물이 섞이지 않은 깨끗한 얼음처럼 잡념 하나 없었다. 다시금 힘을 끌어 모았다. 얼어붙는 듯한 한기가 느껴졌다. 혈관 하나하나가 얼음으로 굳어버린 듯, 온몸이 차갑게 식어갔다. 전신에 떠오른 문양이 요란히 요동쳤다. 거대한 힘이 육신을 집어삼킬 듯 위협적으로 술렁였다. 하지만 휩쓸려 사라지는 것 따위, 조금도 무섭지 않았다. 카힐은 자신을 가로막던 마지막 벽이 부서지는 것을 느꼈다. 심장 위에 손을 얹었다. 문양이 시작되는 중심이자, 힘의 원천. 맥동하는 심장의 움직임을 느끼며 손을 움켜쥐었다. 손바닥 아래 단단하고 싸늘한 감촉이 느껴졌다. 망설임 없이 뽑아내는 손길을 따라, 투명한 얼음 결정이 생겨났다. 얼음으로 이루어진 검이었다.

"······!!"

깔깔거리던 이르가의 웃음소리가 뚝 멎었다. 그가 눈을 부릅뜨고서 얼음검을 바라보았다. 눈부시게 아름다운 검을 손에 쥐고서, 카힐은 천천히 숨을 내뱉었다. 황녀님은 더 이상 울지 않았다. 눈물을 그치고 저를 바라보고 있었다. 맑은 주홍빛 눈동자에 카힐은 모든 고통을 잊었다.

이것은 당신을 위한 검. 그 어떠한 사욕도 없이, 오직 당신만을 위해 태어난 검.

흩어지는 하얀 입김 속에서, 카힐은 느릿하게 말했다.

"······아직 끝나지 않았습니다."

경지를 넘어서는 것은 결코 쉬운 일이 아니다. 그것은 거대한 벽과 같았다. 아무리 넘어서려 애를 써도 굳건히 앞을 가로막았다. 그러나 어느 한순간의 영감, 찰나의 깨달음, 절박한 계기가 찾아온다면. 벽은 산산이 부서져 내리고, 새로운 세계를 만나게 되는 것이다. 하지만 이루 말할 수 없이 힘든 일이라는 걸, 에니샤는 잘 알고 있었다. 몇 번이나 경지를 넘어선 경험이 있기 때문이었다.

"······아직 끝나지 않았습니다."

낮고 거칠게 잠긴 목소리가 들려왔다. 에니샤는 가쁘게 숨을 몰아쉬며 카힐을 바라보았다. 아름다운 검이었다. 마치 타오르는 불꽃 같은 모양새를 이룬, 희고 투명한 얼음의 검. 어쩌면 평생 만들어 내지 못할지도 모른다고 생각했던 것이었다. 하지만 카힐은 보란 듯이 해냈다. 죽음을 예감하고 꺼져가던 눈빛은 에니샤를 바라보고서 다시 환하게 타올랐다. 그가 새로운 경지에 다다른 계기는 다른 무엇도 아닌, 에니샤였던 것이다.

"······."

헤집다 내버려둔 봉인에서 아릿한 고통이 밀려왔으나, 에니샤는 아픈 줄도 몰랐다. 가슴이 자꾸 세차게 뛰었다. 두근거리다 못해 튀어나올 것만 같은 심장을 손으로 누르며 카힐을 바라보았다. 그의 상태는 에니샤보다 훨씬 처참했다. 이르가와의 전투로 피투성이가 된 몸에 어지럽게 그려진 문양이 보였다. 한계를 넘어 힘을 끌어내면서 떠오른 문양이었다. 숨 쉬는 것만으로도 고통스러울 텐데, 카힐의 표정은 평온했다. 마치 모든 고통을 잊어버린 것처럼 보였다.

"하, 하하……."

이르가가 툭툭 끊어지는 웃음소리를 흘렸다.

"개가 새로운 재주를 익혔군요."

애써 입꼬리를 끌어올리며 비아냥거리지만, 그의 눈동자에는 긴장한 기색이 역력했다.

카힐은 말없이 검을 겨눴다. 잠깐 정적이 흘렀다. 이르가의 이마에서 식은땀이 배어 나왔다. 이마에 맺힌 땀방울이 관자놀이를 타고 뺨을 지나, 바닥을 향해 뚝 떨어지는 순간이었다. 카힐이 달려들었다. 수많은 얼음으로 교란하며 몰아치던 이전과 달리, 단 한 자루의 얼음검만을 가지고 공격했다. 그러나 이르가는 피하기에 급급했다. 눈으로 쫓기 어려운 속검에 검의 궤적이 잔상처럼 기다랗게 그려졌다. 마력으로 그어내듯 아름다운 푸른 선이 허공에 피어났다. 수백 개의 얼음으로 내려쳐도 꿈쩍없던 낫이었다. 그러나 얼음검과 부딪칠 때마다, 날이 뭉뚝하게 패어나갔다. 요사스레 빛나던 낫은 조금씩 얼어붙어서 그 광채를 잃어가기 시작했다. 이르가는 다급하게 마력을 한껏 끌어올렸지만, 투명한 검은 그것마저 깔끔하게 잘라냈다. 압도적으로 밀어붙이는 기세에 결국 이르가는 가장 구석진 곳까지 몰렸다. 피할 수 없는 곳에서 검과 낫이 정면으로 충돌했다. 굉음과 함께 이르가가 비명을 질렀다.

"안 돼!!!!"

황금으로 만들어진 기다란 낫의 날이 얼음검에 잘려나갔다. 두 동강으로 잘려나간 날에서 검은 연기가 피어올랐다. 이르가는 덜덜 떨리는 손으로 낫을 더듬었다. 그러나 이미 돌이킬 수 없었다. 낫 위로 수많은 실금들이 그어졌다. 쩍 하고 갈라지는 소리가 들리더니, 견고하던 낫은 허망하게 부서졌다. 부서진 낫의 조각들은 이내 검은 연기로 화하여 한 줌의 재가 되었다. 이르가는 눈물을 터뜨리며 잿더미를 헤집었다. 일견 가엾어 보이는 모습이었다. 그러나 그의 실체를 알고 있는 카힐에게는 조금의 동정도 얻어내지 못했다. 카힐은 그대로 망설임 없이 얼음검을 휘둘러, 이르가의 양손을 잘라냈다. 바닥을 나뒹구는 제 손과 함께, 이르가는 추한 몰골로 쓰러졌다. 그는 피를 우웩 토해내며 웅크린 몸을 부들부들 떨었다. 카힐은 이르가의 목 위에 얼음검을 겨눈 채, 에니샤를 돌아보았다. 처분을 묻는 눈이었다.

"흑……. 흐윽……."

바닥에 엎어져 훌쩍훌쩍 울음소리를 내던 이르가가 고개를 치켜들었다. 그가 핏발 선 눈을 하고서 말했다.

"주술사의 손을 잘라 내다니……. 정말 너무합니다……."

마법사와 주술사에게 다른 무엇보다 중요한 것이 손이었다. 그것을 양쪽 다 잘라버렸으니, 잔인한 짓이었다. 하지만 산 채로 심장을 뽑아내려던 사람이 그런 말을 할 자격은 없었다.

"그래도……. 제가 이겼습니다……."

이르가는 어깨를 들썩이며 광소와 함께 속삭였다.

"황녀님의 개는 곧 죽을 테니까요……!"

그의 말이 끝나자마자, 검은 연기가 피어올랐다. 잘려나간 자신의 손을 제물로 바쳐, 마지막 주술을 완성한 것이다. 순간 긴장했으나, 이르가는 다시 공격해오는 대신 도망치는 것을 택했다. 새까맣게 흩어지는 연기 위를 얼음검이 곧장 찍어 내렸다. 그러나 실체를 꿰뚫지 못하고, 연기 자락만 흩어냈을 뿐이었다.

이르가가 사라지자 제단 또한 산산이 부서졌다. 돌무더기가 되어버린 제단과 함께, 미궁을 감싸던 봉인마법진도 파훼되었다. 에니샤는 저릿한 감각과 함께 마력봉인이 풀리는 것을 느꼈다. 물속에 깊이 잠겨 있다가 겨우 바깥으로 나온 사람처럼 급하게 숨을 들이마셨다. 이중으로 짓누르던 봉인이 하나로 줄어드니, 죽었다 살아난 기분이었다. 심장 윗부분을 세게 누르며 호흡을 가다듬었다. 겨우 몸을 추스르고 카힐을 바라보았다. 얼음검이 차가운 눈안개로 흩어졌다. 그리고 카힐은 바닥으로 고꾸라졌다.

"카힐……!"

에니샤는 황급히 일어났다. 아직 완전히 회복하지 못한 탓에 다리가 휘청거렸다. 넘어질 뻔한 위기를 간신히 넘기고서 그에게 달려갔다. 쓰러진 그의 옆에 주저앉으니, 카힐이 가만히 눈을 깜빡이며 저를 바라보았다. 아직 의식은 남아 있었다. 하지만 상태가 이상했다. 정령의 힘을 흩어 보냈는데도, 머리카락과 눈이 원래의 남청색으로 돌아오질 않았다. 전신에 떠오른 문양도 그대로였다. 카힐의 얼굴에 손을 가져댄 에니샤는 깜짝 놀랐다. 몸이 얼음장처럼 차가웠다. 다급하게 심장 위를 짚어보았다. 맥동해야 할 심장이 얼어붙는 것처럼 천천히 느려지고 있었다. 단박에 한계를 돌파하며, 육체가 감당할 수 없는 힘을 끌어내어버린 것이다. 황급히 마력으로 열을 내었다. 하지만 얼어버린 몸은 녹을 줄을 몰랐고, 심장박동은 자꾸만 느려져갔다. 카힐은 죽어가고 있었다.

머릿속이 새하얗게 변했다. 에니샤는 저가 무슨 말을 하는지도 모르고 횡설수설 내뱉었다.

"카힐, 이제 내가 마력을 되찾았으니 당장 미궁을 벗어나서……."

어떻게든 카힐을 안심시키려 애쓰며, 미궁을 탈출할 마법을 억지로 생각해냈다. 마법 전개를 준비하는 손이 덜덜 떨렸다. 차가운 손이 에니샤의 손목을 살며시 붙잡았다. 에니샤는 불에 덴 것처럼 흠칫 놀라며 카힐을 바라보았다. 청회색 눈동자와 마주하는 순간, 에니샤는 깨달았다. 이미 늦었다. 카힐은 죽음을 곁에 두고 있었다. 아무리 엄청난 대마법사라 하여도, 지금의 카힐을 살려낼 수 없었다. 온몸을 쓸어내리는 허망함에 맥이 탁 풀렸다. 눈시울이 뜨겁게 달아오르며 시큰거렸다. 하지만 에니샤와 달리 카힐은 담담했다. 그가 침착하게 말했다.

"두 번째 맹세를 하겠습니다."

"……!!"

카힐의 말에 눈앞이 아찔했다. 에니샤는 세차게 고개를 내저었다.

"그러지 마, 카힐. 그게 어떤 뜻인지 너도 알고 있잖아!"

첫 번째 맹세를 받은 이후, 에니샤는 카힐에게 맹세의 의미를 단단히 교육시켰다. 그러니 카힐은 두 번째 맹세가 어떤 뜻인지, 완벽하게 알고 있었다. 첫 번째 맹세로 힘을 바친다면, 두 번째 맹세는 육신을 바치는 것이었다. 몸의 모든 통제권을 넘기는 맹세. 맹세의 주인은 맹약자의 생사를 손에 쥐게 된다. 원한다면 언제든지 죽일 수 있고, 또한 죽지 못하게 만들 수 있다. 제 마음대로 명령을 내려 끔찍한 짓을 저지르게 할 수도 있다. 주인의 허락 없인 죽음조차 허락되지 않으니, 사령술사가 되살린 시체와 다를 바 없는 처지로 전락하는 것이다. 그야말로 살아 있는 인형이었다.

"맹세를 받기 싫은 것이 아니야. 하지만 그렇게 되면 네 인생은……."

두 번째 맹세를 바치면 카힐은 죽음을 피할 수 있다. 그러나 이렇게까지 해서 그를 살리는 것이 과연 옳은 일인지, 에니샤는 자신할 수 없었다. 애타게 그를 설득했다. 지금이라도 늦지 않았으니 멈추라고, 너를 살릴 다른 방법을 찾아보겠다고. 하지만 카힐은 허락해달라 말할 뿐이었다.

에니샤는 결국 그의 맹세를 받아들일 수밖에 없었다. 카힐이 희미하게 웃었다. 호선을 그린 입술 사이에서 곧은 목소리가 흘러나왔다.

"카힐 자드카르가 두 번째 맹세를 바치니."

아주 예전부터 결심했던 것처럼, 그는 망설이지 않았다.

"맹세의 주인은 에니샤 로드고 히페리온."

저가 죽을 자리는 이곳뿐이라는 듯, 타오르는 불꽃 속으로 제 몸을 내던졌다.

"영혼이 소멸을 맞이하는 순간까지……."

카힐이 더없이 평화로운 얼굴로 맹세를 끝맺었다.

"나의 육신을 오롯이 그대에게."

단단하게 다물리는 말과 함께, 심장 위에 묵직한 느낌이 감돌았다. 두 번째 맹세의 무게였다.

"……."

에니샤는 아무 말도 하지 못했다. 그저 카힐을 바라보기만 했다. 눈가에 그렁그렁하게 고여 있던 눈물이 결국 뺨을 타고 뚝뚝 떨어졌다.

카힐이 나직하게 말했다.

"하고 싶은 말이 있습니다."

에니샤는 입술을 힘껏 깨물었다. 저 또한 카힐에게 하고 싶은 말이 많았다. 지금 네가 저지른 짓이 뭔지 아냐고, 나중에 후회하면 어찌하려고 내게 두 번째 맹세까지 바쳤냐고……. 바보 멍청이라고 욕이라도 한 바가지 퍼붓고 싶었다.

글썽거리는 눈을 보고서 카힐이 가만히 웃었다.

"지금 해야만 하는 말입니다."

에니샤는 눈물을 삼키며 작게 고개를 끄덕였다. 그러자 그가 시선을 곧게 맞춰왔다.

"황녀님."

에니샤의 눈을 깊숙이 들여다보며, 카힐은 속삭였다.

"좋아합니다."

4권에서 계속

막내 황녀님 3

초판 1쇄 발행 2020년 3월 5일
초판 2쇄 발행 2020년 7월 31일

지은이 사하   **펴낸곳** (주)해피북스투유
펴낸이 김문식 최민석   **출판등록** 2016년 12월 12일 제2016-000343호
기획편집 이수민 김현진 박예나   **주소** 서울시 성북구 종암로 63, 4층 402호(종암동)
        김소정 윤예솔   **전화** 02)336-1203
제작 제이오   **팩스** 02)336-1209

© 사하, 2020

ISBN 979-11-6479-066-1 (04810)
        979-11-6479-063-0 (세트)